T0178883

Encerrados

MEGAN GOLDIN

Encerrados

Traducción de Mauricio Bach

Grijalbo

Título original: *The Escape Room*
Primera edición: abril de 2020

© 2018, Megan Goldin
Publicado por acuerdo con Penguin Random House Australia Pty Ltd.
© 2020, Penguin Random House Grupo Editorial, S. A. U.
Travessera de Gràcia, 47-49. 08021 Barcelona
© 2020, Mauricio Bach Juncadella, por la traducción

Printed in Spain — Impreso en España

ISBN: 978-84-253-5812-8
Depósito legal: B-1.753-2020

Compuesto en La Nueva Edimac, S. L.

Impreso en Romanyà Valls, S.A.
Capellades (Barcelona)

GR 5 8 1 2 8

Penguin
Random House
Grupo Editorial

El arte supremo de la guerra consiste en someter al enemigo sin combatir.

SUN TZU

Prólogo

Fue Miguel quien llamó al 911 a las 4.07 de una gélida madrugada de domingo. El joven guardia de seguridad habló con voz temblorosa, disimulando el miedo con un tono de petulante despreocupación.

Miguel se había dedicado al culturismo hasta que se lesionó la espalda cargando cajas en un almacén. Mantenía la musculatura, tenía el cabello negro y un hoyuelo en la barbilla. Era vigilante nocturno en un edificio de oficinas que se estaba acabando de construir. Se encontraba en mitad de su turno cuando sucedió.

Angela oyó el primer grito. Miguel no oyó nada. Estaba estirado en el sofá de cuero del vestíbulo mientras le hacían una mamada.

—¿Qué coño pasa? —protestó Angela.

Miguel abrió los ojos y vio que, indignada, se estaba bajando el top de licra y recolocando la falda.

—Angela, cariño —rogó él, desconcertado por la inesperada interrupción—. No te vayas. Todavía no hemos acabado.

—Sí que hemos acabado. Me habías dicho que estaríamos solos.

Miguel miró confuso a su alrededor. El desierto vestíbulo estaba iluminado por los focos de una grúa plantada en el exterior, cuya luz se colaba por las ventanas y por el techo de cristal. El mobiliario consistía en un largo mostrador de recepción de roble claro y cristal verde y varios sofás de cuero color plomo distribuidos por el enorme espacio en diversas zonas de espera.

—Cariño, no te preocupes. Estamos solos —susurró él con voz ronca—. El edificio todavía está en construcción. Faltan un par de meses para que lo inauguren. Aquí no hay nadie aparte de nosotros.

—Entonces ¿por qué acabo de oír gritar a alguien? —Angela deslizó los pies cubiertos por medias en los zapatos de tacón de aguja y se retocó el cabello con sus uñas pintadas de magenta oscuro.

Sin la distracción de Angela sobre su regazo, Miguel oyó el segundo grito. Rebotó en el suelo de mármol claro y creó una reverberación.

—¡Mierda! ¿Qué cojones ha sido eso?

Se levantó de un salto del sofá y se subió la cremallera del pantalón. Se abotonó la camisa azul marino del uniforme tan rápido que no se dio cuenta de que se había olvidado de dos botones y le quedaba entreabierta a la altura del pecho.

—No sé qué está pasando —masculló, escrutando el desierto vestíbulo—. Angela, creo que será mejor que te largues.

—¿Seguro? —Ella recogió el bolso y se lo colgó del hombro.

—Te llamo después —le prometió él.

—No pienso cogerte la llamada —murmuró Angela mientras se daba la vuelta para marcharse.

—Ange, espera. —Ella se volvió hacia él con una mano en la cadera—. Hazme un favor. No le cuentes a nadie que has estado aquí. Si se enteran, seguro que me despiden. Necesito este trabajo.

—Te mereces que te despidan. No sé a qué juegas trayéndome aquí, pero no vas a engañarme. Debería haberme imaginado que era una encerrona.

—Te juro que no sabía que hubiese nadie. De verdad que lo siento, ¿vale?

Angela vio en sus ojos de gruesos párpados que decía la verdad.

—Ya nos veremos.

Los tacones de aguja de sus zapatos repiquetearon contra el suelo mientras enfilaba hacia la puerta. Miguel contempló el bamboleo de sus nalgas camino del coche, aparcado en la curva del camino de acceso al edificio.

No se oyeron más gritos. Miguel se preguntó si debía revisar el edificio. El vestíbulo estaba en completo silencio, una solemnidad que le ayudó a tranquilizarse: era imposible que hubiera alguien más allí dentro. Los albañiles se marchaban todos los viernes a las cinco de la tarde y, por razones de seguridad y siguiendo el protocolo de la aseguradora, se hacía un recuento cuando salían para asegurarse de que no quedaba nadie en el inmueble. Los del equipo de ventas, que utilizaban el vestíbulo como punto de reunión para alquilar las oficinas a futuros inquilinos, no trabajan los fines de semana. Allí los viernes por la tarde, los sábados y los domingos no había nadie, salvo los guardias de seguridad. Dos por turno, excepto aquella noche, en que Miguel estaba solo.

Cuando el otro guardia, Sánchez, no se presentó, Miguel llamó a Angela para convencerla de que le hiciera una visita. Angela se acercó en coche después de bailar con unos amigos en el Bonjo, el club donde se habían conocido. Apareció a las tres de la madrugada, con un subidón de chupitos de vodka y bastante acelerada después de horas bailando hip hop y música latina.

Angela le había estado dando la lata a Miguel para que le enseñara el edificio donde trabajaba. Estudiaba interiorismo y era una forofa del afamado arquitecto danés que había diseñado el complejo, una especie de niño prodigio del mundillo. El edificio se basaba en los contrastes: era futurista pero cálido, minimalista y lujoso al mismo tiempo.

Miguel no tenía por qué entrar en el vestíbulo a menos que hubiera una emergencia. Pero lo visitaba con frecuencia. Prefería dormir en uno de los mullidos sofás de cuero de la entrada que en la incómoda cama plegable de la oficina provisional en la que los guardias descansaban entre ronda y ronda. Todavía no se habían instalado las cámaras de videovigilancia, de modo que podía hacerlo sin ser visto.

El complejo estaba rodeado de vallas con alambre de espino en la parte superior. Desde el acceso principal parecía terminado. A ambos lados del camino habían colocado maceteros con arces jóvenes, y la entrada había sido decorada y amueblada para impresionar a los futuros inquilinos cuando vinieran a visitar las oficinas.

La segunda torre, la que daba al East River, era obvio que todavía estaba en construcción. Había andamios en las zonas en las que se estaba colocando el revestimiento, los paneles de cristal de las ventanas estaban cubiertos de plástico azul y había contenedores con material de construcción depositados como coloridas piezas de Lego sobre el terreno embarrado junto a las excavadoras ahora inmóviles y la grúa.

En el vestíbulo, el largo mostrador de recepción estaba iluminado por luces interiores que lo hacían resplandecer en la oscuridad. En la esquina donde se ubicaría la cafetería había apiladas mesas y sillas envueltas en plástico, junto a una cascada artificial que todavía no funcionaba.

El complejo era la primera edificación de un futuro distrito financiero junto al río en el que se erigirían bloques de oficinas, apartamentos y restaurantes. Todo muy exclusivo. Era parte de un plan urbanístico para revitalizar una zona de almacenes en decadencia.

Angela había quedado impresionada por el futurista atrio de cristal y las paredes de piedra vista del vestíbulo que Miguel le había enseñado muy orgulloso. Después se tumbaron juntos en el sofá de cuero y contemplaron el cielo nocturno a través de la cristalera mientras empezaban a montárselo sin prisas.

Después todo se fue al garete. Angela se asustó justo cuando la cosa empezaba a ponerse interesante. Miguel temía que no volviera a dirigirle la palabra.

Se convenció a sí mismo de que habían confundido los chirridos de la grúa en una noche ventosa con gritos. Desde que Angela se había marchado indignada, nada había roto el silencio, lo cual confirmaba su teoría. Decidió que se limitaría a cerrar la puerta por la que habían entrado y se olvidaría de la desastrosa velada.

Miguel estaba alisando el cuero del sofá donde habían estado tumbados cuando oyó un sonoro estruendo que reverberó por todo el edificio con tal intensidad que le pitaron los oídos. Le siguió un silencio que se prolongó lo bastante como para hacerle creer que el ruido precedente era una alucinación de su fatigada mente.

Le siguieron otros dos estruendos. No tenía ninguna duda de que eran disparos. Miguel se tiró al suelo y llamó al 911. Estaba aterrado ante la posibilidad de que el tirador estuviera avanzando en dirección al vestíbulo, pero su orgullo le hizo ocultar el miedo con bravuconería cuando habló por teléfono.

—Creo que estoy en peligro. —Luego le dio la dirección al operador del 911—. Debería venir la policía.

Por su tono distante, Miguel dedujo que el operador iba a darle a su llamada menos prioridad que a un pedido de dónuts.

Mientras esperaba la llegada de la policía, el corazón le iba a mil. «Vaya cagón estás hecho», se reprendió, parapetado detrás del sofá. Se tapó la boca con la camisa para amortiguar el sonido de su respiración acelerada. Temía delatar su posición al tirador.

Cuando por fin el vestíbulo se iluminó con los resplandores azules de un coche patrulla que se detuvo en el espacio reservado para los taxis, le invadió una oleada de alivio. Miguel salió para recibir a los agentes.

—¿Qué pasa aquí? —Un policía maduro con una prominente panza que le desbordaba por encima del cinturón emergió del asiento del copiloto.

—No lo sé —respondió Miguel—. He oído un grito en el interior del edificio. Y después lo que estoy bastante seguro que eran disparos.

—¿Cuántos? —Un agente más joven, que masticaba chicle, rodeó el coche y se le acercó.

—Dos, tal vez tres. Y después, nada.

—¿Hay alguien más por aquí? —La expresión del policía de más edad quedaba oculta bajo un grueso bigote cano.

—Desalojan por completo el complejo cada viernes por la noche. Aquí no queda ningún trabajador de la construcción. Nadie. Excepto yo. Soy el guardia nocturno.

—Entonces ¿qué te hace pensar que hay un tirador?

—He oído un estruendo. Sonaba como un disparo. Y después dos más. Venían de algún piso superior de la torre.

—¿No podría haber caído al suelo parte del equipo de construcción? —El agente más joven ladeó la cabeza hacia la torre de oficinas—. ¿Es posible?

Miguel se sonrojó un poco al valorar la posibilidad de que se hubiera asustado por nada. Los tres entraron en el vestíbulo para echar un vistazo, pero ahora él estaba menos convencido de lo que había oído que cuando llamó al 911.

—Estoy seguro de que... —Se calló al oír el inconfundible sonido de un ascensor descendiendo.

—Creía que habías dicho que aquí no había nadie —comentó el policía de más edad.

—Y no hay nadie.

—No me digas —añadió el segundo policía. Se acercaron

a la zona de ascensores, donde una lucecita verde parpadeaba indicando su inminente llegada—. Aquí hay alguien.

—El edificio no se inaugura hasta dentro de unas semanas —les aseguró Miguel—. No debería haber nadie.

Los dos agentes desenfundaron la pistola y se colocaron ante las puertas del ascensor en posición de disparo. Un poco flexionados. Piernas separadas. Uno de los policías indicó con gestos enérgicos a Miguel que se apartase.

Él reculó. Se quedó junto a una escultura metálica abstracta colgada de la pared más alejada de la zona de ascensores.

Sonó una campanilla. El ascensor dio una sacudida al detenerse.

Las puertas se abrieron con un lento siseo. Miguel tragó saliva mientras el hueco entre ambas se iba agrandando. Estiró el cuello para ver qué sucedía. Los policías le bloqueaban la visión y desde donde estaba no tenía un buen ángulo.

—¡Policía! —gritaron los dos agentes al unísono—. Tire el arma.

Instintivamente, Miguel se pegó a la pared. Se encogió de miedo cuando sonaron los primeros disparos. Hubo muchos disparos. Demasiados para poder contarlos. Los oídos le zumbaban tanto que tardó unos instantes en percatarse de que los agentes habían dejado de disparar. Bajaron las armas y gritaron algo, pero él no oía nada.

Vio que el policía más joven hablaba por la radio. La boca del agente se abría y cerraba, pero no logró distinguir las palabras. Poco a poco recuperó el oído y oyó sus últimas frases, repletas de jerga del departamento de policía de Nueva York.

No entendió la mayor parte de lo que el agente acababa de decir. Algo sobre que «no responde» y que necesitaban un autobús, lo que supuso que significaba una ambulancia. Miguel vio un hilo de sangre que se deslizaba por el suelo de mármol y que empezaba a convertirse en un charco. Se acercó. Vio salpicaduras en la pared del ascensor. Dio un paso más. Por fin pudo ver el interior del ascensor por completo. Lo lamentó al instante. Jamás en toda su vida había visto tanta sangre.

1

El ascensor

34 horas antes

Vincent fue el último en llegar. La parte inferior de su abrigo oscuro se bamboleaba como una cola cuando atravesó el vestíbulo a toda prisa. Los otros tres permanecían de pie en un improvisado corrillo junto a un sofá de cuero. No se percataron de la aparición de Vincent. Estaban muy ocupados con sus respectivos móviles y de espaldas a la puerta, repasando correos electrónicos en silencio para tratar de averiguar por qué habían sido convocados a última hora a una reunión el viernes por la noche en un edificio de oficinas alejado del centro, en el sur del Bronx.

El recién llegado los observó de lejos mientras avanzaba por el vestíbulo hacia ellos. Durante los últimos años, los cuatro habían pasado más tiempo juntos que separados. Vincent los conocía casi mejor que a sí mismo. Conocía sus secretos. Y sus mentiras. Había veces en que podía decir con total sinceridad que jamás había despreciado tanto a nadie como a esas tres personas. Y sospechaba que todos compartían el mismo sentimiento hacia los demás. Sin embargo, se necesitaban. Hacía mucho que sus destinos estaban ligados.

La cara de Sylvie mostraba su expresión habitual, a un paso de la de una perra engreída. Con su pinta de chica de portada y el cabello rubio oscuro recogido en un moño que canalizaba toda la atención hacia sus ojos verdes, Sylvie parecía la modelo de pasarela que había sido en su juventud. Estaba indignada por haber sido convocada a una reunión improvisada cuando estaba a punto de hacer las maletas para volar a París, pero no dejó que se le notase. Mantenía, de forma deliberada, una leve sonrisa en los labios. Era un gesto que había aprendido tras años trabajando en una profesión dominada por hombres. Ellos podían gruñir o poner cara de cabreados con total impunidad; las mujeres, en cambio, tenían que sonreír sin perder la serenidad pasara lo que pasase.

A su derecha estaba Sam, con traje gris oscuro, camisa blanca y corbata negra. La barba incipiente combinaba bien con el rubio oscuro de su pelo, muy corto. Mantenía la mandíbula apretada por la rabia que lo reconcomía. Sentía dolorosas punzadas desde que su mujer le había telefoneado mientras se dirigía hacia allí. Estaba indignada porque él no iba a poder coger el vuelo a Antigua por culpa de esa reunión no programada. Odiaba que el trabajo siempre fuera por delante de ella y las niñas.

Jules se mantenía un poco apartado de los otros dos, chupando un caramelo de menta para disimular el olor a alcohol de su aliento. Lucía una corbata de seda a rayas borgoña y azul marino que realzaba la intensidad de sus ojos agitanados. Llevaba el cabello negro peinado hacia atrás, al estilo de una estrella de cine de los cincuenta. Acostumbraba a beber vodka, porque no olía y no le enrojecía la cara, pero ahora las mejillas coloradas evidenciaban que había bebido. En el minibar de su limusina con chófer no quedaba vodka y durante el camino hasta allí había tenido que optar por el whisky. Las botellitas vacías todavía tintineaban en su maletín.

Mientras esperaban a que diese comienzo la reunión, todos tenían la misma sensación paranoide de que les habían convocado en una oficina satélite para anunciarles que iban a despedirles. Sus carreras serían liquidadas con discreción, lejos de los chismorreos alrededor del dispensador de agua de la oficina central.

Ahí es donde se habría celebrado la reunión si sus puestos estuviesen garantizados. Una convocatoria un viernes por la tarde en una oficina lejos del centro estaba destinada a concluir con un finiquito y un acuerdo de confidencialidad firmado y sellado.

La empresa estaba planteándose un volumen de despidos sin precedentes y ellos eran conscientes de que llevaban una diana dibujada en la espalda. No comentaron nada entre ellos. Mantenían la mirada baja mientras consultaban sus móviles, ajenos al hecho de que eran las únicas personas en el vestíbulo. Tampoco habían prestado demasiada atención a las grúas y las vallas de construcción junto a las que habían pasado de camino hasta allí.

Sam revisó su cuenta bancaria mientras esperaba. Los números rojos le provocaron un leve mareo. Había consumido todo el saldo disponible esa mañana al pagar la liquidación de la tarjeta de crédito de Kim. Si perdía el trabajo, su situación sería muy delicada. Podría ir tirando dos o tres meses sin trabajar, pero a partir de ahí tendría que empezar a vender activos. Y dar ese paso destrozaría sus finanzas. Estaba con el agua al cuello. Buena parte de sus activos valían ahora mucho menos que cuando los compró.

La última vez que Sam había recibido una liquidación de la tarjeta tan abultada, le bajó el tope de crédito a Kim de inmediato. Ella se enteró cuando al pagar el bolso Hermès de once mil dólares en la tienda de la avenida Madison, delante de sus amigas, la tarjeta no admitió el cargo. Se sintió muy avergonzada. Esa noche tuvieron una trifulca de campeonato y él, a regañadientes, le restauró el límite de crédito de siempre. Ahora pagaba todas las facturas de su mujer sin rechistar. Incluso si eso significaba hacerlo a crédito y estar siempre al borde del ataque al corazón.

Sam era consciente de que Kim gastaba a ese ritmo tanto para pedir más atención como por aburrimiento. Siempre se quejaba de que él nunca estaba en casa para ayudarla con las gemelas. Sam tuvo que recordarle que había contratado a una asistenta para todo lo que necesitase. Tres, para ser exactos. Tres en dos años. La tercera se había largado entre lágrimas hacía una semana por culpa de los imprevisibles cambios de humor de Kim.

Nunca estaba satisfecha con nada. Si Sam le regalaba un collar de platino, ella lo quería de oro. Si hacían un viaje a Londres, ella hubiera preferido París. Si él le compraba un BMW, ella lo que tenía en mente era un Porsche.

Satisfacer sus incesantes caprichos era asumible cuando las perspectivas laborales eran buenas, pero ahora la empresa había perdido una cuenta muy importante y desde Navidad corría el rumor de una inminente reestructuración. Todo el mundo sabía que eso era un modo eufemístico de hablar de despidos.

Sam no tenía la menor duda de que, si no podía financiarle su ritmo de vida, Kim lo dejaría. Pediría la custodia total de las niñas y las educaría enseñándoles a odiarle. Kim toleraba la mayoría de los pecados de Sam, incluso podía vivir con sus infidelidades, pero jamás le perdonaría que se convirtiera en un fracasado.

Fue Sam el primero en oír los pasos que se acercaban por el amplio vestíbulo. Las zancadas apresuradas de un hombre que llegaba tarde a una reunión. Sam se volvió ante la llegada de su jefe. La angulosa mandíbula de Vincent estaba en tensión y los anchos hombros, rígidos cuando se unió a ellos sin decir palabra.

—Casi no llegas a tiempo —comentó Sylvie.

—Hay un tráfico horroroso. —Vincent se llevó la mano

al bolsillo del abrigo, con el gesto reflejo de quien hace muy poco que ha dejado de fumar. En lugar de cigarrillos, sacó unas gafas y se las puso para leer un mensaje en el móvil—. ¿Alguien sabe para qué es esta reunión?

—El mensaje de recursos humanos no era muy explícito —respondió Sam—. Tú nos has dicho que era obligatorio presentarse. Que tenía prioridad sobre cualquier otra cosa. Bien, pues aquí estamos. De modo que tal vez nos podrías aclarar de qué va esto. ¿Qué es tan importante como para que tenga que posponer mi viaje a Antigua?

—¿Quién de vosotros ha estado alguna vez en un escape room? —preguntó Vincent.

—¿Estás de coña? —le interrumpió Sam—. ¿He dejado plantada a mi mujer en sus vacaciones de ensueño para participar en un juego para fortalecer el espíritu de equipo? Vincent, esto es una completa gilipollez y lo sabes.

—Nos llevará una hora —explicó el aludido sin perder la calma—. El próximo viernes es el día en que se deciden los bonus. Supongo que estaremos todos de acuerdo en que es inteligente estar al cien por cien antes del día de las bonificaciones, sobre todo con el clima actual.

—Empecemos de una vez —suspiró Sylvie. Su vuelo a París salía a medianoche. Aún tenía tiempo de sobra para volver a casa y hacer las maletas.

Vincent los condujo hasta un luminoso ascensor con las puertas abiertas. Las paredes interiores eran de espejo y el suelo de alabastro.

Entraron. Las puertas de acero se cerraron tras ellos antes de que pudieran darse la vuelta.

2

Sara Hall

Es impresionante la información que proporciona sobre un hombre un nudo Windsor. La corbata de seda italiana de Richie era de un atrevido rojo oscuro con finas rayas doradas en diagonal. Era la corbata de un hombre cuya arrogancia solo era superada por su ego.

En realidad, no necesité fijarme en su corbata para saber que Richie era un cabronazo. Lo que lo delató fue que, cuando entré en la sala de la entrevista con una sonrisa nerviosa en mis labios pintados de rosa mate, ni se molestó en saludarme o en levantarse de la silla de cuero en la que estaba sentado. Se limitó a observarme.

Del mismo modo que en cuanto lo vi incluí a Richie en la lista de los capullos de primera, también tuve bien claro que si quería tener posibilidades de conseguir el trabajo, debía impresionarlo. Me presenté y, con gesto decidido, le tendí la mano. Él me la estrechó con más fuerza de la necesaria; tal vez un recordatorio de que podía aplastar mis aspiraciones laborales con la misma facilidad con que podía romperme los huesos de mi delicada mano.

Se presentó como Richard Worthington. El tercero de su generación con el mismo nombre y apellido. Lucía un corte de pelo de doscientos dólares, afeitado profesional y unas manos más suaves que la mantequilla. Estaba a punto de cruzar la frontera de los treinta, es decir, que era unos cinco años mayor que yo.

Después de darnos la mano, Richie se reacomodó en su silla y me observó con aire divertido mientras yo me sentaba al otro lado de la mesa.

Me pregunto qué vería cuando me miraba. ¿Veía a una licenciada con un máster en una escuela de negocios desesperada por abrirse camino con un título recién obtenido que no parecía valer más que el papel en el que estaba impreso? ¿O era lo bastante perspicaz como para ver a una joven inteligente y con potencial? Reluciente melena castaña con un perfecto corte a la altura de los hombros, serios ojos grises, un traje nuevo de marca que no podía permitirse y unos zapatos Louboutin prestados que le iban media talla pequeños y le aplastaban los dedos.

Respiré hondo e intenté desplegar el aplomo y la confianza necesarios para transmitirle la idea de que yo era la mejor candidata. Por fin tenía la oportunidad de conseguir el trabajo de mis sueños en Wall Street. Haría todo lo humanamente posible para no meter la pata.

Richie vestía un traje gris oscuro y una camisa blanca a medida. Los gemelos eran de Hermès y los llevaba de tal modo que la H grabada fuese bien visible. En la muñeca llevaba un reloj Audemars Piguet, un modelo que costaba treinta mil dólares y dejaba bien claro a todo el mundo que él era uno de los mandamases de Wall Street.

Esperé inquieta, sentada en el borde de la silla, a que Richie leyese mi currículum. El papel crujía mientras él estudiaba las hojas cuidadosamente organizadas que resumían mi vida en un par de páginas. Tuve la sensación de que era la primera vez que las veía. Cuando terminó, me escudriñó por encima de las hojas con la expresión lasciva de un cliente que evalúa al repertorio de chicas en un puticlub de Nevada.

—Parece que tienes frío. ¿Quieres que apague el aire acondicionado? —Lo preguntó con una media sonrisa de suficiencia mientras bajaba la mirada de forma indiscreta. Desconcertada por la pregunta, incliné la cabeza para comprobar qué miraba con tanto interés. La tenía clavada en mis pezones, cuyos contornos eran visibles a través de la tela de la blusa. Me ruboricé de inmediato. Su media sonrisa se transformó en una sonrisa de oreja a oreja. Estaba pasándoselo en grande con cada segundo de mi incomodidad.

Todo aquello parecía ensayado. Richie había bajado al máximo el termostato de la sala de reuniones para provocar esa respuesta fisiológica. Era un truco zafio y sexista. Supuse que ya lo había puesto en práctica con otras candidatas.

Volví a sonrojarme. Él se deleitó en mi incomodidad mientras recorría con la mirada el resto de mi cuerpo. Calibró mi talla de sujetador y la longitud de mis piernas cruzadas, visibles bajo la mesa de cristal. Yo no era para Richie una licenciada con alto potencial a la que contratar. Era carne fresca.

Simulé lo mejor que pude no haberme percatado de su bromita e hice caso omiso de su minucioso repaso a mi cuerpo. Había entrado en aquella sala para una entrevista de trabajo y estaba decidida a mantenerla en el buen camino.

Llevaba días preparándola. Había investigado sobre Richie. Se había graduado en Princeton con una simple licenciatura, pero no había cursado el doctorado ni ningún máster, lo cual lo convertía en alguien menos cualificado que yo. Pero en su caso, la universidad era de la elitista Ivy League. Mi escuela de negocios tenía reputación nacional, pero nada comparable a Princeton.

Ser un licenciado de Princeton le otorgaba un tíquet de oro en la vida, ¡y él lo sabía! Lo más probable es que hiciera uso de su red de contactos para conseguir el primer trabajo y a partir de ahí jamás volvió la vista atrás. De eso hacía siete años, cuando los mercados iban a toda máquina y cualquier idiota podía ascender por la escalera empresarial mientras no fuera lo bastante cretino como para ponerse dos días seguidos la misma corbata. Y siempre y cuando tuviese contactos.

Estaba muy nerviosa mientras esperaba que Richie me lanzara la primera pregunta. Tenía que sonar a la altura; ya sabía que mi aspecto lo estaba. Me había endeudado para comprarme el traje de marca que llevaba.

Era la prenda de vestir más bonita que jamás había tenido. Y la más cara. Me planteé la compra de ese traje como una inversión. Si conseguía el trabajo de mis sueños, recuperaría el dinero y ganaría mucho más. En menos de una década tendría un sueldo de siete cifras.

Cuando me probé el traje por primera vez, en Chicago, donde vivía, me preocupó que fuese demasiado femenino. Demasiado sexy. Quería que me tomasen en serio. Es difícil conseguir el punto de equilibrio cuando eres una mujer y vas a una entrevista de trabajo. ¿La falda era demasiado corta? ¿La chaqueta muy ceñida? Mientras me contemplaba en el espejo del probador, la dependienta de los grandes almacenes me aseguró que parecía una alta ejecutiva. Cuando unos minutos después le tendí la tarjeta de crédito en la caja, con un nudo en la garganta por el desorbitado precio, me tranquilicé pensando que con mi primer sueldo recuperaría con creces la inversión.

Había agotado el crédito de mi tarjeta con el traje, así que utilicé el dinero del alquiler para pagar un corte y tinte de pelo que dio como resultado unos mechones de un castaño reluciente que ahora me apartaba nerviosamente de los hombros bajo la despiadada mirada escrutadora de Richie.

Sobre el papel, yo era la candidata ideal. Cumplía todos los requisitos. Me había graduado *summa cum laude*. Mi promedio académico era oro puro. Había hecho prácticas en un banco de inversiones de Chicago. Las cartas de recomendación que tenía eran hasta demasiado adulatorias. Mis profesores estaban encantados conmigo y no se cortaban un pelo a la hora de expresarlo en sus escritos. Me describían como inteligente, motivada, con las ideas muy claras, todo un activo para cualquier empresa que decidiese contratarme.

Confiaba en mis opciones de conseguir el empleo hasta el momento en que miré los apáticos ojos azules de Richie al inicio de la entrevista.

—Así que eres de Chicago —dijo, como si fuese otro país. Miró el reloj. Mala señal—. Solo he estado en Chicago una vez, por negocios.

Contuve el impulso de responder «Lo sé». De entrada, mi entrevista debería haberse realizado en Chicago durante la visita de Richie. Se canceló en el último minuto con la excusa de que, por desgracia, no le quedaba tiempo en su apretada agenda. Cuatro días después, la tipa de recursos humanos me telefoneó como si no hubiera pasado nada:

—Al señor Worthington le gustaría conocerla el miércoles en nuestra oficina de Nueva York. —Hizo que sonara como si se me hubiera concedido una audiencia papal.

No se ofrecieron a pagarme el vuelo, y yo no me atreví a sacar el tema. Pero con mis mermadas finanzas no podía permitirme comprar un billete de avión. Era temporada alta y los precios estaban por las nubes, de modo que opté por ir en tren hasta la Penn Station. Veintiuna horas infernales en un tren de la Amtrak. El tío que viajaba a mi lado roncaba con tal estruendo que apenas pegué ojo.

—En mi viaje fui a ver un partido entre los Cubs y los Yankees. Era la primera vez que iba al estadio Wrigley Field. Fue una experiencia increíble. —Richie estaba tan ensimismado que no se percató de que acababa de admitir que me había dejado plantada por su agenda supuestamente sobrecargada para ir a ver un partido de béisbol. La expresión de mi rostro debió de hacerle caer en la cuenta de su desliz, porque añadió rápidamente—: El partido era el marco perfecto para estrechar relaciones con nuestros clientes.

«Sí, claro», pensé yo. No hace falta ser graduada en Princeton para reconocer una juerga disfrazada de viaje de negocios.

Mantuve una sonrisa boba. Pero todo lo sucedido hasta ahora me decía que mis posibilidades de conseguir el trabajo se reducían a cero. No tratas a una candidata con tal falta de respeto si tienes en mente contratarla.

El único motivo por el que conseguí la entrevista fue porque uno de mis profesores se enteró de que seguía buscando trabajo. Estaba perplejo de que su mejor estudiante no hubiera logrado un empleo después de graduarse. Contactó a un viejo amigo con conexiones en la empresa y le pidió un favor. Así es como terminé entrevistándome con Richie.

Me clavé las uñas en la palma de la mano para recordarme que debía seguir actuando de modo impecable. «Cierra el pico y sonríe», me dije. El dolor de las uñas arañando mi carne no sería nada comparado con lo que sucedería si no conseguía ese trabajo. Estaría en la ruina y mi carrera habría terminado antes siquiera de haber empezado.

Hacía ya varios meses que había acabado mis estudios y, pese a las excelentes notas, seguía sin empleo. Si la situación se prolongaba durante mucho más tiempo, me sería del todo imposible encontrar un trabajo cuando saliera la siguiente hornada de licenciados. Una graduada buscando trabajo durante demasiado tiempo era como un pedazo de carne estropeada. Nadie querría saber nada de ella.

Tuve la mala suerte de licenciarme en el momento en que los mercados iban a la baja. Se hablaba de una pequeña recesión. La confianza estaba por los suelos y el precio de las acciones caía en picado. De inmediato, las empresas del sector dejaron de contratar personal. Había un montón de licenciados desesperados como yo.

—Cada año recibimos cientos de currículums de candidatos que buscan trabajo. Tenemos montones entre los que elegir. ¿Por qué debería contratarte a ti? —Esa fue la primera pregunta de Richie.

Yo tenía claro, por sus aires de privilegiado, que no comprendería lo que significaba deslomarse durante toda la carrera y el posterior máster para sacar las mejores notas en todas las asignaturas y así tener una oportunidad para él garantizada. En su caso el trabajo que tenía era un derecho de nacimiento.

Respiré hondo. Me había estado preparando para ese tipo de preguntas durante todo el trayecto en tren. Y había sido un trayecto muy largo. Tenía memorizada palabra por palabra una respuesta inteligente para esa pregunta. Elocuente. Bien argumentada. Y lo más importante, bastante sucinta. Nadie quería a un candidato dado a divagar.

Mientras empezaba a responder, Richie deslizó la mano en su maletín. Seguí sus movimientos con la mirada mientras continuaba hablando, haciendo todo lo posible para que lo que estaba diciendo no sonase ensayado. Richie rebuscaba algo en el maletín. Imaginé que sería una libreta o un bolígrafo. Descubrí qué buscaba en realidad cuando con aire triunfante sacó una bolsita de papel de aluminio y la abrió.

El ruido del material al arrugarse resultó casi ensordecedor cuando introdujo la mano en la bolsa y sacó un puñado del cóctel de frutos secos que, sin perder un segundo, se metió en la boca.

Yo seguí con mi respuesta pese a que era difícil no perder el hilo ante alguien que no paraba de meterse frutos secos en la boca.

Richie hacía tanto ruido al masticar que lo único que yo oía era el estruendo de sus dientes partiendo frutos secos. Partir, masticar, tragar. Partir. Y mientras tanto, yo me vendía lo mejor que sabía.

Lo miré a los ojos y me di cuenta de que lo que estaba haciendo era deliberado. De las facciones de su mezquino rostro emanaba el mismo aire de diversión que cuando me la había jugado con el aire acondicionado.

Cuando concluí mi respuesta, se metió en la boca otro puñado de frutos secos y, mientras los masticaba, me lanzó la siguiente pregunta con la boca llena.

—¿Has trabajado alguna vez en inversiones de alto riesgo? ¿Qué tal soportas la presión?

Respondí. Y él me hizo otra pregunta. Resultaba difícil mostrarse elocuente cuando lo que oía de manera insistente era la dentadura de Richie triturando almendras y anacardos con la mecánica eficiencia de una picadora industrial. No me oía a mí misma y estaba bastante segura de que tampoco él oía una palabra de lo que yo decía. De forma inconsciente, alcé un poco el tono para que me pudiera oír por encima de su masticación. Pero su respuesta fue hacer más ruido. Sin inmutarse.

Estaba meridianamente claro que no tenía la menor intención de contratarme. Daba igual lo bien que me presentase, la elocuencia con la que hablase o lo sólida que fuera mi experiencia. Yo estaba allí solo para cubrir el expediente.

Supuse que lo más probable era que Richie tuviese que entrevistar a una o dos mujeres como parte del proceso de entrevistas. Yo servía para satisfacer esa cuota. Así él se cubría las espaldas. Le habían pedido que me entrevistase, lo cual no significaba que yo fuese una candidata a tener en consideración. Él debía hacer el paripé, y eso era lo que estaba haciendo.

Tenía unas incontenibles ganas de dejar de hablar, levantarme y largarme, pero no me lo podía permitir. Tenía préstamos estudiantiles que devolver. Una enorme deuda que abonar de la tarjeta de crédito. Un alquiler que pagar. Iba a estar en números rojos la próxima década a menos que consiguiera un buen trabajo. No podía permitirme cerrarme todas las puertas montando un pollo por el modo ofensivo en que me estaba tratando Richie. Y de todas formas, ¿quién iba a creerme?

Dadas mis precarias circunstancias, no me quedaba otra opción que seguir respondiendo a las estúpidas preguntas de Richie mientras él me hacía un corte de mangas en toda regla metiéndose otro puñado de frutos secos en la boca.

Cuando terminó la entrevista, me dijo que alguien se pondría en contacto conmigo. A continuación, salió de la sala y me dejó sola, de manera que tuve que buscar la salida por mí misma.

Salí de la entrevista con el estómago revuelto. Revuelto porque alguien se permitiese tratarme con tal menosprecio. Revuelto porque ahora tenía por delante otras veintiuna horas de tren para volver a casa. Revuelto ante la idea de que debía afrontar un elevado pago de la tarjeta de crédito por el traje y apenas me quedaba dinero para pagar el alquiler del próximo mes.

Devolví la tarjeta de visitante en el mostrador de recepción y, un poco aturdida, me metí en el ascensor. Antes de que se cerrasen las puertas, entró apresuradamente un hombre. No le presté atención. Ya había tenido bastante por ese día de tipos como aquel. Otro individuo trajeado con un corte de pelo carísimo y un reloj más caro que el coche de mis padres.

La frustración me había llevado al borde de las lágrimas. Aún tenía en la mano el currículum que pretendía entregarle a Richie para asegurarme de que contaba con una copia. Contuve las ganas de romperlo en pedazos.

—He oído que en la Universidad de Michigan tienen un excelente programa financiero.

Alcé la mirada sorprendida para fijarme en el tipo que había roto el protocolo propio del ascensor para dirigirme la palabra. Era alto y corpulento y vestía un traje gris marengo con camisa azul claro y corbata oscura. Había algo en él que me hizo pensar que estaba en las antípodas de Richie. No hacía ostentación de su éxito, pero tenía una presencia magnética.

Su inglés era perfecto, salvo por un levísimo acento europeo. Y tenía los ojos azules más claros que he visto en mi vida. Pedacitos de hielo azul.

—Acabo de licenciarme allí —respondí—. Hay mucho nivel. El responsable, John Baker, fue uno de mis tutores.

—Baker era un antiguo economista de la Reserva Federal que consolidó su reputación al predecir la última crisis financiera cuando todo el mundo seguía instalado en el optimismo sobre el mercado bursátil.

Me inquietó un poco que ese hombre hubiera echado un vistazo a la primera página del currículum escudriñando por encima de mi hombro. Debió de adivinar lo que estaba pensando, porque me dirigió una sonrisa levemente compungida que me llegó al alma. Yo también le sonreí.

—Sigo con mucho interés los análisis del profesor Baker. Es un pensador brillante. Le admiro por haber regresado a su universidad para dirigir su departamento de investigación en lugar de optar por un centro con más pedigrí de la Ivy League —comentó.

—Es un ferviente convencido de que hay que devolver a la comunidad de la que has salido lo que esta te ha dado —contesté mientras el ascensor descendía a gran velocidad hacia la planta baja.

—El profesor Baker se sentirá orgulloso de ti si fue tu tutor.

—Es uno de mis avalistas —afirmé con modestia.

—Impresionante. Deduzco por tanto que estás buscando trabajo.

—Sí, busco un puesto de licenciada.

—¿Puedo llevarme tu currículum, ya que lo tienes a mano? —me preguntó—. Siempre voy a la caza de genios de las finanzas.

—Por supuesto —dije. Le tendí los papeles y cogí la tarjeta que me ofreció.

—No puedo prometerte nada —añadió mirándome directamente con sus penetrantes ojos azules. No tuve tiempo de responderle; las puertas del ascensor se abrieron y él salió sin perder ni un segundo.

Miré la tarjeta antes de metérmela en el bolso. Vincent de Vries. Vicepresidente sénior de Stanhope e Hijos.

3

El ascensor

Todas las luces del ascensor se apagaron de golpe. Sucedió en el preciso momento en que se cerraron las puertas. Hacía un segundo estaban en un ascensor iluminado y al siguiente estaban a oscuras. No se veía nada, salvo el débil resplandor del fluorescente del pequeño panel sobre las puertas de acero que mostraba el número de planta.

Jules se acercó a tientas al panel de los botones y pulsó el de abrir las puertas. La oscuridad lo angustiaba. Tenía que salir de allí. Pero en lugar de dejarles salir, el ascensor comenzó a ascender. Dio una sacudida inesperada que hizo que Jules perdiera el equilibrio y se golpeara contra la pared con un ruido sordo.

Mientras el ascensor subía cada vez más rápido, dieron por hecho que la luz volvería en cualquier momento. En todo lo demás, el ascensor funcionaba a la perfección. Ascendía con fluidez y la luz verde del panel sobre las puertas mostraba el sucesivo cambio de planta. No tenía sentido que siguieran a oscuras.

De forma inconsciente, todos se giraron hasta quedar frente a frente, empujados por el miedo atávico a la oscuridad y a los peligros desconocidos que acechaban en ella. Jules buscó a tientas el móvil y encendió la linterna. Luego pulsó de modo frenético los botones de las siguientes plantas, pero no parecían responder a la insistente presión de su pulgar.

—Supongo que es un ascensor que sube directo a las últimas plantas —comentó Sylvie—. En el vestíbulo he visto un cartel en el que ponía algo de que el ascensor iba directo hasta el piso setenta.

Jules pulsó el botón de la planta setenta. Y el de la setenta y una. Y, por si acaso, también el de la setenta y dos. Los botones se iluminaron de inmediato uno tras otro con un recuadro verde. Contó en silencio las plantas que quedaban. Solo pensaba en salir de allí cuanto antes.

Se aflojó el nudo de la corbata para aliviar la presión en el pecho. No es que fuera claustrofóbico, pero desde que era niño recelaba de los espacios cerrados. En una ocasión se había marchado antes de tiempo de un campamento de verano por culpa del ataque de nervios que sufrió al quedarse encerrado unos minutos en el lavabo por accidente. La madre le explicó al director del campamento que su exagerada reacción se debía a un trauma infantil que hacía que sintiese claustrofobia y nervios en la oscuridad.

—No sé vosotros, pero yo voy a bajar por las escaleras —bromeó Sam con impostada despreocupación—. No me pienso volver a meter otra vez en este cacharro.

—Quizá la empresa ha decidido encerrarnos aquí hasta que firmemos la dimisión voluntaria —comentó Jules con sequedad—. Le ahorraría a Stanhope un montón de pasta. —Tragó saliva. El ascensor estaba llegando al piso cuarenta. Estaban a mitad de camino. Tenía que aguantar el tipo otras treinta plantas.

—Sería un error que la empresa prescindiese de cualquiera de nosotros —intervino Vincent—. Se lo conté al equipo directivo en una reunión que tuvimos a principios de semana. —Lo que no mencionó es que buena parte del equipo directivo había evitado mirarlo a la cara durante esa reunión. Fue por eso por lo que se olió que algo iba a pasar.

—¿Por qué iban a prescindir de nosotros? Le hemos hecho ganar a la empresa montones de dinero —protestó Sylvie.

—Hasta hace poco —matizó Vincent.

Habían dejado escapar dos operaciones importantes seguidas, y ambas habían ido a parar a un competidor clave, que de forma inexplicable había logrado las dos veces presentar una oferta mejor. Eso había levantado sospechas de si el competidor no contaría con información interna de las ofertas que iban a poner ellos sobre la mesa. Los ingresos conseguidos por el equipo eran los más bajos en años. Y por primera vez, sus puestos de trabajo estaban en entredicho.

—Vincent, ¿nos van a despedir? —preguntó Jules mientras el ascensor seguía subiendo—. ¿Por eso nos han citado aquí? Tienes que saber algo...

—Tengo la misma citación genérica que vosotros —respondió Vincent—. Al llegar aquí he recibido un mensaje con instrucciones de llevaros a la planta ochenta para participar en un desafío de escape room cuyos resultados, según el mensaje, serán utilizados para «consultas internas sobre la futura planificación de los empleados de la empresa». Sacad de esto la conclusión que queráis.

—Parece que quieren ver cómo actuamos esta noche antes de decidir qué hacer con nosotros —comentó Sylvie—. Nunca he participado en un escape room. ¿Qué se supone que debemos hacer?

—Es muy sencillo —dijo Sam—. Te encierran en una habitación y tienes que resolver una serie de pistas para salir.

—¿Y según cómo actuemos van a decidir a quién de nosotros despiden? —planteó Jules a Vincent en la oscuridad.

—Lo dudo —contestó su jefe—. La empresa no funciona así.

—Vincent tiene razón —siguió Jules con cinismo—. Seamos más optimistas. Tal vez tomen lo de esta actividad como un modo de decidir a quién ascienden al puesto de Eric Miles.

Eric había presentado su dimisión envuelto en una nebulosa de sospechas. Desde entonces corrían rumores por la empresa de que iban a cubrir ese puesto con alguien de dentro. Ese tipo de promociones internas eran muy codiciadas. En un momento en que sus trabajos estaban en riesgo, le ofrecía a uno de ellos un potencial salvavidas al que agarrarse.

En el panel sobre las puertas apareció en verde el número sesenta y siete. Todavía quedaban tres plantas más antes de que el ascensor detuviese su ascenso directo. Fue reduciendo la velocidad y se paró en la setenta. Jules suspiró aliviado. Dio un paso adelante, anticipando la apertura de las puertas, pero estas permanecieron cerradas.

Pulsó el botón de apertura del panel de control. No sucedió nada. Volvió a pulsarlo, manteniéndolo apretado varios segundos. Las puertas continuaron sin moverse. Pulsó el botón tres veces muy seguidas. Nada. Por fin, desesperado, apretó el botón rojo de emergencia. No hubo ninguna reacción.

—No funciona —masculló.

Miraron el panel sobre la puerta que indicaba el número de planta. En la pantalla aparecía una E. Error.

De pronto se encendió una pequeña pantalla de televisión sobre el panel de control. Al principio no le prestaron mucha atención. Dieron por supuesto que aparecerían noticias de algún canal por cable o actualizaciones de las cotizaciones de la bolsa, el tipo de cosas que se retransmiten en los monitores de los ascensores.

Sus ojos tardaron un poco en acostumbrarse al resplandor de la pantalla. Pasados unos instantes, apareció en ella un mensaje en grandes letras negras.

Bienvenidos al escape room.
Vuestro reto es sencillo. Salir de aquí con vida.

4

Sara Hall

Recibí la llamada telefónica el primer día libre que tenía esa semana. Me había pasado seis días seguidos trabajando dobles turnos en el Rob Roy. Me dolía el lumbago de tanto cargar jarras de cerveza y pesadas planchas con carne chisporroteante a inagotables riadas de clientes hambrientos. Hacia el final de cada turno estaba tan agotada que tenía que hacer un esfuerzo de concentración para asegurarme de que llevaba cada pedido a la mesa correcta.

Era media mañana. Estaba dormida con la cabeza bajo la almohada para evitar la luz que entraba por la persiana entreabierta. Había olvidado cerrarla cuando caí rendida en la cama en mitad de la noche.

Hice caso omiso del timbre del teléfono. No era fácil, porque sonaba a todo trapo el tema principal de *Curb Your Enthusiasm*. Tengo el sueño profundo y, si me lo propongo, la mayor parte de los días no me despierto aunque resuene una banda de música tocando a todo trapo.

Pero esa mañana era incapaz de ignorar la insistente alarma del teléfono por mucho que lo intentase. Pese a lo agotada que estaba, me preocupaba que pudiese ser mi madre con noticias sobre mi padre. Lo habían ingresado otra vez en el hospital después de un nuevo problema de corazón. Al final, la inquietud por la salud de mi padre me hizo darme la vuelta, coger el teléfono y responder la llamada bajo las sábanas.

—Hola —grazné, con la voz apagada por el sueño.

El largo silencio que siguió me hizo intuir que quienquiera que estuviese al otro lado de la línea no era mi madre.

—¿Sara? —Era una voz de hombre. Profunda. Con un acento peculiar. ¿Tal vez británico? No, no era británico. Había algo en él de otra parte. De algún país europeo. Estaba demasiado adormilada para ponerme a pensar quién podía ser.

—Sí, soy yo —respondí. Traté de aclararme la garganta con disimulo—. ¿Quién eres?

—Vincent de Vries. De Stanhope e Hijos. —Hizo una pausa para comprobar si lo reconocía. Yo casi me atraganté al oír su nombre. Tenía la voz rasposa. Era obvio que me acababa de despertar. Iba a darle la impresión de que era una desempleada holgazana que se pasaba el día en la cama. Y eso sería un desastre. Me incorporé hasta quedar sentada y mientras él hablaba bebí agua de la botella que tenía junto a la cama.

—Nos conocimos en un ascensor en mi oficina hace unas semanas —continuó.

—Lo recuerdo, Vincent —contesté con todo el entusiasmo que fui capaz de reunir teniendo en cuenta que hacía diez segundos estaba profundamente dormida—. Se ofreció a echar un vistazo a mi currículum. Fue muy amable por su parte.

—No sé si entonces mencioné que pronto podía haber una vacante en mi equipo. Acaba de suceder. Después de repasar tu currículum, creo que encajarías en el puesto. Voy a pedirle a nuestro jefe de selección de personal que concierte una entrevista contigo. Si es que todavía sigues buscando trabajo.

—Sí —asentí con el desmesurado entusiasmo de una desempleada—. Estoy muy interesada en hacer una entrevista para ese puesto. —Mientras hablaba, cayó sobre mí la cruda realidad. Otras veintiuna horas de viaje a Nueva York. Otros tres días sin propinas en el restaurante. Otro billete de tren y otro traje para la entrevista que no me podía permitir. Más deudas. Más ingresos perdidos. Otro inevitable rechazo. ¿Para qué tomarse tantas molestias si al final todo iba a acabar en un dolor de cabeza?

—Fantástico. Pediré a nuestro equipo de selección de personal que te busque un billete de avión para hacer las entrevistas el viernes. ¿Te va bien?

Guardé silencio para digerir las palabras de Vincent. Acababa de decir que me iba a reservar un vuelo. No tendría que ir en un tren de la Amtrak pagándome yo el billete. Me sentí animada cuando habló de entrevistas, en plural. Sonaba a que era una candidata firme. A que de verdad tenía una oportunidad.

—Por mí perfecto —respondí tratando de mantener la calma—. Gracias por llamarme, Vincent. Agradezco de verdad la oportunidad.

Estaba eufórica. Antes de la llamada tenía ante mí lo que parecía una vida infernal como camarera de un restaurante de franquicia, con un jefe que se apropiaba de las propinas y echaba a los empleados las culpas de sus propios errores.

Por no mencionar el tener que compartir piso con Stacey, una malcriada de veintidós años cuyo holgazán novio, Gary, se quedaba a dormir casi cada noche, que dejaba siempre los platos sucios en el fregadero para atraer a las cucarachas y colgaba los sujetadores y las bragas en la mampara de la ducha para que se secasen, de modo que yo no tenía otro remedio que ducharme con su ropa interior colgando ante mis narices.

La llamada de Vincent suponía en principio una oportunidad de encauzar mi carrera, conseguir estabilidad económica y empezar una nueva vida en Nueva York. Tal vez incluso pudiese conseguir un piso para mí sola. Casi levitaba con solo pensar en todas las posibilidades que se abrían ante mí.

Chillando de entusiasmo, salté de la cama con mi pijama de rayas de colores como una niña hiperactiva dispuesta a pegar botes en una cama elástica. De pronto la vida era maravillosa.

En cuanto se me pasó la euforia inicial, la realidad tomó las riendas de la situación. Sabía por amarga experiencia cómo iban a desarrollarse las cosas con toda probabilidad. Me sentiría bien durante la entrevista y volvería a Chicago con la esperanza de estar a punto de conseguir un nuevo trabajo. Al final me rechazarían con otra amable carta estándar del director de recursos humanos. Había pasado por eso con Richie y la experiencia me había dejado hecha polvo.

Una chica del departamento de recursos humanos me telefoneó dos días después para comunicarme que no había pasado a la última ronda de entrevistas.

—El director del departamento ha optado por otro candidato más acorde con los requerimientos del puesto.

—¿En qué puntos en concreto no era acorde? Porque, que yo sepa, cumplía con todos los requisitos que se pedían para el trabajo. —Traté de mantener un tono no agresivo, pero noté que a la chica le irritaba mi insistencia.

—Richie, ejem, el señor Worthington ha considerado que te faltaba seriedad —apuntó con tono incisivo, como si lo que decía tuviese algún sentido—. La seriedad es muy importante en nuestra empresa.

Hubiera querido responderle que si la seriedad era tan importante allí deberían enseñar a los directores de recursos humanos a no llenarse la boca de frutos secos durante las entrevistas laborales. Tuve que contenerme para no concluir la conversación diciéndole a la chica por dónde se podía meter Richie su seriedad.

Al parecer, la seriedad era un atributo masculino. Una característica de los hombres trajeados. Hombres como Richie, pese a sus pésimos modales comiendo.

Algún tiempo después me enteré de que Richie había contratado para el puesto a un compañero de la facultad. Como sospechaba, yo no era más que el relleno para cubrir la cuota. O uno de muchos. Tenía que hacer el paripé de entrevistar a más candidatos para camuflar el hecho de que iba a contratar a un amiguete para el puesto. Enchufismo de vieja escuela. Así se cubren la mitad de los trabajos de la ciudad.

La experiencia con Richie me había dejado un mal sabor de boca. No estaba segura de ser capaz de volver a pasar por eso con Vincent. Pasarme la noche en vela contándome el cuento de la lechera. Eso es lo que había hecho antes de la anterior entrevista. Incluso había echado un ojo a una lista de pisos en alquiler para decidir dónde quería vivir. Todo un exceso de confianza.

Pasarían unos días después de regresar a casa tras la nueva entrevista. Me inventaría excusas sobre por qué no había recibido noticias de la empresa. Me diría que el responsable de recursos humanos estaba enfermo, o que Vincent estaba de viaje de negocios. Pero llegaría un momento en que ya no habría otra explicación razonable posible que la obvia del porqué del prolongado silencio: no me habían dado el trabajo. Recibiría un correo estándar del director de recursos humanos.

«Quedamos muy gratamente impresionados por su talento y currículum. Sin embargo, teníamos una larga lista de candidatos y nos hemos decantado por otro que se adecua mejor a los requisitos que buscamos para este puesto.» Significara lo que significase eso. O tal vez diría que por lo pronto el puesto no iba a ser cubierto, que se había optado por realizar una promoción interna o que se había cambiado el planteamiento y ahora buscaban otro perfil. O cualquier otra de los cientos de excusas que había tenido que oír hasta el hartazgo.

Decidí que debía confiar en que tenía una oportunidad. Si no, más valía acurrucarse en la cama y dejarse morir. Tal como Vincent me había prometido, la empresa me pagó el vuelo a Nueva York. Aterricé la tarde del día anterior a las entrevistas. La empresa también me pagaba el alojamiento en un hotel de cinco estrellas a dos pasos de sus oficinas.

Era la primera vez en mi vida que me alojaba en un hotel de más de tres estrellas. Lo más cerca que había estado de ese nivel de lujo fue cuando, a los diecinueve años, trabajé durante un verano en el servicio de habitaciones de un resort en el Lago Superior. Era la chica con uniforme del hotel que llevaba las bandejas del desayuno y los periódicos a las habitaciones y ganaba lo que le daban de propina.

Por eso fui generosa con el botones que me acompañó a la habitación en el hotel de Nueva York. Aunque no me sobrara el dinero, sabía lo que era acabar una jornada de trabajo sin apenas dinero para coger el autobús de regreso a casa y comprar algo de cena.

Crecí en una familia en la que cada mes, cada semana, suponía un reto económico. Mi padre arrastraba problemas de salud. Se cansaba enseguida y a menudo se ponía enfermo. Había cursado estudios de ingeniero mecánico, pero no había tenido un empleo estable desde la primera juventud. Mi madre, que trabajaba de maestra antes de que yo naciera, tuvo que volver a buscar trabajo para mantenernos a los dos.

Mi infancia estuvo marcada por los ajustes de cinturón, el ahorro y la desesperada búsqueda de becas con las que afrontar mi escolarización, mientras poníamos todo nuestro. empeño en ocultar nuestra precaria situación a nuestros conocidos. Mis padres se sentían muy avergonzados por no haber conseguido alcanzar sus sueños, excepto el de haber tenido una hija. Todo el dinero que conseguían ahorrar se destinaba a pagar mi educación. Casi nunca íbamos de vacaciones, y desde luego cuando lo hacíamos no podíamos permitirnos alojarnos en hoteles de cinco estrellas.

Ahora disfrutaba de mi primer viaje de lujo. Me dieron una habitación espaciosa con una cama tan grande que cabían cinco personas, que la camarera de piso me había abierto. También me había dejado unas chocolatinas encima de la almohada y una cestita con snacks junto a la ventana, acompañada de una nota que explicaba que era un detalle de la empresa. También indicaba que Stanhope e Hijos pagaría hasta doscientos dólares de gastos en comida y bebida durante mi estancia de una noche.

Me estiré en la cama y disfruté del lujo. Eché una ojeada a la carta de almohadas, seleccioné una para la noche y a continuación me puse a juguetear como una niña con el sistema de música y entretenimiento. En el lavabo encontré un neceser con productos caros de una marca francesa, incluida una crema exfoliante. Los probé todos antes de sumergirme en la bañera llena de agua con sales con aroma de citronela mientras miraba la tele del baño, para calmar los nervios.

No pude resistir la tentación de pedir la cena al servicio de habitaciones: filete, ensalada y patatas fritas, que me trajeron en un carrito cubierto con un mantel blanco y cubertería de plata. Cené sentada en la cama con las piernas cruzadas mientras ensayaba las respuestas de la entrevista.

Por la mañana tomé un desayuno continental en la habitación, ataviada con un albornoz blanco y contemplando por la ventana los atascos de primera hora de la mañana en Manhattan. Las desordenadas hileras de coches bloqueados en la calle de abajo parecían un cuadro abstracto. La sensación era de caos. Los colores resaltaban sobre el gris del asfalto. Los vehículos avanzaban con tal lentitud que el movimiento parecía una ilusión.

Me tomé un segundo café antes de ponerme el traje que ya había utilizado para la entrevista con Richie. Lo combiné con una camisa de seda lila nueva y un collar de oro con filigranas.

Caminé las dos manzanas que me separaban de las oficinas de Stanhope e Hijos. Por el camino me crucé con hordas de brókers de Wall Street que iban a trabajar con sus trajes de dos mil dólares. La rubia platino de la recepción se había mostrado desdeñosa cuando acudí a la entrevista con Richie. Esta vez, en cambio, no pudo ser más atenta conmigo.

—Vincent me ha dicho que te esperaba —comentó de forma efusiva mientras me acompañaba a la sala de la entrevista—. Cualquier cosa que necesites, dímelo. Lo que sea. —Me sonrió al cerrar la puerta y me dejó a solas a la espera de la primera reunión.

La sala era más grande que la de la desastrosa entrevista con Richie. Disponía de una larga mesa blanca en la que podían sentarse ocho personas. El tablero no era transparente, como el que había permitido a Richie mirarme descaradamente las piernas. Y el aire acondicionado estaba a una temperatura confortable.

Me hicieron una ronda de cinco entrevistas en un solo día. Todas en esa sala. Solo salí para ir al baño y media hora para comer a mediodía. Aquello era una prueba más de que la entrevista de Richie fue una mera pantomima. Si me hubiera considerado una candidata real, hubiese organizado más entrevistas ese mismo día. Jamás se planteó que yo pudiera pasar la primera criba.

La empresa exigía pasar un mínimo de cuatro entrevistas antes de hacer cualquier oferta. Era una norma inamovible. En algunos casos, el número de entrevistas podía ascender hasta seis. O incluso siete para los puestos más elevados. Pero jamás se contrataba a nadie sin pasar al menos por cuatro. Eso se aplicaba a todo el mundo, desde los altos ejecutivos hasta los encargados de gestionar el correo.

La primera entrevista del día fue con Donna, una ejecutiva de recursos humanos con un máster de Psicología Organizativa. Donna lucía melena negra ondulada hasta los hombros y una amplia y franca sonrisa. Empezó con una serie de preguntas preliminares, preguntándome por qué aspiraba al puesto y qué creía que podía aportar a la empresa. Yo tenía las respuestas a estas preguntas muy trabajadas. Contesté con seguridad y voz clara. Ella tomó bastantes notas y por suerte no me pilló desprevenida con ninguna pregunta rebuscada.

La siguiente entrevista fue con Deepak. Llevaba gafas de montura metálica y tenía una cara de rasgos amables que casaba bien con su complexión delgada y frágil. Me dijo que era originario de Bangalore y me explicó que la entrevista se centraría en poner a prueba mi capacidad de gestión. Me planteó varios escenarios financieros que por lo visto pretendía que resolviera mentalmente, porque no me ofreció ningún papel.

Yo estaba tan nerviosa que al principio no fui capaz de memorizar las cifras que me daba. Hice una pausa y bebí un poco de agua para calmarme. A partir de ahí respondí a todas sus preguntas sin cometer ningún error. Supe que lo había hecho bien por la expresión complacida en su rostro.

Después de Deepak llegó el turno de Lance. Parecía un ejecutivo publicitario. Tenía un rostro cincelado como el de un muñeco Ken bajo el que camuflaba una desaforada inteligencia. Me bombardeó a preguntas para comprobar cómo manejaba determinadas situaciones. Tras contestar a la primera tanda de un modo que pareció dejarlo satisfecho, pasó a otro bloque de preguntas todavía más duras.

—No hay respuestas correctas —me advirtió—. Solo quiero saber lo que piensas.

Asentí para dejar claro que lo había entendido.

—¿Cómo encontrarías un buen restaurante chino en el centro del Manhattan si no tuvieras acceso a internet? —No era el tipo de pregunta para la que una se prepara la respuesta en una entrevista para trabajar en un banco de inversiones.

—Me daría una vuelta por Chinatown y elegiría el más concurrido —contesté.

Él anotó algo manteniendo una expresión inescrutable. Siguieron más preguntas en esa línea. Me pidió que calculase cuántas pelotas de tenis cabrían en un coche de ocho plazas y me preguntó cómo me las arreglaría para encontrar una aguja en un pajar. Respondí que utilizaría un imán.

La cuarta entrevista fue con Mitch. Era un abogado de rostro afilado que formaba parte del departamento de riesgos y regulación, y se dedicó a pincharme hasta que me sentí como un alfiletero.

—Si descubrieses a un colega robando un dólar, ¿lo denunciarías? —me preguntó—. Responde —me azuzó cuando vio que yo dudaba—. Sara, ¿para ti qué es más importante, la ética o llevarte bien con tus compañeros de trabajo?

La pregunta me dejó sin palabras, porque cualquier respuesta parecería errónea.

—La ética —contesté—. Pero no denunciaría a nadie por un simple dólar.

—¿Qué cantidad tendría que robar para que decidieses dar parte? —contraatacó.

Evité su mirada expectante. No tenía una respuesta clara.

Él optó por desviar la entrevista hacia una nueva dirección.

—Cuéntame alguna ocasión en que la cagases de manera estratosférica.

La cosa siguió hasta que me resbaló una gota de sudor por la espalda mientras respondía a sus preguntas como un bateador enfrentado a un lanzador muy rápido.

Sin embargo, en ningún momento me mostré incómoda. Logré mantener la frialdad.

—No lo has hecho tan mal —dijo al final de la entrevista. Había estado intimidante, pero sus agresivas preguntas habían sido un tranquilo paseo en comparación con el avasallador estruendo de la masticación de Richie para quitarme de en medio.

La entrevista con Vincent fue la última del día. Antes de empezar, la recepcionista que me había acompañado al llegar me trajo un café y una magdalena. Me lo zampé todo y agradecí el chute de azúcar y cafeína. Empezaba a estar agotada. Y estaba un poco afónica después de pasarme horas hablando sin parar.

Vincent apareció por la puerta al poco rato.

—Encantado de saludarte de nuevo, Sara —dijo.

Era más alto de lo que recordaba. Y más guapo. Cuando nos conocimos en el ascensor no me había podido fijar mucho en él. Ahora vi que tenía unos pómulos prominentes y el cabello tan corto que parecía rapado. Los ojos sí los recordaba bien de nuestro primer encuentro. A la luz del atardecer que entraba por la ventana de la sala, eran como esquirlas de cristal azul claro.

Se sentó con las manos entrelazadas ante él y me hizo varias preguntas preliminares para romper el hielo. Apenas dejó de mirarme ni un segundo mientras yo respondía. Me pareció al mismo tiempo desconcertante y extrañamente magnético que mostrase tanto interés por mí. Cuando terminé de hablar, se quedó un momento pensativo y se acercó la libreta que había dejado sobre la mesa.

—Disculpa un segundo —me pidió sin levantar la vista mientras se ponía las gafas de leer y anotaba algo con una letra muy peculiar. Era el único que tomaba notas a mano. Los demás habían utilizado ordenadores portátiles.

—Adelante —respondí.

Al cabo de un rato dejó el bolígrafo en la mesa.

—Estoy un poco confundido —empezó.

—¿Confundido sobre qué?

—Estudiaste el preparatorio de Medicina. Cursaste, entre otras asignaturas, química, biología y matemáticas. Seguro que hubieras podido entrar sin problemas en una facultad de Medicina. Y sin embargo, optaste por un máster de Administración de Empresas. Y ahora mismo estás pasando una entrevista para un trabajo financiero en una empresa de inversiones. —Hizo una pausa esperando mi respuesta, pese a que no había formulado ninguna pregunta.

—¿Quiere saber qué me empujó a dejar de lado las ciencias y optar por las finanzas?

Nadie me había planteado esa pregunta en las entrevistas precedentes. Lo habría pasado mal. Era una cuestión para la que no estaba preparada. Ni siquiera sabía darme a mí misma una respuesta clara.

Todo apuntaba a que debería haberme matriculado en una facultad de Medicina en lugar de en una escuela de negocios. Cumplía los requisitos y tenía la media necesaria. De hecho, llegué a recibir ofertas de dos prestigiosas universidades. Las rechacé ambas.

—¿Por qué este cambio de orientación en tu carrera? —preguntó.

Me sostuvo la mirada. Sus ojos me hicieron pensar en un océano azul un día soleado. Era obvio que quería una respuesta consistente, no una banalidad como que siempre había soñado con trabajar en Wall Street o que me veía a mí misma como una versión femenina de Gordon Gekko.*

Quería oír la verdad. Pero hasta ahora no había sido capaz ni de explicármela a mí misma.

—Mi madre tuvo un derrame cerebral cuando yo estaba en el último curso del instituto —expliqué—, y mi padre sufre problemas de salud desde que tengo memoria. Soy hija única. —Me temblaba la voz por el esfuerzo de contener las emociones—. No pasa ni un día sin que me pregunte si voy a recibir una llamada informándome de que mamá o papá han muerto, o de que uno de ellos está hospitalizado y necesita un tratamiento que su seguro sanitario no cubre.

Contuve las lágrimas que se me estaban formando en las

* Personaje de las películas de *Wall Street* y *Wall Street 2*.

comisuras de los ojos. Percibí que Vincent se había dado cuenta. Me aclaré la garganta.

—Es una forma de explicar que quería cursar una carrera que me permitiese ganar dinero desde el minuto uno, porque necesito poder ayudarlos con sus gastos médicos.

—En lugar de esperar entre tres y cinco años después de licenciarse, que es lo que tarda un médico en empezar a ganar dinero —comentó él—. Y además, en una escuela de negocios se invierte la mitad de tiempo que en la carrera de Medicina.

—Conseguí una beca parcial para mujeres financieras que cubría la mitad del coste del MBA. Además, es mucho más barato que una carrera de Medicina. Me pareció que era la mejor decisión. —Dudé unos instantes—. Y además, he pasado mucho tiempo en hospitales con mis padres... Detesto los hospitales.

—Pero no previste que habría una crisis económica justo después de graduarte. Pensaste que conseguirías un trabajo de inmediato —concluyó él—. No tenías ni idea de que el MBA estaría muy devaluado al acabar los estudios.

Me violentó lo mucho que parecía saber sobre mí.

—Hice una lectura equivocada de la bola de cristal. Imaginé que a estas alturas ya estaría ganando un buen sueldo.

—O dicho de otro modo, que había resultado ser la decisión más estúpida que había tomado en mi vida.

Vincent no dijo nada. Se limitó a anotar algo en su libreta. Pasaron varios minutos hasta que volvió a mirarme. Me tiré de los pelos por ser tan franca. Podría haberle contado que me desmayé la primera vez que vi sangre o alguna otra cosa por el estilo.

—No te preocupes —me tranquilizó—. He escuchado peores razones para querer trabajar aquí.

5

El ascensor

Sam había participado en un escape room hacía unos diez meses, en una despedida de soltero organizada para un viejo amigo de la universidad. Esa noche habían jugado en dos habitaciones del local. La que más le gustó fue la que reproducía el interior de una avioneta Learjet, con su cabina, ventanillas y asientos sacados de un jet decomisado. El escenario que les plantearon fue que había una bomba a bordo y tenían una hora para desactivarla.

Les llevó cincuenta y ocho minutos descifrar el código y desarmar la bomba virtual, sirviéndose de pistas que reunieron resolviendo varios acertijos a bordo del falso jet privado. Una tarjeta de embarque de un «vuelo» anterior los condujo hasta un asiento en concreto, debajo del cual encontraron un ordenador portátil que requería un código de tres dígitos para desactivar la bomba. Pudieron componer el código resolviendo varios juegos de palabras y problemas matemáticos garabateados en la contraportada de una revista, en el reverso de un posavasos y entre el texto de las instrucciones de seguridad que encontraron en el bolsillo de un asiento.

Por el camino fueron encontrando otras pistas que los condujeron a callejones sin salida. Solo les quedaban dos minutos de tiempo cuando introdujeron el código para desarmar la falsa bomba. Era un código erróneo. Oyeron el ruido ensordecedor de una explosión seguido de un anuncio pregrabado que les informaba de que habían fallado en su misión y estaban todos muertos. Un segundo después, se encendieron las luces y se abrió la puerta. Estaban de vuelta en el almacén de los escape rooms.

En contraste, el escape room del ascensor era claustrofóbico, oscuro y aterradoramente real. Llevó el concepto a un nivel superior al situar la experiencia en un ascensor auténtico en lugar de hacerlo en uno construido en madera contrachapada en un almacén.

—¿Qué pasa ahora? Sam, tú ya has jugado a esto. —Jules dejó entrever su nerviosismo hablando demasiado rápido. Puso la mano sobre el hombro de su compañero, como para llamar su atención, aunque en realidad lo que buscaba era un contacto humano en la oscuridad. Sam se dio la vuelta.

—¿Cómo narices voy a saberlo? —soltó—. Esto resulta demasiado real para mi gusto.

Antes de someterse al desafío en el avión de pega, a él y sus amigos le habían dado una charla de quince minutos con instrucciones. En este caso, al parecer, tenían que buscarse la vida sin ningún tipo de asistencia. Tan solo contaban con el mensaje de la pantalla: «Bienvenidos al escape room. Vuestro reto es sencillo. Salir de aquí con vida».

—He participado en alguno, y lo que teníamos que hacer era encontrar acertijos y resolverlos —explicó Sam—. Tal vez deberíamos empezar a buscar a nuestro alrededor a ver si hay instrucciones o pistas. Tienen que estar escondidas en algún lado.

Recordó que en el jet él había dado con una pista importante en unas instrucciones de seguridad en el bolsillo de un asiento. Pero en el austero ascensor no parecía haber ningún lugar obvio en el que esconder pistas. No había recovecos ni ranuras. Ningún mobiliario. Ningún accesorio. Tan solo ellos cuatro a oscuras, sin saber muy bien qué pasos dar.

—Diría que no tendremos que buscar ninguna pista —murmuró Sylvie con tono dramático—. Me parece que la pista nos ha encontrado a nosotros.

El primer mensaje de la pantalla había sido sustituido por otro:

Muerto, pero no olvidado
ASLHARLA

—¿Qué narices significa? —preguntó Jules.

—Es un anagrama —aclaró Sylvie, alzando un poco los ojos en un gesto de hartazgo. Nunca se le habían dado bien los juegos y las actividades en equipo. Se indignó consigo misma por no haberse negado a acudir a esta reunión aduciendo que tenía un vuelo a París. Pero Vincent había insistido en su mensaje que la asistencia era obligatoria. No le hubiera gustado nada que ella no apareciese.

»Podemos pasarnos los próximos veinte minutos descifrando el anagrama —añadió Sylvie—. O podemos dar con la respuesta en dos segundos y salir de aquí.

Conectó el navegador de internet de su móvil. Le importaba un pito si eso se consideraba hacer trampa. Mostrar iniciativa para salir adelante era uno de los valores esenciales de la empresa. Además, en su caso no tenía tiempo que perder. Quería salir de allí lo más rápido posible para pasar por casa, hacer la maleta y coger su vuelo nocturno.

En la pantalla de su móvil apareció un mensaje que informaba de que no había conexión a internet. Volvió a intentarlo con idéntico resultado. Comprobó la configuración del móvil.

—No tengo conexión a la red con el móvil y aquí no hay wifi —dijo, sin dirigirse a nadie en particular—. ¿Alguien tiene conexión?

—No —respondieron los demás al unísono pasados unos segundos, después de comprobar sus móviles.

—¿Cómo es posible? —preguntó Sylvie.

—Quizá los que han montado el escape room han bloqueado la conexión a la red porque no quieren que consultemos las respuestas en el móvil —sugirió Sam.

—Les otorgas demasiados méritos —comentó Vincent con desdén—. Estamos en el ascensor de un rascacielos a medio camino hacia la última planta, y por lo tanto en el equivalente a un largo túnel de cemento. Solo que este es vertical. Y aquí no hay wifi —explicó—. Resumiendo, estamos desconectados del mundo exterior. Vamos a tener que salir de aquí sin ayuda de Google.

—No dispongo ni del tiempo ni de la paciencia para jugar a juegos estúpidos —se quejó Sylvie—. Tengo que coger un vuelo esta noche.

—Llegarás a tiempo. No tardaremos más de una hora en salir de aquí —le garantizó Sam—. En la despedida de soltero de mi amigo Phil nos metimos en un par de escape rooms. Una de ellas era muy complicada y no logramos descifrar los enigmas. Al cabo de una hora nos sacaron de allí.

Después de eso se fueron a un garito de estriptis, donde se emborracharon y animaron al novio a meterse en una habitación con una bailarina para desfogarse. En la fiesta de la boda, el ebrio padrino hizo una alusión en su discurso a la visita al club de estriptis. A la novia, que pensaba que la despedida de soltero empezaba y acababa en el escape room, motivo por el que había sugerido esa actividad, el comentario no le hizo ninguna gracia.

—Nos vamos a pasar la próxima hora aquí encerrados —intervino Vincent—. Por consiguiente, deberíamos intentar resolver el reto que se nos propone. La empresa nos ha enviado aquí por algún motivo. Es algún tipo de prueba. Creo que deberíamos emplearnos a fondo.

—Pues entonces pongámonos en marcha —suspiró Sylvie, pensando en París.

—No te preocupes —la consoló Jules, leyéndole el pensamiento—, vas a tener tiempo de sobra para coger ese vuelo y visitar a... ¿cómo se llamaba? —Todos se dieron la vuelta con torpeza.

—Se llama Marc —respondió ella con frialdad—. Os lo presenté en la cena benéfica de Navidad.

—Es verdad —replicó Jules, como si acabase de recordarlo—. El marchante de arte. Bajito. Con una nariz que parece partida, pero no lo está, y con un cabello muy espeso para un hombre de su edad. Deduje que se había hecho implantes. Está casado, ¿verdad? ¿Y tiene una hija más o menos de tu edad?

—Cierra el pico, Jules. Te estás comportando como un capullo —intervino Sam.

—Jules, si de verdad quieres que responda a tu pregunta —dijo Sylvie—, Marc está separado. Su hija va al instituto. Por cierto, que a ti ser un hombre casado y padre de familia nunca te ha supuesto el más mínimo problema.

Jules sonrió para sus adentros y no volvió a abrir la boca. Había logrado su objetivo. Sabía cómo irritar a Sylvie.

—«Muerto, pero no olvidado.» —Sylvie repitió la pista, decidida a ignorar las puyas de Jules—. ¿A quién conocemos que encaje con esta definición?

—John Wayne —propuso Jules con frivolidad.

—¿Qué tal Abraham Lincoln? O Kennedy —sugirió Sylvie.

—Podría ser una referencia cultural pop —apuntó Sam—. ¿Qué me decís de Jimi Hendrix o de Kurt Cobain?

—Os habéis olvidado todos del anagrama. Ninguna de las sugerencias encaja con las letras del anagrama —dejó claro Vincent—. Hagámoslo al revés. ¿A quién conocemos cuyo nombre esté formado por las letras A-S-L-H-A-R-L-A?

Se produjo un silencio mientras todos trataban de dar con posibles respuestas.

—Bueno, podría ser alguien del pasado —propuso Jules con un tono que indicaba que había dado con algo.

—¿Cuál es la respuesta?

—Si reordenamos esas letras... —empezó Jules—. El nombre que se puede formar es «Sara Hall». Muerta pero no olvidada. Sara Hall. Encaja, ¿no os parece?

6

Sara Hall

Pese a mis ímprobos esfuerzos por mantener las esperanzas bajo control, en cuanto regresé a casa tras las entrevistas con el equipo de Vincent prácticamente me puse a hacer las maletas para volver a Nueva York. Estaba eufórica. Consulté listados de precios de alquileres de pisos y me metí en foros para gente que se instalaba en la ciudad.

Pasaron dos semanas. No recibí noticia alguna. Era obvio que no me habían dado el trabajo. Me hundí. Del todo. Me destrozó pensar que había perdido mi oportunidad por segunda vez. Primero con Richie y ahora con Vincent. Me pasé horas repasando en mi cabeza la última entrevista.

No debería haber permitido que Vincent me acorralase con lo de los estudios de Medicina. Debería haberle dado una respuesta banal. Y haber mantenido las emociones bajo control. Él no quería oírme hablar de mis problemas personales. Y desde luego no iba a contratar a una analista financiera que podía dejar la empresa al año de entrar para perseguir su sueño de estudiar Medicina. ¿Tal vez era este el motivo por el que no había vuelto a tener noticias de ellos? Fuera el que fuese, había echado a perder la que con toda probabilidad era mi última oportunidad de encauzar mi carrera profesional antes de que fuese demasiado tarde.

Aumenté mis horas de trabajo en el Rob Roy y cogí turnos dobles los fines de semana, que era cuando las propinas solían ser más altas. Cualquier cosa con tal de distraerme y mejorar mis finanzas. Trabajé de mediodía a medianoche tantos días seguidos que me sentía como con un *jet lag* permanente.

Retomé la búsqueda de trabajo, concentrándome en empleos de segundo y tercer nivel en el mundo financiero. En las empresas de selección de personal me comentaban que todo estaba parado debido a la crisis y que el modo más viable de conseguir un empleo era a través de tu propia red de contactos. «No te lo tomes como algo personal. Incluso a la gente con experiencia le está costando horrores conseguir un trabajo», me dijeron.

Yo ya estaba llegando al punto en que me daba igual dónde trabajar. Lo único que quería era algo que no implicase ser amable con clientes maleducados, un dolor de espalda permanente por trajinar con pesadas bandejas y cocineros que me tocaban el culo en la cocina cada vez que iba cargada con platos, porque sabían que no podía apartarles las manos con un manotazo sin que se me cayera todo.

Tres semanas después de las entrevistas con Stanhope e Hijos, estaba en el turno de tarde en el Rob Roy. Me sentía cansada e irritada con todos los aspectos de mi vida. Leo, el encargado bajo y calvo, se quejó de que una clienta amenazaba con colgar una reseña negativa en la web porque en su ensalada solo había cinco tomatitos. La mujer insistía en que en la fotografía de la ensalada en la carta había ocho.

—No me puedo creer que alguien se dedique a contar los tomates —murmuré mientras llevaba su plato vacío a la cocina.

—Tiene todo el derecho a contar los tomatitos —ladró Leo—. El cliente siempre tiene la razón.

—¿Por qué me echas a mí el sermón? Habla con los cocineros. Yo me limito a servir la comida.

Me agarró del brazo y no parecía dispuesto a soltarme hasta que no encontrara una respuesta a mi comentario.

—Sara, tu problema es que deberías sonreír más —me dijo—. Si una clienta quiere más tomates en la ensalada, sonríes y le preguntas cuántos más quiere que le traigas. Mario te pondrá los tomates. Tenemos tomates de sobra. Tenemos tantos putos tomates que, al acabar la jornada, nuestros cubos de basura acaban repletos de ellos.

Yo sabía cómo conseguía Mario más tomates si alguien los pedía. Normalmente los rescataba de platos recogidos de las mesas que la gente no se había acabado o los sacaba de esos cubos de basura que Leo acababa de mencionar. Me callé. No quería desquiciar a Leo. Ya estaba bastante irritado conmigo. En unos días tenía que abonar el alquiler y necesitaba los turnos extras.

—Ah, Sara, y si quieres conseguir mejores propinas, hazme caso: ponte una falda más corta —me recomendó con sabiduría.

Me miré la falda negra que llevaba. A mí ya me parecía lo suficientemente corta. La llevaba bastante por encima de las rodillas.

—Pensaba que esto era un restaurante familiar —respondí con tono afable.

—Y lo es —asintió él—. Pero enseñar un poco las piernas no le hace daño a nadie. Y sin duda aumentaría la cuantía de las propinas.

—Lo tendré en cuenta, Leo. —No hice ningún esfuerzo por disimular el tono sarcástico. Esa noche todo me resultaba irritante. La señora de los tomates. Leo. Los clientes que habían ocupado una mesa durante dos horas y me habían dejado calderilla en lugar de una propina como Dios manda. Stacey, mi compañera de piso, que había vuelto a dejar el fregadero lleno de platos sucios para que yo los lavase.

Aguantar lecciones sobre tomates y la longitud de la falda no era la carrera profesional con la que había soñado cuando me saqué el MBA con la mejor nota de mi clase. Volvía a la sala del restaurante, harta de todo, cuando noté que el móvil me vibraba en el bolsillo trasero.

Una mujer de rizada melena pelirroja alzó la mano para avisarme de que estaba lista para pedir. Simulé no haber visto su gesto y me dirigí a los lavabos. Respondí y me metí en un cubículo para que Leo no me echara la bronca por atender llamadas personales en el horario de trabajo.

Era la directora de recursos humanos de Stanhope e Hijos. Había hablado con ella varias veces cuando me gestionó los vuelos y el hotel para la tanda de entrevistas con Vincent y su equipo.

—Te voy a enviar un correo electrónico, pero primero quería hablar contigo para explicártelo en persona.

Me hundí de inmediato. Me llamaba para comunicarme que no me daban el trabajo.

—Explicarme ¿qué? —pregunté con un hilo de voz.

—Tengo el placer de comunicarte que nos gustaría ofrecerte un trabajo en la empresa. Es un puesto de analista, que es un modo fantástico de empezar. Lo que sucede es que necesitamos una respuesta en veinticuatro horas y, si lo aceptas, que te incorpores la semana que viene. Vincent espera que te sea posible.

—Por supuesto, puedo hacerlo. —Alguien tiró de la cadena y de inmediato tapé el micrófono del móvil para impedir que lo oyera.

—Estupendo —contestó—. Felicidades. Ahora mismo te paso por correo la oferta formal. Necesito que la firmes y me la reenvíes mañana como muy tarde.

El mensaje me llegó un minuto después. Abrí el archivo adjunto todavía en el cubículo del lavabo. Solo leer el salario me provocó un temblor en las rodillas. Me ofrecían ciento treinta mil dólares, además de una bonificación anual si cumplía ciertos objetivos. Por si eso fuera poco, me iban a pagar treinta mil dólares a la firma como prima de contratación y cubrirían los costes de la mudanza.

Me entraron ganas de llorar y reír al mismo tiempo. Quería volver al comedor del restaurante y pagar una ronda a todos los clientes. Incluso a la chiflada de los tomates, que no había dejado de mirarme desde que le serví la ensalada.

En lugar de eso, hice lo que había soñado hacer desde el día que me saqué el título. Me quité el delantal del Rob Roy, lo tiré a la basura y me largué sin despedirme ni de Leo, ni de Mario, ni de nadie. Salí de allí convertida en una mujer libre.

Esa misma noche hablé con Stacey, mientras ella y Gary sorbían con estruendo fideos chinos de sendos envases de comida para llevar mientras miraban la tele.

—Vas a tener que seguir pagando tu parte del alquiler hasta que encuentre a alguien para que se mude conmigo —me dijo ella con la mirada fija en la pantalla.

—No pienso hacerlo —repliqué—. El contrato dice que tengo que avisarte con dos semanas de antelación por escrito.

Me incliné y escribí en su servilleta del restaurante: «Por la presente aviso con dos semanas de antelación de que me mudo». Firmé y puse la fecha.

—Aquí lo tienes —y dejé caer la servilleta sobre su regazo.

Me fui al dormitorio a preparar las maletas. Estaba segura de que Stacey estaba en realidad encantada de que me marchase. Hacía tiempo que pretendía que Gary se instalase de forma permanente en el piso sin cambiar el modo en que dividíamos el pago. Yo me negaba a aceptarlo. Gary era un guarro y el piso, demasiado pequeño para tres personas. Además, follaban de la manera más ruidosa que he oído en mi vida. Era inviable que yo pudiese sobrellevar a Gary como una presencia permanente en mi existencia.

Mis mejores amigas me organizaron una pequeña fiesta

de despedida. Llevaba semanas sin apenas verlas con tantos turnos extras encadenados. A todas se nos humedecieron los ojos cuando sacaron una botella de champán para brindar por mí.

—Por la persona más decidida y tenaz que he conocido en mi vida —dijo Jill. Había sido mi mejor amiga durante todos los años de instituto y ahora también ella se mudaba, se iba a vivir con su novio a Seattle—. Sara, sé mejor que nadie lo mucho que has trabajado para conseguir esto. Te mereces todo el éxito que vas a tener.

—Sara —intervino Lisa, alzando un vaso de zumo de naranja. Estaba embarazada de tres meses y no bebía alcohol—. Vaya narices que tienes mudándote de ciudad precisamente ahora que voy a tener gemelos. ¡Contaba contigo para que me hicieras de canguro! —Todas nos reímos—. Ahora en serio, siempre has sido una amiga muy generosa. Tenías preparada una caja de clínex y un envase grande de mi helado favorito de galleta y nata cada vez que yo pasaba por una de mis rupturas catastróficas. Jamás te quejaste, pese a que sé que en realidad odiabas el helado de galleta y nata —añadió, riéndose mientras se secaba las lágrimas de los ojos—. Y sobre todo, nunca perdías los papeles cuando las cosas te iban mal. ¡Para mí eres un modelo que seguir y me alegro tanto por ti que podría ponerme a gritar ahora mismo!

Rompí a llorar cuando desenvolví el regalo que me hicieron. Eran dos fotografías en un marco de plata, una de todas nosotras de adolescentes y otra reciente del grupo en la boda de Lisa. La fiesta terminó con abrazos y promesas de mantenernos en contacto. Siempre.

Los dos días previos a mi vuelo a Nueva York me instalé en casa de mis padres. Quería pasar ese tiempo con ellos. No lo hacía desde que me marché a la universidad. Las cosas habían cambiado mucho desde aquel entonces. Yo ya no era su niñita. Y ellos ahora dependían más que nunca de mí porque habían envejecido y enfermado casi ante mis ojos. A veces pensaba que los roles familiares se habían invertido sin que nos diésemos cuenta. Mis padres estaban entusiasmados con mi nuevo trabajo, aunque notaba una callada angustia porque su única hija se iba a vivir muy lejos. Mi padre recibía diálisis y le iba a ser muy difícil venir a visitarme a Nueva York.

Al entrar en el taxi que me llevaría al aeropuerto, prometí volver y visitarlos con frecuencia. Me sentí desolada cuando los vi decirme adiós con la mano desde la acera, cogidos del brazo como si se sostuviesen el uno al otro. Despedirme de mis padres fue la experiencia más dura de mi vida.

La empresa me pagó un billete en primera clase. Otro puntazo. Mientras bebía una copa de chablis francés helado y comía una *frittata* de salmón, me maravillé del surrealista cambio de mi suerte. Había pasado de ir a Nueva York en tren y acabar salpicada por la saliva del tipo con apnea del sueño que viajaba a mi lado a reclinarme en un asiento de cuero para seleccionar sin prisa los quesos y el postre del menú de primera.

Cuando el avión aterrizó en LaGuardia, me recibió un chófer con librea que sostenía un cartel con mi nombre escrito en gruesas letras negras. Me condujo a otro hotel de cinco estrellas, esta vez con vistas al *skyline* de la ciudad y una habitación del tamaño del piso que había compartido con Stacey. Sobre el escritorio me habían dejado una cesta con fruta y una caja de bombones cortesía de Stanhope.

Me saqué un selfi sentada junto a la ventana de la sala de la suite, mordiendo una manzana roja con el *skyline* de Manhattan al fondo. «Viviendo un sueño», titulé la foto.

7

El ascensor

La luz de sus móviles generaba en el ascensor una brumosa luminosidad grisácea. Era suficiente para verse las caras de inquietud mientras esperaban a que el escape room les desvelase sus secretos. No perdían de vista la pantalla de televisión a la espera de la siguiente pista. Pero seguía en blanco.

No habían recibido instrucciones sobre qué hacer con el anagrama que habían reordenado para obtener el nombre de Sara Hall. Ni siquiera sabían qué tenían que buscar. ¿Debían encontrar un código? Y de ser así, ¿dónde tendrían que introducirlo? No sabían qué enigma debían resolver y no tenían ni la más remota idea de dónde buscar la siguiente pista.

—Podría estar en cualquier lado —murmuró Sam—. Un pósit. Cualquier cosa.

Las paredes con espejos del ascensor centelleaban por el reflejo de la luz de los móviles con la que buscaban alguna pista. No encontraron nada. Aparte de las paredes, no había ningún sitio más donde mirar. Estaban en un ascensor. Neutro, impoluto y vacío. ¿Dónde se podía esconder una pista en un ascensor?

Giraban a un lado y a otro sin parar, frustrados por lo infructuoso que resultaba el empeño. Llevaban cinco minutos allí y ya habían llegado a un punto muerto.

—¿Y esto? —Vincent recogió un papelito arrugado del

suelo. Era un envoltorio de chicle. De sabor canela, a juzgar por el olor—. Hay algo escrito en la parte interior. «La palabra latina para sobrino —leyó en voz alta— es el origen de la palabra inglesa que quiere decir "aprovecharse de los vínculos que tiene uno". Alguien a quien conocéis se ha beneficiado de esta práctica. Encontrad su nombre, que tiene un carácter más que la palabra inglesa, y estaréis un paso más cerca.»

—¿Nos toman el pelo? ¿Latín? —Sylvie le quitó a Vincent el papel de las manos para leerlo con sus propios ojos. Al acabar, lo arrugó indignada—. ¿Quién sabe latín a estas alturas de la historia? Es ridículo.

—No tan ridículo como pueda parecer —arguyó Vincent—. Yo aprendí latín en el colegio. En Holanda es obligatorio. Lo estudié tres años. Hace mucho, pero...

Sylvie cruzó los brazos y esperó a que Vincent recordase sus clases de latín en el instituto. Lo conocía desde hacía tanto tiempo que a veces olvidaba que había nacido y crecido en Holanda. Primero en Róterdam, después en La Haya. Había pasado por el ejército holandés antes de graduarse en Londres y trasladarse a Boston para su MBA.

—Es *nepos* —anunció por fin—. Sobrino en latín es *nepos*.

—La pista dice que tenemos que dar con una palabra inglesa —les recordó Jules.

—Sí, gracias por recalcar lo obvio —dijo Vincent—. *Nepos* es el origen de la palabra «nepotismo». La pregunta es a quién conocemos que se haya beneficiado del nepotismo.

—¿Por dónde empezamos en el mundo de las finanzas? —refunfuñó Sylvie—. El campo es demasiado amplio.

—De entrada, concentrémonos en la empresa —propuso Sam—. Tengamos en cuenta que la pista dice que todos conocemos a esa persona.

—También dice que el nombre de esa persona tiene un carácter más que nuestra respuesta —señaló Sylvie—. «Nepotismo» tiene nueve caracteres. Eso significa que tenemos que pensar en alguien cuyo nombre completo tenga diez caracteres.

—En ese caso es bastante fácil —terció Jules—. Eric Miles es el candidato más claro y su nombre tiene diez caracteres si contamos el espacio en blanco entre nombre y apellido.

Eric Miles era sobrino de uno de los miembros del consejo de administración y biznieto de uno de los Stanhope que fundaron la empresa. Empezó a trabajar en la empresa nada más licenciarse gracias a esos lazos familiares. No había sido un buen estudiante y desde luego no era un gran financiero.

El rumor era que la familia había hecho una elevada donación para que Eric fuese aceptado en su escuela de negocios de la Ivy League, donde logró sacarse los estudios con la ayuda de muy bien pagados tutores que le redactaban los trabajos y lo sometían a una minuciosísima preparación antes de los exámenes.

La carrera de Eric en Stanhope fue meteórica. Y del todo inmerecida. Vincent lo consideraba un auténtico tarugo, por decirlo de un modo amable. Pero tres años después de su contratación, la categoría laboral y el salario de Eric estaban por encima de los de Jules, Sam y Sylvie, pese a que todos ellos llevaban ya varios años trabajando en la empresa cuando apareció él y además tenían muchísimo más talento.

No era solo que Eric mostrase un nivel de incompetencia que bordeada la discapacidad mental, sino que además era un auténtico cabronazo. Era un mal bicho en muchos sentidos. Era grosero con el personal administrativo y decían que tenía las manos muy largas con las secretarias. El personal sabía que había que andarse con cuidado con Eric, sobre todo cuando se emborrachaba en las fiestas.

Era especialmente baboso cuando se juntaban todos para sacarse una foto de grupo; entonces, él se aprovechaba y de forma sistemática sus manos iniciaban un recorrido descendente desde el hombro de una colega de sexo femenino por la espalda hasta tocarle el culo. En una ocasión le levantó la falda por detrás a una y le toqueteó las nalgas por debajo de las bragas de encaje.

Eric parecía disfrutar desplegando su mala educación con las mujeres. Una de las historias que circulaban sobre él la contó una mujer que en una ocasión había coincidido con él y con otro colega en el ascensor. Sin inmutarse, Eric se volvió hacia ese colega y le comentó en voz alta:

—Anoche, Jenny me hizo una mamada. Y eso me hace pensar en una cosa.

—¿En qué? —preguntó el otro.

—Que tengo que comprobar los movimientos de mi American Express.

Era una muestra perfecta de la personalidad de Eric. Vago, arrogante y ruin. Pese a todo, nadie se quejaba jamás. Era intocable. Podría haberse ido de rositas después de cometer un asesinato, y era más que consciente de ello.

Eric estaba a punto de conseguir otro importante ascenso cuando, justo antes de Navidades, dejó la empresa de forma del todo inesperada. Antes de presentar su dimisión, comentó a unas pocas personas de la oficina de Londres que se veía obligado a permanecer en Inglaterra más tiempo del previsto porque tenía una perforación de tímpano que le impedía tomar un avión, pero según la rumorología que corría por la oficina londinense, el verdadero motivo era que Scotland Yard le había prohibido salir del país antes de que concluyese la investigación sobre la acusación de haber agredido sexualmente a una administrativa en la empresa.

Al parecer, al final la mujer que lo había denunciado se echó atrás y se negó a cooperar con la policía. La investigación se cerró, pero Eric regresó a casa debilitado, lo bastante como para que varios de sus enemigos en la empresa, entre ellos Vincent, lograsen deshacerse de él.

Al menos esa era la versión que le había llegado a Jules. También oyó que Eric había jurado que se vengaría de Vincent. «Le voy a cortar las pelotas. Puede que lo haga la próxima semana. Puede que lo haga de aquí a un año. No me verá venir hasta que sea demasiado tarde.» Esas fueron las palabras exactas de Eric, según una secretaria con la que Jules se acostaba en aquella época.

El equipo de comunicaciones internas publicó una nota en el boletín semanal. «Lamentamos comunicar que Eric Miles ha dejado la empresa para ocupar el cargo de director del fondo de inversiones de capital de riesgo Miles-Newton. Le deseamos grandes éxitos en su nueva andadura.» Resultaba impresionante para alguien que no supiera que el fondo de inversiones era propiedad de su familia y el cargo no era otra cosa que un movimiento para salvarle el culo. Porque, a todos los efectos, a Eric lo habían despedido.

—Demos por bueno que la pista número dos es Eric Miles, que sin duda puede ser considerado el rey del nepotismo en un negocio que ha convertido esta práctica en una especie de arte —dijo Sam—. Esto significa que Sara Hall es la pista número uno y Eric Miles, la número dos.

Hizo una pausa para reflexionar sobre las implicaciones de lo que acababa de decir. Una colega había muerto y al otro lo acababan de despedir.

—No sé qué penséis los demás —continuó—, pero no sé si me gusta el rumbo que está tomando esto. Esto no son el tipo de pistas que se esperan en un escape room. Esto parece tener un cariz muy... bueno, muy personal.

8

Sara Hall

La noche previa a mi primer día de trabajo en la empresa me pasé horas dando vueltas en la cama hasta que me dormí de puro agotamiento. Me desperté con el estruendoso zumbido del despertador de mi móvil y me metí en la ducha, todavía medio dormida. Me llevó una eternidad peinarme, maquillarme y vestirme con la ropa que me había dejado preparada por la noche.

Me había gastado un buen pellizco de mi prima por contrato en comprarme un nuevo vestuario, con la ayuda de una asesora de la propia tienda que aseguraba ser una absoluta experta en los códigos de vestimenta de las mujeres de Wall Street.

—Los hombres apenas tienen que pensar en qué ponerse para ir a la oficina. Con un traje y una corbata Ferragamo ya han logrado un toque de distinción. Las mujeres lo tienen más complicado. Tenemos que parecer al mismo tiempo femeninas y profesionales. A la moda, pero discretas. Es complicado moverse entre tantas contradicciones. —Mientras me contaba todo esto, me iba sacando modelos para probarme de los percheros dedicados a los trajes de diseñadores de renombre cuyos precios me provocaban taquicardia.

Salí de la tienda cargada con once bolsas en las que llevaba cinco trajes y cinco pares de zapatos. No soy capaz de reconocer lo que me costó todo aquello. Me limitaré a decir que la cantidad abonada me sumó suficientes puntos de viajero frecuente en la tarjeta de crédito como para conseguir un trayecto de ida y vuelta a Tokio.

Llegué a la oficina de Wall Street en taxi, nerviosa por el tráfico lento y congestionado por esa parte de la ciudad. Al entrar en el ampuloso vestíbulo del edificio sentí el hormigueo en el estómago propio del primer día de trabajo. El conserje me indicó que tomase un ascensor que me llevaría directa a la oficina de Stanhope en la planta noventa.

Compartí el ascensor con dos hombres abstraídos en su conversación.

—No me pienso casar hasta cumplir los cuarenta. Entre tú y yo, es probable que mi futura mujer esté ahora mismo en una escuela de primaria —soltó el tipo de cabello rubio corto, mientras contemplaba mi trasero como si estuviese analizando un gráfico financiero.

—Ojalá hubiera esperado. No tengo tiempo para todo ese rollo de preparar la boda. Cada detalle acaba en una discusión —se quejó su colega—. Lisa quiere casarse por la Iglesia, aunque creo que es cosa de sus padres. Yo le dije: «Ni de coña. No creo en Dios».

—Tú solo crees en tu cartera de inversiones —respondió el otro entre risas—. Pensarías que a estas alturas ella ya se habría enterado.

—Exacto. Señalé la puta piedra de su anillo y le dije que los agentes financieros no necesitan ninguna religión. No tenemos que esperar a la próxima vida para disfrutar del paraíso, no con la pasta que ganamos.

Mi primer contacto con ese paraíso empezó a materializarse cuando salí del ascensor y entré en la recepción de Stanhope e Hijos. Me recibió una asistente de recursos humanos que me condujo a la sala en la que se iba a desarrollar durante una semana mi proceso de incorporación. Los rizos le botaban sobre los hombros mientras me conducía por la escalera central con balaustrada hasta el lujo exclusivo de la planta de dirección.

Me escoltó a lo largo de un amplio pasillo de cuyas paredes colgaban obras de arte de valor incalculable protegidas por cristales de seguridad. No tuve tiempo de detenerme a contemplarlas porque la asistente me guiaba con paso rápido hacia una puerta de doble hoja que abrió para hacerme pasar a una enorme sala. En uno de los lados había un generoso bufet con fruta, tarros de muesli con culis de frutos rojos y bollería colocada junto a botellas antiguas de soda llenas de un surtido de zumos recién exprimidos y batidos saludables.

Otros nueve recién incorporados estaban ya sentados alrededor de la larga mesa, leyendo las hojas de sus carpetas de bienvenida. Todos alzaron la mirada cuando entramos. Los hombres iban bien afeitados y con cortes de pelo recientes, trajes impecablemente planchados y zapatos cepillados hasta brillar. La única mujer estaba sentada en la punta más alejada de la mesa. Nos sonreímos para darnos ánimos. Se llamaba Elizabeth y su leve sonrisa indicaba que estaba casi tan nerviosa como yo.

Me pasó por la cabeza que parecíamos críos en su primer día de escuela, con la ropa recién estrenada y zapatos relucientes. Solo que nuestros atuendos costaban una fortuna y ninguno de nosotros necesitaba un pañuelo, sino más bien todo lo contrario: nadie podía borrar la sonrisa de su cara.

La fase de ingreso era como pasar por un campo de entrenamiento de reclutas, pero con un toque empresarial. Tal vez por eso eligieron a Janet para conducir las sesiones. Había sido oficial de la Marina antes de graduarse en Harvard y unirse a la empresa. Llevaba el cabello rubio corto y un traje gris a medida que marcaba la diferencia con respecto al resto de los presentes.

—Felicidades. Habéis conseguido en vuestra carrera profesional el equivalente a ganar la lotería —empezó Janet—. Ahora que estáis en la empresa, ya no necesitáis volver a jugar. Ya habéis ganado.

Todos reímos. No era necesario que Janet nos recordase que nos había tocado el gordo. Bastaba con echar un vistazo a la sala, en la que había un jarrón de la dinastía Ming protegido en una urna de cristal con alarma y de cuyas paredes colgaba, con un marco dorado y preservado con un cristal, un dibujo de Picasso en el que esbozaba a su amante, frente a un óleo de Monet. Era de reducido tamaño, pero un Monet es un Monet. En una esquina de la sala había una bailarina de bronce probándose las zapatillas mientras alzaba la vista con una mirada cómplice.

—Podéis ver en este gráfico lo difícil que es llegar a sentarse donde estáis vosotros ahora. —Janet clicó un gráfico sobre las barras coloreadas—. Durante todo el año pasado recibimos unas nueve mil solicitudes de recién licenciados. —Utilizó el puntero rojo del láser para destacar la sección del gráfico a la que se refería—. Algunos currículums llegaron por los cauces habituales. Otros traían referencias de actuales empleados y de antiguos colaboradores, que siempre están alerta para asegurarse de que contratamos a los mejores.

»Seleccionamos un total de novecientos candidatos, a los que enviamos varios test por internet. Analizamos los resultados mediante un complejo algoritmo desarrollado por psicólogos líderes en su campo. Eso nos ayudó a reducir la lista a doscientos cincuenta candidatos, que pasaron una entrevista telefónica realizada por consultores externos, a los que hemos formado para que sepan qué es exactamente lo que buscamos. Solo cien candidatos fueron convocados para mantener una entrevista formal en una de nuestras oficinas diseminadas por el mundo. De esos, seleccionamos a cincuenta para pasar nuestra intensiva ronda de entrevistas al completo. Lo cual significa, como bien sabéis, un mínimo de cuatro. De esos candidatos, les hemos ofrecido un trabajo a treinta, incluidos vosotros. —Hizo una pausa para que digiriéramos la información.

»Es un gran éxito para todos vosotros estar hoy aquí. Felicidades. —Janet aplaudió con lentas palmadas—. Formáis parte de un club muy exclusivo.

Tras esta impactante palmadita en la espalda, nos detalló la lista de personas que nos impartirían charlas introductorias durante el resto de la semana. Janet nos explicó que eran empleados de la empresa en activo o bien antiguos ejecutivos que habían creado su propia empresa de fondos de inversión o se habían retirado a los cuarenta para manejar sus carteras personales de activos financieros. Ese era el sueño de cualquier agente financiero.

Las charlas de la semana abordaron un amplio repertorio de temas, como conocimientos legales, estrategia y manejo de situaciones críticas. Los conferenciantes provenían de disciplinas muy diversas y sus currículums eran variopintos, pero tenían una cosa en común: todos hablaban de la empresa en términos muy elogiosos.

«Solo contratamos a los mejores.» «Nuestra remuneración es la más generosa del ramo.» «La empresa maneja las operaciones financieras más importantes del mundo y es la que tiene la lista de clientes más prestigiosa.»

Cada uno de ellos nos soltaba una variación de la misma hipérbole.

—No encontraréis en ninguna parte otra empresa que os dé la posibilidad de adquirir este nivel de experiencia desde el minuto uno —nos aseguró Max, un antiguo ejecutivo sénior cuarentón. Nos explicó que se mantenía activo en su semirretiro ejerciendo de consultor y volando a Londres cinco días al mes para impartir un curso de MBA—. En términos de experiencia, un día en Stanhope es como un mes en cualquier otra empresa.

El resto de los recién contratados acababan de salir de sus respectivas escuelas de negocios. Yo era la única que llevaba buscando trabajo desde Navidades. Era consciente de que si estaba allí era por un puro golpe de suerte. De no ser por mi encuentro fortuito con Vincent, jamás me habrían contratado.

En el transcurso de los cinco días de formación, pasé de ser una licenciada en económicas desilusionada que llevaba meses sirviendo mesas a cambio de propinas a convertirme en una licenciada que empezaba a trabajar en una de las empresas líderes mundiales del sector financiero.

El mensaje que nos metieron en la cabeza fue que nuestro mundo orbita alrededor del dinero. Ganarlo. Acumularlo. Gastarlo. En este orden. Era la santísima trinidad en versión Stanhope.

—Me siento como si me estuviera uniendo a una secta —susurró alguien mientras tomábamos un café de pie en la sala durante una de las pausas—. Aunque, si queréis que os diga la verdad, me encanta tragarme todos sus mantras.

—No sé por qué lo llaman charlas introductorias, porque más bien es un proceso de adoctrinamiento en toda regla. Pero cuidado, que no me estoy quejando. Stanhope es tal como me la imaginaba —comentó otro.

La empresa nos mimó sin límites durante toda la semana. Nosotros no nos dimos cuenta de que nos estaban embaucando para conducirnos hacia un prolongado y embriagador romance con la codicia. Al acabar la semana, cualquier ideal que pudiéramos tener antes de empezar a trabajar en la empresa, cualquier idea medio articulada que pudiésemos defender sobre cualquier asunto, desde el cambio climático a la justicia social, había sido barrido de un plumazo.

En cada silla encontramos una bolsa con regalos corporativos. Corbatas de seda para los hombres. Pañuelos de seda italianos para las mujeres. El segundo día nos obsequiaron con agendas de cuero. El tercero, al entrar en la sala por la mañana encontramos varias maletas de cabina Samsonite colocadas junto a la pared. Había una para cada uno, grabada con nuestras iniciales.

—Vais a tener que hacer un montón de viajes, así que hemos pensado que lo mejor es proporcionaros ya de entrada el material necesario —nos explicó Janet mientras cada uno buscaba su maleta.

Dentro de las maletas había pulseras inteligentes, los mejores auriculares inalámbricos del mercado y otro montón de cosas que en conjunto debían de estar valoradas en un par de miles de dólares. Al día siguiente nos ofrecieron carnets del centro de fitness de la tercera planta del edificio. Y el último día nos regalaron entradas para un musical de Broadway como invitados de Harrison Stewart, uno de los miembros del consejo de administración. Esa noche ocupamos su palco y después fuimos a tomar copas a su club privado.

Hasta el más cínico de nosotros se dejó seducir por ese tratamiento de cinco estrellas. Un camarero entraba y salía de la sala en la que estábamos reunidos para traernos zumos recién exprimidos y cafés preparados por un barista de la empresa. Entre una y otra sesión, nos servía un surtido de bocaditos preparados por el chef de la casa.

A mediodía almorzábamos en un comedor privado de la planta noble.

—Deberías quitarte la corbata —le susurró Brad a Luke el primer día. Se calló mientras el camarero les servía los dos enormes platos con el entrante de cola de langosta con mantequilla negra.

—¿Por qué? —preguntó Luke cuando el camarero se alejó—. He oído que aquí todo el mundo lleva corbatas Hermès.

—Ese es precisamente el problema —respondió Brad—. Este verano he trabajado aquí como becario. Un día, en una reunión de pie con todo el equipo, mi jefe se volvió hacia mí y me soltó: «Brad, me importa una mierda que puedas permitirte comprarte una corbata Hermès. Aquí tienes que ganarte el derecho a poder hacerlo». Me cortó la corbata con unas tijeras delante de todos y me hizo bajar a comprarme otra.

Luke se quedó pálido. Después de comer, se escabulló y llegó tarde a la siguiente sesión con una corbata azul a rayas de Gucci.

El segundo día tuvimos una presentación de Steven Mills, un jefe de departamento con el cabello rubio y propensión a subrayar sus afirmaciones alzando un dedo en el aire.

—Si trabajáis duro —dijo Mills—, seréis recompensados. En Stanhope pagamos muy bien. Mejor que nuestros competidores. Cuidamos de vosotros para que podáis poner todo vuestro talento en cuidar de nuestro negocio y de nuestros clientes. Eso se traduce en beneficios. Beneficios para todos, vosotros incluidos.

Pulsó el Play para mostrarnos una serie de vídeos sobre empleados de la empresa a los que debíamos tomar como modelos.

—Todos ellos pasaron por vuestra situación —continuó Mills—. Hace ocho o diez años, estaban sentados exactamente donde ahora estáis vosotros.

En la pantalla aparecieron imágenes de un tipo con gafas de sol de aviador y cabello rubio oscuro mecido por el viento que hablaba a la cámara mientras conducía un Lamborghini negro por una carretera costera.

«Cuando acabé el posgrado —explicaba el individuo al que un titular identificaba como Dean—, ni en mis sueños más delirantes imaginé que mi vida acabaría siendo así.»

El vídeo pasó a mostrar unas imágenes aéreas tomadas por un dron del coche ascendiendo por la curva del amplio camino de acceso a una mansión de estilo colonial blanca con tonalidades azules, con un jardín cuidado con primor y una piscina de estilo *art déco*. El siguiente plano volvía a mostrar a Dean, ahora saliendo del coche con una cazadora de cuero de piloto y dirigiéndose hacia el porche. Una mujer de melena rubia lo recibía con un abrazo. Sostenía a un fotogénico bebé con un diminuto jersey de punto. Parecían todos sacados de un casting de modelos.

El vídeo dedicado a Joe seguía el mismo patrón, solo que en su caso, al final de su trayecto en coche se subía a un yate y le daba instrucciones al capitán. En el último plano la cámara retrocedía y mostraba a Joe cogiendo del hombro a su esposa con aires de chica de portada, vestida con un vestido de noche blanco que solo le cubría un hombro y realzaba su bronceada piel. El plano se difuminaba en el momento en que zarpaban rumbo a la noche.

El único vídeo diferente era el protagonizado por una mujer. Cuando se apeaba de su Mercedes descapotable plateado en una mansión en plena campiña inglesa, recibía el abrazo de un hombre de más edad con cabello entrecano y dos niños que sostenían con una correa a un juguetón beagle.

—Seguro que ha utilizado un vientre de alquiler para tener a esos niños —me susurró Elisabeth. Como éramos las dos únicas mujeres del grupo, conectamos enseguida—. La mejor amiga de mi hermana trabajó aquí y tuvo que ocultar el embarazo hasta que estuvo de seis meses. Y cuando volvió del permiso de maternidad, ya no le quedaba ni un cliente. Nos dijo que quedarse embarazada había destruido su carrera.

Yo no tenía intención de tener hijos en los próximos años, probablemente hasta bien entrada en la treintena, pero aun así me sentí incómoda al pensar que tendría que ocultar la barriga hasta el último trimestre de embarazo. Sin embargo, no me planteé dejar la empresa por eso. Pensé que ya lidiaría con ello cuando llegase el momento.

Nuestra primera semana en la empresa estuvo dedicada en exclusiva a seducirnos. Los generosos regalos. El trato exquisito. Las infinitas ventajas que se nos desplegaban. Nosotros lo recibimos todo con el desbocado entusiasmo de quien es joven y ambicioso. ¿Y por qué no? Para mí era un salto estratosférico, viniendo como venía de alimentarme de lo que sobraba en el Rob Roy.

A las doce y media en punto ya salivábamos pensando en nuestra comida gourmet de la una. Solomillo de wagyu cocinado al vacío servido con fondant de patata y espárragos a la brasa, o salmón del Atlántico con infusión de tomillo acompañado de puré de chirivía, o cualquier otra delicia culinaria que el chef de la casa hubiera preparado ese día. Cada comida se acompañaba con vinos de crianza californianos.

El último día nos regalaron un ejemplar en tapa dura de *El camino del triunfo* y nos pidieron que memorizásemos ciertos pasajes relevantes.

—En la empresa citamos *El camino del triunfo* con la misma reverencia con la que mi abuela citaba la Biblia —nos explicó Janet—. Pensad en este libro como un mapa hacia el éxito.

Era un volumen de cien páginas que contaba la historia de la empresa y su filosofía de crear valor desde los años treinta. Siempre que alguien de la empresa utilizaba el término «valor» quería decir «dinero». Ambos términos eran intercambiables, pero se consideraba grosero hablar de dinero. Debíamos transmitir la idea de que realizábamos un servicio a la comunidad, más allá de hacer a Stanhope y sus clientes inmensamente ricos.

En el libro podían leerse cosas como esta: «Nuestros empleados son excepcionales, porque para ser el mejor del sector necesitas a la mejor gente del sector, dispuesta a afrontar los retos más complejos del negocio».

Dedicaba diez páginas a explicar la visión fundacional de la empresa, con fotografías en blanco y negro del primer señor Stanhope y sus hijos, a los que en la empresa se veneraba como a semidioses. Sus retratos estaban colgados en cada una de las cuarenta oficinas de la firma diseminadas por todo el país y por las veintiuna que tenían en el resto del mundo.

—Por cada dos de vosotros que lo logréis, uno se quedará por el camino —nos advirtió Janet en la sesión de clausura. No pareció importarle entrar en abierta contradicción con sus garantías del primer día, cuando nos aseguró que todos nosotros habíamos ganado la lotería. Ahora resultaba que solo algunos podríamos llevarnos el premio a casa.

»El treinta por ciento de nuestros nuevos empleados lo dejan el primer año porque no consiguen estar a la altura —nos informó—. Si queréis quedaros, vais a tener que trabajar más duro de lo que lo habéis hecho jamás.

Cuando salimos de la sala completamente «formados», éramos como perros adiestrados. Pensé en las ganas con las que esperábamos nuestras comidas gourmet. Nos habían adiestrado para hacer todo lo que la empresa necesitara a cambio de una recompensa.

Movidos por la fe ciega, digna de una secta, que siguió a nuestra preparación, todos y cada uno de nosotros habría sido capaz de recibir un disparo por la empresa. Y si he de ser franca, diría que la mayoría habríamos sido capaces de asesinar por Stanhope.

9

El ascensor

De los conductos de ventilación del techo salía un continuo flujo de aire caliente. Al principio lo agradecieron, porque ayudaba a mantener una agradable temperatura cálida, pero a medida que pasaba el tiempo, dado lo reducido del habitáculo, el calor empezó a ser insoportable.

A Sylvie le caían gotas de sudor por el cuello y por el canalillo de los pechos. Las piernas le ardían bajo las medias de nailon. La sensación llegó a ser tan insufrible que se quitó los zapatos para librarse de ellas. Sin embargo, por culpa del sudor se le habían pegado a los muslos y no se deslizaban. Optó por romperlas tirando de ellas, rasgando el nailon con las uñas hasta que logró liberar las piernas y las relucientes medias quedaron reducidas a unos irreconocibles jirones.

—Tiene que haber un modo de apagar la calefacción —dijo Sylvie abanicándose con la mano para aliviar el calor. Tenía ya el cabello humedecido y lacio, y el maquillaje corrido. Su aspecto quedaba lejos de la presencia impecable habitual en ella. Por primera vez desde que habían entrado en el ascensor, agradeció la oscuridad reinante. La protegía de las miradas curiosas de los demás.

—Ya lo hemos intentado —respondió Vincent—. No hay forma de apagarla. Las cabezas de los tornillos que fijan el panel de control no son estándares, de modo que no podemos acceder a los cables.

—Es insoportable. No sé cuánto tiempo más voy a ser capaz de aguantarlo.

—Pues entonces hay que encontrar el resto de las pistas para salir de aquí antes de una hora —dijo Vincent—. Cuanto antes resolvamos los enigmas, antes volveremos a casa.

—No me puedo creer que hayan sido capaces de meternos en este cuchitril —se quejó Jules—. Todo funciona mal. No hay luz. La calefacción está demasiado alta. Estamos bloqueados en Dios sabe qué planta. ¡Y ni siquiera tenemos más pistas que resolver! ¿Cómo esperan que salgamos de aquí? —Trató de sonar gracioso en lugar de histérico. No quería que los demás se dieran cuenta de lo nervioso que le ponía la oscuridad.

—Seguro que hay más pistas —respondió Vincent—. Tenemos que seguir buscando. Si trabajamos en equipo, las encontraremos.

Encendió la linterna del móvil y rastreó con el haz de luz el suelo del ascensor, buscando otro pedazo de papel arrugado o cualquier otra cosa que pudiese ser una pista. Lo que descubrió fueron los zapatos de Sylvie pulcramente depositados uno junto al otro contra la pared.

Vincent se secó con un pañuelo el sudor que le caía por la cara. El calor era de verdad insoportable. Se quitó la americana y la colgó junto a la de Jules en el pasamanos cromado de la pared trasera. Se aflojó la corbata y se desabotonó el cuello de la camisa.

—Esto no se parece a ningún otro escape room en el que haya estado —comentó Sam—. Esto es muy bestia. Aquí no hay personal. No hay instrucciones ni pistas claras. Hace mucho calor, estamos a oscuras y colgados a mitad de camino en un ascensor de verdad en un rascacielos.

Sylvie se apartó varios mechones de la cara y se reacomodó la chaqueta, que se negaba a quitarse pese al calor. Si de verdad eso era un ejercicio para decidir a quién del equipo se despedía, estaría sentenciada si cuando por fin lograran escapar aparecía hecha unos zorros. Los hombres podían salir airosos con las corbatas aflojadas y los cuellos de las camisas desabotonados, pero si cuando las puertas del ascensor se abrieran ella aparecía con la blusa desabotonada y completamente despeinada, la gente daría por hecho que había sufrido una crisis de ansiedad. Que no había sido capaz de gestionar la presión.

Con esta idea en la cabeza, decidió volver a calzarse los zapatos de tacón. Le iban a doler los pies tanto rato de pie con ellos, pero se negaba a parecer una hippy descalza ante sus superiores. Ya era bastante negativo el no llevar medias. Al ponerse los zapatos, Sylvie perdió el equilibrio y cayó sobre Jules. Él la sujetó con pretendida galantería para que no se desplomase. Su tacto tuvo para ella el efecto del ácido. Se apartó y lo empujó con más fuerza de la pretendida. Notó la sorpresa del hombre ante la virulencia de su reacción.

De forma instintiva, Sylvie se distanció más de él, hasta golpearse con el pasamanos tan fuerte que hizo una mueca de dolor. «¡Ay!» Le saldría un moratón, pero le daba igual. Incluso un moratón era preferible al tacto de Jules.

La mera idea de estar en contacto físico con Jules le provocaba arcadas. Ya había sido bastante duro tener que pasarse los últimos ocho meses viéndolo y trabajando con él como si no hubiera pasado nada. Tocarlo le resultaba ya del todo insoportable.

Se apartó de él todo lo que el estrecho espacio del ascensor le permitía, pero era inútil. Se colocara donde se colocase, siempre quedaría a una distancia que permitía el contacto físico. Estaban apiñados. Tanto, que podían oír la respiración los unos de los otros. A Sylvie le llegó el desagradable olor de la transpiración de los demás.

Se deslizó a lo largo del pasamanos para alejarse más y al hacerlo tiró por accidente una de las americanas que habían colgado allí. Al caer sobre el mármol del suelo produjo un ruido metálico.

—¿Qué cojones ha sido eso? —preguntó Vincent.

—He tirado la americana de alguien —respondió Sylvie, mientras se acuclillaba para recogerla. Palpó en la oscuridad para dar con ella. En lugar de tocar la tela, se topó con otra cosa. Era algo frío y duro. La forma del objeto no dejaba lugar a dudas. Supo de qué se trataba en cuanto pasó los dedos por encima.

—¿Por qué hay una pistola en el suelo? —preguntó Sylvie.

—¿Qué quieres decir con una pistola?

—Quiero decir exactamente eso, Vincent, una pistola. Una pistola. Un arma. Se ha caído de la americana que he tirado. Aquí está.

Se la tendió a Vincent, que la examinó a la luz de la linterna del móvil.

—Es una Glock —explicó—. Y está cargada.

Se volvió para dirigirse a los demás:

—¿Quién demonios se presenta en una reunión de trabajo con una Glock cargada?

10

Sara Hall

—Saludad todos a Sara Hall. —Vincent se colocó detrás de mí y me puso una mano en el hombro derecho en lo que es probable que pretendiera ser un gesto de ánimo. Los miembros del equipo estaban sentados alrededor de la enorme mesa de la sala de reuniones, enfrascados en su trabajo.

Ante las palabras de Vincent, todas las miradas se desplazaron de las respectivas pantallas de ordenador a mí. Permanecí dubitativa en la puerta. Intenté que no se me notara, pero la verdad es que me acobardé ante el severo escrutinio de los allí presentes. Me sentí como una niña recién llegada a un nuevo colegio.

—Hola, Sara. —Me volví aliviada hacia la primera voz amistosa de la sala—. Yo soy Sam. —Estaba sentado en una silla giratoria negra con los brazos cruzados y una mueca cínica en los labios que contradecía el tono amable de su voz. Llevaba el cabello rubio muy corto, que se intuía rizado si se lo dejase crecer, y sus enormes ojos azules no perdían detalle.

Eran las nueve de la mañana de un sábado y todos se habían tomado pequeñas libertades con respecto al estricto código de vestimenta. Las americanas colgaban del respaldo de las sillas, se habían aflojado las corbatas y desabotonado los cuellos de las camisas.

Ese era el máximo nivel de informalidad permitido en Stanhope e Hijos. La empresa era de la vieja escuela. La ropa informal y los tejanos estaban prohibidos en la oficina, incluso los fines de semana.

Vincent me hizo pasar a la sala de reuniones dándome un empujoncito con la mano colocada sobre la parte inferior de mi espalda. Me sentí como un cordero conducido al matadero. Podría haber hecho un movimiento elusivo para rechazar su roce, pero temía ofenderlo. Fue un alivio cuando me soltó para cerrar la puerta.

Las persianas de las paredes acristaladas de la sala y las de los ventanales que iban del suelo al techo estaban echadas, con lo que no descubrí hasta mucho después que desde allí se veía un trozo de la estatua de la Libertad. La falta de luz natural daba al lugar un aire lúgubre incluso con las lámparas del techo encendidas.

Yo tenía previsto buscar piso esa mañana, pero Vincent anuló mis planes con una simple llamada telefónica el viernes por la noche.

—Sara, voy a tener que lanzarte directamente al ruedo —me dijo—. Tenía pensado pasearte entre diferentes equipos durante varias semanas hasta que le hubieras cogido el tranquillo a nuestro modo de funcionar, pero no vamos a poder permitirnos ese lujo. Tenemos un concurso de pasteles y vamos contrarreloj.

—¿Un qué?

—Vas a tener que ir pillando la jerga —me advirtió, divertido—. Un concurso de pasteles es cuando compites con otros bancos para presentar una oferta. En este caso, es para una posible adquisición. Significa que necesitamos a todo el mundo dedicado en cuerpo y alma durante las próximas dos semanas, hasta el día en que se acaba el plazo para presentar ofertas.

—Oh —musité, avergonzada por mi ignorancia.

—No te preocupes. Te pondrás al día enseguida. Por eso te contraté —me aseguró—. Ya estoy harto de tantos licenciados arrogantes con título de una universidad de la Ivy League que desconocen el significado de la palabra «pelear». Escucha, el equipo está ansioso por conocerte. Nos vemos en la oficina mañana a las nueve. En punto.

No era una petición, era una orden.

Le mandé un mensaje al agente inmobiliario con el que había quedado para cancelar las visitas a pisos en alquiler. Me fastidió perder la cita para visitar un estudio en el East Village que parecía ideal. El agente me había advertido de que se lo quitarían de las manos muy deprisa. Perder el piso de mis sueños fue mi primera muestra de cómo la empresa se anteponía a todo lo demás. Teníamos que estar disponibles siempre que se nos necesitase, excepto en casos de parto, funeral o boda. Y a veces incluso entonces.

Salvo Sam, nadie más se molestó en saludarme cuando entré en la sala de reuniones. Estaban absortos en lo que fuese que estuvieran haciendo con sus portátiles. Yo no tenía claro si no querían interrumpir su concentración por dirigirme la palabra o si simplemente mi presencia no les importaba lo más mínimo.

—Por favor, presenta a Sara a los demás —le ordenó Vincent a Sam mientras empezaba a ojear un documento antes incluso de sentarse.

—Por supuesto. —Sam se levantó y me dirigió un despliegue de amistoso encanto que tuve la inmediata impresión de que era pura apariencia—. Tengo el dudoso honor de liderar el equipo en este proyecto. Bajo la supervisión de Vincent, por supuesto —añadió, guiñándole un ojo al aludido con descaro.

»Supongo que tienes ya claro que todo lo que sucede entre estas cuatro paredes acristaladas es estrictamente confidencial —me dijo—. No lo comentamos con esposas, maridos, amantes o madres. Ni con compañeras de piso, por supuesto. La Comisión de Bolsas y Valores considera delictivo filtrar información privilegiada y otras prácticas similares y cualquiera se puede meter en un buen lío legal si decide irse de la lengua. —Respiró hondo para darme tiempo a digerir la información—. Sara, ¿entiendes de qué te estoy hablando?

—Por supuesto —respondí con cierta vehemencia. Me ofendía que considerase necesario explicarme estas obviedades. No era una novata que acaba de ingresar en la universidad, tenía dos títulos, incluyendo un MBA con especialización en finanzas empresariales y banca de inversión. Conocía a la perfección las consecuencias de violar las normas de la Comisión de Bolsas y Valores—. Dedicamos un día entero del cursillo introductorio a estudiar el tráfico de información privilegiada y otros riesgos legales. —Intenté no sonar ofendida por su actitud paternalista.

—Espero que te dejasen bien amedrentada —replicó.

—Desde luego que lo hicieron.

Paseé la mirada por la sala. Había un montón de ordenadores portátiles abiertos con cables por todos lados y cajas con documentos apiladas contra la pared del fondo. En la mesa había pilas de carpetas tan altos que amenazaban con desplomarse.

—Haré las presentaciones muy rápido, para que puedas ponerte a trabajar cuanto antes. —Sam fue señalando a sus colegas—. Al otro lado de la mesa, a la izquierda, tenemos a Jules. Es abogado. Eso significa que no puedes contar chistes de abogados cuando lo tengas cerca. Tiene el oído y la piel muy finos. Trabajarás codo con codo con él; es el tío que nos dice lo que no podemos hacer. ¿Verdad que sí, Jules?

—Hola, Sara —saludó Jules, mirándome con sus inescrutables ojos negros que contrastaban con la palidez de la piel. Se echó hacia atrás un mechón de cabello negro que le había caído sobre la frente—. No voy a dar la vuelta a la mesa para estrecharte la mano. Soy demasiado perezoso y estoy demasiado cansado como para levantarme. Ayer estuvimos aquí hasta las dos de la madrugada y hemos vuelto hoy a las siete.

—Debes de estar agotado —dije con tono comprensivo.

—Nada que un Red Bull no pueda arreglar —respondió él. Luego cogió una lata vacía y la lanzó a la papelera más cercana. Llegas en el momento justo. Estamos encantados de tenerte con nosotros. No me pasó por alto el tono sarcástico que empleó.

—Estoy ansiosa por empezar a trabajar —repliqué.

—Bien. Tenemos que acabar en doce días un trabajo que normalmente llevaría dos meses, lo cual quiere decir que ya te puedes ir olvidando de comer, dormir y, por desgracia, satisfacer cualquier deseo carnal. Al menos hasta el día en que acaba el plazo.

—Vincent ya me advirtió de que me iba a meter en una maratón de varios días —comenté con una sonrisa confiada que esperaba dejase bien claro que no me sentía intimidada—. Soy frugal con las comidas. Llevo bien las pocas horas de sueño y no conozco a nadie en Nueva York, a menos que contemos al portero de mi hotel.

—Bueno, eso nunca ha supuesto un problema para nadie —murmuró una mujer rubia. Estaba sentada a cierta distancia de la mesa, con sus largas piernas estiradas y apoyadas en otra silla. Se había subido la falda hasta los muslos y mostraba esas piernas bronceadas e increíblemente tonificadas. Llevaba una blusa de seda color crema y tenía una chaqueta azul marino colgada del respaldo de la silla. La tela de la blusa era tan fina que se le transparentaba el contorno del sujetador.

El rubio cabello color caramelo le caía como una cortina que cubría su rostro mientras trabajaba con el portátil. No se molestó en levantar la mirada, ni siquiera mientras me hablaba.

—Sylvie, por favor, tómate un segundo para saludar a Sara. Llevamos semanas suplicándole a Vincent que nos trajera un par de manos extra. Ahora que por fin las tenemos, sé amable con ella o se largará a otro equipo.

—Estaría loca si lo hiciera —respondió Sylvie, hablando de mí como si no estuviera allí—. Este es el proyecto más interesante que la empresa tiene entre manos ahora mismo. Sara, espero que aprendas rápido. Lo último que queremos es alguien que necesite ayuda todo el rato y no pare de hacer preguntas. Lo que le pedimos a Vincent fue un analista que pudiera ponerse al día a toda velocidad, o que al menos no nos incordiase. No tenemos tiempo para preguntas idiotas o para palmaditas en la espalda. Parece que Vincent cree que estás capacitada para incorporarte al proyecto. —Su tono daba a entender que ella no estaba muy convencida.

—Lo está —intervino el aludido sin apartar la vista de los documentos que estaba leyendo—. Sara lo hará de maravilla.

Por primera vez, Sylvie levantó la cabeza para observarme. Su expresión suspicaz se transformó en furibundo desprecio. Me sentí como si me acabaran de dar una bofetada.

El estrecho mentón y los amplios pómulos de Sylvie le daban un aire frágil y exótico. Era alta, delgada y de una belleza intimidante.

Se levantó de la silla y se mostró en toda su altura. Solo Vincent era más alto que ella. Di por hecho que se había levantado para estrecharme la mano y me acerqué a ella como un cachorrito entusiasmado por recibir unas migajas de cariño. No me hizo ni caso y dirigió sus pasos hacia una botella de Evian que había en una bandeja sobre la mesa. Había elegido una botella difícil de alcanzar. Extendió la mano hasta ella, estirándose con un gesto exagerado y felino. Mantuvo esa postura unos segundos, hasta que los ojos de todos los hombres de la sala, incluido Vincent, se concentraron en la fina tela de su blusa, pegada contra el pecho y que no dejaba casi nada a la imaginación.

Tuve la impresión de que solo Sylvie sabía lo que estaba sucediendo en realidad. Era una primitiva demostración de poder; su modo de dejarme claro que ella era la hembra alfa y que yo no debía osar retarla. La verdad, no sé por qué se le pasó por la cabeza que yo pudiera suponer una amenaza para ella. Mido metro setenta, llevo el cabello castaño en una melena hasta los hombros y, al parecer, me salen hoyuelos cuando sonrío. En comparación, Sylvie era una diosa de largas piernas, una Barbie con cerebro y seguridad en sí misma.

Cuando Sylvie tuvo claro que había captado la atención de todos, quitó el tapón de la botella, inclinó la cabeza hacia atrás y bebió un largo trago. Luego volvió a dejar la botella en la bandeja, me dedicó una sonrisa victoriosa y se sentó para continuar trabajando sin molestarse en beber de nuevo ni una gota de esa agua por la que acababa de montar semejante espectáculo. Nadie excepto yo se percató de que Sylvie no se había dignado a saludarme y ni siquiera me había dirigido la palabra directamente. Ese resultó ser el comportamiento clásico de Sylvie: maliciosa, jerárquica y muy manipuladora.

—Sara todavía no ha conocido a la benjamina del grupo —comentó Sylvie, que había vuelto a tomar posesión de su silla—. ¿No deberíamos hacer las presentaciones?

—Mea culpa —respondió Sam, y se volvió hacia una silueta que ocupaba una esquina de la sala. Había reparado un instante en ella cuando entré con Vincent. Era tan silenciosa y discreta que se camuflaba con el entorno. Me había olvidado por completo de que estaba allí.

—Y por último, pero no por ello menos importante, te presento a Lucy. A primera vista no parece gran cosa, pero es probable que sea la persona más lista de la empresa. Dejando aparte a un servidor, por supuesto —bromeó Sam.

Al oír su nombre, Lucy apartó la mirada del ordenador solo un instante. O no había oído o no le importaba lo más mínimo el malintencionado piropo. Su cara era pálida e inexpresiva, y las gruesas gafas en cuyos cristales se reflejaban las luces del techo ocultaban sus ojos. Era más baja que yo, delgada y llevaba suelto el cabello negro y liso.

—Lo siento, no pretendía ser maleducada. —Lucy hablaba con una voz monocorde, sin ninguna inflexión—. Estoy trabajando en unos cálculos y no quiero despistarme. Espero que después podamos tomarnos un café las dos y me cuentes la historia de tu vida —dijo en un tono algo robótico y sin mirarme a los ojos.

—Eso no sucederá —me susurró Sam.

—¿El qué no sucederá?

—Siempre habla de quedar, pero después nunca lo hace. Tienes que conocer a Lucy con todas sus particularidades. Ha aprendido a decir lo que le gustaría hacer, pero jamás lo lleva a cabo. Es… una nulidad en lo que a relaciones sociales se refiere. Hace tres años que la conozco y jamás nos hemos tomado un café juntos, ni hemos hablado de nada que no sea el trabajo.

Lucy llevaba una chaqueta negra encima de una blusa clara y una falda que le llegaba a las rodillas. El modelito era de lo más anodino. Algún tiempo después me enteré de que Lucy era daltónica. Su madre aparecía por su piso cada pocas semanas para asegurarse de que tenía las piezas de ropa bien emparejadas para que combinasen entre ellas y con los accesorios. Sabíamos cuándo su madre llevaba un tiempo fuera de la ciudad porque Lucy aparecía con ropa cada vez peor combinada. Corría el rumor de que la secretaria jefe de nuestro departamento tenía instrucciones de telefonear a la madre cuando las cosas se empezaban a desmadrar con los modelos que lucía la hija. Era una de las concesiones que se le hacía a Lucy por su particular idiosincrasia. Y por su brillantez.

El día que nos conocimos me pareció una auténtica friki de los ordenadores con un gusto por el estilo gótico y una evidente incapacidad para conectar socialmente. Parecía la persona más sincera de todo el equipo, lo cual decía más del equipo que de ella.

—Búscate una silla y enchufa tu ordenador —me dijo Sam.

Sin que me diese cuenta, Vincent había salido de la sala mientras hablábamos. No volví a verlo durante casi cinco semanas. La cosa funcionaba así con él. Se pasaba la vida viajando y era muy reservado. Jamás daba a nadie más información de la que consideraba estrictamente necesaria.

—Sara, te acabo de mandar un informe por correo electrónico —me informó Sam—. Imprímelo, léelo y corrige todos los errores. Incluso los más minúsculos. También necesito que compruebes todos los cálculos. Asegúrate de que las comas de los decimales están en el sitio adecuado. El año pasado la empresa perdió un negocio porque había una puta coma de decimal colocada de forma incorrecta. Solo una. Despidieron al equipo responsable al completo. Tenemos tolerancia cero con los errores.

—Por supuesto —respondí mientras abría el documento en el ordenador. Tenía cincuenta páginas, una sucesión de tablas repletas de números. Necesitaría varios días para comprobarlo todo—. ¿De cuánto tiempo dispongo?

—Hasta las cinco de la tarde —contestó Sam.

Iba a ser un trabajo infernal revisar todo el documento con el detalle que me pedía y repasar cientos de cálculos para tenerlo listo esa misma tarde. Ni siquiera estaba segura de que fuera humanamente posible.

—Sara, para que te quede claro —intervino Sylvie con tono condescendiente—. Tu trabajo consiste en asegurarte de que todo lo escrito en el documento es impecable. Si queda un solo espacio innecesario detrás de un punto, te tocará asumir las consecuencias.

—Por supuesto.

Me irritó que diera por hecho que la iba a cagar. Sylvie había dejado bien claro sin perder la sonrisa que yo solo era la chica para todo. Cargaría con el trabajo más fastidioso y me llevaría todas las broncas.

Durante el fin de semana, como no había ninguna secretaria en la oficina, tuve que preparar cafés y bajar a comprar comida para llevar. Corrí hasta la sala de las fotocopiadoras para recoger impresiones. Tenía la responsabilidad de comprobar los números de todos y repasar cada palabra del informe que el equipo estaba elaborando. Hubo docenas de borradores hasta que se llegó al documento final. Y yo tuve que repasar cada línea de cada nueva versión.

Vincent estaba de viaje. Primero en Londres, luego en Dubái y después en Tokio. Telefoneaba a todas horas y mandaba mensajes con instrucciones, tanto al equipo al completo como a algunos de nosotros de forma individual. Cifras que quería que le enviáramos para echarles un ojo, documentos que teníamos que buscarle en los archivos o cualquier otra cosa que necesitase en determinado momento. Estaba informado de todo lo que sucedía con el máximo detalle, pese a encontrarse en una zona horaria diferente, en la otra punta del mundo.

Sam hablaba con él por teléfono varias veces al día, pero nunca delante de nosotros. Desaparecía en una sala contigua y cerraba la puerta. Sylvie se exasperaba por verse dejada de lado. Entre los listones de la persiana yo veía a Sam paseándose de un lado a otro de la habitación mientras hablaba.

En un par de ocasiones Sam y Jules discutieron en voz baja sobre algo. «Tenemos que hablarlo con Vincent.» Y ambos se metieron en la sala adjunta para llamarlo.

Todo estaba envuelto en un gran secretismo. Nadie me explicó la naturaleza de la operación en la que estábamos trabajando ni me proporcionaron ningún otro tipo de información. Todo lo que llegué a saber lo iba deduciendo a partir del informe que revisaba. Yo era nueva y todavía no había demostrado mi valía. Tenía que ganarme la confianza de los demás.

Una noche, ya tarde, Sylvie hablaba en susurros con Jules en una esquina de la sala, pero alzó demasiado la voz. «Vincent dijo que no quería que ella lo supiera.» Los dos se callaron cuando yo levanté un poco la cabeza.

Salieron de la sala, supuestamente para prepararse un café. A través de la puerta entreabierta vi cómo mantenían una acalorada discusión de pie en el pasillo. Parecían muy enojados. Traté de no mirar. Desaparecieron sin hacer ruido en una sala de reuniones al fondo del pasillo y se pasaron una eternidad allí metidos. Cuando volvieron a nuestra sala, no dijeron ni una palabra. Su secretismo me dejó en vilo.

Se nos recordaba de forma insistente que debíamos ser discretos. Las persianas de la sala siempre estaban bajadas. No se permitía el acceso a nadie que no formase parte del equipo, ni siquiera al personal administrativo que nos ayudaba. La puerta estaba siempre cerrada con llave cuando no estábamos dentro. Esta era una regla inviolable. Había un cartel en la puerta que nos lo recordaba.

Durante casi dos semanas, cada día salía del trabajo a las dos o las tres de la madrugada y regresaba a mi habitación de hotel para darme una ducha y dormir cinco horas. Seis si estaba de suerte. Y después, de vuelta a la oficina para una nueva jornada.

Estaba mentalmente agotada, sobre todo porque me aterrorizaba la idea de que cualquier error podía provocar mi despido antes de que terminase el período de prueba. Todo el mundo estaba demasiado ocupado como para darme explicaciones. Sylvie había dejado bien claro que ninguno de ellos iba a perder el tiempo respondiendo a mis preguntas idiotas de novata. Se trataba de aprender a nadar o ahogarse. Y logré nadar.

—¿No le caigo bien a Sylvie o se comporta así con todo el mundo? —le pregunté a Jules cuando me acompañó a comprar comida la madrugada de la noche antes de la fecha límite que teníamos asignada para concluir el trabajo.

—Sylvie es Sylvie —me respondió—. Ya te acostumbrarás a su modo de ser. Es letal como una mantis, pero probablemente se deba a las cosas que le ha tocado vivir.

—¿Qué quieres decir?

—¿No has oído hablar de ella? —Había cierta incredulidad en su voz—. Hace años fue famosa, una modelo adolescente. Era el rostro de marcas como Miss Dior. Seguro que viste su cara en la portada de algunas revistas. ¡Llegaron a contratarla para rodar una película de Hollywood!

—¿En serio? ¿Cuál?

—Vaya, nunca me acuerdo del título, pero da igual. No llegó a hacerla. Para entonces, Sylvie ya era mercancía dañada. En más de un sentido.

—¿Qué quieres decir?

—Carl, su hermano gemelo, murió en un accidente de coche cuando tenían diecisiete años. La culparon a ella. Un testigo contó que Sylvie no había hecho el menor esfuerzo por sacar a su hermano de entre los restos del vehículo antes de que ardiera. Ella lo negó. Dijo que estaba borracha y no pudo sacarlo antes de que la situación fuese demasiado peligrosa. Supongo que la policía decidió creer su versión. No presentaron cargos. Tal vez pensaron que las quemaduras ya eran un castigo suficiente; supusieron el final de su carrera como modelo.

—¿Qué quemaduras?

—¿No te has fijado en que nunca lleva blusas de manga corta? Da igual el calor que haga. Incluso cuando tuvimos que viajar a Delhi y la temperatura llegaba casi a los cincuenta grados, ella no renunció a la manga larga.

Entramos en el restaurante chino que había enfrente de

nuestro edificio. La mujer de la caja registradora le entregó a Jules una bolsa de papel con nuestro pedido.

—¿Cómo acabó metiéndose en la banca de inversión si había empezado como modelo? —pregunté de regreso a la oficina.

—Es lista y tiene buenos contactos. A nuestros clientes les parece que está como un tren y les encanta trabajar con ella. Pero sobre todo, Sylvie es adicta a la adrenalina. Todos lo somos.

—Desde luego, parece que conoce bien el oficio —añadí, y entramos en el ascensor.

—Sé que puede comportarse como una zorra, pero no dejes que eso te afecte —me sugirió Jules—. En este trabajo las cosas funcionan así.

—Creo que en las dos semanas que llevo aquí he generado una segunda capa de piel —bromeé.

¿Y no era cierto? Mis compañeros de trabajo constituían un grupo cerrado que me excluía. También Jules, pese a sus ocasionales muestras de simpatía. Era un chismoso. Le encantaba recolectar información y después hacerla correr para ver qué sucedía. Era como un niño que introduce un palito en un hormiguero para observar cómo responden las hormigas.

Ninguno de los miembros del equipo hacía el menor esfuerzo para que yo sintiese que formaba parte de él. Jamás se tomaron la molestia de preguntarme si había encontrado piso o cómo me había adaptado a la ciudad. A veces iban a tomar copas, todos excepto Lucy. A mí nunca me invitaron.

Sylvie era la más fría de todos. Hubo un momento en el que soñé que ella y yo pudiéramos convertirnos en aliadas. Había pocas mujeres en la empresa y era lógico pensar que tendieran a establecer vínculos de complicidad entre ellas.

Pero ese no era el estilo de Sylvie. Tuve la clara sensación de que ella veía a las demás mujeres como una amenaza.

Incluso a mí, pese a que yo entonces no era más que una recién aterrizada que estaba todavía muy verde y ella llevaba en Stanhope casi tres años.

Aun así, tuvimos nuestros escasos momentos de complicidad. El primero fue el día después de entregar el proyecto a la dirección para su aprobación. Era viernes y estábamos terminando de recopilar los documentos suplementarios para adjuntarlos también. Salimos las dos del trabajo a las diez de la noche y bajamos solas en el ascensor.

Hacía dos días que me había mudado a mi nuevo apartamento, pero no había tenido tiempo de desempaquetar por culpa de los horarios enloquecidos de las últimas semanas. Acabar a las diez era relativamente temprano y pensé que antes de acostarme podría dedicarme a ordenar el dormitorio, que era un caos de cajas por desembalar. Sonreí con la amabilidad que es obligatorio desplegar cuando se comparte un rato en un ascensor con una colega de trabajo. Sylvie me miró como si yo fuera transparente. No dijo ni media palabra.

Pensé para mis adentros que la situación era ridícula. Había pasado más tiempo con ella esos últimos días que con Stacey, mi compañera de piso en Chicago, durante un año. Y sin embargo, Sylvie y yo éramos incapaces de mantener una conversación superficial de un par de minutos en un ascensor.

Alguien tenía que romper el hielo y decidí hacerlo yo. En el peor de los casos me ignoraría, cosa que llevaba tanto tiempo haciendo que a esas alturas ya estaba inmunizada a sus desaires.

—No estoy acostumbrada a volver a casa tan temprano —bromeé—. ¿Te apetece tomar una copa?

Sorprendida, alzó una mirada de la pantalla de su móvil. No se esperaba que yo abriese la boca.

—¿Por qué no? —respondió—. Conozco un sitio cerca.

Era un bar al que se accedía bajando por una escalera y que tenía un aire de los años veinte. Una placa metálica junto a la puerta roja informaba de que había sido un bar ilegal durante la Ley Seca. Pedí un margarita con lima.

—Yo tomaré lo mismo —le pidió Sylvie al barman.

Dimos buena cuenta de dos margaritas con sal plateada de Francia en el reborde de la copa, seguidos de un par de chupitos de whisky. Mientras bebíamos se nos acercó un tío con una camisa bicolor, acompañado por un amigo. Fueron directos al grano.

Se veía a la legua que el tipo era un bróker y que se creía el rey del mambo. Llevaba unos tirantes estilo Gordon Gekko y una corbata atrevida.

—Pago yo la cuenta de las señoritas —le dijo al barman mientras se sentaba al lado de Sylvie.

—Gracias —respondí—. Pero ya hemos pagado.

—Pues en ese caso os invito a otra copa —ofreció, alzando demasiado el tono—. Chicas, la noche todavía es joven. —Consultó la hora en su Rolex Submariner pese a que en la pared de detrás de la barra había relojes con la hora de cinco ciudades alrededor del mundo, incluida Nueva York.

—Nosotras ya nos retiramos —anunció Sylvie, levantándose.

—Un momento. —El tipo le puso la mano en el hombro—. Acabamos de llegar. A Jimmy y a mí nos gustaría conoceros un poco mejor.

—Nos hubiera encantado —replicó Sylvie, sin hacer demasiado esfuerzo por camuflar el tono sarcástico—. Pero mañana tenemos una reunión de trabajo a primera hora.

—¿En sábado? Las bolsas ni siquiera están abiertas. Dame el teléfono de vuestro jefe. Le explicaré que esta secretaria tan guapa necesita tiempo libre.

—No se te da muy bien digerir un «no», ¿verdad? —intervine, apartándole la mano del hombro de Sylvie—. Estaba tratando de darte calabazas de manera educada. No eres su tipo. Te sobran como mínimo diez años y unos quince kilos. Y encima te faltan al menos cinco centímetros. Probablemente en más de un lugar. —Dicho lo cual, nos largamos.

El tío de los tirantes y su escudero gritaron algo a mis espaldas. Creo que se refirieron a nuestra condición de lesbianas, pero la verdad es que no lo oímos muy bien porque nos estábamos partiendo de risa.

—Oh, Dios mío —dijo Sylvie después de subir la escalera hasta la calle—. Ha sido divertidísimo. Hacía siglos que no me reía tanto. ¡Ahora tengo que hacer pis!

—Pues vente a mi casa. No podemos volver a entrar ahí.

Tomamos un taxi hasta mi apartamento, que estaba a cinco manzanas. Mucho más cerca que el de Sylvie, en la zona alta de la ciudad.

Había optado por asumir la parte del alquiler de un piso que abonaba un colega al que enviaban a Londres durante diez meses. Vi el anuncio en el tablón del comedor de la oficina y pensé que era la mejor solución, consciente de que no iba a tener tiempo libre para buscar piso.

Compartía el piso con Amanda, una consultora que se pasaba cinco días a la semana de viaje. Estaba amueblado con muebles de Ikea y parecía más un hotel barato que un piso acogedor. Era básicamente un sitio para dormir. A esas alturas ya había entendido que la mayor parte de mis horas de vigilia las iba a pasar en la oficina, de modo que el aspecto anodino y las vistas a un callejón desde la ventana de mi dormitorio no suponían un gran problema.

Esa noche Amanda no estaba en casa, se había marchado a Atlanta para dos semanas. Sylvie y yo acabamos viendo una película y tomándonos una taza de chocolate casero. Después, ella se fue a su casa en taxi pasada la una de la madrugada.

A las ocho de la mañana del día siguiente estaba de vuelta al trabajo. Cumplía tres semanas en la empresa, pero tenía la sensación de llevar allí meses. En realidad, no iba tan desencaminada, si sumaba todas las horas trabajadas.

Sylvie hizo su aparición poco después de mi llegada. En contraste con mi cara pálida y cabello recogido en una sencilla coleta, Sylvie estaba espectacular, como si hubiera dormido doce horas y se hubiera aplicado un tratamiento facial al despertarse.

Salí a comprar desayuno y traje cafés con leche para todos. La silla junto a Sylvie estaba vacía, de modo que supuse que podía sentarme a su lado. Después de todo, ahora ya éramos colegas. El hielo se había derretido del todo cuando vomitó en mi lavabo mientras yo le apartaba el cabello de la cara.

Sin embargo, antes de que pudiera sentarme, ella tiró de la silla y plantó las piernas encima. La pose exacta del día que nos conocimos. No se molestó en disculparse. Ni siquiera me miró.

Sylvie cogió un dosier de cinco centímetros de grosor y se puso a trabajar con el portátil sobre las rodillas. Durante toda la mañana, no se dignó a volver la cabeza para saludarme. Yo no sabía si lo que la incomodaba tanto era haber confraternizado conmigo la noche anterior o haberme mostrado su lado humano.

Mirándolo en perspectiva, creo que le importaba un bledo tanto una cosa como la otra. Así era Sylvie. Un día era tu amiga del alma y al siguiente, tu enemiga mortal.

11

El ascensor

Vincent agarró con ambas manos la fría empuñadura metálica de la Glock mientras estudiaba los rostros ensombrecidos de sus colegas.

—¿Alguien puede por favor responder a mi pregunta? ¿Quién se trae una pistola a una reunión de trabajo?

El conducto de ventilación del techo bombeaba sonoramente aire caliente. Un silencio incómodo envolvió al grupo.

—Yo —admitió por fin Jules. Siguió un nuevo silencio—. Hace unos meses me atracaron —añadió a la defensiva—. Me golpearon con una pistola. Vincent, tú viste los moratones. Desde entonces llevo siempre encima una pistola, como autoprotección. Cuando recibí el mensaje que me convocaba a esta reunión, en el que se decía… No, seamos más precisos: en el que se me ordenaba presentarme en plena noche en una zona remota del sur del Bronx… Tuve muy claro que no me iba a meter en este barrio desarmado.

—No creo que sea legal que lleves un arma escondida —comentó Vincent. Sopesó la pistola, pasándosela de una mano a otra. Llevaba el cargador puesto. Estaba cargada y lista para disparar.

—¿Ahora resulta que vas de poli? Vincent, devuélvemela. —Jules odió el tono suplicante de su voz. Era su maldita pistola y no tenía por qué rogar. En la oscuridad todo parecía fuera de control, la claustrofobia lo ahogaba. De pronto, Jules necesitaba el arma con desesperación. Estaba dispuesto a hacer cualquier cosa por recuperarla.

—Te la devolveré cuando salgamos de aquí —le prometió Vincent.

—No tienes ningún derecho —musitó Jules.

Se abalanzó sobre Vincent hecho una furia. Trató de arrancarle la pistola de la mano a su jefe, pero este se la pasó a la otra mano con un movimiento tan rápido que le impidió a Jules cogerla en la oscuridad. Se la fue pasando de una mano a otra mientras Jules trataba inútilmente de atraparla. Se peleaban por la pistola como dos niños enfrentados por su juguete favorito.

—¡Dámela! —gritó Jules. La claustrofobia y el agobiante calor le hicieron perder el control sobre sí mismo—. No puedes confiscarme algo que es mío. Es mi pistola y quiero que me la devuelvas.

Vincent volvió a apartar las manos de Jules y retrocedió un paso para alejarse de él. Fue un error. Vincent había reculado hasta una esquina del ascensor y ahora no tenía escapatoria. Estaba atrapado. Jules se le acercó tanto que las caras de uno y otro casi se rozaban. Vicent estiró la mano con la que sostenía la pistola por encima de la cabeza.

—Es mía —repitió Jules. Trató de cogerla, pero al hacerlo rozó con el brazo las gafas de Vincent y se las desplazó. Cayeron al suelo antes de que ninguno de los dos se percatase de qué había sucedido. Jules continuó con su intento de atrapar la pistola. Todos oyeron cómo se rompían las gafas, aplastadas por su zapato.

Jules sabía que, sin gafas, Vincent estaba en desventaja en la oscuridad. Extendió la mano hasta la espalda de su jefe, donde ahora ocultaba el arma, y volvió a intentar hacerse con ella.

—No tienes ningún derecho a…

Vincent le propinó un rodillazo en la entrepierna antes de que pudiese acabar la frase. Jules, dolorido, se desplomó sobre sus rodillas.

—Hijoputa —susurró Jules con voz entrecortada cuando fue capaz de volver a hablar—. Nos has traído aquí de forma deliberada, ¿verdad? ¿No es así, Vincent? Esto no es más que otro de tus juegos perversos. Siempre enfrentándonos unos a otros. Siempre sometiéndonos a pruebas.

Vincent se metió la pistola en el cinturón, por la parte de la espalda. Le tendió la mano a Jules y le ayudó a levantarse.

—Piensa lo que quieras —le dijo mientras tiraba de él—. No he preparado nada de todo esto. Pero sí puedo asegurarte una cosa: por nada del mundo voy a dejar a alguien tan emocionalmente inestable como tú tener un arma cargada en un ascensor.

Sylvie se interpuso entre Jules y Vincent. Los dos tenían la respiración acelerada después de la trifulca. Ella conocía lo suficiente a Jules como para saber que daba por perdida la batalla, pero no la guerra. Se recompondría y, cuando menos se lo esperase Vincent, le atacaría del único modo que sabía: con un golpe bajo.

A ella le había sorprendido casi tanto ver cómo Jules se encaraba con Vincent como descubrir la pistola en el suelo. Jules siempre había demostrado una total devoción hacia Vincent. No solo porque fuera su jefe y la persona con más poder en su departamento; era un respeto que tenía raíces más profundas. Jules ansiaba las loas de Vincent. Cuando las recibía, sentía una inmensa emoción. Y después de un rapapolvo, era como ver a un perro golpeado con una vara. Sylvie siempre sentía lástima por Jules cuando eso ocurría. Incluso cuando ya lo detestaba.

Sylvie sospechaba que Jules veía a Vincent como una figura paterna, pese a que solo se llevaban nueve años. El padre de Jules se había desentendido de él tras el fallecimiento de la madre. Unos meses después, lo mandó a un internado y desde allí fue directo a la universidad. Cuando se licenció, su padre iba por la cuarta esposa. Todas sus madrastras tuvieron una numerosa prole.

Jules había pasado de ser el único heredero de una considerable fortuna familiar a convertirse en uno de los muchos beneficiarios de una fortuna menguante, que su padre había dilapidado en pensiones alimentarias y malas inversiones. Casi no se hablaba con su progenitor. Le indignaba tener que compartir lo que fuera que quedase de la fortuna de su amado abuelo con siete hermanastros a los que apenas conocía.

Vincent apuntó la Glock de Jules al suelo. Sacó el cargador con un único movimiento preciso que produjo un sonoro chasquido metálico y deslizó la corredera para vaciar la recámara. Se oyó un repiqueteo cuando la bala cayó al suelo. Vincent volvió a guardarse la pistola en el cinturón.

—Esto no debería haber pasado —dijo—. Y ahora sigamos. De momento solo hemos resuelto dos pistas.

—Siento lo de tus gafas —se disculpó Jules, de pronto apesadumbrado—. Te las pagaré. No debería…, no debería haber reaccionado como lo he hecho. Detesto estar encerrado. Me pone muy nervioso. Y aquí hace tanto calor que no puedo pensar con claridad.

—Razón de más para que no lleves una pistola cargada encima —replicó Vincent—. Y ahora todo el mundo en marcha, vamos a volver a mirar por todos los rincones. Solo disponemos de treinta minutos para resolver esto.

Vincent había sido teniente del ejército holandés en Afganistán. Fue militar durante dos años antes de empezar sus estudios universitarios. Esa experiencia le había proporcionado una autoridad y autoconfianza de la que otros estudiantes de su edad carecían. Fue uno de los motivos por los que, cuando se incorporó a Stanhope, tuvo un ascenso tan meteórico, primero como becario y después como licenciado con contrato. Tenía cualidades de mando que no se aprendían en ninguna institución educativa de élite. Una cualidad resultante de haber sido responsable de las vidas de otros soldados siendo muy joven.

La carrera ascendente de Vincent tenía también relación con su aspecto físico. Tenía una altura imponente, medía casi dos metros, era corpulento y la mirada de sus ojos azules era tan penetrante que la gente apartaba la vista porque tenían la sensación de que les estaba desnudando el alma.

Vincent siempre acudía al trabajo con camisas y trajes inmaculados. Compraba la ropa en Zegna, siempre de la máxima calidad. La gente creía de forma errónea que lo hacía por dejar claro su estatus, pero las marcas le eran indiferentes. Lo que le importaba era la eficiencia. Con Zegna concentraba todas las compras en un solo lugar. Una vez al año entraba en la tienda, se gastaba treinta mil dólares y surtía su ropero para los siguientes doce meses.

Si en la oficina su aspecto era el de un hombre de negocios vestido de manera impecable, en el gimnasio, donde practicaba cada mañana varias artes marciales, parecía un luchador callejero. En el bíceps del brazo derecho lucía un tatuaje con caracteres chinos, y en el centro del pecho, la insignia de su unidad en el Real Ejército Holandés, una espada apuntando hacia arriba, con las iniciales de cada uno de los hombres que tenía bajo su mando. Nadie en el trabajo había visto jamás esos tatuajes.

Después de dos años en la empresa, a Vincent le habían encargado dirigir su propio equipo. Formaba parte de la estrategia corporativa montar equipos multidisciplinares de alto nivel, pequeños y rápidos. Jules, Sam y Sylvie estuvieron desde el principio bajo su mando.

En esa época, Vincent tenía el cabello rubio oscuro. De un tiempo a esa parte lo llevaba tan corto que parecía que se había afeitado la cabeza casi por completo. Su cara era ancha, con pómulos marcados y el mentón cincelado. Con las personas que le importaban, Vincent actuaba como alguien justo y con principios, y mostraba una paciencia inusual para alguien de su talla.

Pero con sus enemigos era totalmente despiadado. La gente temía cruzarse con él. Percibían un trasfondo violento bajo la superficie. Vivía según un estricto código moral de trabajo duro y diligencia, que habían sido los valores de su infancia. Vincent bebía, pero nunca en exceso. En un negocio en el que la ingesta de pastillas para soportar las extenuantes horas de trabajo y el estrés estaba a la orden del día, lo único que utilizaba él para estimularse era un vaso de batido de pasto de trigo orgánico cada mañana. Jamás bebía café. Su única fuente de cafeína era el té verde.

Sylvie pensó que Vincent había cambiado desde el día que lo conoció. Se había debilitado. Su autoridad se había erosionado. Tal vez se debiese a que Mitch Porter, uno de sus grandes apoyos en el consejo de dirección, se había jubilado. O tal vez fuese porque los últimos seis meses habían sido terribles para el equipo. Habían tenido una mala racha con la pérdida de varias cuentas clave.

En los últimos tiempos a Vincent se le veía cada vez más frustrado. La rumorología que corría por la oficina decía que la dirección estaba perdiendo confianza en él. Esos días parecía nervioso. Volátil.

Sylvie consideraba que el hecho de que Jules hubiera tenido el valor de encararse con él de un modo tan agresivo era una señal más de la decreciente influencia de Vincent. A ella, Jules le hacía pensar en un joven gorila que reta la autoridad del macho dominante del grupo. Vincent había ganado el primer combate y Jules había recibido su escarmiento. Al menos de momento.

Vincent había sido siempre un enigma para sus subordinados. Poseía un piso en Tribeca y otro en Amsterdam, que alquilaba. Aparte de esto, nada se sabía de su vida privada.

Cuando se encontraba con él de casualidad en el teatro o en un restaurante, sus acompañantes eran siempre chicas guapas de cabello oscuro. Estaba convencida de que su clara preferencia por las morenas explicaba por qué nunca le había tirado los tejos, ni siquiera antes de convertirse en su superior directo. Sylvie no estaba habituada a eso; la falta de interés de Vincent hacia ella le resultaba de lo más irritante.

Ella lo telefoneaba muchas veces en plena noche o a primera hora de la mañana por algún asunto urgente y en alguna ocasión había oído los movimientos de alguien de fondo. Un frufrú de sábanas o el rumor del chorro de una ducha. Él jamás llevaba a sus novias a los actos sociales de la empresa. Siempre se había mostrado muy reservado a la hora de hablar de su vida privada.

—Creo que he localizado nuestra próxima pista. —Sam rompió el silencio de modo abrupto. Los demás, desprevenidos, pegaron un bote. Enfocó con la linterna del móvil una esquina del techo del ascensor. Cuando los otros miraron con atención, vieron una serie de letras escritas en la pared.

—¿Eso lleva todo este rato justo encima de nuestras cabezas? ¿Cómo no lo hemos visto hasta ahora? —preguntó Sylvie.

—Me parece que antes no estaba —dijo Sam—. Juraría que hace un rato ya había mirado ahí. ¿Quizá se ha hecho visible con el calor? Está justo al lado de los conductos de ventilación.

Jules anotó las letras en el espejo de la pared del ascensor con un marcador que sacó de su bolsa. La pista parecía irresoluble, un batiburrillo de letras dispuestas al azar.

¿IBRSB RVF RVÑUP DPÑGJBJT MPT VÑPT FÑ MPT PUSPT?

12

Sara Hall

—Bueno, ¿y qué te parece esto de la banca de inversión ahora que ya llevas un mes aquí?

Sam me hizo la pregunta mientras troceaba un entrecot en Delmonico's. Se había mostrado distante desde que me uní al equipo. Después de semanas sintiendo que me trataba como una lacaya, se me hacía muy raro estar sentada en un restaurante caro contemplando cómo cortaba un entrecot de sesenta dólares. ¡Como si de verdad le importase mi opinión sobre la empresa!

—Dime, Sara, ¿es todo como te lo imaginabas?

—Me encanta. Aunque, claro, todavía me estoy adaptando a la falta de sueño. No creo que haya dormido más de seis horas ni una sola noche desde que me incorporé.

—Como decía mi viejo, ya dormirás cuando estés muerta. O, en tu caso, cuando te jubiles a los cuarenta.

Esa era la fantasía de todos los agentes financieros que había conocido, retirarse a los cuarenta. Pocos lo lograban. Los hombres desarrollaban una desmesurada afición por las esposas espectaculares, los yates carísimos, las casas de veraneo y todos los demás accesorios de los muy ricos. Por no mencionar la carga financiera de las varias pensiones a las exmujeres y manutención de los hijos.

Después estaba el continuo flujo de adrenalina que acompañaba al trabajo y que resultaba casi tan adictivo como las drogas que muchos tomaban para soportar la presión de las inacabables jornadas laborales. Desde la mejor coca colombiana al bufet libre de anfetaminas, de la feniletilamina a la metacualona y todo el repertorio de sustancias entre medio. Estas adicciones mantenían a la gente en el juego mucho después de la fecha en la que habían soñado con dejarlo.

Solo disponíamos de cuarenta minutos para comer, así que me sorprendió que Sam insistiese en ir a Delmonico's, un barasador conocido por sus estupendas copas y sus enormes entrecots. Resultó que él ya lo tenía todo pensado. Pidió los platos mientras íbamos de camino, y treinta segundos después de sentarnos nos los sirvieron. Lo había planificado todo con precisión militar.

Sam había pedido un entrecot al punto. Yo, lenguado a la parrilla. Cuando me preguntó si quería vino, negué con la cabeza. Por la tarde teníamos una reunión con un cliente y no me pareció buena idea empinar el codo.

—Tienes razón —suspiró Sam e hizo un gesto negativo al camarero que nos traía la carta de vinos—. La reunión ya va a ser bastante complicada estando sobrios.

Nos esperaba un consorcio japonés, y los acuerdos de confidencialidad que habíamos tenido que firmar solo para poder hablar con ellos podrían llenar tres tomos de la Enciclopedia británica.

Sylvie me había dado estrictas instrucciones sobre lo que tenía que hacer durante la reunión: debía quedarme en segundo plano, junto a la pared, y mantener la boca cerrada. El día anterior había discutido en voz baja con Sam sobre la decisión de este de permitirme estar en el encuentro con los japoneses. «Es demasiado pronto —había susurrado—. «Sara todavía no tiene la suficiente información como para resultar útil.» Al final se decidió que podía estar en la sala a condición de permanecer callada.

Supongo que debería haberme sentido muy honrada porque me permitieran acercarme a un cliente tan pronto. A Lucy jamás la incluían en las reuniones cara a cara con los clientes. Oí a Jules decir que Lucy era «demasiado rarita como para plantarla delante de un cliente». La dejaban en la oficina, pero le hacían discretas consultas mandándole mensajes de texto cada vez que necesitaban comprobar rápidamente alguna cifra. Se aprovechaban de su genialidad sin que los clientes supieran jamás quién era el verdadero cerebro que armaba nuestras sofisticadas estrategias financieras.

La mayoría de las reuniones con los clientes se desarrollaban durante la jornada laboral, casi siempre a primera hora de la tarde. Alguna que otra vez en una comida. Algunas tardes a última hora, Sam y Jules desaparecían para irse de copas con los clientes. Nunca invitaban a Sylvie. Un par de noches atrás, los dos se marcharon de forma abrupta al final de la tarde porque habían quedado con alguien. Le pregunté a Sylvie por qué no iba con ellos. Se me quedó mirando, pasmada por mi ingenuidad.

—Sara, van a un club de estriptis.

—Pero ¿eso no es un poco..., no sé, más propio de los años cincuenta? ¿Quién cierra una operación en un club de estriptis a estas alturas de la historia?

—Es en los bares de topless donde se consuman los grandes tratos de Wall Street —me explicó—. En estos momentos es muy probable que el director financiero de la otra empresa esté deslizando un billete de cincuenta dólares en el tanga de una estríper mientras con la otra mano firma una compra de un billón de dólares.

—¿Y eso no significa que tú te quedas al margen de toda la gloria? —pregunté.

—Se sentirían incómodos con mujeres alrededor —respondió sin atisbo de ironía—. Y a mí se me haría muy raro que me pidieran que los acompañase.

Tal como Sylvie predijo, a la mañana siguiente, en cuanto Sam y Jules aparecieron por la oficina, anunciaron entusiasmados que habían acabado de perfilar los últimos detalles del acuerdo durante cinco horas de borrachera rodeados de bailarinas en un reservado.

—Anoche debisteis acabar pronto —les dijo Sylvie mientras los escrutaba. Estaban recién afeitados y con las mejillas sonrosadas.

—La verdad es que no. Nos marchamos a las cuatro de la madrugada —explicó Jules.

—¡Habéis dormido cuatro horas! No lo parece —les aseguré—. ¿Cuál es vuestro secreto?

—Las bolsitas de té —confesó Jules con expresión impávida—. Congelo bolsitas de té usadas y me las pongo sobre los ojos mientras hago mis abdominales matinales. Sam utiliza el suero de veneno de abeja, pero yo no puedo porque soy alérgico.

Resultó que las cremas faciales eran un destacado tema de conversación entre los agentes financieros de género masculino. Las mujeres al menos contábamos con la opción de ponernos una capa extra de antiojeras cuando teníamos aspecto cansado. En un negocio célebre por las largas jornadas laborales, probablemente fuese nuestra única ventaja.

Pese a la aparente indiferencia de Sylvie por ser excluida de la reunión nocturna con el cliente, supe por el rictus tenso de sus labios que no estaba nada contenta con que hubieran cerrado el trato sin ella. Yo sabía que ella había trabajado muchísimo en el asunto entre bambalinas. Había negociado la mayoría de los puntos clave del acuerdo en agotadoras reuniones durante semanas. Todo lo que en realidad habían aportado Sam y Jules era asegurarse de que el documento se firmaba.

Por cómo se pavoneaban en la oficina y por su invitación a copas para celebrar el acuerdo, la mayoría de las personas sin conocimiento interno del desarrollo de las negociaciones daría por hecho que Sam y Jules eran los auténticos responsables del éxito.

No es que sintiese lástima por Sylvie. Ya era mayorcita. Sabía cómo manipular mejor que nadie. Sospechaba que lo que más preocupaba a Sylvie no era el que nuestros colegas se pusiesen las medallas. Lo que de verdad la inquietaba era que Sam y Jules se llevasen un mayor porcentaje de la bonificación por el acuerdo, cuando lo único que habían hecho había sido emborrachar al cliente para que firmase el documento.

Durante las semanas posteriores hubo tensión en el ambiente. Sylvie intentó machacarlos con una docena de diferentes subterfugios para vengarse. No era nada nuevo. Siempre había una corriente subterránea de tensiones en la empresa. Se palpaba una permanente desconfianza entre unos y otros. Desde la cosmovisión tóxica de la compañía, el conflicto era algo positivo. El conflicto hacía que los empleados trabajasen más duro y estuvieran más alerta. Y los hacía más despiadados.

—En este mundo hay ganadores y perdedores —me dijo Sam ese día mientras engullía su entrecot en Delmonico's—. Tienes que elegir un bando, Sara, y no mirar nunca atrás para contemplar la hilera de cadáveres que has dejado por el camino. No les debes nada. El éxito no es para los remilgados.

13

El ascensor

Se apretujaron en la lúgubre oscuridad para tratar de descifrar las letras de la nueva pista. Estaban tan pegados unos a otros que a Sam le vino a la cabeza la imagen de una lata de sardinas. Encerrados en una pequeña estructura metálica. Cocinándose en sus propios jugos, con el calor que emergía del techo y el sudor que corría por sus cuerpos. Apenas podían estirarse o moverse sin chocar los unos con los otros.

Trataron de descifrar el código, pero el reto les superaba. Sam lo sabía. Todos lo sabían. De haber estado con ellos Lucy, lo habría desentrañado en sesenta segundos. Sam no tenía claro si ellos serían capaces de hacerlo en toda su vida.

Quería salir de allí. No solo del ascensor, sino de toda esta historia. Su vida llevaba mucho tiempo fuera de control. Desde el punto de vista material había conseguido sus objetivos con creces, pero pensaba que ojalá pudiera volver atrás y cambiar muchas de las decisiones que había tomado.

Pensaba a menudo en el Sam Bradley que había sido de niño. El idealista impaciente por salir al mundo y marcar la diferencia, como un decorador de interiores superambicioso convencido de que un nuevo papel pintado arreglaría una pared torcida.

Sam había soñado con ser abogado especializado en derechos civiles. «¿Te lo puedes imaginar?», solía decir cuando hacía tiempo que había dejado atrás su etapa idealista. ¿A cuánta gente había divertido a lo largo de los años, provocándoles ebrias carcajadas al contarles esa historia en alocadas fiestas de Wall Street?

Se preguntaba cómo había permitido que ese optimismo se transformase en un duro caparazón de cinismo. El Sam Bradley de su juventud hubiese odiado al hombre que era ahora. A medida que pasaban los años, cada vez le atormentaba más la posibilidad de haberse traicionado a sí mismo. Peor todavía, de haber traicionado a su padre, que siempre se rigió más por los valores éticos que por el dinero.

Pero por mucho que despreciara esa vida, Sam era adicto a ella. El salario se convirtió en su morfina. Los relojes, trajes y zapatos de diseño, las escapadas para esquiar, los coches, las casas y su mujer eran su coca. El éxito, su heroína. Lo estaba matando poco a poco. Inacabables jornadas laborales, secretas maquinaciones. Por no mencionar el permanente estrés que había acabado siendo su ineludible compañero de viaje.

Sam anhelaba —con una nostalgia tan intensa que casi resultaba dolorosa— el mundo sencillo y modesto en el que había crecido. Al mismo tiempo, sentía escalofríos ante la mera idea de regresar a él.

Estaba inquieto desde que había oído los rumores de despidos inminentes. Temía que pudiese ser el principio del fin para él. Que hubiera alcanzado ya la cima de su carrera y empezase el camino cuesta abajo.

No se tragaba la teoría de Vincent de que la actitud que mostrasen allí podía suponer el indulto. Que resolver estúpidas pistas en un escape room en un ascensor podía servir para convencer a la empresa de que merecía la pena mantenerlos en nómina a él, o cualquiera de los demás.

Sam volvió a estudiar por enésima vez el batiburrillo de letras dispuestas al azar anotadas en el espejo del ascensor, donde Jules la había transcrito para que fuesen fácilmente legibles. ¿«IBRSB RVF RVÑUP DPÑGJBJT MPT VÑPT FÑ MPT PUSPT?»

—Esto es indescifrable —se lamentó Sam, presa de la frustración—. No se me ocurre cómo podemos resolverlo.

Todavía les quedaban veinticinco largos minutos antes de que se les agotase el tiempo en el escape room y, a juzgar por las expresiones de unos y otros, nadie tenía ni la más remota idea de cómo resolver el acertijo. Sam tuvo la sensación de que Jules y Sylvie ya lo habían dado por imposible y estaban decididos a esperar a que terminase la sesión en lugar de esforzarse por descifrar el código transcrito en el espejo.

—Busquemos la solución cada uno por su cuenta —propuso Vincent—. En cinco minutos ponemos en común las ideas de cada uno.

Sam tecleó las letras en su móvil. «¿IBRSB RVF RVÑUP DPÑGJBJT MPT VÑPT FÑ MPT PUSPT?»

Este tipo de acertijos se le daban bien, pero la mente se le desviaba hacia otros problemas más serios. La conversación que había mantenido con Kim hacía un rato lo había alterado más de lo que estaba dispuesto a admitir.

Iba sentado en el asiento trasero de una limusina con chófer que avanzaba a paso de tortuga entre el tráfico de la Segunda Avenida y la calle Sesenta y seis Este. Los coches que tenía alrededor formaban un caleidoscopio de colores mientras sus motores rugían en la menguante luz del anochecer, esperando a que el semáforo se pusiera en verde. Los faros de los coches que venían en sentido contrario eran casi cegadores. Tragó saliva. No podía postergarlo más. Tenía que llamar a Kim para decirle que no iba a poder coger con ella el vuelo a Antigua.

No iban a ser las primeras vacaciones que estropeaba, pero sí eran probablemente las más importantes. Kim había insistido en que el viaje a Antigua era «de vida o muerte» para su matrimonio. «Ha llegado el momento de que demuestres a quién quieres más —le había retado—, a mí o a Stanhope.»

Kim ya estaba en el aeropuerto con las gemelas, esperándole, cuando la telefoneó. Le dio la mala noticia a toda velocidad. Antes de que ella pudiera articular palabra, él le prometió que tomaría el próximo vuelo o el siguiente. Juró por su vida que estaría en Antigua a más tardar el sábado por la tarde, aunque para eso tuviera que ir de copiloto en un avión de paquetería de DHL.

—Cariño. —Un silencio—. Cariño. —El tono de Sam era apaciguador—. Cariño, deja que te lo explique.

Mientras Kim hablaba sin que él la interrumpiese, Sam puso el altavoz y revisó el correo electrónico. Puso los ojos en blanco y cruzó los brazos, resignado a tragarse el rapapolvo.

—Kim, cariño, ya sé que llevábamos un montón de tiempo preparando este viaje —la interrumpió antes de que ella volviese a coger carrerilla. Su voz dejó entrever un ligero punto de irritación—. Sé la ilusión que te hace. —Abrió el archivo adjunto de un mensaje—. Yo también estaba muy ilusionado.

Introdujo en su voz una nota de sinceridad mientas ampliaba la imagen para analizar las cifras del gráfico al final del correo.

—Créeme, Kim. No tengo ningunas ganas de estar aquí, pero no me ha quedado otro remedio. Es una reunión importante. —Un silencio—. Tienes razón, siempre digo lo mismo, pero esta lo es de verdad. Ojalá pudiera saltármela. Lo he intentado. Te lo juro por Dios, Kim. Lo he intentado. Le he cantado las cuarenta a Vincent, pero él se ha mostrado inflexible. Tomaré un vuelo en cuanto salga, te lo prometo. —Un silencio—. ¿Kim? ¿Cariño?

La llamada se había cortado. Sam estaba más aliviado que enfadado porque ella le hubiera colgado. Le ahorraba el esfuerzo de mentir para acabar la llamada. Y además, le dejaba a él en mejor posición para la reconciliación.

Le vibró el teléfono. Kim le estaba llamando. Pulsó el botón de altavoz para descolgar.

—Kim —dijo. No hubo respuesta. Estaba a punto de colgar cuando del altavoz surgió un torrente de palabras. Su mujer hablaba tan rápido y con tal indignación que la mayor parte de lo que decía resultaba ininteligible. Excepto las últimas palabras antes de volver a colgarle.

—¡Capullo! —gritó, tan alto que el conductor aplastó la cabeza contra el reposacabezas de cuero—. ¡Patético capullo!

Sam se había pasado el resto del trayecto hasta el sur del Bronx reflexionando sobre esas palabras. Todo el tiempo que llevaba allí encerrado. Todo el tiempo dedicado a ese jueguecito infantil de buscar pistas en un ascensor recalentado con la vaga promesa de que si lo conseguían, tal vez les garantizase sus puestos de trabajo, aunque a Sam todo el tinglado le parecía una tómbola de pacotilla.

Kim tenía razón. Era un patético capullo. Se había convertido en un esclavo; de Stanhope, de Kim. Y, por encima de todo, de su propio ego. ¿Qué precio le tocaría pagar por no presentarse al viaje familiar a Antigua? No le iba a salir barato, sobre todo porque Kim lo había convertido en una prueba para testar su grado de compromiso en relación con su matrimonio. Apenas había hablado de otra cosa desde que le ofrecieron habitaciones en un exclusivo resort. Era casi imposible reservar, porque solía estar completo con una clientela de estrellas de cine y chavales con fideicomisos. Kim insistió en que tenían muchísima suerte de haber conseguido plaza.

Él no tenía muy claro que la suerte tuviese nada que ver. El resort cobraba ocho mil dólares por noche por una villa junto a la playa con piscina privada. Y ese precio no incluía los impuestos ni los extras. Tampoco las comidas.

Había dejado plantada a Kim, pero se autoconvenció de que no tenía por qué sentirse culpable. Después de todo, era su trabajo en Stanhope e Hijos el que generaba el dinero que le permitía a su mujer financiar las carísimas vacaciones.

Tampoco era tan terrible que Kim tuviese que viajar al Caribe sola con las gemelas de dos años. Tenían billetes en primera y el resort contaba con servicio de guardería. Kim podría disfrutar sin tener que preocuparse por los bebés. Casi ni tendría que pensar en las pequeñas. Y Sam llegaría antes de que a ella le hubieran salido marcas del bronceado. Tal vez incluso antes del alba. Pagaría lo que hiciera falta para conseguirlo. Por caro que fuese, le saldría más barato que provocar la ira de Kim y una de sus frecuentes y apenas veladas amenazas de divorcio.

Estos pensamientos hicieron que Sam se centrase de nuevo en el escape room. Tenía que meterse en el juego. Tenía que demostrar que era un buen activo para Stanhope para que no lo despidieran, y que incluso lo promocionasen al puesto vacante de Eric Miles.

Pensó en cómo se camelaría a Kim. Le regalaría alguna joya. Era lo que solía hacer en esos casos. La última vez fueron unos pendientes; la anterior, un brazalete. La pieza tenía que llevar al menos un diamante. El gusto por las joyas de Kim era tan desmedido como su temperamento.

Sam volvió a estudiar el batiburrillo de letras en el espejo. «¿IBRSB RVF RVÑUP DPÑGJBJT MPT VÑPT FÑ MPT PUSPT?» No tenía ni pies ni cabeza. Reordenó las letras en su móvil. El resultado fue tan absurdo como el original. Tan absurdo como su matrimonio, pensó.

Tenían constantes broncas por el mismo tema: Kim apenas le veía el pelo. Él pasaba en el trabajo entre ochenta y noventa horas semanales. Era habitual que se perdiera cenas con amigos, viajes de fin de semana o vacaciones. Cuando por fin llegaba a casa, apenas tenía tiempo para echarle un polvo a Kim y dormir cinco horas antes de volver a la oficina para la siguiente jornada.

Las cosas habían funcionado de ese modo desde que se casaron. Llevaban seis años de matrimonio y solo habían logrado celebrar juntos tres aniversarios. Un par de años atrás, él por poco se pierde el nacimiento de las niñas. Estaba en Toronto y se acercaba una ventisca cuando Kim se puso de parto tres semanas antes de salir de cuentas. Movió cielo y tierra para conseguir un asiento en el último vuelo que iba a despegar antes de que se clausurase el aeropuerto. Aterrizó en Boston e hizo el resto del trayecto hasta Nueva York en tren. Cuando irrumpió con la lengua fuera en el paritorio del Mount Sinai, a Kim ya la estaban preparando para la cesárea. Tres horas después, Sam ya estaba enganchado al teléfono discutiendo con un cliente los detalles de una permuta de incumplimiento crediticio.

—Me prometiste que no me ibas a hacer esto —se quejó Kim al salir del quirófano.

—Lo siento, Kimmi. —Por entonces, esas palabras todavía significaban algo.

Después, cuando Kim ya estaba instalada en su suite de cinco estrellas de la planta de maternidad, él le recordó —a ella, pero también a su propia conciencia atormentada por el sentimiento de culpa— que si vivía una vida digna de una princesa era gracias al trabajo que él tenía y que tantas horas le absorbía. Sin él, ella no sería más que una profesora de preescolar en Queens, dedicada a sonarles los mocos a los niños. No lo expresó con tanta crudeza, pero lo había pensado muchas veces. Y sabía que en el fondo ella también lo tenía claro.

—Escucha, Kim. —Estaba acunando a las bebés en los brazos, sentado en el borde de la cama de hospital—. Si quieres que deje este trabajo y me busque uno como consultor, lo haré. Tendré un horario mucho mejor. Podemos recortar gastos para arreglárnoslas con un salario más bajo. Tal vez sea lo mejor, porque así podré pasar más tiempo con nuestras preciosas hijas.

La estrategia funcionó. Desde entonces, Kim no había vuelto a quejarse de su infernal horario laboral. Al menos, no hasta hacía poco. Cuando lo hizo, Sam dedujo de inmediato que lo que la sulfuraba no eran las inacabables horas en la oficina, sino la sospecha de que él le estaba poniendo los cuernos.

Sam lo supo por la suspicacia que captaba en la voz de Kim cada vez que él la telefoneaba para decirle que se le había hecho tarde y pasaría la noche en el piso de la ciudad. Hacía poco, ella empezó a llamarlo a horas intempestivas. Era obvio que lo quería tener controlado.

Kim tenía buen olfato. Siempre lo había tenido. Lo único en lo que se equivocaba era en que él no tenía un lío amoroso, al menos no en el sentido tradicional. Era una transacción.

Durante el último año se había aficionado a contratar los servicios de prostitutas de lujo de vez en cuando. Una o dos veces por mes. Lo hacía siempre a través de Magdelinas, una agencia de alto standing que proporcionaba modelos para fiestas y para lo que de manera eufemística llamaban «entretenimiento privado». A cambio de una suma considerable.

Sam no tenía ninguna preferencia especial sobre la chica que le enviaban. Por experiencia sabía que todas las mujeres del catálogo de la agencia eran espectaculares. A él le gustaban en especial las de piernas largas y tetas grandes. Le daba igual el color de pelo. Las había rubias, morenas y pelirrojas. A él eso le parecía bien, le gustaba la variedad. La agencia tenía chicas de California, del Medio Oeste, de Brasil, de Francia y unas pocas provenientes de Rusia. Fuera cual fuese la que aparecía ante su puerta a medianoche, siempre era supersexy y le hacía pasar un rato estupendo.

Y un día conoció a Trixie. Después de eso, ya solo la quería a ella. Era rubia, de Georgia. Hablaba con un genuino acento sureño que lo demostraba. Cobraba mil dólares por una sesión de dos horas. Multiplicaba esa tarifa por tres si el cliente quería que se quedase a pasar la noche, cosa que Sam solía pedirle.

Él no sentía ningún remordimiento. Comparado con otros tíos del trabajo era casi un santo. Los demás follaban con chicas al mismo ritmo que Kim compraba bolsos. Las mentiras que les contaban a sus esposas o novias eran auténticas filigranas. Sam no creía ser capaz de alcanzar semejante nivel de astucia.

Nunca imaginó que engañaría a Kim cuando pronunció los votos el día de su boda. Imaginó que tendrían ese tipo de matrimonio católico «hasta que la muerte os separe» que tuvieron sus padres. Pero al final llegó a la conclusión de que era imposible. Sus padres habían estado casados en otra época, bajo otras circunstancias. Su padre no había tenido que enfrentarse al tipo de tentaciones que se le presentaban a Sam a diario.

Sam adoraba a su padre, pese a que era el primero en admitir que no había hecho ningún esfuerzo por seguir sus pasos. Su padre había consagrado la vida a su madre hasta el día que ella murió; Sam apenas aguantó dos años antes de engañar por primera vez a Kim. Y eso si no contaba un revolcón antes de la boda con una de las damas de honor, una de las mejores amigas de la infancia de Kim. Pero él no lo contaba. Fue después del ensayo general del banquete y los dos estaban muy borrachos. Él se sintió fatal por el desliz.

Durante los tres primeros años en la empresa, Sam ganó más de lo que su padre había obtenido en toda su vida laboral. Cuando era un niño que vivía en el barrio más pobre de Suffolk County, jamás imaginó que llegaría a ganar tanto dinero. Su padre era un profesor de matemáticas y física que daba clases en el mejor instituto público de Long Island para mantener a su esposa y sus cinco hijos, el mayor de los cuales era Sam. Mientras proporcionaba la mejor educación posible a los hijos de otra gente, dado el distrito en el que vivían y el modesto salario de su progenitor, sus propios hijos se veían obligados a acudir al peor centro educativo de Long Island. En la zona, el colegio de Sam era conocido como instituto Rikers, en alusión a la famosa cárcel.

De no ser por su carisma e inteligencia, Sam podría haber acabado cayendo al abismo, como muchos de sus amigos de clase. Adictos a la metanfetamina. Ladronzuelos de poca monta. Chavales con antecedentes penales por allanamiento de morada.

Sam había hecho algunas tonterías antes de la muerte de su padre. Rompió faros de automóviles, robó en tiendas alguna que otra vez. Nunca lo pillaron, pero su madre se enteró. Y eso fue peor. Ella le recordó que tenía cuatro hermanos pequeños que actuarían según el ejemplo que él les diera.

Hizo un esfuerzo titánico por lograr una nota media de sobresaliente. Lo consiguió. Presentó solicitudes de ingreso en tres universidades y lo admitieron en todas. Al final optó por la Universidad Católica Romana de New Hampshire, que le ofreció una generosa beca. Allí completó la carrera de cuatro años en tres gracias a las asignaturas extras que cursó en la escuela de verano. Sus altísimas notas le sirvieron de pasaporte para conseguir una plaza en Wharton. Se pudo pagar el MBA gracias a una combinación de becas, ayuda financiera y lo que ganaba dando clases particulares y conduciendo un taxi por las noches. Lo contrataron como analista en Stanhope e Hijos dos meses antes de graduarse.

Necesitó varios años para empezar a escalar en el escalafón de la empresa. Todavía le quedaban unos cuantos peldaños para llegar a la cima. Como en el Everest, la parte final del ascenso era la más dura. Todos sus rivales estaban cortados por el mismo patrón. Animales políticos, ambiciosos y despiadados. Todos dispuestos a vender a su abuela sin pensarlo dos veces si con eso conseguían cerrar una operación o se ganaban una promoción. Sam no era diferente. Hacía tiempo que había perdido por el camino su católico concepto de culpa. Había aprendido que el dinero absolvía hasta a la conciencia más culpable.

Echó un vistazo a sus zapatos gris oscuro. La habían costado mil doscientos dólares. Tenía en el armario una docena de pares como estos. Era su manera de hacer un corte de mangas a la precariedad de su infancia.

Últimamente tenía pesadillas en las que soñaba que se arruinaba. Cuanto más ganaba, más gastaba Kim. Ganaba una cantidad de dinero indecente, pero apenas lograba cubrir los gastos. Obtenía lo bastante como para que él y Kim vivieran como millonarios. El problema era que ella pretendía vivir como una billonaria, y él no lograba que moderase el ritmo. Y Dios sabía que lo había intentado.

Compró una casa en Westchester. Kim quería vivir cerca de sus amigas. La casa era una imitación de un *château* francés. Tenía seis dormitorios, aunque solo utilizaban dos. El techo era de pizarra gris del que emergían las ventanas de la buhardilla, como en las mansiones parisinas. Cuando compró la casa, le pareció más elegante que kitsch. Pero no tardó en darse cuenta de que estaba equivocado. Era kitsch aumentado con esteroides. Como su propia vida. Sentía vergüenza cada vez que cruzaba con el coche las puertas de la verja negra de hierro fundido.

Kim no tardó mucho tiempo en empezar a quejarse de que la casa era demasiado pequeña. De que era muy oscura. De que la sala de estar delantera olía a moho. De que la piscina no era lo bastante grande para nadar largos, aunque ella nunca la utilizaba. De que la cocina era una antigualla y de que no había espacio para construir una pista de tenis.

—Deberías mudarte a Queens —le aconsejó a Sam su madre. La estaba llevando en coche a la estación de tren después de que les hiciera una visita de fin de semana durante la cual Kim no paró de quejarse de la casa—. Mejor tener la casa más grande de la calle, que la más pequeña. —Su madre siempre tenía el golpe de ingenio necesario para poner las cosas en perspectiva. Igual que su padre.

«Mierda», pensó Sam. Necesitaba centrarse. Su mente regresó al batiburrillo de letras que tenía ante las narices. «¿IBRSB RVF RVÑUP DPÑGJBJT MPT VÑPT FÑ MPT PUSPT?»

Se preguntó que habría hecho su padre en esa situación. Fiel a su condición de profesor de instituto, a su padre le gustaba plantear el concepto de la Navaja de Occam: la respuesta más sencilla suele ser la correcta.

Eso le dio una idea. ¿Y si las letras sustituían a la anterior o a la posterior en el alfabeto? Sería una buena opción, dado que no había otra clave clara para desentrañar el código.

Empezó a transponer las letras en la pantalla de su móvil. En lugar de la «I» intentó una opción con una «J» y otra con una «H». Continuó con toda la frase, probando ambas opciones. Enseguida se dio cuenta de que la primera opción era un galimatías. En cambio, la segunda dio como resultado una frase coherente.

—Lo tengo —anunció, como si hubiera ganado una carrera—. He descifrado el código.

—¿Qué dice? —preguntó Jules.

Sam les mostró la pantalla del móvil para que todos pudieran ver la solución.

—«¿Hasta qué punto confiáis los unos en los otros?»

14

Sara Hall

El profesor Niels, que impartía clases en mi escuela de negocios, una vez nos planteó en el aula una pregunta que ni siquiera los alumnos más listos fueron capaces de responder.

—¿Cuál es el recurso más escaso del mundo?

Los estudiantes alzaron las manos para dar todo tipo de respuestas. El rodio, el osmio y el iridio fueron algunas de las propuestas más refinadas.

—Estáis todos equivocados —replicó él cuando nos quedamos sin más opciones—. El recurso más escaso del mundo es el tiempo.

Hasta que empecé a trabajar en Stanhope no entendí lo que quería decir. En realidad, era aritmética básica. Si trabajabas dieciocho horas al día, eso significaba que te quedaban solo otras seis para volver a casa, dormir y arreglártelas para aparecer en el trabajo al día siguiente con aspecto descansado. Para los que tenían esposa o marido e hijos, eso en la práctica quería decir que solo los veían los fines de semana. Regresaban a casa cuando sus seres queridos ya hacía horas que estaban en la cama y se marchaban mucho antes de que se despertasen.

Mantener la apariencia de tener vida personal requería una notable capacidad para hacer varias cosas al mismo tiempo y manejar con mucha precisión el tiempo. En una ocasión oí a un tío que trabaja en el departamento de bonos decirle a un colega cómo lograba dedicarle veinte minutos al día a su hija de dos años: se colocaba a la niña sobre el regazo mientras hacía abdominales. Ella sostenía un libro infantil y él le leía una página en cada flexión. Según él, era el único modo de poder leer a su hija y mantener un estómago como una tabla de planchar.

No lo decía por pura vanidad. Tener una buena presencia física era muy importante en Stanhope. Era casi un requisito más del trabajo. La junta directiva no quería a una tropa de gordos alelados como representantes de la empresa. Teníamos que parecer tan exclusivos como la compañía para la que trabajábamos.

Eso significaba estar en forma, con el cuerpo tonificado y bronceado. Lo cual resultaba de lo más irónico, porque nuestro estilo de vida era de lo más insano. Las jornadas inacabables y el estrés eran solo la punta del iceberg. Había gente que se pasaba la mayor parte del día con el culo pegado al asiento frente a las pantallas con las cotizaciones, sin apenas moverse. Teníamos pocas oportunidades para pasear al aire libre y broncearnos, porque trabajábamos del alba al anochecer. De manera que teníamos que conseguirlo artificialmente, acudiendo a salones de bronceado y untándonos crema para tener buen color siempre que podíamos.

Todo el mundo tenía una obsesión neurótica con los potingues para las ojeras. Nadie quería aparecer en el trabajo con bolsas oscuras bajo los ojos, aunque fuesen por culpa de trabajar de sol a sol. Todo lo que hacíamos estaba destinado a proyectar una impresión de vigor. Aunque, por dentro, nos íbamos marchitando.

—El hecho es que veinticuatro horas al día no son suficientes para la gente que trabaja en nuestro sector —me explicó Sam durante una comida. Se había autoproclamado mi mentor oficioso. Desde nuestro primer almuerzo a base de entrecots, quedaba conmigo una vez por semana para proporcionarme pistas con las que navegar por la confusa complejidad de nuestra empresa y sus misteriosas costumbres sociales y jerarquías.

—Sí, al día le faltan horas —me mostré de acuerdo—. Sobre todo estas últimas semanas.

—Esto no es nada —me advirtió Sam—. Ahora la gente es muy blandengue. Cuando yo empecé, todo era mucho más duro. Vivimos tres grandes fusiones y adquisiciones, y los mercados iban como locos. Hubo veces en que entraba en la oficina el lunes por la mañana y no salía hasta el miércoles a medianoche. Con suerte, podía dormir unas horas en algún sofá. Por la mañana bajaba al gimnasio para ducharme, me tomaba un par de pastillas de Adderall y, bingo, empezaba un nuevo día.

—Por lo que cuentas, parece que fue una época muy enloquecida —respondí, sin saber muy bien si quería recibir solidaridad o elogios—. Las horas extras no me importan. ¡Soy libre como el viento! Mis padres ya saben que van a tener que esperar hasta Acción de Gracias o Navidad para verme el pelo.

Sam me hizo callar, moviendo el tenedor en el aire como si me predijese el futuro:

—No podemos dar por hecho que podremos ir a casa en vacaciones. Nueve de cada diez veces surge alguna emergencia la víspera y tienes que cancelarlo todo. Conozco a gente que se ha perdido la boda de su hermana, el nacimiento de un hijo y casi su propio funeral. Cuando la empresa chasquea los dedos —y los chasqueó para enfatizar el comentario—, lo dejamos todo y acudimos.

Esperaba que lo que me contaba no sucediese. Mis padres me echaban mucho de menos. Si no aparecía por vacaciones, los dos se sentirían muy apenados y cumplirían por puro trámite con el ritual de Acción de Gracias con un miserable cuarto de pavo precocinado comprado en un supermercado con un relleno industrial como guarnición.

Pero cuando entramos en la empresa nos dejaron bien claro que se esperaba de nosotros que trabajásemos los fines de semana cada vez que fuese necesario. Y aunque esto resultó ser mucho más habitual de lo esperado, el horario solía ser más flexible los sábados y domingos; trabajábamos entre ocho y diez horas, en lugar de las dieciocho habituales de los días laborables. Las vacaciones eran al parecer hipotéticas. Y las bajas, para blandengues.

En la universidad, la gente que había trabajado como becario durante el verano en un banco de inversiones o una consultora volvía alardeando de las jornadas de dieciocho horas. La realidad de estos horarios inacabables era muy distinta cuando una la vivía día tras día. Las horas que yo dedicaba al trabajo bordeaban el límite de la capacidad de resistencia humana.

Una noche que me había quedado a trabajar hasta tarde entré en el lavabo de señoras y casi me doy de bruces con Elisabeth, la otra chica de mi grupo de formación. Estaba plantada ante la pila, esnifando una raya de coca sobre la carpeta de cuero que nos obsequiaron durante el curso. Cuando la conocí, Elisabeth era una santurrona que ni siquiera bebía vino en nuestras pantagruélicas comidas. Tras dos meses trabajando en el equipo de renta fija, esnifaba coca como si llevara toda la vida haciéndolo. Probablemente, yo era una de las pocas personas de la empresa que no tomaba nada para sobrevivir a los infernales horarios.

En cambio, los miembros del equipo directivo entraban tarde a trabajar y se marchaban temprano. Era un secreto a voces que se pasaban la mayor parte del tiempo en largas comilonas regadas con champán o viajando en los jets de la empresa para irse a jugar al golf con algún cliente. Supongo que la teoría era que, cuando se alcanzaba su nivel, codearse con clientes de perfil alto se traducía en traer a la empresa billones de dólares. Sin embargo, creaba cierto callado resentimiento entre el resto de los empleados, que nos pasábamos el día en el tajo sudando la gota gorda mientras nuestros directivos se pegaban la vida padre.

Repasábamos una y otra vez los números. Armábamos un documento de cien páginas para un acuerdo en cuestión de días. Y entonces alguien de la planta noble decidía que era una mierda y teníamos que rehacerlo de principio a fin. Orquestábamos planes y estrategias para adquisiciones y fusiones. Dedicábamos días enteros con sus noches a encontrar el modo de sacar más beneficio planeando despidos en empresas que estábamos a punto de adquirir y organizando planificaciones imaginativas de venta de activos. Al equipo ejecutivo le tocaba la parte más grata, se limitaban a estampar su firma y a recoger la sustanciosa parte que les correspondía en las bonificaciones.

—Nosotros nos curramos la operación y ellos se llevan el mérito... y la mayor tajada de las bonificaciones —soltó Jules durante una maratón de trabajo de toda una noche.

—Así es como funciona el sistema —dijo Sam—. Si juegas bien tus cartas, llegará el día en que tú recogerás toda la pasta mientras un veinteañero refunfuñón que apenas acaba de librarse del acné se quema las pestañas haciendo todo el trabajo.

—Qué vidorra. Me muero de ganas de que llegue el momento. Comilonas bien regadas con sus brókers. Escabullirse para tener un rollo en un ático puesto a nombre de una sociedad para que no se lo queden sus esposas cuando se divorcien —comentó Jules. Se volvió hacia Sylvie con una sonrisa de suficiencia y le preguntó—: ¿Te gustará reportar conmigo cuando me asciendan a la planta noble?

—Sara, lo que intentan explicarte —intervino Sylvie agarrándome el antebrazo con una mano con una perfecta manicura— es que si eres mujer en Stanhope vas a tener que acostumbrarte a ver cómo promocionan a colegas varones mucho más tontos que tú.

—Sylvie, no pierdas las esperanzas. ¿No has leído la última circular interna? —terció Sam—. Ahora la diversidad es uno de los valores primordiales.

Yo ya había visto el texto sobre el gran empuje que estaba dando Stanhope a la diversidad. Me pareció que estaba más dirigido a generar titulares en la prensa económica que a afrontar de verdad el problema real que tenía la empresa.

Pero el hecho de que Sam lo hubiese leído arrojaba luz sobre el porqué de su empeño en convertirse en mi mentor. La circular decía que los ejecutivos con experiencia que ejercieran de guías de mujeres y personas de minorías étnicas de sus departamentos tendrían un extra en sus bonificaciones anuales. Conociendo a Sam, seguro que pensó que podía matar dos pájaros de un tiro, ganando más y quedando bien ante Vincent, si se ofrecía a convertirse en mi mentor.

Se podían contar las agentes de inversión de la empresa con los dedos de las dos manos. Y el número de altas ejecutivas con un solo dedo. La jefa de recursos humanos era una mujer, y había una mujer en el comité de dirección, una sobrina nieta del fundador de Stanhope. Eso era todo.

La mayoría de las mujeres que trabajaban en la empresa lo hacían en puestos de apoyo: marketing, comunicación, recursos humanos y administración. El ejército de asistentes personales era casi por entero femenino. Sin ellas, la empresa no funcionaría.

Los ejecutivos séniores de la empresa hablaban de pura boquilla de diversidad, igual que lo hacían de responsabilidad social corporativa, otro concepto de moda con el que les encantaba adornar los comunicados internos y los folletos. Pero lo único que de verdad les importaba era ganar dinero. Era la razón de ser de la empresa y, por lo tanto, también la nuestra.

15

El ascensor

Sylvie puso los ojos en blanco al ver cómo Sam chocaba esos cinco con Jules y Vincent. Tan solo había descifrado un código basado en una sencilla transposición de letras, pero por su modo de actuar parecía que acabase de descubrir la teoría cuántica.

Mientras los hombres se dedicaban a celebrar la proeza, ella se apoyó contra la pared del ascensor con los brazos cruzados. Lo único que había descubierto Sam era una frase críptica: «¿Hasta qué punto confiáis los unos en los otros?» Con eso no se iban a abrir las puertas para poder salir de allí. Nada había cambiado. Seguían encerrados a oscuras.

Lo único que habían encontrado hasta ahora eran pistas dispersas sin mucho sentido. Fragmentos de un rompecabezas más amplio que nadie entendía. Todavía no tenían instrucciones de ningún tipo sobre qué hacer con las pistas que habían resuelto. Sylvie tenía la sensación de que estaban jugando con ellos. No habían dado ningún paso decisivo para salir de allí. Aunque supieran qué buscar, era casi imposible encontrar nada en la oscuridad.

Sylvie consultó la hora en el móvil. Todavía quedaban veinte minutos. El tiempo pasaba muy lento. Tenía que volver a casa para hacer la maleta para París. Y gracias al sofocante calor también tendría que darse una ducha y lavarse el pelo antes del vuelo; no iba a presentarse en el avión sucia y sudada.

Marc la recogería en el Charles de Gaulle e irían con el coche directamente al Loire para cenar con los padres de él. Las fechas del viaje no encajaban nada bien con la agitación que había en el trabajo a medida que se acercaba la semana de las bonificaciones. De no ser porque era el cumpleaños de Marc, Sylvie hubiese elegido otro fin de semana para volar a París.

Habían reservado una habitación en su hotel habitual en Blois para refrescarse antes de la cena. Sylvie no quería quedarse a dormir en casa de los padres de Marc, una granja reformada a las afueras de la ciudad. Marc acababa de divorciarse de su mujer, Cecile, después de veinte años de matrimonio. Sus viejos se habían tomado muy mal la ruptura. Sylvie iba a tener que desplegar todo su encanto para ganárselos, y no le parecía una buena idea pasarse todo el fin de semana encerrada con ellos en su retiro campestre.

El viaje era importante para ella. Marc era importante para ella. Su relación estaba en un momento delicado y la balanza podía inclinarse a un lado o a otro. Tenía que coger ese vuelo como fuese, y no debería haberse puesto en una situación que la ponía al borde de poder perderlo. Volvió a regañarse a sí misma por haberse presentado allí.

La verdad es que se había sentido obligada a hacerlo cuando supo que todos los demás iban a acudir. Con el ambiente que había, habría sido un paso en falso no aparecer en el encuentro si todos los demás iban a estar.

Sylvie tocó el monitor de televisión con la esperanza de que mostrase la siguiente pista. La pantalla siguió en blanco, igual que cada vez que había intentado activarla. Sin embargo, en esta ocasión, tal vez por el ángulo en que Vincent sostenía la linterna de su móvil en la oscuridad, percibió algo debajo del monitor. Parecía un trozo de plástico ligeramente enrollado. Estaba encajado de tal modo que parecía parte del marco del panel.

Se soltó cuando tiró de él. Era un rollo hecho con pequeños cuadrados de celofán.

—¿Qué es? —preguntó Sam.

—Celofán —respondió Sylvie—. Lo he encontrado pegado al monitor.

—Deja que le eche un vistazo de cerca.

Sam cogió los cuadrados de la mano de Sylvie, los sostuvo bajo la luz de la linterna y buscó algo escrito. Lo único que vio fueron tres láminas de celofán, dos moradas y una azul.

Sylvie se sintió molesta. Ella ya lo había comprobado. No había nada escrito en las láminas de celofán. Ninguna pista nueva. A Sam, lo de resolver el código de las letras se le había subido a la cabeza y ahora actuaba como si fuese el líder del grupo del escape room. Por lo que a ella respectaba, no habría tenido nada que objetar si de verdad hubiera logrado sacarlos de allí. Pero eso no había sucedido.

—Están en blanco —se quejó Sam, como si de alguna forma Sylvie tuviera la culpa.

—Me parece que no son ninguna pista —aventuró Vincent. Cogió las láminas de celofán, las observó con detalle unos instantes y las apiló una sobre otra. Las sostuvo juntas muy cerca de la linterna del móvil y produjeron una luz azul oscuro—. Creo que es una especie de luz ultravioleta.

Movió el haz de luz por la pared posterior del ascensor. Era muy débil debido al filtro, pero descubrió algo escrito que antes resultaba invisible. Bajo esa luz filtrada aparecieron varios mensajes en las paredes, y también lo que parecían garabatos y grafitis ilegibles.

En lo alto de la pared trasera, escrito con grandes letras, se leía: «Bienvenidos al escape room». Un mensaje que no aportaba nada. Cuando Sam recorrió con el haz de luz la porción de pared debajo del mensaje, todos enmudecieron.

Bajo las palabras «Observaciones relevantes» había una serie de citas que parecían sacadas directamente de sus valoraciones anuales.

«Sylvie tiene que entender que su apariencia no le va a abrir todas las puertas», se leía en una de las frases de la pared. «Sylvie debería ser menos crítica con sus colegas y centrarse más en la calidad de su propio trabajo», decía otra. «Sylvie necesita esforzarse más. Es el eslabón más débil.»

En otro mensaje, escrito en un ángulo, se leía: «Jules parece distraído por su vida personal y este año no ha sido productivo.» «Jules es una gran caja de resonancia de las ideas de sus compañeros de equipo», se leía en otro comentario con doble intención, de estilo más diplomático.

«Sam tiene que deshacerse de su negatividad y mostrar cualidades de liderazgo si quiere obtener el respeto que cree que se merece.» «Ha sido interesante ver que este trimestre Sam ha hincado los codos y ha trabajado bien, para variar.»

Un mensaje en mayúsculas de gran tamaño decía: «No resulta sorprendente que hayamos tenido el peor año que se recuerda, dado que Vincent está disperso y se muestra indeciso».

Había más citas que cubrían la pared de un espiral de comentarios venenosos de unos sobre otros. Era obvio que se habían extraído de los informes anuales, en los que se les pedía que expresasen anónimamente sus impresiones sobre sus colegas. Lo habitual era aprovechar la oportunidad para sumar puntos y minar a los demás. En ocasiones de forma sutil, en otras de manera mucho más directa.

Stanhope sabía muy bien cómo hacer que sus empleados se despedazasen entre ellos. Después de todo, las bonificaciones, los salarios y las promociones eran un juego de suma cero en la empresa. Incluso entre los mejores amigos, uno sería capaz de tirar al otro bajo un autobús si eso mejoraba sus posibilidades de conseguir una bonificación más sustanciosa.

Pero había una diferencia entre sospechar que los colegas decían cosas horribles de uno a sus espaldas y tener esos comentarios ante las narices. Todos notaron cómo la ira de los demás emergía a flor de piel. La camaradería empezaba a evaporarse.

Abochornado, Vincent apartó el haz de luz de la linterna de la pared. Todavía les quedaban montones de comentarios por leer, pero ya habían tenido bastante.

Sylvie parecía especialmente afectada. Nadie tenía un comentario positivo sobre ella. Todos eran crueles y reduccionistas. Las críticas confirmaban sus peores sospechas de que sus colegas la veían como la cuota femenina del equipo. Solo era una cara bonita.

Con los años, Sylvie había desarrollado una piel de elefante. Había tenido que aguantar un montón de mierda. No solo los «comentarios de tíos», sino insinuaciones constantes de hombres que lo único que pretendían era convertirla en una muesca más en su lista de polvos.

Cuando era analista júnior, acudió a una cena en un restaurante con parrilla para celebrar la firma de un lucrativo contrato. Uno de los jóvenes agentes de inversiones de su mesa llamó a una camarera de cabello corto para preguntarle si un plato del menú llevaba muslo o pechuga.

—Muslo —explicó la camarera con profesionalidad.

—¿Es jugoso? —preguntó él, ocultando la sonrisa.

—Sí, queda muy jugoso —informó la camarera antes de dirigirse a otra mesa para tomarles nota.

—Me encantaría sentarla en una silla y meterle algo muy jugoso entre los muslos —dijo el tipo que había hecho la pregunta, lo que provocó las carcajadas de todos los comensales, excepto Sylvie. La camarera miró en su dirección al oír las risotadas, pero volvió rápidamente la cara, con un ligero rubor en las mejillas. No necesitaba oír el comentario para tener claro por dónde iban los tiros.

Sylvie se sintió mal por no decir nada, pero no quería que los tíos la llamasen «susceptible» e hicieran comentarios lascivos sobre ella, de modo que optó por mantener la boca cerrada.

Estaba acostumbrada al sexismo. Formaba parte del día a día de la empresa. Años atrás, cuando volvió de unas vacaciones con un nuevo novio se encontró encima de su mesa lencería sexy desgarrada y una nota que decía algo así como «¡Espero que te lo hayas pasado bomba!»

Sylvie intentaba no darse por aludida con ese tipo de obscenidades. Ni siquiera cuando descubrió un dibujo en el que aparecía ella desnuda de cintura para arriba en un bloc de notas que alguien había dejado encima de la mesa después de presentarse ante el equipo de dirección.

Los comentarios escritos en la pared probaban lo que Sylvie siempre había sospechado. Se había autoengañado creyendo que la tomaban en serio. Lo que más la indignaba de la mayoría de esos comentarios es que desdeñaban por completo sus aportaciones. Ella había ideado estrategias que habían proporcionado a la empresa importantes operaciones.

En su opinión, su contribución era mucho mayor que la de Jules y Sam juntos. Ese par eran los mejores dando coba y conspirando. Eran especialistas en atribuirse méritos de otros y pontificando sobre los propios. Eran maestros de la táctica del acercamiento. Hacían cosas atractivas en el corto plazo. Pero ella, en cambio, desarrollaba estrategias que funcionaban de verdad, en lugar de presentar propuestas que solo quedaban muy bien sobre el papel.

Los logros de Sylvie nunca se reconocían. Como mucho, se consideraban un esfuerzo colectivo del equipo. Cuando Sam, Jules o Vincent lograban alguna minucia, todo eran invitaciones a rondas de copas y ¡choca esos cinco! Enseguida llegaban en tromba mensajes de felicitación. Había sucedido lo mismo con otras mujeres que habían pasado por el equipo a lo largo de los años. Lucy, por ejemplo, jamás recibió el reconocimiento merecido por su genialidad financiera, ni siquiera cuando literalmente le hizo ganar a la empresa cientos de millones de dólares.

Si antes el ascensor ya resultaba agobiante, después de leer los mensajes de unos sobre otros, era claustrofóbico. Todos querían alejarse lo más posible de los demás. Pero, para su desgracia, estaban tan pegados que casi podían oír los latidos acelerados de los corazones ajenos. Permanecieron inmóviles, incómodos, enojados y avergonzados, oliendo el sudor y la frustración de los demás en el creciente calor.

Nadie dijo nada. El silencio era denso. Fue casi un alivio cuando la pantalla volvió a la vida y empezaron a correr por la parte inferior unas letras rojas como si se tratase de una noticia urgente en el telediario de un canal por cable. Sobre la barra roja apareció un teclado virtual y cuatro recuadros vacíos en los que parecía obvio que había que introducir un código.

«Un dios griego tiene un mensaje para vosotros —decía el texto de la pantalla—. Encontrad un objeto que empieza con "S" y acaba en "E" y guarda un secreto en sus entrañas. Introducid el tercer dígito de cada número del mensaje y seréis libres.»

16

Sara Hall

Una mañana de domingo, dos meses después de empezar a trabajar en Stanhope, paseaba por Central Park disfrutando del sol matinal que se filtraba entre las hojas ocres del otoño. Era un inhabitual día de fiesta y me sentía liberada por poder vestir tejanos, jersey y zapatillas deportivas en lugar de traje y zapatos de tacón alto.

Vi el cartel del zoo de Central Park. La última vez que había visitado un zoo tenía once años. Sentí unas repentinas ganas de entrar, no tenía claro si por nostalgia o por soledad.

Recorrí el camino principal, que daba la vuelta a todo el zoo, contemplando a mamás y papás sacando fotos a sus retoños delante de las jaulas de los animales o empujando el cochecito del bebé mientras señalaban con alborozo las especies ante las que pasaban.

Me quedé un rato ante el recinto de los leones marinos, contemplando cómo los cuidadores les lanzaban peces que ellos atrapaban con sus hambrientas y bigotudas fauces. Junto a mí había una niña con un globo azul de helio cuyo hilo no paraba de enredársele en el pelo. Acabé ante la jaula del leopardo de las nieves, en la que un joven ejemplar tomaba el sol sobre una roca. Me senté en un banco en el que una persona con un suéter negro y una enorme gorra de béisbol dibujaba con trazo seguro en un enorme cuaderno.

El leopardo meneaba la cola con un gesto cómico para apartar a una insistente mosca. De manera instintiva, me volví hacia la persona desconocida para compartir mi diversión con el inconsciente número cómico del leopardo. Con sorpresa, descubrió que no se trataba de una desconocida en absoluto. Era Lucy Marshall, mi colega.

Dibujaba al leopardo con tal concentración que sospeché que ni siquiera se había percatado de mi presencia, aunque con Lucy una nunca sabía a qué atenerse. No hizo el más mínimo gesto de complicidad mientras seguía dibujando el contorno del leopardo con el carboncillo.

En el trabajo, Lucy estaba obsesionada con los números, las estadísticas y los modelos financieros. Ni en un millón de años habría sospechado que le interesaba el arte, ni mucho menos que tuviera talento para él. Fue todo un impacto ver a Lucy dibujando un boceto al carboncillo que podría perfectamente enmarcarse y venderse en una galería.

—Dibujas muy bien —dije por fin, incómoda por llevar tanto rato sentada a su lado sin saludarla.

La reacción inmediata de Lucy fue de pánico. Trató de tapar el dibujo con la mano. Miró a su alrededor, como si buscase una ruta de huida. Me sentí fatal.

—Lo siento. No pretendía asustarte. No debería haberte molestado. —Me levanté de golpe y estaba a punto de alejarme de allí cuando ella me pidió que me quedara.

Dudé un momento, me senté y contemplé su trabajo. Era una oportunidad de establecer algo parecido a una relación personal con Lucy. Ella y yo apenas habíamos intercambiado un par de palabras desde el día que nos conocimos, cuando me presentaron al equipo. No había nada personal en esa distancia. No tardé en descubrir que Lucy no hablaba con nadie si no era del trabajo. E incluso en ese caso, prefería comunicarse a través de mensajes de texto.

Lucy era la persona menos afable del equipo, aparte de

Sylvie, que se mostraba alternativamente cercana y gélida, con una clara tendencia hacia lo segundo. No es que Lucy fuese maleducada a propósito, sino que era por completo incapaz de manejarse en la interacción social. Para ella, era como un idioma extranjero. Jules me había contado que Lucy tenía síndrome de Asperger. Y aunque sus habilidades sociales eran nulas, cuando se trataba de números se situaba en la estratosfera.

Lucy nunca se unía a las cínicas conversaciones que mantenían Sylvie, Sam y Jules sentados en las mesas de trabajo muy juntas de nuestro equipo. No se unía a nosotros para comer ni para ir de copas después al salir de la oficina. En los viajes de trabajo, en el hotel se iba directa a su cuarto, donde supongo que pedía al servicio de habitaciones que le subiera la cena y después se acostaba.

Los demás se mofaban con discreción de Lucy. Les gustaba creer que se limitaban a pincharla un poco en plan hermanos mayores con la pequeña, pero no era así. Había una subterránea maldad en los comentarios que hacía que yo me preguntase qué dirían de mí a mis espaldas.

Aunque se mofaban de su aire ausente, no podían evitar sentir un reticente respeto por su brillantez. En cuestiones financieras, Lucy era un genio. Su habilidad para descubrir patrones de funcionamiento y oportunidades no tenía parangón, lo cual convertía su trabajo en crucial para el éxito del equipo.

Pero al mismo tiempo era una marginada. No cumplía con los estándares de la empresa en cuanto a presencia, vestimenta y habilidades sociales. Pero compensaba con creces esas deficiencias en otros aspectos. Sam me dijo en una ocasión que Lucy tenía una habilidad instintiva y asombrosa para hacer dinero. «Ella ni se da cuenta de lo buena que es.»

Las únicas ocasiones en que vi a Lucy haciendo algo relacionado con la interacción social fue cuando se iba a comer con Vincent, que era oficialmente su mentor. Nadie entendía muy bien su interés por ella, más allá del hecho de que la había sacado de la oscuridad para traerla a la empresa.

Los demás hacían comentarios cínicos y groseros cuando Vincent y Lucy desaparecían para una de sus periódicas comidas. En ocasiones incluso insinuaciones sexuales. Yo tenía la impresión de que creían que Vincent favorecía a Lucy. En la empresa eso era un pecado de lesa humanidad, porque tenía implicaciones en el salario, bonificaciones y desarrollo de la carrera de los demás. Su animosidad creaba un desagradable clima soterrado, pero no creo que Lucy se diese cuenta ni que le importase lo más mínimo.

—¿Sabes que al nacer están ciegos? —El comentario de Lucy fue tan inesperado que casi di un bote al oír su voz.

—¿Disculpa? —dije, sin saber muy bien a qué se refería—. ¿Quién está ciego?

—Los leopardos de las nieves nacen ciegos —explicó—. Es irónico. Nacen ciegos, pero después desarrollan una visión muy aguda. Entre las mejores de todos los mamíferos. Los seres humanos, en cambio, nacen con la habilidad de ver, pero acaban ciegos. Figuradamente hablando. Aprendemos a bloquear las cosas que no queremos ver.

Iba a preguntarle qué quería decir, pero volvía a estar concentrada en su dibujo. Ya se había olvidado de mi presencia. Las manos se le iban ennegreciendo por el carboncillo. Sacó un trapo húmedo y se las limpió antes de pasar la página y empezar un nuevo boceto.

Vi cómo Lucy dibujaba la silueta de la garra delantera derecha del leopardo de las nieves. El animal la tenía extendida sobre la roca, cerca de la cabeza. Cuando dio por terminada la garra, dibujó el torso y la cabeza del felino, con todos sus rasgos faciales, incluido el impresionante iris de los ojos.

No volvió a dirigirme la palabra mientras trabajaba en sus dibujos. No era nada personal. Cuando con el tiempo nos conocimos mejor, me di cuenta de que su cerebro se sumergía tan a fondo en el trabajo que bloqueaba todo lo demás como si fuese ruido de fondo. Ella comparaba su actitud con la del piloto de un avión en pleno aterrizaje. Solo una vez lo había hecho podía desviar su atención a otras cosas.

Una creía que Lucy no escuchaba ni procesaba nada de lo que se le decía cuando estaba concentrada, pero, de pronto, te respondía a un comentario o pregunta que le habían hecho hacía horas. Era como contemplar un ordenador que se pone en marcha. Repentinamente, Lucy lanzaba un análisis basado en información que tú creías que ni había escuchado, porque en ese momento no había dicho nada. Pero no se le escapaba nada. El tono de voz, el lenguaje corporal, los comentarios, la información. Para ella, todo era información. Y si había algo que Lucy sabía hacer, era descifrar información.

Cuando terminó el boceto del leopardo, arrancó la página del cuaderno y me la tendió. Había sabido captar a la perfección la actitud lánguida del animal, echado sobre la roca y moviendo relajado la cola.

—Es impresionante. Tienes mucho talento. —Ella no dijo ni una palabra, aunque noté un gesto de complacencia en su rostro—. ¿Qué me decías antes de los leopardos? —Esperaba poder entablar una nueva conversación. Con ella, era difícil encontrar puntos de interés común.

—Que los leopardos de las nieves nacen ciegos. Empiezan a ver cuando tienen siete días. A los dieciocho meses dejan a sus madres y durante el resto de su existencia, viven y cazan solos. ¿No te recuerdan a alguien?

—¿A quién?

—A Vincent —respondió, como si debiera haber sido obvio para mí—. Es un solitario. Un depredador en la cima de la cadena alimentaria, rodeado de enemigos que aguardan el primer signo de debilidad para lanzarse sobre él. Es la ley natural. Al final, el depredador se convierte en presa.

—¿Y quiénes crees que son los enemigos de Vincent?

—Los mismos que los tuyos y los míos —afirmó Lucy—. El resto del equipo. Ni te imaginas las cosas que dicen mientras yo trabajo en silencio al fondo de la sala. Creen que soy autista, y por algún extraño motivo han decidido que eso significa que también soy sorda. De manera que hablan sin cortarse un pelo estando yo presente. Yo no me inmuto, pero lo oigo todo. Y no solo las cosas horribles que dicen de mí.

—Estoy segura de que no lo piensan de verdad —comenté, abochornada por el hecho de que hubiera oído todas sus maldades.

—Sara, también hablan de ti a tus espaldas. Dicen que deberían darte propina cuando les traes los cafés —explicó. Me estremecí—. Deberías andarte con cuidado. No son solo mezquinos, son peligrosos.

—¿Qué quieres decir? —pregunté dubitativa.

Sus palabras provocaron que se me humedecieran los ojos. Me sentí como en el instituto, cuando el grupo de los guais me rechazaba. La verdad es que estaba convencida de que en el caso de Stanhope, por fin había empezado a romper el hielo para integrarme en la camarilla. Había signos de progreso. Sam me había acogido bajo su manto protector convirtiéndose en mi mentor, Jules compartía conmigo cotilleos de la oficina y me había ido de copas con Sylvie.

—Lo siento, no debería habértelo contado —se disculpó Lucy—. Da igual lo que piensen o digan. A mí no me afecta, y a ti tampoco debería afectarte. —Se limpió los restos de carboncillo de las manos—. Jamás te consideres inferior ni creas que la empresa te hizo un favor al contratarte. Lo verán como una debilidad y lo utilizarán contra ti. Sara, te he visto trabajar. Eres buena. Stanhope tiene suerte de tenerte en su equipo.

—Gracias —contesté, y tragué saliva, tratando de contener la emoción. Eran las palabras más amables que había oído desde que entré a trabajar en la empresa.

—Deja que te subestimen. Eso te dará ventaja. —Guardó los carboncillos y el cuaderno en una mochila. Se levantó de forma abrupta y se volvió hacia mí—. «Finge inferioridad e instiga la arrogancia», Sun Tzu, *El arte de la guerra.*

Antes de que se me ocurriese una respuesta, había desaparecido tras una curva del camino rodeado de árboles.

Para alguien con limitadas habilidades sociales, Lucy era muy perspicaz. Obviamente, tenía razón. Yo arrastraba conmigo el complejo de inferioridad allí adonde iba. Era un lastre permanente. No me hacía falta un psiquiatra para saber que el origen estaba en mi infancia.

Por muchas cosas que lograse, siempre me veía como una inútil. De no haberme cruzado con Vincent, no tendría el trabajo en Stanhope. Hay gente que acepta este tipo de golpes de suerte sin darle demasiadas vueltas, piensan que estaba escrito en las estrellas, que es cosa del destino. En mi caso, en cambio, me siento como un fraude y me aterra que algún día alguien descubra que soy una impostora.

Unos días después de nuestro encuentro en el zoo, Lucy me invitó a tomar una pizza en su casa. Fue el inicio de una peculiar amistad.

Quedábamos de vez en cuando, casi siempre en el piso de Lucy, y veíamos una película mientras cenábamos. Ella intentó enseñarme a jugar al ajedrez, pero yo era un desastre. Acabó dándome por inútil y nos pasamos a las damas. También jugábamos al póquer, aunque no me gustaba demasiado. Era como jugar contra una calculadora humana. Lucy elaboraba en su cabeza todas las combinaciones posibles mientras jugaba. Y como era de esperar, casi siempre me ganaba.

A veces visitábamos un museo o una galería de arte. En una ocasión la convencí de que me acompañase a ver una obra de teatro experimental estrenada fuera de Broadway. Huelga decir que no le gustó mucho. Lucy mostraba escaso interés por lo abstracto.

Yo disfrutaba del tiempo que pasaba con ella. No tenía muchas oportunidades de hacer amigos con la cantidad de horas que dedicaba al trabajo y resultaba refrescante pasar un rato con alguien que no te juzgaba. Desde luego, Lucy era peculiar, en el límite mismo del trastorno obsesivo-compulsivo, y a menudo se sumergía en un universo de números y conceptos que estaban por encima de mi capacidad de comprensión. Pero era leal, una cualidad nada habitual en el mundo en el que me movía.

Cuando salía por ahí con otra gente del trabajo nos lo pasábamos muy bien, pero había una permanente sensación de mutua desconfianza entre unos y otros. Nunca podía bajar la guardia y relajarme. Ni, desde luego, confiar en ellos y mostrar mi vulnerabilidad. Tenía que mostrarme supersegura de mí misma. Estaba sometida a un continuo escrutinio. Cualquier cosa que dijese o hiciera podía ser y sería utilizada contra mí si eso le era útil a alguien para trepar.

En el trabajo, la actitud de Lucy hacia mí seguía siendo la misma. Apenas hablábamos. Le dije que me parecía raro que ocultásemos nuestra amistad. Ella me respondió que era para mi protección, que era mejor que los demás no supieran que éramos amigas. Con respecto a este tema se mostraba inflexible. Pensé que no era más que otra de sus rarezas, como el modo en que evitaba tocar los pomos de las puertas o su obsesión por beber café solo de una taza muy concreta.

No me pareció que mereciese la pena discutir y le seguí la corriente. En la oficina apenas me saludaba y yo hacía lo mismo con respecto a ella. La mayor parte de nuestras interacciones se producían a través del resto del equipo. Yo no tenía ningún motivo para tratar directamente con Lucy. Ella se dedicaba a desarrollar complejas previsiones, análisis estadísticos y posibles escenarios para Vincent. Reportaba directamente con él. A los demás les irritaba que pudiera saltárselos para hablar sin ningún intermediario con el jefe.

Lucy estaba llena de contrastes. Fuera del trabajo, demostraba tener un sentido del humor muy divertido y autocrítico. Conocía mejor a las personas de lo que demostraba en la empresa. Es cierto que carecía de habilidades sociales, pero no al nivel que una podía imaginar por su modo de comportarse en la oficina.

Allí se mostraba retraída e introvertida, inmersa en sus pensamientos o en cálculos mentales. Tenía la costumbre de no saludar a nadie, hasta que necesitaba algo de determinada persona, momento en el cual le lanzaba una pregunta sin siquiera decir hola.

La gente la tomaba por una maleducada, pero no lo hacía de forma intencionada. Lucy tendía a trabajar con el piloto automático encendido. Era incapaz de maquinar estratagemas, era una eremita a la que le resultaba más cómodo trabajar a solas que en equipo.

Poseía una intuición notoria y su memoria era todavía más superlativa. Lucy era como una grabadora humana. Lo recordaba todo. No se le escapaba nada. Nada en absoluto. Y al final eso le costó la vida.

17

El ascensor

La pista los retaba recorriendo una y otra vez la parte baja de la pantalla. «Un dios griego tiene un mensaje para vosotros —decía el texto del monitor—. Encontrad un objeto que empieza con "S" y acaba en "E" y guarda un secreto en sus entrañas. Introducid el tercer dígito de cada número del mensaje y seréis libres.»

—¿Un dios griego? El único dios que se me ocurre es Hades —dijo Sam—. Encajaría, por lo oscuro que está esto y el calor infernal que hace. El dios del inframundo.

—Muy agudo —replicó Sylvie con desdén—. Pero intentemos ser serios. Vincent, siempre has dicho que eres un experto en los clásicos. ¿De qué dios griego podría tratarse?

—Zeus —intervino Jules—. El dios de la luz. Si pudiéramos ver algo, encontraríamos la maldita pista.

—Jules, cierra el pico —le abroncó Sylvie—. De la parte de los dioses se va a encargar Vincent. Tú concéntrate en resolver la segunda parte del acertijo. Un objeto que empieza con «S» y acaba en «E» y...

—Hermes —interrumpió Vincent—. Hermes es el mensajero de los dioses griegos.

—Exacto —exclamó Sylvie, exultante.

—¿Por qué te entusiasmas tanto? —El tono de Jules era burlón—. Aquí no hay ningún dios griego.

—Sí que lo hay —respondió Sylvie, volviéndose hacia los demás—. ¿Quién de vosotros lleva algo de Hermès?

—Todos llevamos corbatas Hermès —dijo Sam—. Y creo que Vincent lleva una cartera Hermès.

—Pues apuesto a que dentro de la cartera Hermès está el sobre que estamos buscando —sugirió Sylvie. Los demás la miraron desconcertados.

—¿Qué te hace pensar que estamos buscando un sobre? —preguntó Sam.

—Un objeto que empieza con «S» y acaba en «E» y guarda un secreto en sus entrañas —repitió el acertijo—. La respuesta, claro está, es un sobre. Y ese sobre lo lleva Hermes.

Jules se volvió para mirar a Vincent.

—¿Llevas un sobre con un código en la cartera?

—¿Cómo va a haber llegado a mi cartera una pista para salir del escape room? —repuso el aludido.

—Enséñanos lo que llevas —le pidió Sylvie—. Es lo único a lo que podemos agarrarnos en este momento.

—Llevo la cartera cerrada con llave. Siempre. Nadie ha podido introducir nada en ella —aseguró Vincent, irritado.

—Vamos —insistió Jules, de nuevo con cierto tono amenazante en la voz—. Abre la cartera.

De mala gana, Vincent obedeció y abrió su cartera Hermès de color ébano y la dejó en el centro del ascensor para que todos pudieran echar un vistazo con las linternas de los móviles. No tenía nada que ocultar.

En su interior había un ordenador portátil plateado con su cargador, un botellín de agua sin abrir, dos barritas energéticas, unos cuantos chicles de nicotina y su tarjeta de Stanhope para acceder a la oficina. Allí no había ningún sobre. Vincent suspiró, como diciendo «Os lo dije».

—¿Y en el bolsillo exterior?

—Adelante —invitó Vincent.

Sam deslizó la mano en el bolsillo externo. Cuando la sacó, sostenía un sobre blanco. En la parte delantera se leía «Bonificaciones anuales: privado y confidencial». Junto al texto había un dibujo del dios griego Hermes, con unas pequeñas alas en las sandalias.

—Yo no lo he metido ahí —aseguró Vincent, haciendo un esfuerzo por no parecer que estaba a la defensiva. Todos lo miraban con suspicacia, como si lo hubieran pillado en una mentira.

Jules le quitó el sobre a Sam y empezó a abrirlo rasgando la solapa sellada.

—No puedes abrir el sobre —le recriminó Vincent—. Las normas de la empresa son muy claras. Nadie recibe información previa sobre su bonificación y está terminantemente prohibido que los empleados compartan datos sobre las cantidades percibidas. Desvelar la remuneración recibida es motivo de despido.

—Tenemos que abrir el sobre —insistió Sylvie, sorprendida por las reticencias de Vincent—. ¡Ahí está nuestra siguiente pista! Estoy dispuesta a hacer lo que haga falta para salir de aquí, aunque signifique romper una norma de la empresa. Vamos, no se van a enterar.

El zumbido de los tubos de ventilación del techo enfatizaba la urgencia de actuar. La temperatura seguía subiendo. El calor les estaba fundiendo la capacidad de autocontrol. Actuaban movidos por el instinto en lugar de sopesar las opciones con frialdad, como solían hacer; en condiciones normales a ninguno de ellos se le pasaría por la cabeza desafiar las normas fundamentales de Stanhope.

—Detengámonos a reflexionar un momento —pidió Vincent—. Esta puede ser la prueba clave del escape room. Tal vez por esto nos han encerrado aquí. Para comprobar si, incluso sometidos a una provocación extrema, cumplimos las normas. —La reflexión de Vincent no carecía de sentido.

Consultó el reloj.

—La hora se agota exactamente en once minutos. No necesitamos el código. Podemos esperar a que nos saquen de aquí.

—De acuerdo —accedió Sylvie—. Dado que la hora ya casi se ha consumido, esperaremos. —Se apoyó contra las puertas de acero del ascensor, con los brazos cruzados. Se quedaron de nuevo a oscuras. Habían apagado las linternas para no gastar las baterías, que empezaban a agotarse después de casi una hora de uso constante.

Sin las gafas, a Vincent la oscuridad le pareció más absoluta que antes. Tampoco ayudaba que el sudor que le caía por la frente le entrase en los ojos. La última vez que había pasado tanto calor fue cuando tuvo que pasarse tres días en una trinchera en pleno verano en la provincia de Helmand, en Afganistán, mientras la unidad de desactivación de explosivos americana peinaba la carretera que tenían que utilizar en busca de posibles artefactos.

Mientras esperaban a que los sacaran de allí al acabar la hora, cada cual pensó en lo que haría el resto de la noche. Sylvie hizo mentalmente la maleta. Jules se preguntó si tendría tiempo de llamar a sus hijos antes de que se acostasen. Le gustaba leerle cuentos por teléfono a Annabelle, su hija de cuatro años. La niña se había tomado muy mal el divorcio.

Sam decidió que tomaría un taxi e iría directo al aeropuerto para coger el primer vuelo a Antigua. Kim le había llevado la maleta al aeropuerto, de manera que no necesitaba nada, excepto un billete.

Vincent decidió que no propondría ir a tomar una copa cuando salieran de allí, como en un principio había pensado hacer al recibir el mensaje de que iban a participar en un escape room para reforzar la capacidad colaborativa del equipo. No quería pasarse el resto de la noche charlando de banalidades en un bar con los demás. Después de ver los comentarios de las valoraciones, no tenía ganas de pasar ni un segundo más de lo necesario con ninguno de ellos.

—Muy bien —dijo Sylvie cuando se cumplió el último minuto—. Ya ha pasado una hora. Salgamos de aquí. —Dio un paso adelante. Estaba tan cerca de las puertas del ascensor que casi tocaba el liso acero.

Estas no se abrieron. Tal vez sus relojes no estaban sincronizados. Esperaron un poco más. Pero las puertas siguieron cerradas.

—Bueno…, no parece que vayan a abrirse —comentó por fin Jules.

—Quiero. Salir. De aquí. —El tono exigente de Sylvie era el propio de una niña al borde de un monumental berrinche. Esperaron unos minutos más. No sucedió nada. Todo seguía igual de oscuro y quieto. Las luces continuaban apagadas. Las puertas, cerradas. El ascensor, inmóvil. La decepción general era palpable. Su calvario no había terminado.

—Lo siento, Vincent, ya lo hemos intentado a tu manera —expuso Jules, volviéndose hacia él—. Al final vamos a tener que abrir el sobre para conseguir el código que nos permita salir.

—Esperaremos un poco más —ordenó Vincent, y agarró con fuerza el sobre.

—Hemos hecho lo que nos has pedido. Hemos esperado a que pasase una hora. Hemos jugado a este juego como tú querías. Ahora ya es hora de volver a casa. —La voz de la mujer subía de tono con cada palabra—. ¡Abre el puto sobre!

—Sylvie —le advirtió Vincent—, ya sabes que las normas de Stanhope sobre la divulgación de salarios son muy estrictas. Quizá este escape room no sea de sesenta minutos. Quizá es de setenta, o de noventa. Debemos esperar un poco más. La empresa ve con muy malos ojos desvelar información sobre las remuneraciones. Es una regla inviolable. Tenemos que respetarla.

—¿Hablas de reglas? —intervino Jules—. ¿Acabas de decir que debemos respetar las reglas? Aquí hace tanto calor que estamos sudando como cerdos. Está tan oscuro que prácticamente no veo nada. Estamos tan apiñados que me estoy sofocando. Yo no he entrado en la empresa para ser tratado de este modo. Esto es un castigo cruel e inhumano. —Hizo una pausa para coger aire—. Vincent, estoy harto de reglas. Todos los estamos. Aquí nos estamos cociendo a fuego lento.

La creciente histeria en la voz de Jules era contagiosa. Sam y Sylvie empezaron a ponerse nerviosos. Por lo pronto, Jules había utilizado cada gramo de su autocontrol para impedir que se desatase su fobia infantil a quedar atrapado a oscuras en un lugar sin apenas aire, pero solo podía seguir controlándose si tenía la perspectiva de que eso iba a terminar en algún momento.

—La última pista está en el sobre. Lo único que tenemos que hacer es abrirlo. ¿Y tú tienes las narices de decirnos que no podemos porque tenemos que respetar las reglas de la empresa? —Avanzó un paso hacia Vincent—. Parece que conoces muy bien las reglas de este jueguecito, ¿no, Vincent? Como si las hubieras diseñado tú para jugar con nosotros. Tal vez por eso la última pista está en tu cartera.

Vincent no veía a Jules en la oscuridad, pero notaba que lo tenía cada vez más cerca. Sabía que tenía que lograr controlar la situación o se enfrentaría a un motín.

—¿Qué os parece si miro yo lo que hay dentro del sobre y os digo el tercer dígito de cada cifra y los introducimos en el teclado de la pantalla? —sugirió Vincent—. Así podemos salir de aquí sin quebrar las reglas de la empresa.

—No entiendo por qué tú puedes ver esas cifras y nosotros no —se quejó Sam. Seguía indignado por el comentario que había leído en la pared sobre su falta de dotes para el liderazgo. Era obvio que venía de Vincent. Él siempre le había mostrado lealtad, pero estaba claro que su jefe no le correspondía con la misma moneda. Vincent le había puteado con sus comentarios en la valoración anual. Y Sam se preguntaba si también le había puteado en la bonificación. Tal vez por eso Vincent se mostraba tan reticente a que los demás vieran las cifras.

Vincent abrió el sobre que contenía las hojas con las bonificaciones. Veía borroso. Trató de enfocar la vista, pero seguía sin ver claro. Le era imposible sin las gafas. No quería que los demás descubriesen lo perdido que estaba sin ellas. Era una señal de debilidad. Y sería un error permitir que el resto descubriese sus vulnerabilidades.

—Muy bien, os diré qué vamos a hacer. Sam, tú harás los honores —le dijo, tendiéndole los papeles.

Los demás se amontonaron detrás de él para leer el documento. Solo había una hoja que parecía importante. Era una página con las bonificaciones que habían recibido, ordenadas de mayor a menor.

A nadie le sorprendió que Vincent tuviese la bonificación más elevada. Sí les sorprendió, en cambio, que su bonus fuese de un millón doscientos cincuenta mil dólares. Había sido un mal año para su equipo. En términos de beneficios generados, el peor de la historia. Si Vincent recibía una bonificación de siete dígitos por un mal año, se preguntaron de cuánto sería en los años buenos. El siguiente era Sam, con ochocientos cincuenta mil dólares, seguido de Jules, que recibía quinientos ochenta y cinco mil. A Sylvie le hirvieron las entrañas cuando vio su bonus: tan solo trescientos setenta y ocho mil dólares. Le daban la mitad que a Sam y más de un treinta por ciento menos que a Jules.

Sam introdujo el tercer número de cada bonus utilizando el teclado virtual del monitor. 5-0-5-8. Todos contuvieron el aliento mientras pulsaba el Enter con un gesto dramático, como si las puertas del ascensor fuesen a abrirse en cuanto se pulsase ese botón.

No sucedió nada. La pantalla se quedó bloqueada, y un instante después se apagó, dejando el ascensor completamente a oscuras.

18

Sara Hall

El día de reparto de las bonificaciones solía ser el tercer lunes de enero. Cuando se acercaba la fecha, la gente o bien levitaba por la emoción o bien se emborrachaba hasta caer redonda. En las semanas previas, todo el mundo trataba de congraciarse con cualquiera que tuviera influencia para intentar subir la cantidad de su bonus.

—Tienes que besar culos. Es parte del juego. Así que trata de vivirlo como algo natural —me dijo Sam mientras comían pasta y ensalada.

—¿Y cómo lo hago? —pregunté.

—Cómprales regalos de Navidad. Es la manera más rápida de poner a la gente de tu lado, y... —Sam me observó con expresión dubitativa por encima de su copa de vino— en tu caso, puedes recordarles que existes.

—¿Y qué les compro? ¿Bombones? ¿Vino?

—Sara, hazme un favor, no cometas errores de novata. —Sam negaba con la cabeza—. Eso no solo te dejaría a ti en mal lugar, sino también a mí, como tu mentor. Compres lo que compres, no escatimes en gastos. Compra a lo grande. Sé generosa y no pienses en el precio. Hazte una lista de personas con influencia; puede ser una asistente personal, o alguien de recursos humanos. Asegúrate de comprar regalos para todos los de la lista y cualquier otra persona con la que creas que vale la pena tener un detalle. Y no debes olvidar a nadie.

—¿Te refieres a ti? —pregunté con atrevimiento.

—Sara, por favor. Por mí no tienes que preocuparte. Ya cuentas con mi apoyo. Dedica los regalos a los que les importas una mierda, que son básicamente el resto de las personas de la empresa. Aunque no influya este año, te ayudará a crear vínculos para el futuro.

—¿Y cuánto suele gastarse la gente?

—Yo el año pasado me gasté cerca de cuarenta mil —reconoció con absoluta crudeza.

Me quedé paralizada con el tenedor en alto, en perplejo silencio.

—Cuarenta mil. —Tragué saliva.

—Tú acabas de entrar, de manera que bastará con que te gastes la mitad —matizó, con un gesto que parecía de complicidad.

Yo todavía estaba devolviendo los préstamos para pagar la carrera y además ayudaba a mis padres con sus gastos médicos. Y encima pagaba un alquiler de locos.

—Tómatelo como una inversión —insistió Sam—. Si es necesario, hasta que te llegue el ingreso de la próxima nómina, pide un préstamo para comprar los regalos. Al final te compensará el esfuerzo. Confía en mí.

Sam me pedía muy a menudo que confiase en él. En este caso, sin embargo, tenía razón. Era una inversión para mi futuro. Por desgracia, no fui la única persona que dio ese paso. La semana antes de Navidades, la oficina se inundó de los regalos más fastuosos imaginables. Todo el mundo competía por ofrecer el regalo más original, o el más caro. Y si podían aunar ambas cosas, pues mejor que mejor.

Un analista que llevaba solo un año en la empresa se gastó doscientos dólares en una botella de whisky añejo Johnny Blue con un mensaje de agradecimiento a su jefe grabado en la etiqueta. Otros obsequiaron tratamientos en *spas* a las secretarias de los ejecutivos que podían influir en sus jefes. No pasaba un día sin que llegase un paquete de habanos, una corbata de seda y calcetines de cachemir con las iniciales bordadas o cajas de *cupcakes* con intrincados glaseados de pastelerías de Brooklyn. Todo lo que uno pudiera desear aparecía envuelto como regalo.

Por mucho que Sam me advirtiese de la locura de los bonus, nada de lo que me explicó como mentor durante nuestras comidas o cafés me preparó para la enloquecida tensión del día en cuestión.

Las bonificaciones se entregaban por orden de antigüedad en la empresa. Yo estaba al final de la cola, de modo que me pasé buena parte del día al borde de un ataque de nervios, esperando a que llegase mi turno.

Ese día se hacía difícil trabajar. No lograba concentrarme. Nadie lo lograba. La productividad brillaba por su ausencia. Todo el mundo estaba demasiado preocupado observando de reojo a los demás, tratando de dilucidar por sus reacciones la cuantía de la bonificación que habían recibido para tener pistas de a cuánto ascendería la suya. Los que ya se habían reunido con su jefe, hacían grandes esfuerzos por poner cara de póquer. Pero por mucho empeño que pusieran, siempre se podía entrever a quién le había ido bien y quién estaba hundido en la miseria.

El reparto de bonificaciones empezaba en la planta noble. A media mañana, las reuniones ya habían llegado a nuestra planta. Sabíamos que era nuestro turno cuando veíamos entrar a Vincent en la sala de reuniones que había al fondo de nuestros escritorios con una pequeña caja de cartón con los sobres.

Mi escritorio estaba encarado a la sala de reuniones de paredes acristaladas, de manera que pude observar el desarrollo de todas las reuniones mientras simulaba repasar las cifras de una hoja de cálculo con un montón de columnas.

Vincent no cerró las persianas. Sospeché que se trataba de una decisión deliberada, para demostrar a todo el mundo la transparencia del proceso. En realidad, por lo que me había contado Sam, era tan turbio como las aguas de una zona pantanosa.

Sam fue el primero del equipo en entrar. Trató de mostrarse tranquilo al levantarse de la silla y recorrer el pasillo hacia la sala de reuniones, pero supe que estaba nervioso por cómo repiqueteaba con un dedo contra una de sus piernas. Era un gesto típico que le conocía después de varios meses trabajando juntos. Siempre lo hacía cuando se sentía incómodo.

Pasados unos minutos, Sam salió de la sala. Su expresión facial era esforzadamente neutral, pero no pudo ocultar la euforia que le iluminaba los ojos al aparecer tras la puerta con un sobre blanco en la mano. Al pasar junto a mi escritorio, me guiñó un ojo. Supuse que el pastón gastado en regalos al final le había salido más que rentable.

Unos minutos después entró Sylvie, con su habitual toque de elegante seguridad en sí misma. Su reunión se prolongó más tiempo. No parecía que fuese bien. Lo deduje por la desafiante posición de su cabeza y la rigidez de la espalda. Vincent no paraba de rascarse el cogote. Estaba visiblemente incómodo. La puerta se abrió de golpe y Sylvie abandonó la sala.

Se detuvo una fracción de segundo, puso una cara imperturbable, alzó el mentón y recorrió el pasillo enmoquetado como si se tratase de la pasarela de la Semana de la Moda parisina. Sus ojos eran como el pedernal.

—Tu turno —le dijo a Jules cuando pasó junto a él. Como Sam, Sylvie llevaba en la mano un sobre blanco. A diferencia de él, ella lanzó el suyo sobre el escritorio cuando se sentó.

Desde mi sitio, oía a Sylvie moviendo cosas en su escritorio. Descolgó y volvió a colgar el teléfono un par de veces. Echaba humo. Me llegaban las vibraciones de ira que irradiaba.

Jules salió a los pocos minutos con su sobre. Trató de ocultar la sonrisa, pero fracasó miserablemente. Al poco rato oí cómo telefoneaba a su mujer: «Cariño, busca una canguro, esta noche salimos a cenar», musitó, con un tono de voz más elevado de lo necesario.

Para cuando colgó, Sylvie ya se había marchado de la oficina. Al principio no le di mayor importancia, hasta que Jules comentó la desaparición.

—¿Sabes cómo se descubre cuando a alguien le han puteado con el bonus? —me preguntó.

—No —respondí incómoda. Me habían dicho que hablar de las bonificaciones era motivo de despido.

—Se largan de la oficina, como acaba de hacer Sylvie —me explicó—. Es obvio que no está nada contenta.

Jules tenía razón. El día de las bonificaciones hubo un montón de desapariciones repentinas para ir a tomar un café. Los afectados daban alguna excusa poco elaborada para irse a un lugar con privacidad y telefonear a algún cazatalentos. Estos sabían mejor que nadie quién se consideraba puteado el día de las bonificaciones. Quién había decidido marcharse y quién buscaba cambiar de aires. Y, tal vez lo más importante, sabían lo que pagaban las empresas de la competencia.

—Están sondeando opciones. No pueden hacerlo desde la oficina —me indicó Jules.

El período de las bonificaciones era la temporada alta de los cazatalentos. No tenían que salir a buscar a nadie, los candidatos venían a ellos. Lo único que tenían que hacer era esperar a que les sonasen los teléfonos.

—No te preocupes —me susurró Jules—. Sylvie no va a dejar la empresa. Ha invertido demasiados esfuerzos aquí.

Vincent solo ha intentado darle un toque de atención. Se lo compensará el próximo año. Y ella lo sabe.

Al poco rato llamaron a la sala a Lucy. Estuvo un buen rato dentro. Cuando salió, lo hizo con su inescrutable expresión habitual. Era del todo imposible entrever si estaba contenta o decepcionada. No había expresión alguna en esos ojos negros parapetados tras la gruesa montura de las gafas.

—A Lucy le ha ido bien —me informó Sam—. Seguro.

—¿Cómo lo sabes?

—Por su forma de caminar. Sé cuándo una mujer se siente satisfecha.

En cuanto recibí un mensaje de chat de Vincent, me levanté y, muy cohibida, me dirigí a la sala de reuniones. Me temblaban las piernas. Intenté controlarme. Traté de recordarme a mí misma que Vincent no me intimidaba. Siempre se había portado bien conmigo. Mi nerviosismo venía de la tensión que se había ido acumulando a lo largo del día.

—Durante estos meses no he podido estar muy pendiente de ti para ayudarte a aterrizar —empezó Vincent cuando ambos nos sentamos—. Espero que Sam y los demás te hayan hecho sentir bien acogida y te hayan ayudado a coger el ritmo.

—Lo han hecho —respondí—. Han sido unos meses fabulosos. Los he disfrutado.

—Desde luego, me han llegado comentarios muy positivos sobre tu trabajo. Los de recursos humanos se mostraron muy reticentes a que te contratase porque no venías de una universidad de élite de la Ivy League, pero les pedí que confiaran en mi criterio. Se me da muy bien calar a las personas. Y por lo que he podido ver hasta ahora, has cubierto sobradamente las expectativas que había puesto en ti. Aprendes rápido, y eso es algo que valoro mucho en quienes trabajan conmigo.

Vincent me entregó un sobre con mi nombre. Lo sostuve

con cierta torpeza. No sabía muy bien si se suponía que debía abrirlo delante de él o esperar a salir de la sala.

—Tranquila —me dijo Vincent. Se reflejaba en sus ojos azules que la situación le divertía—. Puedes abrirlo.

Lo abrí y leí la carta. Me agradecía mi trabajo y me decía que el bonus que me correspondía ese año era de veintiséis mil dólares. Excedía con creces mis expectativas. Solo llevaba en la empresa seis meses. No me esperaba una cifra tan elevada.

—Gracias, Vincent. —Estaba emocionada.

—No me las des a mí —me respondió—. El dinero es de la empresa. Te lo mereces por cómo has trabajado. Hemos cerrado un montón de operaciones desde que te incorporaste, y al equipo le habría costado mantener el ritmo de no haber contado con tu ayuda.

—Te agradezco la fe que has puesto en mí. Y tu generosidad.

En ese momento no lo sabía, pero mi bonificación de ese año era muy discreta, incluso para una analista recién aterrizada. Cuando empecé a conocer mejor las interioridades de la empresa, descubrí que Vincent me la había jugado. Siento escalofríos cuando pienso en lo patética que me mostré, tan aturullada y complacida. Como si Vincent me hubiese hecho un gran favor. Me gané esa bonificación con inacabables horas de trabajo. Sam me comentó después que había cometido un error al mostrarme tan efusiva al dar las gracias.

—Los jefes siempre recuerdan si te has mostrado agradecida. Se quedan con la idea de que bastará con que el próximo año añadan unas migajas para que sigas estando encantada —me explicó en nuestro siguiente encuentro.

»Los hombres nunca nos mostramos agradecidos, siempre nos quejamos —me contó—. No importa lo mucho que hayas flipado con la cantidad, siempre hay que mostrarse descontento. Como si considerases que lo que te dan es una auténtica miseria. Como si nos hubieran jodido vivos. Las mujeres, en cambio, se muestran agradecidas y cometen un error fatal.

Los hombres, según me explicó, eran muy dados a tocar la fibra sensible de sus jefes. Cuando se acercaba el período de las bonificaciones, hablaban de las esposas y los hijos. Del coste de los colegios y de los alquileres en Manhattan. Se lamentaban de lo difícil que resultaba llegar a fin de mes teniendo que bregar con la locura del mercado inmobiliario. Y eso, claro está, solía hacer que la cifra del bonus se incrementase.

Aunque nadie sabía lo que ganaban los demás. Las cifras estaban envueltas en una nebulosa; todo era pura especulación y desinformación. Teníamos marcada a fuego la idea de que nadie podía comentar su bonificación. El castigo era el despido inmediato.

Pero aunque la gente trataba de guardar absoluta discreción sobre sus bonus, era fácil deducir a quién le había ido bien en el reparto. Pasados unos días, los oías hablar por teléfono con vendedores de coches de lujo, dando sus nombres para que los inscribieran en la lista de espera del último modelo de Porsche o de MG. O los pillabas hablando con una inmobiliaria sobre posibilidades de inversión en propiedades. O comprando barcos con los que no tendrían tiempo de navegar.

En un año de bonus generosos, la tienda Rolex podía contar con pedidos del modelo Daytona que les cubrían la facturación habitual de seis meses. La versión más barata costaba dieciocho mil dólares y podía llegar a los ochenta mil en las versiones más sofisticadas. Incluso más en algunos modelos vintage muy buscados. Había tíos que se cambiaban de reloj a diario. No era inaudito que algunos se gastaran cien mil dólares en relojes.

En el otro lado de la balanza estaban los empleados cuya

bonificación no cubría sus expectativas. Tal vez fuese porque su departamento no había alcanzado los objetivos, o porque su jefe los detestaba. Esos solían presentar un preaviso de dimisión unas semanas después y se pasaban a una empresa rival. O bien se pasaban el resto del año poniendo la zancadilla a sus colegas de manera que quedaban bien posicionados para la siguiente bonificación.

Repartir las bonificaciones entre los miembros de un equipo era como cortar una tarta en porciones. Cada jefe recibía una cantidad de dinero que tenía que dividir entre sus subalternos. Si un miembro del equipo recibía una porción de tarta muy grande, a otro le tocaría una mucho más pequeña. Normalmente eso era lo que le sucedía a la persona recién incorporada. O a la mujer del equipo.

En mi equipo, a la que le tocó pringar fue a mí. Sylvie era demasiado lista como para recibir un palo serio. Y en cuanto a Lucy, generaba tanto dinero para la empresa que estaba segura de que Vincent le otorgaba un bonus generoso.

En cualquier caso, siempre flotaban en el ambiente muchas suspicacias y un gran resentimiento en el período de las bonificaciones. En una ocasión oí que en Finlandia todos los ingresos se hacen públicos anualmente. Todo el mundo puede saber lo que han ganado sus parientes, amigos o vecinos. Y por supuesto, el colega que se sienta a dos pasos de ti. Y el jefe del departamento y los altos ejecutivos de la empresa. Allí, por lo visto, imperaba la total transparencia.

Siempre pensé que tal nivel de transparencia sería peligroso en Stanhope. Saber la verdad sacaría lo peor de nosotros, los instintos más primitivos. Nos transformaríamos en fieras. Nos devoraríamos unos a otros.

19

El ascensor

La angustia se apoderó de todos ellos cuando el código no funcionó. Habían seguido las instrucciones al pie de la letra. «Introducid el tercer dígito de cada número del mensaje y seréis libres.» Pero no eran libres. Seguían encerrados en el pegajoso calor del ascensor y no tenían ni idea de qué más tenían que hacer para salir de allí.

La incertidumbre los paralizó. Analizaran como analizasen la situación, ya deberían haber salido de allí. No sabían si tenían que esperar a que los sacaran o debían tomar las riendas e intentar escapar.

Jules sintió una creciente presión en el pecho y la claustrofobia empezó a ahogarlo. Se agitó como un animal encerrado en una jaula. La desesperación por salir de allí lo sobrepasaba y a cada segundo iba perdiendo el autocontrol. Desesperado, empezó a dar patadas a las puertas de acero. Los feroces golpes provocaron sacudidas en el ascensor. Alguien dejó escapar un grito ahogado. Su pérdida de control hizo que los demás se pusieran todavía más nerviosos.

Estaban apiñados en la oscuridad. Les gustase o no, sus destinos estaban ligados. No ayudaba precisamente el hecho de que apenas vieran nada sin la ayuda de los móviles. Jules ya no podía soportarlo mucho más. Empezó a saltar sobre las puntas de los pies una y otra vez, como un boxeador. El corazón se le aceleró y el sabor amargo del miedo le invadió la boca.

Sylvie también empezó a descontrolarse. Los demás notaban su creciente rabia por cómo apretaba los puños y respiraba hondo, como si estuviera preparándose para una pelea. A Vincent le inquietaba que la situación se les fuera de las manos si no lograban salir pronto del ascensor. Las revelaciones de las valoraciones anuales y de las cifras de las bonificaciones habrían resultado cuando menos incómodas en una situación normal. En el contexto en el que se encontraban, habían convertido el ascensor en un polvorín.

Para ellos resultaba inaudito tener acceso a las remuneraciones de los demás. No era siquiera necesario que la empresa amenazase explícitamente a los empleados para que no compartieses esa información. A nadie se le ocurría hablar de sus bonificaciones por la sencilla razón de que el bien más preciado en el entorno en que se movían era la información. La ventaja de una persona se construía sobre la desventaja de otra. Incluso entre buenos amigos, era muy poco habitual hablar de los bonus de manera realista y honesta.

Sylvie estaba desolada después de haber comprobado que la empresa llevaba tanto tiempo minusvalorándola. Siempre había creído que la trataban de un modo equitativo. No era cuestión de dinero, tenía dinero de sobra. Lo que más le dolía era que la empresa la valorase por debajo de sus colegas masculinos, pese a todo lo que había hecho por ella. Y había hecho un montón de cosas por Stanhope e Hijos. Muchas más que sus colegas masculinos. Siempre había sentido que tenía que ser el doble de buena que ellos para que le reconocieran la mitad de los méritos.

—¿Es una simple coincidencia que la única mujer que hay aquí haya recibido el bonus más bajo? —Sylvie rompió el silencio en un tono de voz neutro. La calma que precede a la tormenta.

—Eso no tiene nada que ver con el género —murmuró Jules sin mucho convencimiento.

—Entonces ¿con qué tiene que ver? —insistió Sylvie.

—No lo sé —respondió él—. El número y la calidad de las operaciones que has manejado.

—¿Te parece que no he sido tan productiva como tú? —inquirió Sylvie en un tono razonable que enmascaraba su ira. Tenía clarísimo que su contribución era muy superior a la de Jules, que se había pasado la mayor parte del año en diversos estados de ebriedad, que iban desde estar achispado a coger una cogorza monumental.

—Sylvie, estoy seguro de que los tiros no van por ahí —intervino Sam conciliadoramente. Él estaba encantado con su bonus. Le iba a sacar de sus apuros económicos, siempre y cuando a Kim no le diera por gastar todavía más para celebrarlo—. Son cosas que pasan. Siempre hay ganadores y perdedores. Ya verás como al final todo se acaba equilibrando.

—¿Me lo dices en serio? —Sylvie estaba perpleja—. ¿La persona a la que han jodido viva es la única mujer presente y lo único que se te ocurre decir es «son cosas que pasan» y «al final todo se acaba equilibrando»?

—No tiene nada que ver con que seas mujer —insistió Jules, exasperado—. Es mala suerte. Todos hemos pasado por eso. No sé por qué te quejas. La mayoría de las mujeres estarían encantadas de ganar lo que tú ganas.

—¿En serio? ¿De verdad? ¿La mayoría de las mujeres estarían encantadas? Oh, vaya, entonces no pasa nada —dijo, con teatralidad—. Qué alivio. Tienes razón, os tendría que dar las gracias a todos. Soy una chica muy afortunada.

—No quería decir eso —se defendió Jules. Le temblaban un poco las manos. Necesitaba una copa con urgencia.

—He trabajado como una mula. Llevo años haciéndolo —siguió Sylvie. Los demás tuvieron que hacer un esfuerzo para oírla por encima del zumbido de los conductos de ventilación por los que llegaba el calor—. He trabajado las mismas horas que el resto de vosotros. E igual de duro. ¿Tienes idea de la cantidad de dinero que he ganado para la empresa? ¿Cuántas operaciones he salvado del desastre porque era capaz de ver a tiempo problemas que los demás ni sabíais que existían? Y no obstante recibo menos que vosotros.

—Sylvie, las operaciones que has manejado este año no han sido tan lucrativas como las de ellos —intervino Vincent—. No tiene nada que ver con que seas mujer.

—Tal vez no. —Sylvie se encogió de hombros—. Después de todo, el pobre Jules ha recibido una bonificación muy por debajo de la vuestra. Quizá no sea más que una cuestión de puro y simple favoritismo.

Sylvie sabía que Jules se sentía excluido de lo que en ocasiones denominaba el «rollito» entre Vincent y Sam, que incluía los partidos de squash en la pausa de la comida a los que nunca era invitado. Disfrutó echando sal en las heridas de Jules. Necesitaba un aliado, aunque fuese alguien a quien no soportaba.

Sus palabras siguieron suspendidas en el oscuro ascensor mucho después de callarse. Jules intentó borrarlas de su cabeza. Pero era injusto que Sam cobrase más que él. Sam, que había entrado en la empresa el mismo año que él. Que trabajaba en los mismos asuntos que él. Y sin embargo, siempre estaba un paso por delante porque a Vincent le caía mejor.

Sam era el adjunto oficioso de Vincent, lo cual incluía acudir a reuniones con los jefes cuando Vincent estaba de viaje. En realidad, Jules estaba mejor cualificado. Era licenciado en Derecho, tenía un MBA, pedigrí y contactos familiares que daban mil vueltas al modesto entorno familiar de clase media-baja de Sam. Y en el trabajo, Jules era mejor que Sam. Lo había demostrado un montón de veces a lo largo de los años.

Pero Sam era apuesto y su cabello rubio y sonrisa de dientes blancos le daban un aire de modelo de anuncio de dentífrico. Y era muy rápido poniéndose medallas. Como un puto tren bala.

—¡Sylvie tiene razón! —explotó Jules—. No tiene sentido. Dime, Vincent, ¿por qué Sam recibe mucho más dinero que yo?

El calor y el aislamiento iban caldeando el ambiente. Hacía que perdieran el control sobre sí mismos. No actuaban con lógica. Incluso el propio Vincent cayó en la cuenta de que había perdido los papeles. Tendría que haber roto el sobre de las bonificaciones en cuanto lo encontró. La información que contenía había desatado una oleada de celos y no sabía si sería capaz de contenerla.

—Vincent. —El tono rencoroso de Jules rasgó la oscuridad—. Hace un par de años me aseguraste que lo que ganaba estaba en la banda más alta posible para mi categoría laboral. Me diste a entender que tenía el bonus más alto del equipo.

Vincent se masajeó las sienes. Detestaba que le echasen en cara cosas que había dicho. A lo largo de los años les había soltado un montón de perogrulladas a los miembros de su equipo. Había retorcido la verdad. Y en ocasiones había dicho mentiras descaradas. Lo había hecho con la mejor intención, para mantener al personal motivado y evitar que se desmoralizaran.

—Todavía recuerdo lo que me dijiste —continuó Jules. Imitó el acento británico con un poso de holandés del aludido—: «Ojalá pudiera hacer más por ti, pero tengo las manos atadas. Una vez que uno ha alcanzado el salario máximo para su categoría, la única manera de ganar más dinero es que te asciendan».

Jules avanzó hacia la silueta grisácea que sabía que correspondía al cuerpo fornido de Vincent.

—Si estoy en el tramo más alto posible de salario, ¿cómo es que Sam gana más que yo?

No hubo respuesta.

—Vamos, Vincent, admite que me mentiste. —Jules iba alzando cada vez más la voz. Parecía embalado.

Siguió sin haber respuesta.

La patada de Jules fue violenta y estruendosa, e hizo añicos uno de los espejos de la pared. La siguiente patada también llegó sin previo aviso. Esta vez le golpeó en el plexo solar.

Vincent gimoteó mientras se desplomaba. Temía que Jules le arrease otra patada. Y otra. Pero Sylvie lo agarró por detrás. No con fuerza, sino con suavidad, masajeándole los brazos para calmarlo.

Vincent se incorporó. Contuvo el impulso de sacar la Glock que llevaba en la cintura para recordarle a Jules quién era el jefe. Pero, todavía dolorido, sabía que si lo hacía se interpretaría como una muestra de debilidad. Tenía ganas de vomitar, pero no podía permitirse ese lujo. Su supervivencia dependía de los próximos pasos que diera. Se dejó guiar por el instinto. Con un único y rápido movimiento, recogió un trozo de espejo roto, agarró a Jules por el cuello y lo empujó contra la pared.

Todos oyeron el ruido sordo producido por el cuerpo de Jules al chocar contra la pared. Vincent le acercó el cristal roto al cuello. Jules no podía ni tragar. Estaba inmovilizado. Vincent le rasgó, de forma lenta y deliberada, la piel por debajo del mentón. Le hizo un corte superficial, pero Jules notó la calidez de la sangre deslizándose por el cuello.

—Si me vuelves a poner la mano encima —espetó Vincent con un tono neutro que hizo que el mensaje resultase todavía más escalofriante—, te mataré.

20

Sara Hall

Es alucinante cómo una aparta de la mente las cosas que no quiere ver. Lo único que recuerdo de mi primer año en Stanhope es que había triunfado.

Ganaba una pequeña fortuna. Por primera vez en mi vida, podía permitirme comprar en tiendas de marcas y, además, hacerlo cuando quería en lugar de tener que esperar a las rebajas de final de temporada. Trabajaba con los mejores del oficio. Estaba aprendiendo un montón gestionando en grandes operaciones internacionales. Mi carrera estaba en el punto que deseaba e iba muy bien encaminada para lograr lo que ambicionaba.

Los comentarios maliciosos, las puñaladas por la espalda, la ausencia de mujeres en los puestos directivos, por no hablar de personas de color u otras minorías, todo eso estaba bien a la vista. Pero yo no quería verlo. Estaba muy ocupada disfrutando del momento. Y también, claro, soportando los horarios inacabables que te dejaban para el arrastre. Pasábamos de una gran operación a la siguiente, sin un instante para tomar aire. Al cabo de un tiempo todas esas grandes operaciones se empezaban a entremezclar y era incapaz de individualizarlas en mi memoria.

Esos contratos eran poco más que números, estadísticas, márgenes de beneficio, intereses y rendimientos. Jamás tenían rostro humano. Tan solo generaban enormes cantidades de dinero para la empresa, lo cual sabíamos que se traduciría en mayores bonificaciones para todos.

Pero sí hubo una operación que se diferenció de las demás. Estábamos trabajando en la adquisición por parte de una gran empresa automovilística de determinados fabricantes que trabajaban para ellos como proveedores. Una de las compañías a las que habían echado el ojo era una pequeña fábrica de componentes automovilísticos de Míchigan. Era un negocio exitoso, saneado, que vendía buenos productos, no tenía ningún problema de liquidez y mantenía una excelente productividad. Los propietarios no tenían ningún motivo para vender. Pero comprar esa empresa era una piedra angular de la estrategia que habíamos diseñado. Nuestro cliente le hizo a la dirección de la pequeña empresa una oferta que no podían rechazar. Y no lo hicieron. La junta de dirección votó de forma unánime la venta.

Mi equipo participó en la estructuración de la adquisición. Sylvie, que era la experta en impuestos, vio claro que, si la producción de los componentes se hacía en el extranjero, podíamos beneficiarnos de un incentivo fiscal en el país productor que le ahorraría a nuestro cliente ciento diez millones de dólares en cinco años. Solo esa cantidad ya cubría la compra. El día que se firmó el acuerdo de venta, los quinientos treinta trabajadores de la fábrica de Míchigan recibieron una carta comunicándoles que se quedaban en la calle.

La noche que los despidos se hicieron efectivos, estábamos todos trabajando en la oficina. Vimos por la tele imágenes de piquetes de trabajadores enfrentándose a la policía en el exterior de la sede central del fabricante de automóviles en Detroit. Uno de los obreros llevaba estampada en la camiseta una imagen de su hijo en la que se leía: «A mi papá lo han despedido. Y ahora ¿quién me va a dar de comer?».

—¿No te hace sentir mal? —le pregunté a Sam.

—¿Por qué iba a sentirme mal? Nosotros hemos hecho nuestro trabajo. Nos pagan un pastón por hacerlo —respondió—. ¿A ti qué más te da?

—Parecen buena gente —insistí—. Gente que tiene facturas que pagar. Hipotecas. Hijos a los que alimentar y escolarizar. Les hemos destrozado la vida; deberíamos haber repasado los números hasta dar con un modo de cerrar el trato sin dejar a todas estas personas en la calle. —Mi voz sonaba vacilante.

—Son una panda de idiotas porque han dejado que sus vidas dependan de una industria obsoleta —intervino Sylvie.

—Tiene razón —continuó Jules—. Son este tipo de bobos incapaces de darse cuenta de lo idiotas que son los que nos están hundiendo a todos. Hazme caso, Sara. No te conviertas en uno de ellos. En este mundo hay ganadores y perdedores. Los ganadores son el uno por ciento que logra hacer realidad sus sueños. Los perdedores son todos los demás.

Esa noche, en casa, no era capaz de mirarme a los ojos en el espejo del lavabo. Me odiaba a mí misma por no haber luchado más para evitar esos despidos. Debería haberme esforzado por encontrar una alternativa. Fue mi primera desilusión, la primera punzada que me avisaba de que tal vez ese trabajo no era para mí.

Pese a las dudas, me había hecho adicta al glamour y a los beneficios de mi trabajo. Zumos prensados en frío perfectamente alineados en coloristas hileras en la nevera de bebidas de la oficina, acceso gratuito al gimnasio, vales para masajes y exfoliaciones faciales que aparecían de pronto en mi escritorio como parte de las prestaciones para empleados. El inagotable suministro de entradas para espectáculos de Broadway o butacas de primera fila en eventos deportivos. Y lo más importante, el dinero que nos ofrecían como incentivo.

Todo eso me provocó amnesia temporal, o tal vez una ceguera premeditada, sobre el daño que habíamos causado a las vidas de los anónimos trabajadores de la fábrica de Míchigan, o de otros cientos de lugares afectados por nuestras decisiones. Utilizábamos los beneficios como justificación para destrozar vidas. Era así de simple.

—Nunca te sientas mal por hacer tu trabajo —me dijo Sam durante una de nuestras sesiones oficiosas de apadrinamiento—. La lealtad se la debes al cliente, a la empresa y, por encima de todo lo demás, a tus propias finanzas.

No conocía a las personas afectadas de la fábrica de Míchigan, pero sí a gente como ellos. Mi padre, sin ir más lejos. Había trabajado como ingeniero mecánico y se había pasado la mitad de mi infancia en el paro. Perdió el trabajo poco después de sus primeros achaques; después de la tercera hospitalización, su jefe le comunicó que no podía seguir contando con alguien que faltaba tanto. Necesitaba alguien fiable. Despidieron a papá y perdimos el seguro médico en el peor momento posible. Creo que jamás se recuperó de esa humillación.

Yo sabía de primera mano lo que significaba poner en la calle a una persona de cuarenta y tantos años. A esa edad, esos trabajadores tendrían muchísima suerte si encontraban otro trabajo estable. Saltarían de un empleo temporal a otro, de un contrato por obra al siguiente, hasta que el trabajo se agotase por completo y se quedasen sin nada.

En Stanhope esto no parecía importarle a nadie. Para ellos, la vida era un casino, y los trabajadores de esa fábrica habían apostado al número equivocado.

Tres meses después, me enteré de que un antiguo capataz de la fábrica de componentes para automóviles de Míchigan se había volado la cabeza con su rifle de caza. La mujer lo había dejado y el banco estaba a punto de quedarse con la casa familiar. Me odié a mí misma. Su sangre nos manchaba las manos.

—¿Qué piensas de esto? —le pregunté a Lucy esa noche.

Había ido a su piso después del trabajo. Estaba consternada por lo ocurrido y necesitaba hablar con alguien—. ¿Crees que somos responsables?

—Nunca he entendido por qué alguien llega a hacer algo así —respondió Lucy con voz áspera.

Era lo más cerca que la había visto nunca de mostrarse conmovida.

—Pero al mismo tiempo —continuó—, no puedo evitar pensar que nuestras acciones lo acorralaron.

Tragué saliva. Me sentía culpable. Desde que oí la terrible noticia no había podido evitar llegar a la misma conclusión. Lucy levantó la cabeza y me miró a los ojos, lo cual no era habitual. Normalmente evitaba el contacto visual por todos los medios. Sentí que quería contarme algo.

—Sara, había otra manera de cerrar esa operación. Les enseñé los números a Jules y Sylvie. Respondieron que mis proyecciones eran demasiado optimistas.

—¿Lo eran?

—Claro que no. Jules y Sam optaron por el camino más fácil —prosiguió Lucy—. No querían correr el mínimo riesgo.

Fue la primera vez que caí en la cuenta de por qué la empresa nos ofrecía unas pagas y unos bonus tan generosos. Era para desviar nuestra brújula moral de manera que no dudásemos, no nos angustiásemos, cuando teníamos que ser despiadados.

21

El ascensor

—Vincent, es muy miope por tu parte jugármela con el bonus —dijo Sylvie con tono moderado. Sus palabras rompieron el silencio que se había instalado en el ascensor desde la pelea entre Jules y Vincent—. Sabemos demasiadas cosas los unos de los otros. Demasiados secretos.

—¿Es una amenaza? —preguntó el interpelado sin alzar la voz. Los demás se quedaron petrificados. Nervioso, Jules se pasó la lengua por los labios. Ahora todos sabían de lo que era capaz Vincent. Jules mejor que nadie. El corte en el cuello todavía le dolía.

—No, Vincent, no es una amenaza. Me limito a señalar que es mejor que estemos todos en el mismo equipo. ¿No te parece? Y si quieres que te sea sincera, en estos momentos no me siento un miembro de pleno derecho de tu equipo. —A Sylvie ya no le importaba gran cosa extralimitarse con Vincent.

—¿Qué quieres?

—Quiero que lo arregles —continuó ella—. Todavía tienes tiempo de modificar mi bonus antes de que se haga oficial el viernes. Si es necesario, puedes pedir que quiten una parte del tuyo para compensar la diferencia. —Sylvie jamás había hecho hasta ahora una petición como esa. Vincent le imponía. Pero en la oscuridad no tenía ningún miedo. Sabía que él no le pondría la mano encima. En lo referente a mujeres, era de la vieja escuela.

Todos esperaban la reacción de Vincent. Nadie se había atrevido jamás a darle un ultimátum. En relación con nada.

—Jules, ¿tú piensas lo mismo? —preguntó Vincent.

—Bueno, me gustaría saber por qué mi bonus es mucho más bajo que el de Sam —musitó el aludido.

—La cagaste en lo de Paragon. Es tan sencillo como esto —respondió Vincent—. Siendo rigurosos, no deberías haber tenido bonificación alguna. Te tendrían que haber despedido. Deberías estar muy agradecido de recibir algo, y mucho más por un bonus tan sustancioso.

—Mi bonus no tiene nada de sustancioso. El tuyo sí lo es. Es casi tres veces el mío —se quejó Jules—. Y a Sam también le ha ido muy bien. Y yo tengo que pagar una pensión alimentaria, niños que dependen de mí. No me llega el dinero.

—No pienso seguir hablando de esto —cortó Vincent—. Ni siquiera sé si las cifras que aparecen en la hoja son las correctas. No sé de dónde ha salido el sobre. Alguien puede haberse inventado las cantidades.

—Los números son los reales —aseguró Jules—. He tenido el papel en la mano. Tiene la marca de agua con el logo de Stanhope.

Vincent sabía que Jules tenía razón; él personalmente había firmado las cantidades asignadas el día anterior. Pero no tenía ni idea de cómo había acabado el sobre en su cartera. También sabía que, si despedían a alguno de ellos, no recibiría el bonus, porque se convertiría en parte de su indemnización. No dijo nada al respecto. Era mejor que no conocieses ese desagradable detalle.

La revelación de las bonificaciones no solo generó hostilidad, sino que eliminó el poder que Vincent tenía sobre sus subalternos. Solía ser muy hábil manipulándolos blandiendo sus respectivos bonus. Lo hacía para mantener a la gente motivada y para preservar la paz en el equipo. Y lo conseguía sobre todo porque el sistema era opaco y eso le permitía conseguir su objetivo.

—Llevas años mintiéndonos, contándonos cómo luchabas por nosotros para conseguirnos los bonus y los aumentos de salario que nos merecíamos —dijo Sylvie—. Pero en realidad lo que hacías era garantizarte la mayor tajada.

Vincent cerró los ojos con la leve esperanza de que al volver a abrirlos su visión mejoraría. Su deficiencia visual lo hacía vulnerable. Intentó dilucidar el estado emocional de los otros a través de sus tonos de voz. Dedujo que Sylvie estaba furiosa, pero sin llegar a perder el control sobre sí misma, y consideró que podía contar con cierto nivel de lealtad por parte de Sam. Quien más le preocupaba era Jules. No necesitaba verle con claridad para saber que era tan peligroso como un perro rabioso.

—Vicent, has de saber que en el asunto Paragon yo hice la mayor parte del trabajo —insistió Jules—. Tuvimos algunas turbulencias, pero al final lo saqué adelante.

—Esta sí que es buena —le interrumpió Sam—. Dejaste el grueso del trabajo en manos de recién licenciados porque la mayoría de los días a las once de la mañana ya estabas borracho. A Vincent y a mí no nos importaba, porque pensábamos que, por poca experiencia que tuvieran los recién licenciados, siempre harían mejor el trabajo que un borracho.

—Eso no es cierto —replicó Jules, que sonó más indignado de lo que estaba. ¿Cómo podían haber averiguado que bebía cada mañana? Solo tomaba vodka, que no deja mal aliento—. Nunca bebo en el horario laboral.

—¡Estabas borracho cuando has entrado en el ascensor! —exclamó Vincent—. Quizá no nos hubiéramos dado cuenta si hubiera sido un trayecto de un par de minutos, pero a estas alturas resulta obvio. Hueles como una destilería.

—Muy bien, Vincent, el ataque es la mejor defensa —protestó Jules—. Me calumnias acusándome de borracho para que nos olvidemos de que llevas años robándonos.

—No necesito calumniarte —siseó Vincent—. Eres un alcohólico.

—¿Tienes idea de lo que tuve que sacrificar para cerrar el trato Paragon? —dijo Jules, señalándose el pecho con el índice—. Mi mujer me dejó por las infinitas horas que le dediqué a esa operación. Fue idea mía. Yo lo estructuré todo. Pero tú te pusiste las medallas. Como haces siempre.

—Lo de Paragon fue idea tuya —admitió Vincent—. Pero se hubiera ido al garete si Sam y yo lo hubiéramos dejado en tus manos. Tuvimos que intervenir cuando la cagaste.

—¿Sam? —Jules soltó una risotada burlona—. Eres la única persona que cree que Sam aporta algún valor a nuestro trabajo. Sam es pura fachada. Una máquina humana de estrechar manos. Sería incapaz de reconocer una operación estratégica ni aunque le mordiera en el culo. En el futuro fabricarán robots para sustituir a los Sams de este mundo, dedicados el día entero a dar la mano y saludar a los clientes. Y a llevárselos a comer a restaurantes exquisitos a cuenta de la tarjeta de la empresa, como un vendedor adulador incapaz de tener una idea original. ¡Yo no vi a mi mujer y a mis hijos durante semanas! ¡Sacrifiqué mi matrimonio por cerrar lo de Paragon!

—Jules, ¿de verdad te crees que eres el único que hace sacrificios? —intervino Sylvie—. Yo he sacrificado mi relación por este trabajo. Peter no estaba dispuesto a casarse conmigo si yo no aceptaba tener hijos, pero he visto lo que les pasa en Stanhope a las mujeres que se quedan embarazadas. Las envían al equivalente empresarial de Siberia hasta que acaban dimitiendo. —Hizo una pausa—. ¿Sabes lo que hizo Peter después de que rompiéramos? Se casó. Al cabo de cinco meses. Con una licenciada en una escuela de negocios de veintiséis años. Me encuentro constantemente con imágenes en Facebook de cómo alimentan a su hijo. Comparten cada eructo. Por el bombo que le dan, creerías que al niño lo han nominado al Nobel de Química por cómo ha hecho caca por primera vez en su orinal fosforescente. Me sacan de quicio.

—Tendrías que bloquearlos.

—¡No quiero que Peter sepa que me importa lo suficiente como para bloquearlo! Así que no me hables de sacrificios. —Sylvie contuvo las lágrimas. Era consciente de que, si no salían de allí pronto, no lograría llegar a tiempo al aeropuerto para tomar el vuelo a París. Marc no le toleraría otra ausencia; ya se lo había advertido. Y ella no estaba dispuesta a sacrificar otra relación por Stanhope.

—¿Alguna vez has pensado —dijo Jules— que Peter quizá te dejó porque no quería que una zorra manipuladora fuera la madre de sus hijos?

—Déjala en paz —terció Sam—. Jules, deja de atacar a todo el mundo. Tal vez deberías aprovechar la situación para hacer un examen de conciencia.

—Cierra el pico, Sam. Siempre has sido la putita de Vincent. Por eso te ha dado un bonus más alto que el mío —replicó Jules—. Vincent te paga la fidelidad que le has demostrado.

—Jules, ¿cuándo vas a entender que yo no decido los bonus? —A Vincent se le estaba agotando la paciencia. Rara vez alzaba la voz, pero cuando lo sacaban de quicio, era un volcán en erupción. Había personal administrativo de la empresa que abandonaba las reuniones llorando cuando su legendario temperamento estallaba.

—Oh, por favor. Deja de actuar como si eso no fuera contigo —protestó Sylvie—. Eres tú quien decide los bonus. Tú y solo tú. El comité de remuneraciones se limita a dar el visto bueno a tus decisiones.

—Te diré una cosa. Si nuestro equipo sobrevive a los despidos de la semana que viene, estáis todos invitados a presentar vuestra dimisión en protesta por vuestros bonus —les sugirió Vincent—. Stanhope paga de forma mucho más generosa que nuestros competidores. No vais a cobrar nada parecido en ningún otro lado. —El acento se le marcaba más cuando se enojaba.

—¿De verdad quieres que nos larguemos? —preguntó Sylvie—. Siempre había creído que la única manera de abandonar este equipo era dentro de un ataúd.

—Voy a asumir que es el estrés de la situación lo que te hace decir esas tonterías. —El tono de Vincent era moderado, pero la amenaza quedaba clara.

—Oh, no he hecho más que empezar —replicó Sylvie—. Mientras el año pasado Jules estaba en un semipermanente estado de intoxicación etílica y Sam pasaba su tiempo con un inacabable desfile de prostitutas y traficantes de coca, yo era la que me echaba el trabajo a la espalda. Pero llega el momento de las bonificaciones y, por arte de magia, ellos ganan un montón más que yo. Lo único que quiero saber es por qué. —Se volvió hacia Vincent—. ¿Por qué? Es una pregunta razonable.

Vincent no respondió. No iba a permitir que lo arrastrasen hacia nuevas discusiones sobre el bonus de cada cual. Sylvie se estaba pasando mucho de la raya. La oscuridad envalentonaba a sus subordinados a decir cosas que jamás se atreverían a verbalizar ante él a plena luz del día.

—Sylvie, que te quede bien claro que me han ofendido tus comentarios sobre mi vida personal. ¿Cómo te atreves a sugerir que estoy engañando a mi mujer? —soltó Sam.

—No sugiero nada —se rio ella—. La semana pasada te vi en un club con una modelo, por decirlo de un modo suave. Llevaba tanta silicona encima que tal vez fuese una muñeca hinchable.

—Eres injusta con Sam —intervino Jules con sarcasmo—. Su mujer es una compradora compulsiva. Él solo encuentra consuelo en las putas. Créeme, he visto a Kim en acción. Esa mujer es el sueño húmedo de un abogado especializado en bancarrotas.

Estaba demasiado oscuro para ver con exactitud lo que sucedió a continuación, pero todos oyeron el golpe de un puño en una mandíbula en el momento en que Sam se abalanzaba sobre Jules. Y después, un golpe seco cuando Jules empujó sin contemplaciones a Sam contra la pared.

La sangre que chorreaba de la nariz de Jules le manchó la camisa blanca. Eso no pareció importarle. Todavía se estaba riendo cuando la pantalla se encendió para mostrar una nueva pista.

22

Sara Hall

Fue estando yo en Seattle, durante un viaje de trabajo, cuando murió Lucy. Al volver a la oficina de Nueva York me enteré de los detalles de lo sucedido. Lo que no llegué a saber fue el porqué.

El fin de semana anterior al viaje a Seattle, Lucy y yo fuimos al Met a ver la exposición de Leonardo da Vinci, «En el interior de la mente del genio». La muestra incluía las notas y dibujos de invenciones que se adelantaban varios siglos a su época: paracaídas, tanques o una versión primitiva de submarino.

Lucy estaba en su salsa. Le fascinaron sobre todo la escritura inversa de Da Vinci y los conceptos matemáticos que utilizaba en sus diseños y obras de arte. Después de dos horas de visita, yo ya tenía ganas de salir, pero Lucy insistió en quedarse hasta que cerrase el museo. Y me aseguró que pensaba volver a la mañana siguiente, en cuanto abrieran.

La última vez que vi a Lucy con vida, tenía la cara aplastada contra una vitrina iluminada para examinar con detalle un boceto de Leonardo. Es así como me gusta recordarla.

Encontraron a Lucy muerta en la bañera. Hubo un corte de luz en el edificio y detectaron que el cortocircuito se había producido en su piso. Cuando el conserje llamó a la puerta de forma reiterada y no hubo respuesta, optó por entrar con la llave maestra. Entonces encontró el cadáver.

Lucy se había electrocutado con la tableta que estaba utilizando mientras se bañaba. La tenía enchufada. Habría pasado por un accidente de no ser por dos detalles. En primer lugar, Lucy era demasiado inteligente como para meterse en la bañera con un aparato enchufado y, más importante todavía, dejó una nota de suicidio sobre la mesa del salón. Las autoridades determinaron que se trataba de una muerte voluntaria. Fallecimiento por suicidio.

Me enteré del modo más cruel posible. Cliqué en un link sobre una noticia cuyo titular era «Muere una agente financiera mientras los mercados se hunden». Lucy había fallecido el día en que las bolsas sufrieron una notoria corrección a la baja. Eso no tenía nada que ver con su muerte, pero supongo que daba juego para conseguir el tipo de titular que se hace viral. Cliqué en el enlace y descubrí que la agente financiera era Lucy Marshall. Era humillante y desolador. A Lucy le habría horrorizado que su muerte acabase apareciendo en los morbosos titulares de la prensa sensacionalista.

Vincent estaba en Londres cuando falleció Lucy. Tomó un avión de vuelta esa misma tarde, igual que yo, para llegar a tiempo al funeral que organizó la empresa en la iglesia de la Trinidad.

El templo estaba lleno de empleados de Stanhope que cuando Lucy estaba viva la habían ignorado por completo. Ahora, de pronto, todos lloraban su desaparición. Tal vez se habían dignado a aparecer por el eco mediático de su muerte. O tal vez fuese por deferencia a Vincent, que había organizado la ceremonia.

En el estrado había una fotografía de Lucy tamaño póster junto a una gran corona de flores. Sus ojos atentos y de mirada inteligente parecían contemplar con sorpresa a la multitud que se había reunido para rendirle homenaje. En vida había conocido a muy pocos de ellos, y la mayoría no se habían portado precisamente bien con ella.

También acudieron al funeral varios familiares de Lucy. Una tía, diversos primos y la madre, que se pasó la mayor parte de la ceremonia con la cara hundida en un pañuelo de papel.

Vincent glosó con elocuencia la brillantez de Lucy, su sutil sentido del humor y su enorme contribución a una gran cantidad de exitosas operaciones. Me percaté de que el orador eludía mencionar que esas operaciones le habían reportado a la empresa casi un cuarto de billón de dólares. O que no habrían llegado a buen puerto de no ser por el trabajo de Lucy.

Cuando Vincent acabó su discurso, una responsable de recursos humanos habló con un tono melifluo sobre que en Stanhope todos formábamos parte de una gran familia y lamentábamos la pérdida de uno de los nuestros. A continuación, ofreció asesoramiento a cualquiera que lo necesitara. En el discurso final, Thomas Nelson, miembro de la junta directiva, anunció que la empresa mantendría vivo el recuerdo de Lucy ayudando a otros estudiantes talentosos a alcanzar sus metas profesionales.

—Dado que Lucy tenía por delante toda una vida llena de éxitos —dijo—, hemos tomado la decisión de ayudar a otros estudiantes brillantes a proseguir su trabajo. Para ello, vamos a crear una beca con su nombre.

Y a continuación le entregó a Cathy, la madre de Lucy, un certificado enmarcado que anunciaba la convocatoria anual de la Beca Lucy Marshall, que venía acompañado de un cheque para pagar los gastos del entierro de su hija.

—Tal vez ahora se pueda permitir un funeral con el ataúd abierto —le murmuró un tipo a su amigo en la fila delante de la mía.

—Es lo menos que podemos hacer —le aseguró Thomas

Nelson a Cathy mientras le estrechaba la mano. La madre, de aspecto frágil, se había pasado toda la ceremonia como adormecida. Vincent la ayudó a ponerse en pie y estrechar la mano a las personas que pasaban ante ella para ofrecerle sus condolencias.

—Lucy era un miembro muy querido de nuestro equipo —le aseguró Jules a Cathy mientras le cogía la mano y la sostenía entre las suyas—. No sé cómo nos las vamos a arreglar sin ella.

—De verdad que no lo sé —me dijo a mí mientras volvíamos a la oficina—. Estos últimos años Lucy nos ha hecho ganar un montón de dinero a todos. Es una pena. Una verdadera pena.

La policía activó una investigación rutinaria sobre la muerte de Lucy, incluida la conversión del piso en escena del crimen durante unos días para buscar huellas dactilares. No pusieron mucho empeño. Después de todo, Lucy había dejado una nota de suicidio escrita de su puño y letra. Con eso, ya casi se podía dar carpetazo a las pesquisas antes de iniciarlas.

En efecto, el informe del forense dictaminó que la muerte de Lucy fue autoinfligida. En el documento se hacía referencia de pasada a que se habían encontrado en su cuerpo rastros de sedantes, aunque en unos niveles que no se consideraban significativos, lo cual no dejaba de resultar un poco extraño teniendo en cuenta que, según Cathy, su hija tenía aversión a tomar medicación de cualquier tipo, incluido el ibuprofeno para las migrañas que padecía.

Con todas las evidencias apuntando hacia el suicidio, a nadie se le pasó por la cabeza ni por un momento que a Lucy la habían asesinado.

23

El ascensor

La nueva pista apareció en letras rojas en el centro de la pantalla blanca. Vincent y Sylvie se percataron; Jules y Sam, no. Estaban sentados en el suelo, recuperando el aliento y curándose las heridas después de la pelea. Jules se puso un pañuelo en la nariz para detener la hemorragia. Sam estaba magullado. Se había golpeado muy fuerte con el hombro contra la pared y el dolor era tan intenso que no podía ni hablar.

Deja que tus planes sean oscuros e impenetrables
como la noche y cuando te muevas, cae como un rayo.

La frase se fue expandiendo hasta ocupar casi toda la pantalla y después empezó a contraerse hasta casi desaparecer.

—¿Esto es una pista o una observación? —preguntó Sylvie mientras contemplaba cómo la frase volvía a crecer.

—No lo sé —repuso Vincent con voz cansina—. Ojalá todo esto viniese con un manual de instrucciones, porque... —De pronto se calló. Todos se quedaron quietos cuando notaron que el ascensor daba una sacudida, como un monstruo que se despereza después de una larga hibernación. Hubo un entusiasmo general. El calvario se terminaba.

El ascensor dio otra sacudida y a continuación inició un repentino descenso. Fue tan inesperado que sintieron una convulsión en el estómago, como si estuvieran en una montaña rusa.

Al principio no se inquietaron al notar que iban ganando velocidad en el descenso. Dieron por hecho que los estaba llevando al vestíbulo. Sin embargo, cuando se les taparon los oídos se percataron de que bajaban tan rápido que parecían ir en caída libre. Se iban a estampar contra el suelo.

Alguien gritó, o tal vez lo hicieron todos. Sylvie se agarró del brazo de Sam en un gesto inútil.

—¡Joder! —Jules no estaba seguro de si lo había gritado o lo había pensado. El corazón le iba a mil por hora. El ascensor seguía cayendo cada vez más rápido.

Cuando se detuvo, lo hizo de un modo repentino y brutal. La sensación fue la de ir en un coche a gran velocidad que se estrella contra un muro. Sus cuerpos saltaron como bolos. Cayeron al suelo y permanecieron inmóviles, unos encima de otros, maltrechos y magullados.

Jules fue el primero en moverse. Estiró con prudencia brazos y piernas, moviéndolos de uno en uno. No notó que se hubiera roto nada. Buena señal. La nariz le seguía sangrando por el puñetazo de Sam, pero eso ya no le importaba.

Se concentró en localizar su móvil. La linterna se había convertido en su salvavidas. Lo encontró cerca y pulsó el botón hasta que se iluminó la pantalla. No había visto nada más bonito en su vida que su fondo de pantalla. Era una fotografía que había tomado en una escapada para esquiar con la hermosa Jana. Ya no estaban juntos, pero le encantaba contemplarla, por eso no había borrado la foto. Ahora, varias grietas recorrían la pantalla.

—¿Estáis todos bien?

Jules movió el haz de luz del móvil por el ascensor para comprobar los daños. Los demás no estaban bien. Yacían todos apilados en el suelo con los cuerpos contorsionados, aturdidos y heridos. Vincent estaba boca abajo y no se movía.

Sylvie se incorporó poco a poco hasta quedar sentada. Un hilillo rojizo le recorría en vertical la cara. Jules contempló con curiosidad una gota de sangre que le caía por la mejilla como si fuera una lágrima. El corte parecía fuera de lugar en el perfecto rostro de Sylvie. Era un maniquí humano. Resultaba difícil de creer que sangrase. Parecía destrozada y asustada.

Jules se acercó para tranquilizarla, pero ella retrocedió como un animal asustado.

—Estás herida —le dijo él, con más rudeza de la que pretendía, ofendido por su rechazo. Iluminó con el móvil el hilillo de sangre que iba de la frente a la boca—. Tienes un corte en la frente. Estás sangrando —le informó sin delicadeza alguna.

Ella se pasó la lengua por la piel y notó un sabor salado. Se echó el cabello rubio hacia atrás y se lo sujetó lo mejor que pudo sin la ayuda de un espejo. A continuación, se pasó un dedo por la herida para limpiar la sangre. Sin saber muy bien qué hacer con ella, se chupó el dedo. Le quedó un sabor persistente en la boca y los labios manchados.

Sam yacía en el suelo entre intensos dolores. Tenía el cuerpo machacado. Dejó escapar un gemido apenas audible, como un perro apaleado. Le dolía todo, pero estaba vivo. Vincent todavía no había emitido un solo sonido.

Jules se deslizó hacia él. Estaba boca abajo.

—¿Vincent? —lo llamó y lo zarandeó—. ¿Vincent? ¿Estás bien? —No hubo respuesta.

Con la sutileza de un carterista, Jules deslizó los dedos bajo el cinturón de Vincent y con sumo cuidado cogió la Glock.

24

Sara Hall

Después del funeral de Lucy, Vincent nos convocó a todos en el bar. Supongo que se trataba de una especie de velatorio estilo irlandés. «Nos permitirá a quienes trabajamos con ella recordarla y despedirla juntos», escribió en la invitación que envió por correo electrónico al equipo al completo, incluidos los analistas júnior y el personal de apoyo.

Mi vertiente cínica sospechaba que detrás de la convocatoria estaba el departamento de recursos humanos, que la idea había salido de algún manual de instrucciones sobre cómo actuar en caso de fallecimiento de un empleado. Tenían práctica, había habido otras muertes en años anteriores. Un agente se había matado con el gas del tubo de escape del coche en su garaje. Otro se empotró con el vehículo contra un árbol. Hubo ciertas dudas sobre si se trataba de un acto deliberado o de un accidente provocado por el agotamiento. Era un recién licenciado que llevaba tres semanas seguidas trabajando cien horas semanales.

La muerte de Lucy me llegó de verdad al alma cuando vi cómo retiraban su retrato al terminar el funeral. En ese momento, el entumecimiento que me había permitido controlar las lágrimas se desmoronó.

Cuando volví a la oficina después de las exequias me di cuenta de que habían vaciado por completo el escritorio de

Lucy. Lo único que seguía en su sitio era un viejo calendario con citas de Sun Tzu, colgado en el tabique divisorio.

Cuando le pregunté a Lucy por qué guardaba ese calendario de dos años atrás, me explicó que era un regalo de Vincent. Él le había dicho que a los de Wall Street les encantaba citar a Sun Tzu porque creían que les daba un aire de tíos duros, pero que Lucy era la única que se había tomado la molestia de leerlo y aplicar sus enseñanzas en el trabajo, lo cual la convertía en una genuina tía dura.

Al recordar aquella conversación me entraron ganas de llorar. Contuve las lágrimas mientras me dirigía a toda prisa al lavabo de señoras. Me encerré en un cubículo y sollocé hasta que el rímel empezó a deslizarse por mis mejillas. Tuve que desmaquillarme para poder salir del lavabo. Contemplé en el espejo mis ojos enrojecidos y el rostro demacrado. Incluso después de volver a aplicarme el pintalabios seguía teniendo un aspecto frágil y afligido.

Cuando volví a mi escritorio, me percaté de que el calendario de Sun Tzu había desaparecido del tabique de Lucy. Habían retirado el último vestigio que quedaba de ella. Tuve la sensación de que estaban borrando todo rastro de su paso por la oficina.

Me sentí aliviada cuando salí del edificio a la fresca tarde para pasear sola hasta el O'Dwyer's, donde Vincent nos había convocado para tomar unas copas en honor de Lucy. Había reservado un par de mesas grandes con banco corrido al fondo del bar irlandés de paredes con paneles de madera. Pidió algo de picar y una botella de whisky con la que fue sirviendo a la docena de personas que nos reunimos allí.

—¡Por Lucy! —brindó Vincent cuando llegó todo el mundo. Alzamos los vasos—. La vamos a echar de menos. Ojalá halle la paz que no logró encontrar en este mundo.

Siempre pensé que Lucy vivía en paz en este mundo. A su manera. Por eso no entendía por qué se había suicidado. Me extrañó mucho, sobre todo por lo que había comentado meses atrás acerca del suicidio del capataz de la fábrica. Que no le cabía en la cabeza que la gente pudiera quitarse la vida. Y ahora resultaba que ella había decidido dar el paso.

—Sara, parece que estás en Babia. —Jules tenía las mejillas sonrosadas por el alcohol.

—Me estaba preguntando cómo acabó Lucy en Stanhope —mentí—. No era precisamente el prototipo de candidato a entrar en la empresa.

—La trajo Vincent —explicó Jules—. Insistió en contratarla pese a que no parecía encajar. No cumplía ninguno de los requisitos, salvo el de la inteligencia, que en ella era estratosférica. Nadie sabe por qué la eligió. Y quizá el estrés derivado de no encajar acabó haciendo mella psicológica en ella.

Vincent la contrató por la sencilla razón de que Lucy era brillante. La apadrinó con una devoción nada usual en él. Por cargada que tuviese la agenda, siempre encontraba un hueco para reunirse con ella. En una ocasión, Sylvie me comentó que Lucy era el proyecto personal de Vincent, que se veía como su Pigmalión. Parecía celosa cuando me lo dijo.

Jules se inclinó hacia mí y me susurró al oído:

—Vincent se arriesgó al contratarla, pero la jugada le había salido bien, al menos hasta ahora. He oído que la junta de dirección está inquieta por la cobertura mediática que ha tenido el asunto. Se ha insinuado que el suicidio pudo deberse a un exceso de carga de trabajo, y este tipo de publicidad no es buena para la carrera de Vincent. Hasta ahora era ascendente, pero creo que eso está a punto de cambiar.

—Estoy segura de que la empresa sabe que las aportaciones de Lucy les han proporcionado muchísimos beneficios. Su trabajo ha sido muy lucrativo para ellos.

Él se encogió de hombros, como si no estuviese de acuerdo.

—Tienen poca memoria. Lo único que tienen ahora en la

cabeza son los titulares incómodos. Y eso no juega a favor de Vincent.

Yo no tenía la menor duda de que Vincent era consciente de que asumía un riesgo al contratar a Lucy. Ella no encajaba en el perfil de Stanhope. Los empleados representaban una marca, y eso significaba que tenían que dar el tipo. Con más de diez mil candidatos cada año, la empresa podía permitirse contratar a los que reunían ambas cualidades: inteligencia y buena presencia. Stanhope, tal como expresó de modo tosco un responsable de recursos humanos, podía permitirse tener el oro y el moro.

Lucy, sin embargo, estaba pálida porque pasaba poco tiempo al aire libre. Llevaba gafas gruesas porque era muy miope. Su corte de pelo no estaba a la moda y le añadía diez años. No había pisado un gimnasio en su vida, porque no le veía el sentido. Tal como dirían los de recursos humanos, era una pieza que no encajaba.

Observé a Jules, Sam y Sylvie mientras bebían en la larga mesa. ¿Por qué Lucy los temía tanto? No quería que se enterasen de que de vez en cuando veíamos una película juntas o pasábamos toda una velada escuchando su extensa colección de discos. Nuestra amistad parecía algo trivial, pero Lucy no quería que ellos se enterasen. Estaba empeñada en interpretar el papel de la rarita brillante, patosa y sin amigos.

Recordé lo que decía sobre mantenerlos desconcertados.

—Simulo ser débil para que ellos muestren su arrogancia —me dijo en una ocasión. Lo llamaba mecanismo de supervivencia. Por entonces me pareció propio de una paranoica. Ahora que los veía a los tres cuchicheando en la mesa, pensé que tal vez Lucy sabía más cosas de lo que parecía.

—¿Sabías que Lucy solo necesitaba dormir cuatro horas al día? —Sam interrumpió mis divagaciones.

—Es cierto —confirmó Vincent—. A menudo me la encontraba todavía trabajando por la mañana, con la misma concentración que la noche anterior. Tenía que insistirle en que se fuera a casa a descansar.

Propuso otro brindis.

—Lucy era callada y reservada, pero poseía una maravillosa ética de trabajo y con toda probabilidad ha sido la mejor analista con la que he trabajado. —Hizo una pausa—. Tuvimos mucha suerte al encontrarla. Por la mejor cerebrito del mundo de las finanzas. —Alzó la copa y los demás se le unieron.

—Vincent, ¿cómo diste con ella? —preguntó Sylvie—. Nunca has querido contárnoslo.

—La contraté en la propia universidad —respondió con un suspiro—. Ella estaba acabando el año final de un máster de Matemáticas. Yo daba allí una charla sobre oportunidades laborales para estudiantes de MBA.

Era uno de esos actos que organizaba el departamento de publicidad de Stanhope para que los alumnos los conocieran antes de que empezase el período de contrataciones.

Vincent nos contó que cuando llegó el turno de preguntas tras su conferencia, los alumnos se interesaron sobre los salarios iniciales y la formación. Hubo incluso una pregunta sobre cuántas horas se le pedía que trabajase a un recién licenciado. Nos dijo que entre todas las preguntas, hubo como mucho una más o menos inteligente. Cuando los demás acabaron, se alzó una mano al fondo del auditorio.

—Adelante —invitó Vincent—. Será la última pregunta. Tengo que volver al trabajo. Los mercados no descansan nunca. —El comentario provocó risitas.

—¿Es usted consciente de que, según la teoría del equilibrio de Nash, no tiene ningún sentido que la Compañía Minera Atlántica y el Conglomerado de Metales del Oeste se fusionen? —La voz que formulaba la pregunta sonaba adolescente. Todo el mundo se volvió para echar un vistazo a la chica ataviada con tejanos y un suéter de lana de un rojo intenso. Llevaba gafas y el cabello recogido detrás de las orejas, que le sobresalían un poco. Estaba en la butaca junto al pasillo de la última fila.

—Supongo que todo el mundo tiene su opinión al respecto —respondió Vincent—. Y usted parece tener una muy clara. Si se opone a una fusión, ¿qué propone como alternativa?

—No propongo nada —contestó ella, sorprendida—. Me da igual si dos empresas se fusionan o no. Sin embargo, si en lugar de fusionarse con la Minera Atlántica comprase Metales del Oeste, según mis cálculos, el precio de las acciones sería un dieciocho por ciento más alto. Y la cifra casi se doblaría pasados dos años. —Se hizo un silencio—. Obviamente, estos cálculos están basados en la información financiera de dominio público y en ciertas conjeturas sobre el futuro de los precios y la demanda de los metales. Tal vez haya otros datos de los que yo no dispongo que desmonten mi teoría. —Sus comentarios fueron seguidos por un profundo silencio, y después, poco a poco las cabezas volvieron a girarse hacia el estrado. Se oyó el sonido de varias personas reordenando papeles.

—Ya ha vuelto a la carga —comentó alguien, y hubo una oleada de risas.

—Quizá deberíamos hablar usted y yo después de esta charla para que me explicase su teoría —le sugirió Vincent.

Cuando terminó el acto, Vincent se vio rodeado de un montón de aspirantes a trabajar en Stanhope que querían impresionarlo y asegurarse de que se acordaría de ellos. Algunos le dejaron sus tarjetas con los datos de contacto. Él siempre las tiraba a la papelera, porque la experiencia le decía que un estudiante que ofrecía su tarjeta de visita siempre resultaba ser un tipo arrogante, presuntuoso y un potencial peso muerto si se le contrataba.

Guardó sus cosas en la cartera y echó un vistazo a la sala

para localizar a la alumna que le había formulado la última pregunta. Había despertado su interés, porque él había llegado a la misma conclusión cuando, varias semanas atrás, presentó varias opciones a la junta de dirección. Los jefes optaron por la fusión pese a que él aconsejaba otra vía.

Lucy, con la mochila colgada al hombro, daba la espalda a la masa de alumnos y leía un libro. Cuando Vincent se le acercó, vio el título en letras plateadas en el lomo. Era *Tío Vania*, de Chejov.

Levantó la vista de las páginas y miró a Vincent.

—¿Quiere saber cómo he llegado a esa conclusión?

—Sí, siento curiosidad —respondió él.

—Leí sobre el acuerdo en el *Wall Street Journal*. He estado poniendo a prueba la teoría del equilibrio de Nash aplicándola a situaciones reales. Pensé que este acuerdo podía ser un buen ejercicio, de modo que cogí los informes anuales de los últimos cinco años de ambas empresas, los comparé con otros informes de su campo de negocio y desarrollé varias proyecciones del precio potencial de sus acciones en función de cómo se estructuraba el acuerdo y del precio mundial de los metales. Si quiere, le puedo enseñar los cálculos y explicarle algunas cifras.

—Por desgracia ahora mismo no tengo tiempo —lamentó Vincent—. Ven a verme cuando te gradúes. Entonces podremos charlar.

—Me gradúo en dos semanas —le informó Lucy.

—Pues en ese caso, ven a verme dentro dos semanas —le propuso Vincent, y le dio su tarjeta. Fue la única tarjeta que ofreció tras el acto.

25

El ascensor

Vincent yacía boca abajo en el suelo de mármol del ascensor como un gigante desplomado. Sylvie gateó hasta él en la oscuridad. Le agarró el brazo y deslizó las manos por debajo hasta tocarle la muñeca. Tenía el pulso estable.

—Está vivo.

Sam notó el alivio en la voz de Sylvie mientras permanecía inmóvil, tumbado boca arriba, contemplando el vacío. Cada vez que parpadeaba, se preguntaba si estaba muerto. No había diferencia alguna entre tener los ojos abiertos o cerrados. La oscuridad era absoluta.

Temía moverse. Notaba que tenía el hombro en un ángulo extraño. Movió el brazo y de inmediato sintió un dolor tan atroz que se desmayó.

Sylvie se incorporó como pudo. Palpó las paredes del ascensor para avanzar sin caerse hasta las puertas de acero. Dio con el panel de control y pulsó de forma insistente el botón de emergencia que había en la parte inferior. No sucedió nada. El botón parecía suelto, como si no estuviera conectado con nada.

Cuando, tras presionarlo una docena de veces, no hubo respuesta alguna, Sylvie golpeó las puertas con las palmas de las manos.

—¡Ayuda! ¡Estamos encerrados! ¡Ayuda! —gritó. Siguió aporreando las puertas de acero y el ascensor se vio invadido por el frenético golpeteo de una percusión metálica—. ¡Que alguien nos ayude! ¡Necesitamos una ambulancia!

—No nos oye nadie —afirmó Jules—. Ayúdame a abrir las puertas, quizá nos oigan si gritamos por el hueco del ascensor.

Cada uno agarró el borde de una puerta e intentaron abrirlas, pero resultaba más difícil de lo que habían imaginado. Parecían pegadas entre sí con pegamento. Sylvie deslizó las manos por la ranura entre ambas. El esfuerzo de tratar de abrirlas le provocó una mueca de dolor. Tras varios esfuerzos logró quebrar el efecto de succión que las mantenía selladas. Deslizó el pie en el pequeño hueco creado. Jules y ella utilizaron todo el peso de sus cuerpos para empujar las puertas hacia los lados. Mientras lo hacían, notaron una ráfaga de aire frío que entraba desde el ventilado hueco del ascensor.

—¡Ayuda! —gritó Sylvie—. ¡Ayuda! —Lo único que oyeron fue el eco de su voz. Sonaba débil y patética.

Jules iluminó el hueco con la linterna del móvil. Esperaba descubrir el contorno de las puertas que daban a cada planta, que podrían abrir para salir en el piso que estuvieran. Pero no había ni rastro de puerta alguna, solo cemento.

—Estoy seguro de que habrán mandado a alguien a rescatarnos —afirmó Jules con más confianza de la que en realidad sentía.

—¿Oyes a alguien que venga a rescatarnos? —refunfuñó Sylvie—. Porque yo no. No oigo una puta mierda.

Se calló para escuchar. Lo único que oyeron fue el zumbido del sistema de ventilación que lanzaba el chorro de aire caliente y el silbido acerado de los cables que sostenían el ascensor. Lo cual no era nada prometedor.

—Los voy a demandar. Voy a demandar a quienquiera que sea el propietario de esta mierda de escape room. Voy a demandar a Stanhope por enviarnos aquí. Y a los propietarios del edificio. Los voy a joder vivos —vociferó Jules.

—No seas idiota.

Jules se calló. El que había hablado era Vincent. Estaba consciente.

—¿Estás bien? —preguntó Sylvie, acercándose a él para comprobarlo—. ¿Te has roto algo?

—Solo la cabeza —bromeó Vincent con voz débil. Se incorporó hasta quedar sentado y se frotó la nuca—. Jules, por una vez en tu vida deja de amenazar con mandar a todo el mundo a los tribunales. Las amenazas no nos van a llevar a ningún lado. Centrémonos en salir de aquí.

Vicent se agarró al pasamanos y se puso de pie. Las manos le temblaban por el esfuerzo que tuvo que hacer para incorporarse. Una vez erguido, sintió un mareo. Notó que le fallaban las piernas. Tuvo que reunir todas sus fuerzas para mantenerse en pie.

Agradeció la oscuridad. Gracias a ella nadie podía ver su estado, débil como un bebé. Se llevó la mano a la sien. El dolor de cabeza era insoportable.

—La pista que ha aparecido antes de que el ascensor se desplomase me resulta familiar —dijo con voz ronca.

—A mí no —respondió Sylvie. Jules miró las palabras, que seguían en la pantalla. «Deja que tus planes sean oscuros e impenetrables como la noche y cuando te muevas, cae como un rayo.»

—Yo tampoco lo he oído en la vida —afirmó Jules.

—Yo estoy seguro de que sí —insistió Vincent, y de nuevo se llevó la mano a la sien para detener las punzadas de dolor que le impedían pensar con claridad—. ¿Ninguno de vosotros sabe de dónde viene la frase?

—¿Y qué más da? Es obvio que el escape room ha tenido un fallo de funcionamiento —gruñó Jules—. Responder otra estúpida pregunta no nos va a sacar de aquí.

—La frase es importante —replicó Vincent. No sabía por qué, pero estaba seguro de que lo era.

26

Sara Hall

Un policía y un psicólogo especializado en duelos le llevaron a Cathy la nota de suicidio de su hija tres días después de la muerte. Esperaban que la abriera en su presencia y así poder consolarla.

Ella les ofreció un café que ellos rechazaron con mucha educación. Se quedaron en la casa un rato más, sentados en el borde del sofá y charlando de trivialidades. La mujer agarraba la carta con tal fuerza que tenía los nudillos blancos. Incluso cuando ya contemplaba desde la ventana de la sala cómo los visitantes se alejaban entre el denso tráfico de la hora punta, no hizo ademán de abrir el sobre.

Cuando desaparecieron de su vista, Cathy guardó el sobre cerrado en un libro que puso en un estante de su dormitorio. Una parte de ella tenía la esperanza de que, si no leía la carta, nada habría sucedido. Su hija aparecería por la puerta y le explicaría que todo había sido un malentendido.

Cathy abrió por fin el sobre tres días después, poco antes del alba tras otra noche en vela. Se dio cuenta entre la nebulosa del insomnio que no podría conciliar el sueño hasta que no leyese las últimas palabras de Lucy.

Se levantó de la cama y atravesó la penumbra hasta la estantería. El libro en que había guardado la carta se titulaba

Los grandes secretos de los maestros del ajedrez. Se lo había regalado a Lucy por su noveno cumpleaños.

Abrió el sobre sentada en el borde de la cama. El papel que contenía estaba plegado con escrupulosa precisión. No iba a ser la primera en leerlo, sabía por la policía que habían abierto la carta y la habían fotocopiado para la investigación. La idea de que alguien hubiera leído la carta de despedida de Lucy antes que ella la exasperó.

Tragó saliva mientras desplegaba la hoja de papel. Le temblaban las manos. La característica escritura pulcra de Lucy se emborronó ante sus ojos cuando empezó a llorar. Se secó las lágrimas con la manga de la bata de poliéster. Después se echó en la cama y se acurrucó con la carta aplastada contra el pecho. Se sentía perdida y sola. El sol empezó a iluminar la colada tendida en el tejado de la casa vecina.

Ese día, después de darle muchas vueltas, se decidió a telefonear a Vincent y le pidió verlo a la mañana siguiente. Quería comentarle algo.

Él le sugirió que quedasen en un café del centro, cerca de la óptica en la que trabajaba Cathy. Conociendo a Vincent, eligió de forma deliberada esa cafetería aséptica con cierto aire de café europeo porque quería evitarse una escena y no estaba seguro de qué pretendía ella ni de hasta qué punto podían desbordársele las emociones.

Como había sido una semana sin grandes bombazos informativos, el suicidio de Lucy seguía en el punto de mira de los medios. Un periódico publicó lo que llamó un «informe en profundidad» sobre la verdadera vida de los agentes financieros, la presión que soportaban y las inacabables jornadas laborales que los abocaban a morir jóvenes. En Stanhope no estaban muy contentos con toda esa atención. Detestaban ese tipo de publicidad. Y sobre todo, las estúpidas especulaciones de la prensa sensacionalista que provocaban la depreciación del elevado pedigrí de su marca.

Tal como Jules había predicho, en la empresa se produjo cierta hostilidad hacia Vincent tras el fallecimiento de Lucy. Él era quien la había contratado. Quien la había apadrinado. Debía cargar con cierta responsabilidad por las consecuencias de esa muerte y cualquier daño que se produjera en la primorosamente cuidada imagen de Stanhope.

Pero desde la perspectiva de Cathy, Vincent era la única persona de la empresa que actuaba de una manera decente y estaba dispuesto a ayudarla tras la muerte de su hija. Solo tenía otro contacto más con Stanhope, en la persona de una nada empática responsable de recursos humanos que la telefoneó para comentarle detalles relacionados con el seguro de vida de Lucy y presionarla para que acudiera cuanto antes a la oficina a recoger las pertenencias de su hija porque, según ella, no tenían sitio para almacenarlas.

—Gracias por aceptar que nos veamos aquí. —Cathy parecía nerviosa cuando se sentó ante Vincent. Su expresión severa y los penetrantes ojos azules podían resultar intimidantes. Ella estaba al final de la cincuentena, tenía el cabello negro rizado y llevaba gafas de montura de plástico de color morado intenso—. Ya sé que no te queda cerca y que debes estar muy ocupado —le dijo, y se sonrojó al percatarse de que estaba hablando más de la cuenta.

—Encantado de hacer lo que esté en mi mano para ayudarte —la tranquilizó Vincent—. Dime, ¿cómo estás? —En su mirada se veía interés.

—Voy tirando —respondió ella con voz temblorosa—. Suena tópico, pero no se me ocurre otro modo de seguir adelante. Es como ir avanzando muy poco a poco, hasta que te das cuenta de que, en efecto, estás caminando, pero no sabes cómo te las has arreglado para recorrer tanto trecho y tampoco sabes hacia dónde te diriges. Así es como me siento en estos momentos.

—Lo lamento —se limitó a decir él, pero con un tono cargado de comprensión.

Una camarera se acercó para tomarles el pedido. Vincent pidió café americano. Cathy un expreso doble. La cafeína se había convertido en sus muletas.

—Ojalá me hubiera dado cuenta de que Lucy estaba pasando una mala temporada —musitó Vincent cuando la camarera se alejó—. Habría hecho cualquier cosa por ayudarla.

—Lucy vino a verme el día antes de morir. Cuando entró en casa, yo me estaba secando el pelo. Dejó ropa y algunas cosas que quería donar a una ONG y se marchó —explicó Cathy—. Fue mi última oportunidad de verla con vida, pero yo no le presté atención porque me estaba secando el pelo.

—No puedes culparte por eso. No podías saber lo que iba a pasar. Nadie lo sabía. —La voz de Vincent quedó ahogada por el ruido de cubiertos mientras la camarera servía a una mesa próxima—. Tengo entendido que Lucy dejó una nota. ¿Proporciona alguna pista de su estado de ánimo? ¿Estaba deprimida? ¿Le preocupaba algo?

—Puedes leerla tú mismo. La he traído.

Cathy sacó la nota del bolso y se la tendió.

Mamá, por favor, perdóname. No es culpa tuya. Has sido la mejor madre que he podido tener. Siempre he tenido problemas para encajar y estoy cansada de intentarlo. He decidido abandonar esta vida. Nunca te lo dije lo suficiente, pero quiero que sepas que te adoro. Tu hija que te quiere,

LUCY

—¿No te parece raro? —preguntó Cathy cuando Vincent terminó de leer la nota.

—¿En qué sentido?

—Lucy nunca fue muy cariñosa. Nunca decía cosas como «te adoro». Yo sabía que me quería, pero nunca lo verbalizó. Y desde hace años no me llamaba «mamá», sino Cathy. Y nunca le preocupó lo más mínimo no encajar. Una vez me dijo que había demasiadas cosas interesantes que aprender sobre el mundo como para preocuparse de lo que pensaban los demás.

—Nunca tuve la sensación de que le preocupara demasiado ser aceptada —reflexionó Vincent, que seguía dándole vueltas a la nota.

—A eso me refiero —afirmó Cathy, alzando un poco la voz—. A Lucy le daba completamente igual si encajaba o no. Por eso la nota se me hace tan rara. Todo suena artificioso. Lucy no era nada sentimental. Su mente no funcionaba de ese modo. Créeme, soy su madre.

—¿Piensas que no la escribió ella? —planteó Vincent, incrédulo.

—La caligrafía es de Lucy. Sin duda la nota está escrita de su puño y letra —admitió—. Pero el lenguaje que usa… No son sus palabras. Tengo la sensación de que alguien, ya sé que parece de locos… Que alguien se la dictó. No me creo que escribiera esto por su propia voluntad.

Vincent no dijo nada mientras digería el inquietante comentario. Su rostro impasible no permitía dilucidar si consideraba que esas palabras eran simplemente las de una madre afligida incapaz de asumir la realidad o si podía haber algo de cierto en lo que acababa de decir.

—¿Le has comentado a la policía tus dudas? —preguntó por fin. Cogió la cucharilla y removió el café mientras aguardaba la respuesta de Cathy.

—Leí la nota por primera vez ayer. Telefoneé a la policía de inmediato. Les expliqué que la nota era demasiado emotiva, que Lucy jamás utilizaba este tono. Que era del todo impropio de ella escribir frases como las de la nota. No sonaban sinceras.

—¿Y qué dijeron?

—Que a veces la gente se pone sentimental cuando escribe notas de suicidio —respondió.

—Tal vez sea la explicación —dijo él, mirándola a los ojos.

—Tal vez. —Cathy se encogió de hombros, no muy convencida—. ¿Lucy te hizo alguna confidencia sobre algo que le preocupase en el trabajo? Necesito saber qué pasó antes de que muriera, porque todo esto no tiene ningún sentido. —Los hombros de Cathy se sacudieron por sus sollozos—. Tengo que encontrar una explicación a lo sucedido. Y por mucho que lo intente, no lo logro.

Vincent llenó un vaso de agua, se lo ofreció y la observó mientras bebía. Esperó a que se tranquilizase para volver a hablar:

—Yo era el mentor de Lucy y hablábamos con regularidad, pero siempre sobre el trabajo. Nunca de nada personal. Estuve fuera las semanas previas a su muerte. Esos días, mi único contacto con ella fue a través de videoconferencias. No es el contexto más adecuado para calibrar el estado de ánimo de alguien, pero no tuve la sensación de que nada fuera mal.

—¿Y alguna otra persona de la oficina? ¿Pudo hablar con alguien?

—Lucy era muy reservada —dijo Vincent sin irse por las ramas.

—¿No había nadie en quien confiase? —A Cathy se le quebró la voz al digerir las palabras de Vincent. Su hija se había pasado la vida luchando por hacer amigos. Ese podía ser el motivo del suicidio—. ¿No tenía ni una sola amiga en el trabajo?

—No, que yo sepa —respondió él, incómodo. Consultó el reloj. Cathy se percató de que la reunión estaba a punto de concluir—. ¿Puedo ayudarte en algo más? —preguntó Vincent.

—Tal vez en una cosa —contestó ella—. Alguien del departamento de recursos humanos me dejó un mensaje de voz pidiéndome que pasara a llevarme los efectos personales de Lucy.

—Haré que te los manden —dijo Vincent.

—Te lo agradezco. Mañana iré al piso de Lucy para recoger sus cosas. Si puedes pedir que me lo manden allí mañana, lo empaquetaré con lo demás para que se lo lleven los de las mudanzas —explicó—. El propietario ya ha encontrado un nuevo inquilino, de modo que tengo que sacarlo todo antes de este fin de semana.

—Puedo encargarme de contratar a una empresa de mudanzas que lo empaquete todo —propuso Vincent—, si no quieres tener que entrar allí...

—No —suspiró Cathy—. En algún momento voy a tener que enfrentarme con las cosas de Lucy. Es la única manera de cerrar el capítulo. Mañana he pedido el día libre en el trabajo para empaquetarlo todo. —Bebió un sorbo de café—. Si te soy sincera, estoy un poco nerviosa. Es la primera vez que voy a entrar después de lo sucedido.

—No deberías ir sola —opinó Vincent—. Una de las colegas de Lucy se ha ofrecido a ayudar en lo que haga falta. Seguro que puede ir a echarte una mano. Haré que ella te lleve los efectos personales de Lucy.

—Muy amable —respondió Cathy—. ¿Cómo se llama?

—Sara. Sara Hall. La enviaré mañana a última hora de la mañana.

27

El ascensor

El zumbido que retumbaba en los oídos de Vincent se mezcló con otro ruido. Un gemido de dolor. Gateó por el suelo hacia el punto del que partía ese sonido. Se trataba de Sam. Gimoteaba con un hilo de voz, como un perro herido.

—Sam —lo llamó Vincent en la oscuridad—. ¿Estás bien?

—No lo sé —respondió este sin dejar de apretar los dientes—. Me he roto algo.

Vincent se dejó llevar por los automatismos aprendidos en el ejército. La adrenalina le hizo olvidar sus propias heridas. Con suavidad, pasó las manos por el cuerpo de Sam y lo examinó a oscuras con la eficiencia de un experimentado médico en pleno campo de batalla. Sam se estremeció cuando Vincent llegó al hombro. No necesitaba verlo para saber que se lo había dislocado.

Lo que más le preocupaba era la posibilidad de que entrase en shock. Tenía el pulso débil. Estaba bañado en sudor y su respiración era dificultosa y superficial.

—Te has dislocado el hombro. No es grave —lo tranquilizó Vincent. El rictus serio de su rostro contradecía su tono despreocupado. Necesitaba que Sam se tranquilizase para que se estabilizasen sus constantes vitales.

—¿Me lo puedes…? —Se le quebró la voz cuando lo sacudió un espasmo de dolor.

—Sí. —Vincent se volvió hacia los otros—. ¿Alguien tiene pastillas, calmantes? Me da igual lo que llevéis encima, no os voy a juzgar.

—Yo llevo oxis en la cartera —respondió Sam con voz débil—. La tengo en el bolsillo trasero del pantalón.

Vincent le sacó la cartera con cuidado. En ella llevaba una fotografía de Kim con las gemelas en el regazo. Todas con el cabello muy rubio y con veraniegos vestidos de lino de tonos pastel. En el compartimento de las monedas encontró una bolsita transparente de cierre hermético con las pastillas verdes. Había una docena.

Le puso dos oxicodonas en la boca y le pidió que se las tragase con saliva. Le pareció una dosis suficiente de opioides como para resistir una amputación. Se sentó junto a Sam y esperó a que las pastillas hicieran efecto. Iba a necesitar la ayuda de los demás. No resultaría fácil recolocarle el hombro a Sam a oscuras y sin equipamiento médico.

Vincent apoyó el móvil contra la pared del ascensor para que la linterna le permitiera ver lo que hacía. Había trozos de cristal por el suelo en la zona donde Jules había roto el espejo de una patada. Arrastró los cristales hacia una esquina con el pie y permaneció junto a Sam.

—Jules, necesito que le agarres con mucha fuerza las piernas para que no pueda mover el cuerpo. Necesito tracción. —Luego se volvió hacia Sylvie—: Agárrale el brazo bueno y sostenle la cabeza lo mejor que puedas. No quiero que se la golpee contra el suelo y se haga más daño. ¿Lo podéis hacer?

—Sí —contestaron al unísono.

—Bien.

Vincent esperó hasta que Sam se adormeció y se le cerraron los ojos. Había llegado el momento. Se arremangó la camisa hasta los codos. Levantó el brazo de Sam y le sostuvo la muñeca con suavidad.

Incluso bajo los efectos de la oxicodona, Sam se estremeció cuando Vincent inició el proceso. Le giró el brazo con un movimiento continuo, ignorando sus gemidos amortiguados. Vincent se alegró de haber tenido a mano oxicodona, porque sin ella estaría retorciéndose de dolor.

Siguió girando el brazo de Sam hasta que le dolió el suyo por el esfuerzo. Fueron necesarios varios minutos de continuos movimientos hasta que por fin oyeron un leve chasquido. Por fin el hombro de Sam había vuelto a encajar en su sitio.

Vincent volvió a palpar a Sam para hacerle un reconocimiento. Este se estremeció cuando le tocó la parte superior del brazo. Lo tenía hinchado. Lo más probable es que se hubiera roto el húmero, lo cual sucedía a veces cuando se dislocaba el hombro. Vincent se quitó la camiseta y la rompió en tiras, que después ató entre ellas para fabricar un cabestrillo con el que inmovilizarle el brazo.

Una vez completada la tarea, cogió su abrigo para tapar a Sam, que tiritaba pese al calor. Luego cogió su maletín, lo puso en vertical contra la pared para que no se cayese y colocó los pies de Sam encima. Y por último, puso otro abrigo doblado debajo del brazo roto de Sam para mantenerlo también en alto.

—Creo que ya está. —Vincent sonaba más seguro de sí mismo de lo que en realidad estaba. Incluso si las constantes vitales de Sam se estabilizaban, necesitaba que un médico lo revisase cuanto antes con un aparato de rayos X para comprobar si tenía alguna hemorragia interna o cualquier otro tipo de complicación. Pero de momento el dolor de Sam estaba controlado y se había quedado profundamente dormido. Eso era mejor que nada.

Vincent estaba empapado en sudor. El chorro de calor que emergía del techo era incesante. Optó por no volver a ponerse la camisa y se quedó con el torso desnudo. Así se estaba algo más fresco.

—Lo único que parece funcionar en este ascensor es la calefacción —murmuró.

También él sufría un dolor intenso. Sentía terribles punzadas en la parte frontal del cráneo. Si tuviera que puntuar el dolor, diría que era de siete sobre diez. Le habría gustado tomarse una oxicodona para aliviar el sufrimiento, pero estaba casi seguro de que tenía una conmoción cerebral, y en ese caso era mejor mantenerse despierto. Se llevó las manos a la cabeza para tratar de aliviar el martilleo.

Cuando se sintió con ánimos, levantó la mirada y observó las letras rojas expandiéndose y retrayéndose en la pantalla hasta que le parecieron una ilusión óptica.

—«Deja que tus planes sean oscuros e impenetrables como la noche y cuando te muevas, cae como un rayo» —murmuró. Las palabras titilaron en la pantalla banca.

28

Sara Hall

Aunque le di algunas vueltas al asunto, nunca acabé de entender del todo por qué Vincent me envió a mí al piso para ayudar a Cathy a empaquetar las pertenencias de su hija fallecida. Tal vez fuese porque era la más joven del equipo. O quizá notase mi tristeza. La muerte de Lucy me afectó mucho.

Vincent no tenía ni idea de que Lucy y yo fuéramos amigas. Nunca entendí la insistencia de ella en mantener en secreto algo tan normal como que dos colegas queden para pasar un rato después del trabajo, pero nunca traicioné sus paranoicas reticencias a hacerlo público. Di por hecho que era una más de sus muchas rarezas.

Después de su muerte, me incomodaba comentar nuestra amistad. Se me antojaba oportunista. Como algo destinado a llamar la atención. No quería entrar a formar parte del grupo de colegas de Lucy que en vida no le habían hecho ni caso y ahora pretendían haber sido sus mejores amigos y defensores. Fue justo lo que hicieron Jules, Sam y Sylvie después de años de comportarse de un modo cruel con ella, cada uno a su retorcida manera.

Vincent me llamó a su despacho aproximadamente una semana después de la muerte de Lucy. No esperaba que me convocase, era algo del todo inusual. No presagiaba nada bueno. En el día a día solía despachar con Sam o Jules, o con Sylvie cuando se dignaba a hablar conmigo. Y eran ellos los que hablaban directamente con Vincent.

Entré en su despacho indecisa y nerviosa. Temía que me hubiera convocado para informarme de que estaba despedida. Un treinta por ciento de los recién licenciados que se incorporaban a la empresa no superaban el primer año, y yo estaba cerca de llegar a ese hito. La mayoría desaparecían a los pocos meses. O bien los despedían de manera fulminante, o bien les asignaban fatigosas tareas rutinarias como paso previo. En algunos casos, no recibían ni un dólar de bonificación, lo cual era una forma sutil de indicarles dónde estaba la puerta.

—Sara —me saludó Vincent con tono grave mientras lanzaba las gafas de leer de montura metálica sobre una pila de carpetas. Me senté frente a él y me preparé para recibir malas noticias. Él se apoyó en el respaldo de su silla y me miró desde el otro lado del escritorio—. Necesito que me hagas un favor.

—Por supuesto —respondí aliviada—. Lo que necesites.

Y lo decía en serio. Sabía muy bien que, si él no me hubiera contratado, todavía estaría sirviendo mesas en el Rob Roy. Y era muy consciente de que también él lo sabía. A veces pienso que por eso me contrató, le gustaba la idea de que yo tendría con él una deuda de gratitud que me convertiría en alguien eternamente leal. Así es como los poderosos construyen sus imperios.

—He prometido que mañana enviaría los efectos personales de Lucy a su piso. Cathy, su madre, estará allí empaquetando sus cosas antes de que vengan los de la mudanza —me explicó—. Supongo que para ella va a ser muy traumático, porque Lucy murió en ese piso. ¿Te importaría echarle una mano? ¿Ofrecerle un hombro en el que llorar si lo necesita? No tiene a nadie que la ayude, estaban ellas dos solas. —Vincent se aclaró la garganta y continuó—: Sara, lo consideraré un favor personal. No tienes por qué hacerlo. No es algo que forme parte de las atribuciones de tu trabajo. Obviamente, podríamos contratar una empresa de mudanzas que la ayudase a empaquetarlo todo, pero no creo que ese sea el tipo de ayuda que necesita Cathy. Lo que necesita es apoyo emocional.

—No tengo ningún problema en ir —declaré—. ¿A qué hora debería estar allí?

—Uno de nuestros chóferes va a llevarle los efectos personales de Lucy mañana a las diez. Hablaré con él para que te recoja en tu casa de camino. Gracias. —Desvió la mirada hacia la pantalla del ordenador. La conversación había concluido. Me dirigí hacia la puerta del despacho.

—Oh, Sara, una cosa más —añadió cuando estaba a punto de salir. Me volví, con la mano en el pomo de la puerta ya abierta, y esperé a ver qué me tenía que decir.

—Si en el piso de Lucy encuentras papeles o carpetas de la empresa, por favor, asegúrate de traerlos de vuelta a la oficina. No queremos que ande circulando por ahí ningún tipo de información confidencial. —Vincent no apartó los ojos de la pantalla. No me miró mientras me hablaba.

—Ningún problema —le aseguré antes de cerrar la puerta.

A la mañana siguiente llegué al piso de Lucy vestida con tejanos y camisa de cuadros, cargando con la caja que contenía sus objetos personales recogidos en Stanhope. La puerta de la entrada estaba entreabierta. La empujé. La madre de Lucy estaba completamente inmóvil en el sofá de la esquina, con una taza de humeante café entre las manos. Parecía una figura de cera en un museo. Tenía la mirada perdida. Y como quebrada.

Por supuesto, Cathy no había empaquetado nada. Las cajas de la empresa de mudanzas permanecían sin montar, apiladas en el rellano. Ni siquiera había cortado el cordel que las unía.

—¿Quién eres? —me preguntó Cathy con voz aturdida cuando me vio plantada en el umbral.

—Vincent me ha pedido que venga —dije a modo de presentación—. Soy Sara. Lucy y yo éramos colegas. Siento muchísimo su pérdida.

Cathy asintió con un movimiento lento antes de percatarse de la gran caja que llevaba en las manos.

—Déjala ahí. —Señaló la alfombra que había junto a la mesa del comedor—. Gracias. Es muy amable de tu parte venir aquí —añadió cuando dejé la caja en el suelo—. ¿Quieres que te prepare un café antes de marcharte?

—No es necesario, gracias. Ya me he tomado uno. Además, no he venido solo a traerte las cosas de Lucy. Estoy aquí para ayudarte a empaquetar. Si quieres que te ayude, claro.

—Eres muy amable, pero seguro que tienes asuntos más importantes que atender.

—La verdad es que no —respondí. En realidad tenía que terminar un informe de cuarenta páginas para el día siguiente, pero no se me ocurría nada más importante que ayudar a Cathy—. ¿Por dónde quieres que empiece?

—La verdad es que no sé por dónde empezar. —Cathy estaba confusa, apabullada—. Lo he dejado para el último momento. Tendría que haber llenado las cajas hace días, pero la policía aún mantenía la cinta en la puerta y no me dejaban pasar... —Su voz se fue apagando. Miró al suelo, donde había un montón de cinta policial tirada—. Cuando por fin pude entrar, estaba demasiado ocupada hablando con el forense y organizando el sepelio.

El entierro de Lucy fue una ceremonia íntima. La incineraron. La única persona de la empresa que estuvo presente fue Vincent, no se invitó a nadie más.

—Una nunca piensa en todo lo que hay que hacer cuando una persona... —Era incapaz de pronunciar la palabra—. He llegado hace una hora. Estaba decidida a ponerme a llenar cajas sin dejarme vencer por la emoción —aseguró Cathy—. El propietario necesita el piso vacío este fin de semana. Cuando he entrado, no sabía por dónde empezar. Y entonces me he dado cuenta.

—¿De qué?

—De que las cosas de Lucy parecen revueltas.

—Supongo que la policía habrá revisado todo el piso —dije, señalando la cinta policial que seguía pegada en la puerta del baño.

—Se lo pregunté. Me dijeron que no habían tocado el armario. Me explicaron que los forenses se habían centrado en el lavabo, donde Lucy... —Le falló la voz—. El armario del dormitorio es un caos. Ella jamás lo tendría así. Siempre tenía los estantes ordenados como si fueran de una tienda. ¿Sabías que estaba dentro del espectro autista?

Asentí.

—Sí, lo sabía.

—También era daltónica. Yo me pasaba por aquí para ordenarle la ropa y que no llevase al trabajo por accidente una combinación de colores chirriante. Le colocaba las prendas en un determinado orden, para que supiera qué blusa combinaba con qué traje. Ella cuidaba mucho eso. No quería parecer fuera de lugar en la oficina. Pero cuando he mirado el armario, no había orden alguno. Todo estaba... —Cathy hizo una pausa, sin saber qué palabra utilizar para describirlo—, amontonado de cualquier manera. Lucy era muy puntillosa. Jamás lo habría dejado así.

Cathy tenía razón. Lucy tenía el armario organizado con precisión militar por su daltonismo, pero también porque era incapaz de vivir con desorden. Solo distinguía el negro, el blanco, el rojo y los tonos de rosa. Había pegado etiquetas con los nombres de los colores en los estantes del armario Yo lo sabía porque en una ocasión me pidió que la ayudase a ordenar la colada siguiendo ese sistema.

Abrí las puertas del armario de Lucy y me quedé tan perpleja como su madre cuando vi el estado en el que estaba. Había prendas mal colgadas en las perchas, otras hechas un ovillo en los estantes y algunas por el suelo. Y todos los colores estaban mezclados.

—¿Qué más tiene un aspecto inusual?

—La estantería —contestó Cathy, señalando el mueble blanco que iba del suelo al techo y ocupaba toda una pared de la sala.

Lucy tenía una amplia colección de libros, vinilos y CD disc. Eran su pasión. Tenía los libros ordenados por categorías, y dentro de cada una, por tamaño. Al echarles un vistazo de cerca, me di cuenta de que alguien había sacado algunos de la estantería y los había recolocado en un sitio incorrecto. Esta falta de orden habría sacado de quicio a Lucy. Era tan obsesiva con eso que yo jamás me atreví a coger un libro; si quería que me prestase uno, le pedía a ella que lo sacase del estante.

—La policía cree que ha sido un suicidio. Si están en lo cierto, ¿por qué he encontrado vasos y platos rotos en el cubo de basura? ¿Por qué en el armario despensa estaba todo revuelto? Era muy obsesiva con el orden de cada cosa, desde las cazuelas y las sartenes hasta los cereales del desayuno.

—¿Es posible —elegí las palabras con sumo cuidado— que el estado emocional de Lucy fuera errático antes de morir? ¿Que no mantuviese el orden habitual en el piso?

—Para nada —respondió Cathy—. Esto es lo más raro de lo sucedido. Las semanas previas Lucy estaba muy animada. Me contó que había ido a ver una exposición al Met que la había entusiasmado. Había quedado fascinada. Y la volvía a ver cada fin de semana.

—Debió de ser la exposición de Da Vinci —dije. Cathy me miró de un modo raro—. De hecho, la primera vez que la vio fue conmigo —le expliqué—. Ella se quedó hasta que cerraron y después me mandó un mensaje de texto para contarme que pensaba volver.

—Entonces, Lucy y tú erais amigas —musitó Cathy, aliviada.

—Sí, lo éramos.

—Dime, ¿pasó algo en el trabajo que la alterase?

—No lo sé —respondí—. Las semanas anteriores a su muerte estuve trabajando desde nuestra oficina de Seattle y apenas hablamos. —En ese momento rompí a llorar. Desde que me enteré de lo que le había pasado, me atormentaba la dolorosa idea de que, si hubiera estado más cerca de ella, las cosas no habrían acabado así—. Lo siento —dije, secándome las lágrimas con el dorso de la mano—. He venido aquí a ayudarte a empaquetar. Pongámonos manos a la obra.

Entré las cajas plegadas y las monté con cinta de embalar. Trabajamos juntas y empezamos envolviendo la vajilla en papel de periódico. Mientras lo hacíamos, Cathy me contó la difícil infancia de su hija. La había criado sola, después de que su marido las abandonase por otra mujer. No había sido fácil para ninguna de las dos.

Los profesores de Lucy decían que iba muy rezagada con respecto a los compañeros de clase y no parecía entender las lecciones. Ya desde pequeña, la niña apenas hablaba y casi nunca se relacionaba con los profesores o los otros chiquillos. En el colegio querían que repitiera un año, y acabaron sugiriéndole a su madre que la matriculase en un centro para alumnos con necesidades especiales.

A Cathy eso le pareció muy extraño, porque sin que nadie se lo enseñara, desde los dos años Lucy era capaz de recitar el alfabeto empezando por el final. En una ocasión, en el supermercado, le dijo de pronto a su madre cuánto costaría lo que llevaban en el carrito a rebosar antes de que la cajera lo sumase. Acertó hasta el último céntimo. Entonces tenía siete años. Cathy la llevó a una psicóloga para que la evaluase.

La conclusión fue que Lucy tenía un coeficiente intelectual de 151. La niña le dijo a la psicóloga que en clase se aburría y se pasaba la mayor parte del tiempo resolviendo problemas matemáticos mentalmente. Con siete años y sin que nadie se lo hubiera enseñado, era capaz de descifrar ecuaciones de segundo grado.

—La psicóloga estaba perpleja de que aquella niña callada que jugaba en la alfombra de su consulta tuviese el nivel de inteligencia de un genio —me contó Cathy mientras guardaba en una caja pequeña los platos envueltos en periódico—. Tienes que pensar que, en aquella época, el nivel de conocimientos médicos sobre los niños como Lucy no era el de hoy.

Lo que los profesores malinterpretaban como retraso de aprendizaje era en realidad una propensión a internalizar sus procesos mentales. A Lucy le diagnosticaron un autismo de alto funcionamiento, lo cual explicaba sus escasas habilidades sociales, la naturaleza obsesiva y su hiperconcentración. También su brillantez.

Lucy no cambió de colegio, pero le dieron permiso para sentarse al fondo de la clase, donde podía trabajar por su cuenta con libros de problemas matemáticos avanzados y otros temas que estaban muy por delante del curso en el que estaba. A los demás niños les parecía rara. A los profesores, poco participativa. Así que optaron por dejarla a su aire.

—Gimnasia era la única asignatura que Lucy no aprobaba —me explicó Cathy mientras empezábamos a meter en las cajas las cosas de la despensa—. No tenía ningún interés en correr o dar patadas a una pelota. Era patosa y tenía una mala coordinación entre vista y manos. Por eso su repentino entusiasmo por el deporte me cogió por sorpresa. En cierto modo, fue la clave de su éxito en el colegio —me siguió contando mientras metíamos en grandes bolsas de basura la comida perecedera.

Una soleada tarde de miércoles, durante la secundaria, Lucy descubrió su pasión por el deporte. Estaba sentada en la banda, viendo a sus compañeros de clase jugar al baloncesto. El profesor de educación física, el señor Mason, ya sabía que lo mejor con esa niña era permitir que se dedicase a sus cosas durante la clase. Hacía tiempo que había dejado de intentar que participase.

Mientras Lucy miraba el partido de baloncesto, le pareció muy interesante calcular cuántas veces podía marcar un jugador desde un determinado punto. Empezó a anotar en una libreta las posibilidades de que un tiro entrase en la canasta teniendo en cuenta el jugador, su ubicación, la proximidad de los defensores y varios factores más.

Anotó sus cálculos y se los enseñó al entrenador explicados en varios gráficos. De inmediato le ofrecieron el puesto de encargada de las estadísticas del equipo. Nunca antes habían tenido esa figura, al fin y al cabo solo era un equipo escolar.

Lucy demostró ser tan brillante calculando con anticipación los resultados de los partidos que el entrenador no tardó en consultarle las alineaciones y las estrategias en los descansos.

—El equipo del colegio pasó de encadenar derrotas a meterse en las finales por primera vez en una década. En buena parte, fue gracias a Lucy —me explicó Cathy.

La experiencia de trabajar con el equipo de baloncesto le enseñó la importancia de la interacción social. No tanto porque ella desease esa interacción, sino porque le ayudó a entender los beneficios de ser capaz de conectar con las personas de su alrededor. Se ganó el reticente respeto de los compañeros de clase. Dejaron de empujarla y de burlarse de ella por los pasillos del colegio.

Lucy aprendía rápido. Paso a paso, durante los años escolares, fue aprendiendo a escenificar las convenciones sociales. A saber qué decir en un abanico de circunstancias. Asimiló los tonos que se podían utilizar en esas situaciones y las respuestas adecuadas a las preguntas más habituales. Seguía siendo incapaz de hacer verdaderos amigos y de interactuar socialmente, pero su papel en el equipo de baloncesto le sirvió para integrarse en el mundo.

—Su aprendizaje fue largo —continuó Cathy—. Trabajar en Stanhope suponía un reto diario. Cada minuto que pasaba allí, estaba fuera de su zona de confort.

—¿Nunca pensó en buscarse otro trabajo en algún sitio más acogedor? —pregunté, pensando que el entorno de Stanhope resultaba hostil incluso para personas más equilibradas.

—Le encantaba el trabajo. Le parecía fascinante. Y tenía apoyos. Vincent siempre se portó bien con ella. La protegía —me aseguró.

Cathy estaba guardando varias latas para darlas a beneficencia. Saqué el especiero de madera del armario y lo puse en la encimera. Las especias estaban organizadas en orden alfabético: canela, cardamomo, cayena, y así sucesivamente. Cathy les echó un vistazo y se echó a llorar.

—Lucy siempre organizaba las cosas por orden alfabético cuando estaba estresada. Algo le pasaba, estoy segura. Nada de todo esto tiene sentido. —Cathy señaló un tendedero plegable en la esquina de la sala, del que todavía colgaba ropa—. La colada está colgada tal como la dejó —me comentó, mirándome a los ojos—. ¿Por qué iba a hacer la colada, tenderla y después suicidarse?

Yo sabía a qué se refería. También me había extrañado que Lucy llenase la nevera de yogures y una enorme botella de leche de tres litros la mañana del día en que se suicidó. La cuenta del supermercado estaba colgada con un imán en la puerta. Pero no quise comentárselo a su madre para no alterarla más.

Cathy se sentía visiblemente aliviada por contar con alguien que le iba diciendo qué hacer. Tiramos a la basura la mayor parte de la comida y empaquetamos los productos sin abrir para donarlos a un comedor social.

—Sobre todo las especias —insistió Cathy—. A Lucy le habría encantado saber que sus especias iban a parar a una buena causa.

Cuando acabamos en la cocina, pasamos al dormitorio. La cama estaba hecha, con las almohadas perfectamente ahuecadas y la colcha de rayas verdes estirada sin una sola arruga.

Cathy sacó toda la ropa de Lucy y la metió en una caja para donarla. En la cómoda había una foto enmarcada de madre e hija, en la que Lucy debía de tener unos diez años. Llevaba el pelo largo y con flequillo. Cathy parecía una versión más joven de sí misma y lucía unos grandes pendientes. Envolvió la fotografía en plástico con burbujas y se la guardó en el bolso.

Evitó en todo momento entrar en el lavabo en el que había muerto Lucy. Era la única habitación con la puerta todavía sellada con cinta policial. Yo tampoco quise entrar.

—Ya se harán cargo las limpiadoras cuando vengan el viernes —dijo Cathy—. Les he dicho que lo tiren todo.

Acabamos de sacar las cosas de Lucy del dormitorio, donde solo dejamos el colchón y el somier. A continuación entramos en la sala, donde Cathy envolvió el ordenador en plástico acolchado y lo guardó en una caja aparte con el ratón y toda la parafernalia informática. Lo más fatigoso fue la estantería. Estaba hecha a medida para guardar la extensa colección de libros y discos de Lucy.

—Tiene más libros en casa —me explicó Cathy—. Tengo la habitación de invitados llena de sus libros y discos. No sé qué voy a hacer con ellos.

Hicimos dos pilas en el suelo. En una fuimos poniendo los libros que Cathy quería conservar y en la otra los que donaría. En cuanto a los vinilos, se los quería quedar todos. Algunos, según me dijo, eran piezas de coleccionista.

—¿Por qué no echas un vistazo, por si encuentras algún libro que te apetezca quedarte? —me propuso.

Cogí un par de novelas que hacía tiempo que quería leer y un ensayo del que Lucy me había hablado maravillas. Metí el resto en cajas. Lo último que quedaba por empaquetar era una pila de cuadernos de dibujo de diversos tamaños. Encima de ellos había una caja de plástico translúcido en la que Lucy guardaba los carboncillos y el material de dibujo.

—A Lucy le encantaba dibujar —comentó Cathy mientras ojeaba los bosquejos del cuaderno de gran tamaño que estaba sobre los demás. Los miré por encima de su hombro. Eran bocetos de calles de la ciudad, de músicos callejeros tocando la guitarra. Había uno de un hombre bailando break-dance en el que Lucy había captado la esencia del movimiento con unos pocos trazos hechos con plumilla.

En otro cuaderno, Lucy había abocetado con carboncillo a los animales del zoo, incluida una serie dedicada al solitario leopardo de las nieves. Me vino a la memoria lo que me dijo aquel día, que el leopardo de las nieves le recordaba a Vincent. Había también un esbozo de un gato acurrucado en un sillón. Cathy me explicó que era el suyo y que Lucy lo había dibujado una tarde en que la visitó meses atrás.

—Tenía mucho talento —dije, mientras me acuclillaba para meter una pila de libros en una caja.

—Oh, desde luego que sí. Lucy era muy...

Oí un repentino grito ahogado, seguido por el ruido del cuaderno al golpear contra el suelo.

Me volví. Cathy estaba lívida. Se tambaleaba como si estuviera a punto de desmayarse. Se movió con prudencia hasta que logró sentarse en un sillón.

—¿Qué pasa? —le pregunté, acuclillándome junto a ella—. ¿Estás bien? ¿Quieres que te traiga un vaso de agua?

—Estoy bien —respondió con la voz entrecortada y tapándose la boca con la mano—. Tengo un medicamento en el bolso. En el bolsillo interior.

Abrí la cremallera y le tendí un blíster con pastillas para la tensión arterial. Eran finas como obleas y Cathy se tragó una sin necesidad de agua. Todavía temblaba, pero el color empezaba a volverle a la cara.

—Siento haberte asustado —se disculpó, todavía aturdida.

Tenía los ojos como platos. Las pupilas dilatadas. Me miró como si estuviera a punto de decirme algo muy importante. Noté una sombra de duda en sus ojos y supe que había cambiado de opinión. Me incliné para recoger el cuaderno. Antes de que pudiese abrirlo, me lo quitó de las manos y lo metió en una caja.

29

El ascensor

Sylvie miraba tan fijamente las palabras en la pantalla que casi le pareció que cobraban vida propia. Percibía el engranaje en movimiento de la mente de Vincent tratando de resolver el acertijo.

Ella ya no tenía el menor interés en resolver más enigmas del escape room. Lo único que quería resolver era el problema mecánico que les impedía salir de allí. A esas horas ya debería estar en la sala de espera de primera clase del JFK, a punto de tomar su vuelo a París.

En lugar de eso, ahí estaban todos metidos en lo que, si una lo pensaba fríamente, era una lata de sardinas. Aislados del mundo exterior. Hasta el momento nadie de la empresa que gestionaba la actividad o del equipo de mantenimiento del edificio se había puesto en contacto con ellos. Eso la asustaba más que la idea de estar colgados de unos cables de acero, probablemente a varios cientos de metros del suelo. No podía hacer otra cosa que tener paciencia.

Ella sabía lo que era ser paciente. Se había pasado la vida perfeccionando el arte de la paciencia. Cuando era niña, a su padre lo destinaron a Nueva Deli como agregado comercial de la embajada estadounidense. En verano, el calor era insoportable. Su madre, Marianne, había sido bailarina de ballet de cierto éxito en una compañía de segundo nivel en Boston.

Jamás se adaptó ni al calor ni a la vida recluida de esposa de diplomático. Ambas cosas le parecían opresivas.

Marianne utilizaba cualquier excusa que se le ocurría para volver a casa, hasta que acabó pasando más tiempo en Boston que con su familia en India. Al final, su madre se largó con un novio y dejó a Sylvie y su hermano gemelo Carl a cargo de su padre. La siguiente vez que Sylvie la vio fue cuando se le acercó en el cementerio durante el funeral de Carl. Sylvie le dio la espalda y se alejó de ella.

Intentaba no pensar en Carl. Se pasó años evitando recordar la noche que murió su hermano. Pero en la oscuridad y con el silencio del ascensor inmóvil no había muchas distracciones, de modo que no pudo evitar que aflorara el recuerdo.

Carl había pillado un resfriado de campeonato. Quería quedarse en casa, en la cama. «Teníamos un trato —engatusó Sylvie a su gemelo—. La semana pasada te acompañé a tu fiesta. Ahora es mi turno.» Carl ya tenía carnet de conducir; Sylvie todavía se estaba preparando para sacárselo. Necesitaba que su hermano la llevase en coche a la fiesta.

Carl cedió, como solía hacer. Adoraba a su hermana. Sylvie le dio un antigripal para aliviarle los síntomas. Ninguno de los dos se percató de que la pastilla que le ofreció era para tomar antes de acostarse. Contenía un antihistamínico que producía somnolencia, sobre todo si se mezclaba con alcohol.

Cuando llegaron a la fiesta, había gente bañándose en la piscina, algunos con la ropa puesta porque los habían empujado. Otros estaban estirados en las tumbonas, bebiendo cerveza de un barril.

Sylvie buscó a Alex bajo el resplandor de las luces tras las que se extendía un cielo azul oscuro lleno de estrellas. La música sonaba con estruendo y algunos invitados bailaban junto a la piscina. Alex era su último amor y el motivo por el cual había insistido tanto en ir a la fiesta. Alguien le sirvió una cerveza, y después llegó otra. Luego siguieron las rondas de chupitos. Con tantos tragos, se olvidó por completo de Alex.

Cuando Carl la localizó, estaba bailando con un tío llamado Gary. Era un mal bicho que trapicheaba con drogas en el colegio al que iban todos. De haber estado sobria, ni se hubiera acercado a él.

«Vámonos» le pidió Carl, tirando de ella pese a sus protestas de borracha. La ayudó a subir al coche. Sylvie estaba tan perjudicada por el alcohol que no se dio cuenta de que Carl también estaba grogui. Él se había bebido dos copas de ron con cola, una combinación fatal con el antihistamínico.

Mientras volvían a casa, Carl se durmió al volante. El coche se salió de la carretera y cayó por un terraplén. Sylvie estaba demasiado ebria como para hacer otra cosa que registrar en su mente de forma difusa que iban a toda velocidad en dirección a unos árboles. Se estrellaron con gran estruendo contra un enorme roble. La colisión aplastó la parte frontal del vehículo. Sylvie se desabrochó el cinturón de seguridad y salió gateando.

Olió el fuego antes de verlo. Dio por hecho que Carl también estaba saliendo del coche. Una chispa le prendió la blusa y apagó las llamas con furiosas palmadas. No se dio cuenta de que Carl no había logrado salir. El crepitar de las llamas era tan estruendoso que no oyó los gritos pidiendo auxilio.

Cuando se volvió para buscar a su hermano, vio que seguía sentado tras el volante, luchando desesperadamente por salir. Las llamas ya devoraban el capó del coche. Cuando logró llegar hasta la puerta de Carl, ya era demasiado tarde. La manilla quemaba y había llamas por todas partes. La última imagen que le quedó grabada fue la de Carl mirándola impotente entre las llamas anaranjadas.

Su padre y su psiquiatra insistieron en que no tenía la culpa de la muerte de Carl. Pero ella sabía que no era cierto. De haber puesto verdadero empeño, podría haberlo salvado.

Sylvie se pasó varias semanas en la unidad de quemados del hospital. Los primeros días su padre ordenó retirar el televisor y les prohibió a las enfermeras que le trajeran a su hija nada para leer que no fuera la pila de libros que dejó para ella. No quería que viera lo que decía la prensa sensacionalista del accidente.

«Modelo adolescente sufre quemaduras de tercer grado y su hermano gemelo fallece en un brutal accidente.» Uno de los titulares más desagradables decía algo así como «Modelo corre para salvarse y deja que su hermano gemelo arda vivo.» Siempre utilizaban la misma fotografía: la portada de una revista en la que aparecía Sylvie en la orilla de una playa de Bermudas, con un biquini blanco y haciendo un mohín a la cámara.

Le llevó años asumir lo que le había hecho a Carl. Consciente o inconscientemente, eso daba igual. No era más que un matiz. Había matado a su hermano, igual que si le hubiera clavado un cuchillo.

A veces le parecía liberador saber de lo que era capaz. Una vez que una persona ha matado, no le resultará tan difícil volver a hacerlo.

30

Sara Hall

Unos dos meses después de la muerte de Lucy, Amanda, mi compañera de piso, me convenció de que la acompañase a una fiesta. Amanda era consultora de gestión en Big Three. Le encantaba el trabajo, pero llevaba mal lo de tener que viajar tanto. Pasaba fuera de casa tres de cada cuatro semanas. Cuando volvía, aparecía un viernes por la noche y el domingo por la tarde ya se marchaba de nuevo.

Al entrar a trabajar en la empresa ya sabía lo sacrificado que era. No paraba de viajar. Y como todo en la vida, no tardó en descubrir que había una gran diferencia entre la teoría y la realidad.

—Al cabo de un tiempo, lo de viajar en primera y alojarse en hoteles de cinco estrellas deja de ser una novedad —me contó cuando yo hice mi primer viaje de negocios para Stanhope. Y tenía razón. El fulgor se apagó enseguida.

Las continuas ausencias de Amanda significaban que la mayor parte del tiempo tenía el piso para mí sola. Fue un lujo que al principio saboreé, sobre todo después de la desastrosa experiencia con Stacey, mi compañera de piso en Chicago. Pero tras la muerte de Lucy el piso empezó a parecerme frío e inhóspito, con esos muebles producidos en cadena y esos anodinos pósteres impresos en serie que parecían succionarme la vida.

No me gustaba pasar mucho rato en casa. Era un sitio para dormir y poco más. Prefería estar en la oficina o machacándome en el gimnasio hasta quedar empapada en sudor. Así evitaba tener que afrontar lo que le había sucedido a Lucy.

Rechacé invitaciones a copas después del trabajo y apenas iba a fiestas. En una ocasión, Vincent me dejó en el escritorio entradas para el estreno de *Hair* en Broadway. Tuve la sensación de que era una manera de agradecerme el haber ayudado a la madre de Lucy. Cogí las entradas, pero al final cambié de opinión y se las regalé a una pareja con la que coincidí en el ascensor de mi edificio. Se quedaron pasmados por su buena suerte.

Preguntas del tipo «¿Y si...?» sobre Lucy me reconcomían la conciencia como gotas de ácido sulfúrico. ¿Y si no me hubiera presentado voluntaria para ir a Seattle para echar un cable en una oferta por una compañía minera de Alaska? ¿Y si hubiera estado cerca de ella esos últimos días antes de su muerte? ¿La historia habría acabado de otro modo?

La pregunta más incómoda estaba relacionada con una llamada que recibí unos días antes de su fallecimiento. Estaba trabajando contrarreloj en nuestra oficina de Seattle para presentar la oferta y no me di cuenta de que me sonaba el teléfono. Era muy temprano en Nueva York cuando por fin miré el móvil y vi que tenía dos llamadas perdidas de Lucy hechas con un minuto de diferencia.

Pensé que lo primero que haría en cuanto me despertara a la mañana siguiente sería telefonearla, pero me vi engullida por la vorágine de resolver una docena de pequeñas crisis que ponían en peligro la firma de la compra. Cuando, ya por la tarde, pude encontrar un momento para llamarla, no me respondió.

¿Y si hubiera contestado a las llamadas de Lucy? Ella no era muy aficionada a hablar por teléfono, prefería los mensajes de texto. Que me hubiera llamado no una, sino dos veces, sugería que algo iba muy mal. Debería haber hecho el esfuerzo de atenderla. Ojalá hubiese pensado más en mi amiga que en mi carrera.

Hice todo lo posible por borrar la sensación de culpa que me atormentaba. Trabajé más horas. Me machaqué con la bicicleta estática y las máquinas hasta que apenas podía moverme, salvo para regresar a casa, ducharme y quedarme de inmediato dormida por el agotamiento.

Una noche, a media semana, al volver a casa me encontré con las luces encendidas. En la sala se oía suave música de jazz. Amanda había regresado. Oí que alguien cortaba verduras en la cocina. Uno de los muchos talentos de Amanda era su enorme nivel como cocinera.

—He preparado *frittata* de salmón y ensalada —me dijo cuando me vio entrar.

—Gracias, pero no tengo mucha hambre.

—Sara, tienes que cenar conmigo. Tengo comida suficiente como para alimentar a todo el elenco de actores de una película de Steven Soderbergh.

Amanda era una cinéfila confesa, con predilección por las películas corales. Había nacido en Pittsburgh, hija de padres vietnamitas que emigraron de niños a Estados Unidos durante la guerra de Vietnam, a través de campos de refugiados. El padre era cantero. La madre gestionaba el negocio, que había convertido en una empresa de tamaño medio dedicada a fabricar encimeras de mármol para toda la ciudad. Sus padres habían trabajado duro para enviar a Amanda y a su hermana a un colegio católico privado, donde ambas se graduaron con las mejores notas de sus respectivas clases.

Amanda se había licenciado por la escuela de negocios de la universidad de Columbia. Tenía un montón de amigos que se habían quedado en Nueva York al acabar los estudios. Mientras cenábamos, me dijo que a partir de ahora iba a estar un largo período en la ciudad. La habían ascendido a socia en un tiempo récord y le acababan de asignar a un proyecto que se desarrollaba a tres manzanas de nuestro piso.

—¡Mejor imposible! —exclamó, como si fuese fruto de una casualidad y no de meses maniobrando con mucha determinación para conseguirlo.

Tener a Amanda cerca me ayudó a levantar el ánimo. A menudo ella cocinaba para las dos. Cuando salía con sus amigos, siempre me invitaba a sumarme. Yo solía inventarme alguna excusa, pero Amanda podía ser muy insistente.

—¿Qué planes tienes esta noche? —me preguntó un sábado por la noche cuando llegué a casa después de una inacabable jornada de trabajo y una rápida parada en mi clase de boxeo. Estaba toda sudada. Dejé la bolsa de deporte y la botella de agua en mi habitación antes de dirigirme al baño.

—Ducharme —respondí—. Después me pondré una película y lo más probable es que me quede dormida en el sofá. He tenido una semana infernal.

—¡Estás de broma! ¡Es noche de sábado!

—Nunca bromeo sobre algo tan serio como mis planes para el sábado por la noche.

—¡Son planes de geriátrico! Vamos, Sara, eso lo puedes hacer cuando tengas ochenta años. —Se plantó en el pasillo, cortándome el paso hacia el baño.

—Con la semana que he tenido, me siento como una octogenaria —le aseguré, esquivándola para seguir mi camino rumbo a la ducha.

—Esta noche no —dijo ella con tono cómplice—. Hoy es mi cumpleaños y estás invitada a mi fiesta. Así que ponte algo glamuroso y salgamos de aquí cuanto antes.

—¿Dónde es la fiesta? —pregunté por pura educación. No tenía ganas de juerga, pero sentí una punzada de culpabilidad porque Amanda siempre se desvivía por mí.

—En casa de mi amiga Nina —me dijo—. Está en Brooklyn. Cogeremos un taxi. Es una fiesta sorpresa…, de modo que pon cara de sorprendida.

—Si es una sorpresa, ¿cómo es que lo sabes?

—Oh, habíamos quedado para salir a cenar. Y esta mañana me llama Nina y me pide que primero pase por su piso. Me dice que necesita mi consejo para elegir el papel de pared para su nueva casa. —Soltó una carcajada—. Me dice que necesita mi ayuda desesperadamente. «Oh, Amanda, tú tienes tan buen gusto…» Ya, bueno, pues resulta que no he nacido ayer. —Puso los ojos en blanco en un gesto dramático—. Sara, por favor, me tienes que ayudar. Detesto las fiestas sorpresa.

—Lo voy a pensar —le aseguré mientras me metía en el lavabo. Imaginé que ya se me ocurriría alguna excusa mientras me duchaba. Pero no contaba con la determinación de Amanda, que me esperaba en la puerta del baño, con los brazos cruzados cuando salí unos minutos después entre una nube de vapor, envuelta en una toalla y con crema hidratante por toda la cara.

—Sara, no voy a aceptar un no por respuesta —me advirtió mientras me escabullía hacia el dormitorio. Me extendí loción corporal por las piernas mientras decidía si me ponía el pijama o un vestido bonito.

Salí de mi habitación diez minutos después con un vestido negro corto y zapatos de tacón alto. Me puse un collar con cuentas de colores y me recogí el pelo en un moño alto. Llegamos a casa de su amiga pasadas las siete.

Nina abrió la puerta, apenas ni me miró y se puso a mascullar no sé qué sobre unas muestras de papel de pared que tenía en la sala.

—¡Sorpresa! —Los gritos fueron tan repentinos y estruendosos que casi pego un bote. Pese a que ya iba preparada, me llevé un buen susto. Amanda, por su parte, hizo una interpretación portentosa.

—¡Oh, Dios mío! —chilló, tapándose la boca con la mano—. ¡No me puedo creer que me hayáis preparado esto! Sois fantásticos.

Había globos de helio dorados y plateados flotando en el aire, que juntos formaban la frase «Feliz cumpleaños Amanda». Había una mesa con bebidas alcohólicas y otra con alitas de pollo, sushi y bocaditos variados, además de boles de patatas fritas de los que ya habían estado picoteando.

La sala estaba tan llena de gente que estaban apretados unos contra otros y tuvieron que hacer un esfuerzo por apartarse y dejar paso a Amanda, que la atravesó repartiendo abrazos entre sus amigos y recriminándoles en broma que le hubieran organizado la fiesta.

—¡No sabía que se os diera tan bien guardar un secreto! Este va a ser el mejor cumpleaños de mi vida. —Lo decía con tan encantadora sinceridad que casi me lo creí.

Me alejé de la multitud y salí al balcón de la azotea para refrescarme y contemplar la vista. Arriba había una mesa con bebidas y mezcladores. Decidí prepararme un cóctel. Cuando trabajaba en el Rob Roy hice un curso de coctelería; en esa época bromeaba diciendo que si no conseguía un trabajo en el mundo de las finanzas me convertiría en camarera de coctelería en un crucero e intentaría ligarme a un señor mayor con dinero.

—¿Sabes preparar un gimlet?

Alcé la vista y me topé con un hombre tan apuesto que sentí un hormigueo en el estómago. Vestía una camisa blanca con el cuello desabrochado y tejanos. El cabello castaño claro le caía sobre la frente de un modo que me dieron ganas de estirar la mano y apartárselo de los ojos.

—Por supuesto que sí —respondí para disimular mi nerviosismo. Estaba muy cohibida mientras vertía en la coctelera de acero inoxidable la ginebra y el zumo de lima, lo mezclaba y al final añadía un chorro de soda. Puse sal en el borde de la copa antes de servir el cóctel y añadir la piel de lima.

—Tiene buena pinta —comentó el desconocido—. Prepárate uno para ti. Odio beber solo.

—Mi jefe no me deja beber cuando estoy trabajando.

—Pues en ese caso deberías demandarlo por prácticas laborales injustas. —Lo dijo con una sonrisa que me indicó que sabía perfectamente que yo no era una barman—. Me llamo Kevin —se presentó—. Amanda me ha mandado aquí arriba a buscarte. Lo que no me había dicho es que preparas un gimlet brutal.

—Porque a ella nunca le he preparado uno. Compartimos piso, pero hasta ahora podía contar con los dedos de una mano las veces que hemos coincidido bajo el mismo techo.

—Dímelo a mí —refunfuñó—. Es la primera vez que veo a Amanda desde hace… —Hizo una pausa para refrescar la memoria—. La verdad es que creo que hace un año. Lo cual es muy triste, porque estábamos muy unidos.

—¿Salíais juntos? —Sentí una irracional punzada de celos seguida de una repentina vergüenza por mi inoportuna pregunta. Sin embargo, a él no pareció molestarle en absoluto.

—Amanda salía con mi mejor amigo cuando estudiaba el posgrado. Rompieron hace un año. Fue una ruptura nada amistosa. Todo por culpa de Chris. En cualquier caso, desde entonces no se hablan, pero Amanda y yo hemos seguido siendo amigos e intentamos vernos de vez en cuando.

Mientras hablaba, Kevin empezó a preparar otro gimlet. Esta vez para mí. Le costó poner la sal en el reborde de la copa con la misma profesionalidad que yo.

—Aquí tienes. —Me tendió un cóctel con un aspecto un poco desequilibrado—. Ahora estamos en paz.

Nos dirigimos a las dos enormes butacas con forma de

huevo y las movimos para acercarlas. Me quité los zapatos y me acurruqué en una de ellas. Él se sentó en el borde de la otra, inclinado hacia delante, de modo que nuestras cabezas casi se tocaban mientras conversábamos en voz baja.

—Me pregunto si Amanda está intentando emparejarnos —dije.

—Sospecho que era su intención —replicó él—. Pero no me quejo.

—Yo tampoco —respondí con una sonrisa.

—Háblame de ti. ¿Tú también eres consultora?

—No, estoy en el sector financiero. Trabajo en Stanhope e Hijos.

—¿En serio? —exclamó Kevin con un tono que me permitió deducir que estaba impresionado—. Es muy difícil entrar en Stanhope.

—¿Y tú? —le pregunté, intentando desviar la atención de mi persona—. ¿En qué trabajas?

Me contó que era abogado en Slater y Moore, que yo sabía que era uno de los bufetes que más facturaban. Él estaba especializado en el sector tecnológico. Llevaba allí cinco años y estaba decidido a convertirse en el socio más joven de la historia del bufete. Kevin era ridículamente ambicioso en una ciudad de gente ridículamente ambiciosa.

Para ser justa, habría que decir que Kevin no parecía tener muchas opciones. Todos los miembros de su familia habían triunfado en sus respectivos campos. Su madre era jueza. Su hermana mayor, ayudante del fiscal del distrito. Su hermano, cardiólogo pediátrico. La hermana pequeña estudiaba diseño de moda en París y ya ganaba más dinero que todos sus hermanos vendiendo originales pijamas por Instagram. Kevin me enseñó muy orgulloso su cuenta.

La fiesta había empezado a desplazarse hacia la azotea y alguien puso un tema hip-hop.

—¿Qué te parece si quedamos mañana? —me preguntó, gritando.

—¿Dónde y a qué hora? —respondí también a gritos.

Pero fue innecesario quedar para el día siguiente. Me desperté en su cama a media mañana del domingo. Entraba tanta luz en el dormitorio que tuve que taparme los ojos por el resplandor. Kevin me trajo una bandeja con tostadas francesas caseras con frambuesas y *crème fraîche*, y un zumo de naranja recién exprimido. Vi que mi vestido colgaba del pomo de la puerta del lavabo y me pregunté cómo iba a recuperarlo sin arrastrar conmigo todas las sábanas de la cama de Kevin para cubrirme.

De modo que me olvidé de Lucy para dejarme llevar por mi floreciente romance con Kevin. Gran abogado, chef de talento y buen tío en todos los aspectos.

31

El ascensor

En el mundo oscuro y sofocante del ascensor parado, las reglas eran diferentes. A medida que pasaba el tiempo sin que nada indicase que venían a rescatarles, Vincent parecía más impotente que omnipotente. Incluso Jules, al que todavía le escocía el cuello tras el ataque, le había perdido por completo el respeto.

Tanto Jules como Sylvie tenían claro que Vincent no tenía ninguna estrategia para sacarlos de allí, ni tampoco parecía estar elaborándola. Permanecía pasivo, sentado en una esquina del fondo del ascensor, con la cabeza inclinada. No sabían que tenía una conmoción cerebral; creían que simplemente se había rendido.

De vez en cuando murmuraba que estaba seguro de que los sacarían de allí. «De un momento a otro», decía. El silencio que siguió a sus palabras evidenció que eran hueras. Y los demás le perdieron un poco más el respeto.

Sylvie y Jules culpaban a Vincent del callejón sin salida en el que estaban. Él los había convocado con su mensaje de texto en el que insistía en que debían presentarse todos, y no había logrado evacuarlos cuando las cosas se pusieron feas. Era casi como si Vincent los quisiera allí dentro, pensó Sylvie. Como si los estuviese sometiendo a una prueba.

Consultó el reloj cuando se aproximaba la medianoche.

Su vuelo estaría despegando. Se había quedado sin viaje a París y, con toda probabilidad, sin relación con Marc. Había todavía una remota posibilidad de evitar eso último si conseguía llamarle por teléfono antes de que el vuelo aterrizase al cabo de siete horas para explicarle por qué no iba en él. De lo contrario, Marc la esperaría en la terminal de llegadas, tal como habían acordado, con un ramo de rosas. Blancas. O tal vez rosas.

La buscaría entre los pasajeros que salían de la aduana. Al no verla, la llamaría y le dejaría un mensaje de voz, intentando, sin conseguirlo del todo, disimular su indignación. «Sylvie, querida —diría—, después de pasar la aduana, busca al tipo impaciente con un ramo de flores que te espera junto a los mostradores de alquiler de coches.»

Al final, un buen rato después, Marc acabaría deduciendo que le había dado plantón. Tiraría las flores a una papelera y le mandaría un mensaje de texto informándole de que la relación se había acabado.

Ya la había avisado. Estaban en la cama en París, una semana después de que ella cancelase el viaje en el último minuto debido a una situación crítica en el trabajo porque un cliente se había echado atrás y amenazaba con cancelar el acuerdo. Reprogramó el viaje a París para la semana siguiente, convencida de que Marc lo entendería. Sabía que su trabajo era muy exigente.

—Sylvie —le dijo Marc la primera noche que pasaron juntos en París, incorporándose un poco hasta apoyarse en el codo para mirarla desnuda bajo las sábanas—. No soy tu concubino. Si este es el tipo de relación que quieres, búscate a otro. Conmigo no cuentes. Te adoro, pero nunca me ha gustado ser la segunda opción de nadie ni de nada. Y menos de un trabajo.

Luego se inclinó para besarle los pechos.

Sylvie recordó el ultimátum de Marc mientras contemplaba la oscuridad del ascensor, escuchando la suave respiración de los demás a su alrededor. Resultaba extraño que apenas lograsen verse los unos a los otros en la penumbra, y sin embargo fueran del todo conscientes de cada detalle: la respiración, el estado de ánimo, la posición en el concurrido espacio. Estaban tan apiñados que Sylvie casi podía oír los latidos de sus corazones bombeando al unísono, como si fueran un único organismo vivo.

Ocasionales sonidos de desasosiego rompían el silencio. Los gimoteos de Sam en su sueño inducido por los opiáceos. Una persona aclarándose la garganta. Alguien doblando y desdoblando los brazos o las piernas agarrotadas. Una tos seca. Los ruidos de un estómago vacío. Era un tipo de intimidad que Sylvie no había compartido ni con sus amantes.

La cita de la pantalla resplandecía en la oscuridad. A Vincent se le seguía escabullendo la respuesta, pese a que estaba seguro de haber leído esa frase en algún lado.

Había tanto silencio que se preguntó si los otros estarían maquinando algo contra él. Ahora sabían que se la había jugado con las bonificaciones y que había hablado mal de ellos con la dirección durante las valoraciones anuales. Ya no había secretos entre ellos y eso lo asustaba.

Vincent reprimió un gemido por el machacón dolor de cabeza. No podía permitir que los demás supieran que estaba herido. El instinto le decía que ya eran muy conscientes de su debilidad e indefensión en la oscuridad sin sus gafas.

Si se enteraban de que tenía una conmoción y podía desmayarse en cualquier momento, Jules se lanzaría contra él. Mientras le daba vueltas a esa idea se dio cuenta de pronto de que ya no sentía el tranquilizador contorno metálico de la pistola contra la espalda. Se palpó el cinturón y los bolsillos traseros. La pistola había desaparecido.

Le inquietó haber perdido la Glock. Se le debía de haber caído cuando el ascensor se detuvo en seco. Trató de localizarla con disimulo, deslizando los pies por el suelo cuando creía que los otros no le prestaban atención. Lo único que tocó fueron cristales rotos del espejo que crujieron bajo sus zapatos. Se palpó el bolsillo delantero del pantalón. El cargador seguía allí. Eso lo tranquilizó.

Le caí sudor por la cara. Tanto por el calor reinante como por el esfuerzo que hacía para no sucumbir al dolor. Tenía que vencer el deseo de tomarse una de las oxicodonas de Sam. Eso lo atontaría. Lo haría vulnerable. No podía permitirse bajar la guardia.

En la oscuridad, se le había agudizado el sentido del olfato. Era capaz de diferenciar el olor de cada persona. Casi podía percibir el hedor del odio en sus bocas pastosas y sucias. Utilizaba el tacto de los dedos en sustitución de la vista para maniobrar en el reducido espacio con ayuda del pasamanos.

Con el paso de las horas, el sentido del oído de Vincent se había agudizado. Era capaz de deducir el estado de ánimo de los otros por el modo en que respiraban, por el repiqueteo de sus dedos. Sus mentes vibraban mientras conspiraban contra él. La oscuridad que los envolvía era la única protección que le quedaba.

Jules se desabotonó la camisa para refrescarse un poco. Vincent ya iba con el pecho desnudo. Sylvie seguía llevando el traje de cachemir, compuesto de falda de tubo y una americana ceñida. Quería mantener un aspecto digno cuando los sacaran de allí. Después de la humillante constatación del mísero bonus y con la cara sucia y el cabello hecho un asco, lo único que le quedaba era la dignidad.

A medida que pasaba el tiempo, la ropa empezó a pegársele al cuerpo por el sudor. Temía sufrir un golpe de calor si continuaba con ese traje de inverno puesto. Poco a poco se fue desabotonando la americana.

Vincent y Jules oyeron cómo los dedos de Sylvie iban separando cada botón y después el leve crujido de la tela cuando se quitó la americana y la dejó en el suelo. A continuación, más botones desabrochados y el ruido producido al quitarse la blusa. No necesitaban ver nada para saber que el ligerísimo sonido de la seda al tocar el suelo significaba que ya no la llevaba puesta. Con un gesto inconsciente, ambos se humedecieron los labios con la lengua al imaginar a Sylvie desnudándose en la oscuridad.

¿Se había quedado en sujetador? ¿O no llevaba nada debajo de la fina blusa de seda, que siempre lucía con los tres botones superiores seductoramente abiertos? La imaginación se les disparó mientras se acercaban un poco más a ella, como atraídos por un imán.

Jules respiró hondo. Se obligó a pensar en Geena. Era una estudiante de Derecho pelirroja y muy guapa a la que había conocido en una cena con amigos hacía unas semanas. Poseía un afilado ingenio, que desplegaba con ese empeño de los jóvenes por impresionar. Le hacía reír con anécdotas sobre los profesores, a algunos de los cuales él conocía de su paso como estudiante por esa misma facultad.

Geena le contó que sus padres la habían presionado para que se doctorase en Derecho. Aunque ella de entrada pretendía especializarse en derecho internacional, acabó reconduciéndose hacia la rama fiscal. Le pareció más práctico.

—Buena jugada. Donde se gana dinero es con el derecho fiscal —le aseguró él mientras fumaban en el balcón.

Habían salido un par de veces. La primera la llevó a un restaurante japonés en el que el chef les preparó en la plancha, delante de ellos, un menú teppanyaki mientras bebían sake de unas tacitas de porcelana azul. La segunda vez fueron al Old Henry's, un club de jazz en Hell's Kitchen que servía comida cajún en unos platos enormes y en el que se podía escuchar el mejor acid jazz de la ciudad. Cuando salieron, Geena tomó un taxi para ir directa a casa con la excusa de que al día siguiente tenía que presentar un trabajo. No era la forma de acabar la velada que él tenía en mente.

En diez minutos encontró una sustituta en una app de citas. También pelirroja. Se citaron en un bar y tomaron unas cuantas copas antes de acabar en casa de ella. Era pegajosa y rarita. Para nada su tipo. Una pésima sustituta, pensó cuando se marchó del piso antes de que amaneciera.

Jules había quedado con Geena el domingo por la mañana para tomar un brunch. Se había pasado la semana pensando en ella. A medida que el encierro en el ascensor se alargaba, empezó a preguntarse si llegaría a tiempo a ese brunch. Eso sí, tendría una historia estupenda que contarle.

Se pasó la mano por la nuca. Estaba resbaladiza por el sudor. El calor aplastante y pegajoso le recordaba al de Luisiana en verano. Cuando de niño visitó Lafayette, su abuela le metía cubitos de hielo en la boca mientras pasaban el rato en el balancín del porche durante las sofocantes tardes. Era el único modo de mantenerse fresco durante el verano. Estaba pensando en cubitos de hielo cuando se quedó dormido.

32

Sara Hall

Estaba en una reunión interna para evaluar nuestra estrategia para un nuevo cliente cuando una secretaria entró discretamente en la sala y me susurró al oído que tenía una llamada. Me disculpé y abandoné la reunión. Sam pareció molestarse por mi repentina desaparición. Supongo que pensó que debería haberle dicho a la secretaria que cogiera el mensaje, pero mi padre volvía a estar hospitalizado y di por hecho que la llamada sería de su médico. Y además, después de dos años en la empresa, consideré que no tenía por qué explicarle a Sam cada paso que daba.

Respondí desde mi escritorio mientras contemplaba por la ventana el cielo plomizo que amenazaba lluvia.

—¿Sí?

—Hola, Sara. Soy Cathy. La madre de Lucy Marshall.

Al oír su voz me sentí culpable.

—¿Cómo estás, Cathy? —Hablé con un falsete de impostado entusiasmo para intentar disimular mi bochorno. Le había prometido a Cathy que seguiríamos en contacto, pero no la había llamado ni una sola vez desde que el día que la ayudé a empaquetar las pertenencias de Lucy. Me despedí de ella en la puerta del piso y la dejé asustada y confusa como una niña.

—Estoy bien —respondió, sin asomo de recriminación—.

Te llamo porque se acerca el aniversario de la muerte de Lucy y esperaba que nos pudiéramos ver, si tienes tiempo.

—Sí, me gustaría.

—¿Qué te parece el domingo por la tarde en mi casa?

Me dio la dirección de su apartamento en Queens.

—Por mí perfecto. —Me encajaba sin problemas. Ese fin de semana Kevin estaba fuera y por lo tanto disponía de tiempo.

Si he de ser sincera, lo más probable es que no hubiera vuelto a ver o a hablar con Cathy si no me hubiera llamado ese día. No tengo otra excusa para mi desidia que el exceso de trabajo al que estaba sometida. Mis horarios laborales seguían siendo brutales, y el poco tiempo y energía que me quedaban los invertía en la relación con Kevin, que se había convertido en algo tan serio que solo nos separábamos para ir a trabajar. En mi defensa diré que apenas tenía tiempo ni para visitar a mis padres, así que mucho menos a la madre de Lucy.

Mi padre tenía el corazón delicado y ahora necesitaba diálisis cada dos días. Mi madre, por su parte, había tenido que dejar de conducir tras un pequeño accidente que los médicos atribuyeron a una debilidad residual en el brazo izquierdo después del ataque al corazón. Ahora ya no podía llevar a mi padre en coche a sus visitas hospitalarias. Le dije a mamá que pediría el traslado a la oficina de Stanhope en Chicago o que dejaría la empresa y buscaría otro trabajo allí. Ella me quitó de inmediato la idea de la cabeza.

—No, Sara —me dijo—. No me puedo imaginar nada peor que verte ir marcha atrás.

Al final insistí en pagar a una mujer para que llevase a mi padre a diálisis cada vez que le tocara, ayudase a mi madre con las compras y les limpiara el piso una vez por semana. Aliviaba la carga de mi madre y también mitigaba mi sentimiento de culpabilidad.

Intentaba visitarlos siempre que podía, pero me costaba encontrar el momento. Si tenía que viajar a Chicago para la empresa, me escapaba un rato para verlos, pero esos desplazamientos eran infrecuentes.

El año anterior había pasado con ellos tanto Acción de Gracias como Navidad, pese a que eso me generó ciertas fricciones con Kevin. Le molestó que no lo acompañase a New Hampshire para conocer a su familia. Cada año encargaban la comida a un servicio de catering y reunían a más de cincuenta invitados. Sus hermanos y hermanas llegaban todos en avión con sus respectivas parejas. Esa reunión anual era muy importante para su familia. Ese año, Kevin era el único que iba sin su pareja. Y no entendía por qué yo tenía que pasar la Navidad en Chicago si ya había estado hacía unas semanas, por Acción de Gracias.

Yo adoraba a Kevin, pero provenía de un mundo diferente. Un mundo en el que, para empezar, no cargaba con el peso de lo que se esperaba de una por el hecho de ser hija única. Yo me empeñaba en ocultarle la cruda realidad de mi vida. Temía que si descubría la situación de mi familia no quisiera seguir conmigo.

Los peores días, cuando mi padre estaba en el hospital y mi madre se pasaba el día junto a él sin que yo apareciera, me consolaba pensando que al menos mi sueldo servía para pagar los gastos médicos. Sin eso, no sé qué habrían hecho.

En el trabajo, sin embargo, todo me iba de maravilla. Me habían promocionado y ahora tenía a dos analistas trabajando a mis órdenes. Me habían casi doblado el salario, y también el bonus. Ya había logrado devolver la mitad de los préstamos universitarios y esperaba quedar totalmente liberada de la deuda en el plazo de dos años. Incluso le daba vueltas a la idea de comprarme un piso en Brooklyn como inversión.

Mi vida giraba en torno a la empresa. Me habían lavado

el cerebro. Hablaba la jerga de Stanhope como si fuese mi lengua materna. La discrepancia estaba muy mal vista, por mucho que los folletos hablasen de fomentar la diversidad de opiniones, y yo reorienté mis ideas para adecuarlas a los consensos de la empresa. Besaba los culos que tuviera que besar y me mostraba generosa con los regalos en la época previa a las bonificaciones para conseguir una buena tajada.

Cuando pienso en ello, la verdad es que actuaba del mismo modo implacable que el resto de ellos. Buscaba oportunidades de ganar dinero para la empresa como si me fuera en ello la vida. Cuando trabajábamos en un acuerdo, me dejaba llevar por el subidón de adrenalina, y aprendí a no pensar en el impacto que esas decisiones pudieran tener en las vidas de la gente común y corriente que luchaba por sobrevivir.

Solo me relacionaba con Kevin y con gente del trabajo. A mi compañera de piso, Amanda, la trasladaron a Amsterdam poco antes de que se nos acabase el contrato de alquiler. Encontré un piso de un dormitorio en el mismo edificio por un precio bastante razonable. El agente inmobiliario lo describió como compacto, aunque en realidad era minúsculo, pero no necesitaba más. Tenía la vaga esperanza de que Kevin me pidiera venirse a vivir conmigo o me invitase a trasladarme a su piso. Quedé muy decepcionada cuando me dejó claro que, aunque le encantaba salir conmigo, todavía no estaba buscando una relación de pareja estable.

Los fines de semana que tenía libres los dedicaba a quedar con Kevin, hacer la colada, un poco de ejercicio y comprar comida que después nunca tenía tiempo de comerme. El domingo que Cathy me había invitado a visitarla, me pasé toda la mañana en la oficina, adelantando trabajo atrasado. Perdí la noción del tiempo y tuve que ir a Queens a toda prisa con un Uber.

Llamé al timbre pertrechada con un ramo de rosas blancas y una caja de bombones que había comprado en una tienda cerca de la oficina. Cathy me abrió y me besó en la mejilla. Había una sonrisa de bienvenida dibujada en sus labios, pero su mirada era estoica. Tenía el aspecto de alguien que ha sufrido una gran tragedia, pero no se ha dejado hundir por ella.

Aun así, había envejecido mucho desde la última vez que la vi. Asomaban algunas canas en su denso cabello negro. Estaba más delgada y se movía con lentitud. Tenía el aspecto de una mujer que se adentra en la vejez, aunque solo tenía cincuenta y nueve años. También me percaté de otra cosa cuando vi que cerraba con doble vuelta el pestillo de la puerta de entrada y después pasaba la cadenita de seguridad: tenía miedo.

—Me alegro tanto de que hayas podido venir... —me saludó, invitándome con un gesto a sentarme en el sofá azul grisáceo que se había traído del piso de Lucy.

—Siento no haber mantenido el contacto —me excusé.

—No tienes por qué disculparte. Ya sé lo ocupados que os tiene a todos la empresa —dijo—. Me pasaba semanas sin saber nada de Lucy por culpa de sus horarios. Al final, me acababa asustando y le mandaba media docena de mensajes de texto. Ella me respondía que estaba bien, pero muy ocupada y que no debía molestarla.

—Las jornadas son inacabables —admití—. Y viajo mucho... Hay días en que no sé en qué hemisferio estoy, no digamos ya en qué país. Pero eso no es excusa.

—De todos modos, esta va a ser la última vez que nos veamos. Me mudo a Baltimore. —Hizo una pausa para que yo asimilara la noticia—. He decidido irme a vivir con mi hermana. Ella también está sola. —Percibí el dolor de Cathy mientras se le atragantaban las palabras—. Hemos pensado que lo mejor para las dos es vivir juntas. Hacernos compañía. Tenemos un bonito piso heredado, lo bastante grande para las dos. Alquilaré este y buscaré un trabajo a tiempo parcial en Baltimore. La verdad es que ya es hora de que empiece a trabajar menos, últimamente he tenido algunos problemas de salud.

—Espero que nada serio.

—Lo bastante como para recordarme que me hago mayor y necesito aminorar el ritmo. Y sin Lucy, ya no hay nada que me retenga aquí.

Había una tristeza en su voz que parecía alcanzar las profundidades de su alma.

—Parece una buena decisión. Espero que seas muy feliz en Baltimore.

—Seguro que sí —respondió—. Bueno, voy a preparar café. —Desapareció en la cocina. La oí trajinando con cacharros y el ruido de la cocina de gas al encenderse cuando puso el hervidor.

—¿Cómo te gusta el café? —me preguntó.

—Con leche y sin azúcar.

Eché un vistazo a la sala mientras ella seguía en la cocina. El piso tenía un gran ventanal con vistas al parque de enfrente. De la pared colgaban varias fotografías enmarcadas de Lucy, que iban desde ella de bebé hasta una imagen tomada pocos meses antes de morir.

Cathy regresó y me ofreció la taza de café. Sirvió una bandeja con pastas y se sentó a mi lado en el sofá.

—Hace solo una semana que he abierto las cajas que me traje del piso de Lucy, porque he empezado a empaquetar para mi mudanza. No dispondré de mucho espacio en el nuevo piso y tengo que revisar sus cosas para decidir qué me llevo y qué dono, vendo o tiro.

—Supongo que no es una decisión fácil —seguí con tono compasivo. Recordé las lágrimas que le caían en silencio por las mejillas aquel día en el piso de Lucy, mientras metía en cajas las pertenencias más importantes de su hija.

—No me queda otro remedio que hacerlo —reconoció con la voz quebrada—. El tiempo no cura el dolor. Solo lo adormece. Al volver a enfrentarme a las cosas de Lucy... —Tragó saliva e hizo una pausa para recomponerse— me he vuelto a hacer algunas preguntas sobre su muerte. El estado de su piso..., ¿recuerdas el desorden que nos encontramos cuando empaquetamos sus cosas?

—Pensaste que alguien había revuelto sus armarios —dije con diplomacia.

—Todo el mundo insistía en que Lucy debió de tener un comportamiento errático antes del morir y por eso su piso era un caos —respondió—. Pero yo no me estaba imaginando nada. De hecho, al día siguiente tuve la prueba de que alguien había entrado en el piso.

—¿A qué te refieres?

—Cuando los de la mudanza trajeron aquí las cajas, faltaba una. La que contenía el ordenador personal de Lucy. Yo misma la había etiquetado cuando empaquetamos. Les dije que se la debían de haber olvidado, pero me mostraron su registro y me habían entregado el mismo número de cajas que habían recogido en el piso de Lucy esa mañana. La única explicación que se me ocurre es que alguien entró en el piso y se la llevó.

—¿Se lo contaste a la policía?

—Me dijeron que eso era asunto de la aseguradora, que debía hablarlo con la compañía de mudanzas. Pero sé que alguien robó esa caja. Estoy convencida.

—¿Por qué iban a hacerlo? Había otras muchas cosas de valor.

—No lo sé —suspiró Cathy—. Creo que tenía algo que ver con la empresa. Lucy hablaba de su trabajo de forma críptica. La notaba nerviosa. Intentó contarme algo en un par de ocasiones, pero al final no lo hizo. Cuanto más pienso en todo esto —eligió sus palabras con mucho cuidado—, más me ronda la idea de que hay una conexión entre la empresa y su muerte.

—¿De qué tipo? —pregunté.

—No estoy segura —respondió—. Hay cosas que sigo sin entender de su paso por Stanhope e Hijos.

—Lucy adoraba su trabajo —le expliqué, intentando no parecer a la defensiva. Entendía que Cathy tuviera que buscar un motivo que explicase por qué su hija se había suicidado, pero me parecía que echar la culpa a Stanhope era disparatado e injusto—. De hecho, a Lucy le gustaba tanto su trabajo que en ocasiones no quería volver a casa al final de la jornada. Lo que dices no me cuadra con lo que sé de ella.

—Pero tú no estabas cuando Lucy murió.

—Estaba en Seattle.

—Tal vez algo cambió mientras tú estabas fuera. Le sucedió algo. ¿Es posible? —planteó Cathy.

—No mantuvimos contacto mientras yo estaba fuera de la ciudad —reconocí—. Salvo una noche, en que recibí un par de llamadas suyas que no pude contestar. Me pareció extraño.

—¿En qué sentido?

—Lucy no era nada aficionada a telefonear. Prefería mandar mensajes de texto. Yo llevaba tres semanas en Seattle. Recibí las llamadas dos o tres días antes de su muerte. Estaba en una reunión que se alargó hasta muy tarde. Cuando miré el móvil de camino al hotel, vi que tenía dos llamadas perdidas de Lucy. Era demasiado tarde para telefonearla. Le mandé un mensaje de texto. No respondió. Al día siguiente la llamé, pero no me cogió el teléfono. Y... nunca volví a hablar con ella.

—¿Te dejó algún mensaje en el contestador? ¿Te mandó algún mensaje de texto? ¿Tienes idea de qué quería hablar contigo?

—No, en absoluto —le aseguré—. Supuse que sería algo

relacionado con algún asunto del trabajo y que al final ella misma había dado con la solución.

Cathy respiró hondo. Parecía nerviosa. No me quitaba los ojos de encima, como si tratase de calibrar mi reacción.

—Sara, voy a ser sincera contigo —empezó—. Sospecho que algo grave estaba sucediendo en Stanhope. Creo que Lucy estaba asustada. ¿Tienes idea de qué podía inquietarla?

—No —contesté con sinceridad.

Durante el silencio que siguió, pensé que mi respuesta no era del todo cierta. Siempre me había parecido raro que Lucy se empeñase en mantener en secreto nuestra amistad.

Eso, sin olvidar la petición de Vincent de coger cualquier documento de la empresa del piso de Lucy cuando fui a ayudar a Cathy a empaquetar. De hecho, cuando él me mandó allí me pareció una petición razonable: no dejar allí documentos de la empresa que podían ser confidenciales. Solo que hubo algo en el modo de actuar de Vincent que me desconcertó. Esa tarde, cuando volví al trabajo, me preguntó si había encontrado algo en el piso de Lucy. Le dije que no. Pareció decepcionado, y algo más que no logré identificar en ese momento. No era propio de él mostrarse tan intranquilo.

Me acerqué al ventanal de la sala. Un niño en una bicicleta azul hacía carreras con otro a lo largo de la calle hasta que ambos desaparecieron tras un seto. En el otro extremo había un hombre fumando un cigarrillo. Cuando me vio mirando, lo apagó y se alejó con las manos en los bolsillos de su sudadera gris.

—La empresa es muy competitiva. El trabajo es muy intenso —dije, volviéndome hacia Cathy—. Pero nunca he visto que sucediera nada inapropiado. Nos exprimen mucho, pero eso es todo. Es una empresa que goza de muy buena reputación. No creo que la muerte de Lucy tenga nada que ver con Stanhope. Si hubiera pasado algo, me lo habría contado.

Cathy se mordió los labios. No dijo nada mientras digería mi inquebrantable fidelidad a la organización que ella consideraba que podía ser responsable de la muerte de su hija.

—Sara, ¿por qué mantenías en secreto tu amistad con Lucy? —Su pregunta fue como una puñalada.

—Era Lucy la que insistía en que no le dijéramos a nadie del trabajo que éramos amigas. Si quieres que te diga la verdad, nunca entendí por qué había que mantenerlo en secreto. Lucy jamás me lo explicó.

—Quizá intentaba protegerte —dejó caer Cathy—. Acompáñame. —Me llevó a la habitación de invitados. Era allí donde guardaba, en unos armarios que iban de suelo a techo, los libros, vinilos y compactos de Lucy.

—Llevo años guardando la colección de discos de Lucy. Por desgracia, no voy a tener sitio para ellos cuando me mude. Se los voy a vender a un coleccionista. Todos menos uno —me explicó, y me tendió un disco con su carátula original—. Lucy pegó un pósit con tu nombre. Creo que quería que te lo quedaras tú. Lo descubrí la semana pasada cuando los estaba revisando antes de que viniera el tasador. En parte es por esto por lo que te he llamado.

Era la edición original de un single de Fleetwood Mac con la canción *Sara*. Lucy tenía una verdadera obsesión con su colección de discos, que había empezado de niña. Para ella había sido sin duda todo un sacrificio pensar en regalarme una copia impecable de una rareza de los años setenta, por mucho que llevase mi nombre por título.

—Gracias —le dije a Cathy en voz baja.

Había celebrado mi cumpleaños durante la estancia en Seattle; supuse que Lucy tenía planeado regalarme el disco a mi regreso. Parpadeé con rapidez y contemplé la carátula mientras me recomponía. Cuando me disponía a sacar el disco para verlo, Cathy me dijo con un extraño tono de voz:

—Mejor que lo hagas en casa.

Como para desviar mi atención, me señaló una foto familiar de Lucy soplando las velas en su segundo cumpleaños, con los orgullosos padres detrás. Ya de niña se vislumbraba en los ojos de Lucy su inteligencia.

—Su padre nos abandonó cuando ella tenía tres años —explicó Cathy, sin apartar los ojos de la fotografía—. Creo que fue eso lo que provocó que Lucy tardase mucho en hablar. Cuando por fin lo hizo, en la primera frase que articuló me dijo que no lo había hecho antes porque no tenía nada interesante que decir. Imagínate escuchar esto de boca de una niña que hasta entonces apenas había pronunciado dos palabras juntas.

Volvimos al sofá de la sala. Dejé el disco junto a mi bolso. Cathy me preparó otro café y hablamos un poco de la muerte de Lucy. Me contó su encuentro con Vincent tras la muerte de su hija y la sensación que tuvo de que la nota de suicidio de Lucy sonaba artificiosa. Me la mostró para que pudiera leerla por mí misma.

Cathy siguió insistiendo en el desasosiego que le generaba la idea de que algo pasó en Stanhope en los días previos a la muerte de Lucy. Acabé sintiéndome incómoda. Quería mostrarme comprensiva con Cathy, pero al mismo tiempo me mantenía ferozmente leal a la empresa. Cada vez que me decía algo, notaba sus ojos observándome para comprobar mi reacción, como si no estuviera segura de si podía o no fiarse de mí.

—Sara, ¿te puedo pedir un favor? —me preguntó al cabo de un rato—. Tengo una caja pequeña con cosas de Lucy que necesito guardar. ¿Te importaría guardármela tú?

—Puedes contar conmigo. Si quieres, me la puedo llevar ahora —le ofrecí. No sabía muy bien dónde la iba a guardar. En el piso no disponía de mucho espacio libre.

—No —respondió cortante—. Pesa mucho. Te destrozarás la espalda si la cargas. Te la enviaré cuando mande mis cajas a Baltimore a finales de esta semana. Deja también el disco. Lo meteré en la caja. Sería una pena que se te cayese de camino a casa y se estropease.

Le anoté mi dirección y me apunté en el móvil los datos de Cathy en Baltimore para poder mantenernos en contacto.

—Me alegro mucho de que me hayas invitado a venir a verte —le dije, mientras me acompañaba a la puerta—. Ha sido un placer reencontrarte.

—Yo también me alegro —respondió Cathy. Me abrazó y echó un vistazo por la mirilla antes de abrir los cerrojos y dejarme salir. Sentí sus ojos observándome a través de la mirilla mientras me alejaba por el pasillo hacia el ascensor.

Salí de casa de Cathy y caminé dos manzanas hasta el metro. Tuve la extraña sensación de que alguien me seguía. Me volví del modo más natural que pude, pero no logré identificar a nadie. Había muy poca gente dirigiéndose a la estación en ese momento.

Cuando entré en el vagón, vi a un hombre con auriculares y gorra de béisbol que se sentaba en el otro extremo. Bajó la mirada cuando se percató de que lo observaba. Tenía un rostro pálido y lleno de pecas y barbilla prominente. Me resultó familiar.

Fue más tarde, al entrar en el gimnasio para hacer un poco de ejercicio, cuando caí en la cuenta de que había visto a ese tipo con esa peculiar fisionomía en la oficina. En aquella ocasión iba trajeado. Lo vi a través de la pared acristalada de la sala de reuniones, hablando con Vincent.

33

El ascensor

—¿Cuál es el tiempo máximo que se ha pasado alguien encerrado en un ascensor? —preguntó Jules. Ya era sábado. Media mañana. Todos menos Sam estaban despiertos—. Debemos de estar batiendo el récord mundial —añadió, intentando sin éxito parecer gracioso.

—No. —La voz de Sylvie sonaba ronca nada más despertarse—. En China rescataron a una mujer que llevaba un mes metida en un ascensor estropeado. Había muerto deshidratada. Las puertas estaban llenas de arañazos.

—¡Un mes! Esperemos que a nosotros nos echen en falta antes —dijo Jules—. Desde, luego mi mujer se habrá dado cuenta de mi ausencia cuando esta mañana no he ido a recoger a los niños. Aunque dudo que mande a un equipo de búsqueda hasta que deje de recibir mis pagos para la manutención.

—Es probable que se sienta aliviada cuando descubra que no vas a volver a aparecer —masculló Sylvie.

—En 1999 un tío se pasó cuarenta y una horas encerrado en un ascensor —comentó Vincent, aliviado al comprobar que la atmósfera se había relajado—. Era el editor de una revista que hacía el turno de noche. En un momento dado bajó a fumarse un cigarrillo. Al subir, el ascensor se bloqueó. Cuarenta y una horas. Casi se vuelve loco —explicó—. Sin embargo, sus verdaderos problemas empezaron cuando logró salir de allí.

—¿En serio?

—Un abogado especializado en demandas por negligencia le aseguró que podía conseguirle un dineral, pero para eso tenía que dejar de trabajar para demostrar que había sufrido daños psicológicos por pasar tanto tiempo encerrado en el ascensor. El tipo dejó el trabajo. La demanda se alargó durante años. Al final recibió una indemnización irrisoria. Acabó en el paro y sin casa. Sin dinero y sin trabajo.

—Al menos consiguió salir —dijo Jules. Estaba sentado en el suelo, con las piernas aplastadas entre la pared y el cuerpo de Sam, que seguía durmiendo.

Hacía un rato, Vincent había entreabierto a pulso las puertas del ascensor para que entrase aire frío. Era un modo muy rudimentario de ventilar el espacio y bajar la temperatura, pero era su única opción, ya que no había forma de apagar el sistema de calefacción. Jules y Vincent aprovecharon la oportunidad para orinar a través de la ranura hacia el hueco del ascensor. Trataron de distinguir algún sonido de otro ascensor desplazándose o de gente hablando, pero solo oyeron el silbido de la corriente de aire y el eco de la voz de Jules rebotando en las paredes de cemento cuando gritó pidiendo ayuda. Vincent soltó las puertas y se volvieron a cerrar.

Eso debió de ser hacía más o menos una hora. Jules había perdido la noción del tiempo. Había apagado el teléfono para ahorrar batería. La única fuente de luz en el ascensor era la pantalla blanca del monitor, que seguía mostrando la última pista en letras rojas.

A Jules se le había dormido un pie. Intentó moverlo con suavidad para recuperar la circulación. No funcionó. Era como tener un montón de agujas clavadas. Necesitaba caminar un poco, pero cuando trató de ponerse en pie, cayó por accidente encima de Sam. Notó el elevado calor que emanaba de su cuerpo. Jules se arrodilló a su lado para comprobar su estado.

—Creo que Sam tiene fiebre —dijo. Le ardía la frente, que estaba empapada de sudor.

Vincent se acercó gateando en la oscuridad. Comprobó que, en efecto, la temperatura corporal de Sam era muy alta. Sacó la botella de agua de la cartera y vertió un poco directamente en la boca de Sam. Este se la bebió sin despertarse. Puso el tapón a la botella y la guardó de nuevo en la cartera. Ninguno de los demás tenía una necesidad urgente de beber. Confiaba en que los rescatarían antes de tener que racionar el agua.

Permanecieron todos sentados, escuchando la respiración agitada de Sam. A Jules le recordó la de su caballo Prince cuando se rompió la pata después de asustarse por la aparición repentina de un avión de fumigación. Jules tenía seis años. Recordaba a la perfección la tarde en que vino el veterinario a visitar al animal herido y se tomó la decisión de que había que sacrificarlo.

Jules se escondió en una habitación que había en el establo para guardar material, no muy lejos de donde yacía el caballo. Estaba tan cerca que los disparos resultaron ensordecedores. Al oírlos se encogió como si en lugar de al caballo le hubiesen disparado a él. El veterinario erró con el primer tiro. Jules jamás olvidaría el horrible gañido de dolor de Prince, antes de que el segundo disparo acabase con su vida.

—Nos hubiera costado una fortuna salvar al caballo —oyó que le decía su padre a su madre esa noche, mientras discutían sobre si había sido de verdad necesario tomar esa decisión. Fue la primera lección que recibió Jules sobre la crueldad del mundo adulto.

Vincent puso el dorso de la mano sobre la pálida frente de Sam y negó con la cabeza, con un gesto muy similar al del veterinario cuando examinó la pata de Prince.

—Parece que tiene muchísima fiebre —dijo Vincent.

Le pidió a Jules que volviera a encender el móvil para tener algo de luz y subió la manga del brazo izquierdo de Sam. Unos hilillos rojizos lo recorrían de arriba abajo, y al palparle la piel se la notó inflamada y ardiendo.

—Tiene una infección. Necesita tratamiento médico cuanto antes —concluyó Vincent.

—¿Y si no lo recibe? —preguntó Jules.

—Podría morir. —El tono de voz de Vincent expresó su preocupación con absoluta crudeza.

Agotado, acalorado y desesperado por beber un trago de agua, a Jules se le pasó por la cabeza la despiadada idea de que la muerte de Sam podía jugar a su favor. Sin duda, mejoraría sus posibilidades de que le dieran a él el trabajo de Eric Miles. Con Sam fuera de juego, tendría un contrincante menos de quien preocuparse.

34

Sara Hall

Estaba repasando la agenda para hacer mi envío de felicitaciones navideñas cuando me topé con la dirección de correo electrónico de Cathy. Había perdido el contacto con ella desde que se mudó con su hermana. Descolgué el teléfono para llamarla. Era domingo por la tarde y supuse que sería un buen momento para hablar con ella.

—Hola, ¿Cathy Marshall? —dije cuando respondió una mujer mayor.

—No, no soy Cathy. —La voz de la mujer sonaba como una versión más grave de la de Cathy—. ¿Quién llama? —Debía ser su hermana. Probablemente pensaba que intentaba venderle algo.

—Me llamo Sara —me presenté—. Era amiga de Lucy, la hija de Cathy. Llamaba para saber qué tal le iba y para desearle feliz Navidad.

Siguió un largo silencio. La mujer seguía al teléfono —oía la televisión retumbando al fondo—, pero no decía nada.

—¿Cathy está bien? —pregunté—. ¿Puedo hablar con ella?

—Cathy no…, no está aquí.

—¿Está de vacaciones? —pregunté.

—Siento decírselo, pero Cathy está muerta.

—¿Muerta? —Recordé cuando Cathy casi se desplomó

mientras empaquetábamos en el piso de Lucy. Tuve que buscar a toda prisa su medicación—. No sabía que sus problemas de corazón fueran tan graves.

—No ha sido el corazón —replicó—. A Cathy la atropelló alguien que se dio a la fuga. Cinco días antes de la fecha prevista para que se viniera a vivir conmigo. Cruzaba la calle junto al supermercado que hay cerca de su piso. El coche salió de la nada, la arrolló y no se detuvo. El forense dijo que lo más probable es que ya estuviera muerta antes de golpearse contra el suelo.

Cuando terminé la conversación con la hermana de Cathy, me senté con movimientos robóticos en la silla más cercana. La noticia era incomprensible. Durante meses me la había imaginado viviendo feliz en Baltimore, disfrutando de una nueva vida lejos de la tragedia que supuso para ella la muerte de Lucy. Pero Cathy jamás llegó allí. Falleció pocos días después de mi visita.

Cuando Kevin llegó a mi casa del gimnasio para cenar juntos, me encontró acurrucada en un sillón, con la mirada perdida.

—¿Qué pasa? —preguntó.

—La madre de una amiga ha muerto atropellada por un conductor que se dio a la fuga. Sucedió en verano, pero me acabo de enterar.

—Es horrible —dijo mostrando su empatía. Se sentó en el brazo del sofá y me abrazó contra su pecho—. ¿La conozco?

—No, no la conocías.

Me levanté de golpe. Quería estar sola. Me metí en la cocina y acabé de cortar las verduras para la ensalada mientras metía la pasta en el cazo con agua hirviendo. Nunca le había hablado a Kevin de Lucy; simplemente, el tema no había surgido en la conversación.

Después de cenar, Kevin encendió su portátil para escribir unos correos que tenía que enviar antes de su vuelo de la mañana muy temprano a San Francisco. Yo también cogí mi ordenador, pero fui incapaz de concentrarme en el documento en el que estaba trabajando, pese a que tenía que entregarlo al día siguiente por la tarde.

Sentía curiosidad por lo que le había sucedido a Cathy. Recordaba muy bien el día que me invitó a su piso en Queens; su calidez y la súbita deriva hacia las teorías de la conspiración cuando sugirió que Stanhope tenía alguna relación con la muerte de Lucy. En ese momento, lo atribuí a su aflicción. Pero ahora recordé los pestillos en su puerta y cómo escrutó el pasillo por la mirilla antes de abrirla.

Busqué referencias en la prensa de lo sucedido. Aparecieron unos pocos artículos. Uno ocupaba parte de la primera página de un periódico local de Queens. «Una mujer fallece atropellada cuando iba a hacer la compra. El conductor se ha dado a la fuga.» La publicación ilustraba la noticia con una fotografía de una bolsa de la compra llena de verduras tirada en mitad de la calle junto a una caja de huevos rotos. Se veía una de las yemas de huevo entera sobre el asfalto gris, con salpicaduras de sangre encima.

Uno de los artículos explicaba que el coche que la atropelló era robado. Otro incorporaba una imagen tomada por una cámara de seguridad que mostraba el vehículo dándose a la fuga. El conductor llevaba gafas de sol y una gorra de béisbol. Entre la gorra y las ventanas tintadas del coche, el periódico informaba de que a la policía le había sido imposible conseguir algo más que un retrato robot poco preciso del conductor.

Había algo en ese conductor que me recordaba al hombre que me siguió en el metro cuando salí de casa de Cathy.

Localicé otro artículo que reproducía las declaraciones de un taxista que había sido testigo del atropello. Le contaba al reportero que el conductor había girado de manera intencionada y que segundos antes de atropellar a Cathy, había acelerado. «Era como si, de entre toda la gente que cruzaba la calle, hubiera decidido atropellarla a ella —aseguraba—. Parecía que fuese algo personal.»

No encontré más artículos sobre la muerte de Cathy. No tardó en quedar olvidada. Pronto llegaron nuevos accidentes automovilísticos, nuevas tragedias suburbanas. No di con ninguna información posterior que explicase si el conductor que la mató acabó siendo arrestado. Al final, localicé en una web del gobierno de acceso público un informe de cinco páginas sobre la muerte de Cathy redactado por el juez a cargo del caso.

Por lo visto, en un primer momento se decidió que un equipo de homicidios investigara el caso. Indagaron en las finanzas de Cathy y en sus relaciones personales, pero no dieron con ningún móvil evidente. El juez de instrucción dijo que no había ninguna prueba que llevase a pensar que alguien hubiera podido tener intención de asesinar a una mujer cincuentona sin aventuras amorosas conocidas; sin conexión alguna con el mundo criminal; sin relación con las drogas, el juego o la industria del sexo; sin hijos que pudieran querer hacerse con una herencia que, por otro lado, era muy modesta. También dejó constancia de que no había ninguna pista que condujera a pensar en un asesinato al azar obra de un perturbado. El juez acabó dando carpetazo al asunto, atribuyendo la muerte de Cathy a un delincuente que huía en un coche robado a gran velocidad y sin fijarse por dónde iba. Me quedé pensativa, con los ojos en la pantalla del ordenador.

—Cariño, ¿qué miras? —me preguntó Kevin.

—La madre de mi amiga, la que murió atropellada... Tenía curiosidad. Es raro que no me haya enterado de su fallecimiento hasta ahora.

—¿Estabais muy unidas? —dijo—. Es evidente que te ha afectado.

—No, no estábamos muy unidas —respondí—. Pero creo

que estábamos conectadas por el dolor. Lucy, su hija, mi amiga, murió de manera trágica. Me sentía responsable de no dejar sola a su madre. Aunque, si te soy sincera, no estuve para nada a la altura. Joder, he tardado seis meses en enterarme de su muerte.

—No seas tan dura contigo misma, nena —me animó Kevin—. Trabajas más horas que yo, y eso que no soy precisamente un vago. Tómatelo con un poco más de calma.

—Va en el paquete —dije—. Si quiero ascender en la empresa, tengo que trabajar todas esas horas.

—No te van a despedir de Stanhope porque reduzcas un poco el ritmo. —Me alzó la barbilla y me encontré con sus ojos color avellana, de los que emanaba una mirada penetrante y algo más que no supe descifrar—. Sara, te tienen en un pedestal. No sabes lo orgulloso que estoy de ti. El problema es... —Dudó.

—¿Qué?

—Si queremos mantener viva nuestra relación, no es sostenible que los dos sigamos trabajando tantas horas. A este paso no nos vamos a ver nunca.

—¿Qué quieres decir con «mantener viva»?

Kevin se encogió de hombros.

—Desde hace varias semanas apenas nos hemos visto.

—¿Y eso de quién es culpa? —pregunté a la defensiva—. Te pasas dos semanas de cada cuatro en la costa Oeste. Yo intento organizarme los viajes para estar aquí cuando tú vuelves. Ya sé que no siempre lo consigo, pero de verdad que lo intento.

—No te estoy culpando a ti —aclaró Kevin con tono afable—. Lo que intento decir, con mi torpeza habitual, es que deberíamos coordinarnos mejor. Sara, quiero pasar más tiempo contigo.

Me dio un beso.

—Tengo una sugerencia —prosiguió—. Impongamos una

moratoria sobre ordenadores y teléfonos cuando estamos juntos. Se me ocurren un montón de cosas más interesantes que hacer.

—Esperaba que dijeras esto —repliqué, y él cerró mi portátil con la mano libre.

Esa noche, horas después, seguía despierta en la cama escuchando la respiración profunda de Kevin que dormía a mi lado. Le seguía dando vueltas a las noticias sobre la muerte de Cathy. La había visto dos veces en mi vida, pero tenía la sensación de haber perdido a una amiga íntima. Supongo que se debía al modo en que había fallecido, y además en el preciso momento en que intentaba reencauzar su vida.

Me pregunté si debía contactar con la policía y contarles lo que recordaba de mi visita a Queens. La preocupación que había demostrado Cathy por su seguridad, la manera que escrutó el pasillo por la mirilla, los pestillos y la cadenita de seguridad en la puerta.

Tal vez debería contarles la inquietante sensación que tuve cuando salí del piso de Cathy y fui caminando a la estación de metro. Tuve la impresión de que me seguían, y después alguien que vestía de una forma muy similar al descrito en el informe sobre el conductor a la fuga se metió en mi vagón.

Y por si fuera poco, estaba la teoría de Cathy sobre la implicación de Stanhope en la muerte de Lucy, aunque nunca llegó a explicarme cómo.

Cuando me desperté por la mañana, Kevin ya se había marchado y yo lo veía todo desde una perspectiva más racional. Si telefoneaba a la policía parecería una paranoica, igual que Cathy me lo había parecido a mí cuando culpó a la empresa de la muerte de Lucy.

No pude dedicarle mucho más tiempo al asunto. Mi mente enseguida se vio absorbida por una nueva operación financiera de alto voltaje que me obligó a aparcar mi vida durante un mes. Y justo cuando estábamos cerrando esa operación, recibí una llamada angustiada de mi madre en mitad de la noche.

—A papá le ha dado un síncope —me dijo—. Está en cuidados intensivos, en el Hospital General de Chicago. Esta vez no creen que vayan a poder salvarlo. Sara, será mejor que vengas.

Los médicos de papá dijeron que le estaban fallando los riñones. Le dieron una semana de vida, dos como mucho. De inmediato lo organicé todo para trabajar desde la oficina de la empresa en Chicago y así poder estar con mis padres. No me podía permitir el lujo de tomarme un permiso sin paga, que fue lo que Vincent me sugirió cuando le conté lo que sucedía. El seguro médico de mis padres no cubría todo el coste del tratamiento. La factura del hospital ascendería a cientos de miles de dólares. Y me tocaría pagar a mí.

Me instalé en el piso de mis padres. La mayoría de los días me iba directa al hospital desde el trabajo, normalmente ya muy avanzada la tarde, para acompañar a mamá junto a la cama de papá o para sustituirla durante la noche para que ella pudiera irse a casa.

No hay nada agradable en hacer compañía a un moribundo en el hospital. El hombre que ocupaba la otra cama de la habitación gritaba de dolor cada vez que se le acababa la dosis de morfina. Eran unos gritos agudos que provocaban que mi padre abriese los ojos aterrado pese a que estaba semiinconsciente. Alteraban a mi padre y molestaban a mi madre.

Pedí al hospital que trasladaran a mi padre a una habitación individual. Haría que la cuenta subiera todavía más, pero no me importaba. Mi padre se merecía morir en paz.

La situación se prolongó un par de semanas. Según los parámetros de la medicina, papá ya debería haber muerto. Los médicos estaban sorprendidos de que siguiera vivo. No conocían a mi padre. Era un hombre terco como una mula, para lo bueno y para lo malo. Seguramente por eso aguantó tantos años de problemas de salud crónicos.

En sus últimos días apenas lo reconocía. Su piel había adquirido un tono amarillento por la ictericia y tenía los ojos blancuzcos, con la mirada llena de dolor. Era la triste sombra de un hombre que siempre me había parecido imponente. Se había ido encogiendo hasta que apenas quedaba nada de él.

Papá murió un martes por la noche, durante la peor tormenta de nieve en Chicago en siete años. Me fue imposible llegar desde nuestra oficina en la ciudad al hospital a tiempo para estar junto a él antes de que falleciera. No circuló ningún taxi hasta primeras horas de la mañana, y para entonces los camilleros ya habían retirado el cadáver de la habitación para depositarlo en la morgue del hospital.

Me dolió no haber estado con él cuando murió, pero sobre todo no haber podido dar apoyo a mi madre. Eso me destrozó. Estaba tan obcecada en mi dedicación al trabajo que insistí en acudir a la oficina ese día pese a que los meteorólogos advertían de la llegada de la ventisca.

Tardé mucho tiempo en perdonármelo. Y la verdad es que no sé sí he llegado a hacerlo del todo. Lo sucedido me hizo reflexionar sobre si quería trabajar en una empresa que acaparaba de tal modo mi tiempo que me impedía tomarme una tarde libre para sostener la mano de mi padre agonizante.

En el lavabo del hospital, mientras me limpiaba ante el espejo las lágrimas de la cara tras saber que había llegado tarde, le pregunté a mi reflejo: «¿En qué te has convertido? ¿Desde cuándo ganar dinero está por encima de las personas a las que quiero?».

Lo enterramos en una ceremonia íntima a la que acudieron algunos parientes y viejos amigos de hacía décadas. Kevin se ofreció a tomar un avión para venir, pero yo sabía que estaba preparando una declaración muy importante y le dije que no era necesario. Mentí como una bellaca, porque lo necesitaba desesperadamente.

Después de la muerte de mi padre, le insistí a mi madre para que se trasladase a vivir a un complejo para gente mayor. Sus problemas de salud la habían debilitado y existía la posibilidad de que la ansiedad y el estrés acumulados durante la enfermedad y la muerte de papá le provocasen otra apoplejía.

Yo vivía demasiado lejos para estar pendiente de ella. Me preocupaba que se desplomara en casa y nadie se enterara hasta que la mujer a la que yo había contratado para ayudarla con las compras y la limpieza descubriese su cadáver días después. Necesitaba que alguien estuviera pendiente de mamá a diario y se asegurase de que se tomaba la medicación. Y, sobre todo, necesitaba compañía.

Le encontré una plaza en un complejo para jubilados. Todo el mundo tenía un pequeño apartamento independiente y se reunían para las comidas y las actividades diarias, como escuchar música o jugar a cartas. Ella tendría su pequeño piso en un complejo con un precioso jardín de rosas y una sala de juegos. Los precios estaban muy por encima de lo que mi madre se podía permitir, e intentó utilizar eso como excusa para escabullirse. Pero yo ya había dicho a la dirección que me haría cargo de los gastos y había firmado los documentos.

Aun así, mi madre se siguió resistiendo. Insistía en que era capaz de cuidar de sí misma. Me dijo que trasladarse a una «residencia» la mataría. Yo no veía ninguna otra alternativa realista. La convencí de que ella disfrutaría del cambio y yo dormiría más tranquila. Al final, aceptó a regañadientes. Ya solo quedaba empaquetar sus cosas y trasladarla.

Acabé cogiéndome unos días de permiso la semana que murió mi padre. No tuve otro remedio. Tenía que ayudar a mi madre a organizar el funeral y a trasladarse a la comunidad de jubilados. La quería dejar instalada antes de volver a Nueva York.

Revisamos viejas cajas llenas de fotografías familiares y hablamos de recuerdos infantiles, y ella me contó historias de cómo ella y papá se habían conocido y enamorado. Mis padres tenían sus conflictos —estuvieron a punto de separarse dos veces—, pero las tensiones se habían ido suavizando con la vejez y la nostalgia.

En mi última noche en Chicago, mamá y yo empaquetamos las cajas que faltaban para su mudanza. Su nuevo hogar era un estudio con un tabique abierto que separaba el dormitorio de la sala. Era pequeño, y por lo tanto no había espacio para todos los cachivaches, vajilla y muebles acumulados durante toda una vida. Metimos en cajas lo que mamá se quería llevar a su nueva residencia y vendimos el resto.

Esa última noche ya solo nos quedaba por revisar el armario del garaje. Tiramos viejas herramientas oxidadas y la caña y los aparejos de pescar de papá, que llevaban años sin usarse. En el estante superior había una caja con mi nombre.

—Sara, esto es tuyo —dijo mamá.

La saqué y la abrí. Allí estaban guardadas mis posesiones infantiles: baratijas, una cajita de nácar con mis dientes de leche y joyas baratas de plata que me habían regalado en diversos cumpleaños. Había un par de álbumes de fotos de mi infancia y algunos de mis cuentos favoritos. Cosas que no tenían otro valor que el sentimental. Me guardé la caja en la maleta.

Me marché al día siguiente por la tarde con el corazón en un puño. Al ver a mi madre instalada en su nuevo hogar, sentí que había roto el cordón umbilical con el pasado. Ya no teníamos una casa familiar. No había un lugar al que pudiera regresar, una red de seguridad que me protegiera. Por primera vez en mi vida, me sentí de verdad sola.

35

El ascensor

A medida que pasaban las horas fueron perdiendo la esperanza de un rápido rescate. Encendieron los portátiles y empezaron a trabajar en informes y hojas de cálculo para tratar de alejarse de la claustrofóbica realidad de su reducida prisión. Pero sobre todo lo hicieron para autoconvencerse de que esa situación absurda acabaría por solucionarse. De que pronto los sacarían de allí. Querían poder contar lo sucedido en alguna cena con un tono altanero: «No fue tan terrible, al menos me sirvió para ponerme al día del trabajo que tenía retrasado».

La luz de las pantallas quebraba lo bastante la oscuridad como para que pudieran ver las siluetas de los demás detrás de sus portátiles. Vincent aprovechó la ocasión para buscar la pistola desaparecida hacía unas horas. Sin embargo, apenas se podía distinguir nada en el suelo con tan poca luz, y todavía menos con todos los abrigos y otros objetos tirados por todas partes. Pensó que tampoco importaba demasiado si no encontraba la Glock. Seguía teniendo el cargador en el bolsillo del pantalón. Y sin balas, la pistola era inservible.

Intentaron aprovechar al máximo la lamentable situación trabajando. Tecleaban a toda velocidad en sus respectivos ordenadores y en ocasiones, cuando alguien se enfrentaba a un cálculo particularmente complicado, se oía algún suspiro.

En realidad, no era más que una fachada que les permitía mantener la compostura y ocultar el intenso y primario terror de haber sido abandonados. De que nadie acudiera a rescatarlos.

Por mucho que se empeñasen en mantener el optimismo, no tenían otro remedio que afrontar la realidad de que ya había pasado mucho tiempo sin que apareciese nadie para sacarlos de allí.

—A estas alturas, el servicio de emergencias ya debería haber contactado con nosotros —razonó Sylvie, rompiendo el silencio—. Alguien debería haberlos alertado, y nosotros deberíamos saber que están trabajando para sacarnos de aquí. Ya deberíamos haber oído algo que nos lo indicase.

Nadie contestó. El silencio era su respuesta.

Se sentían abandonados. Pasó el tiempo y se les agotaron las baterías. Las pantallas de los portátiles y las tabletas se quedaron tan negras como el estado de ánimo de sus propietarios. De nuevo se vieron envueltos por un manto de oscuridad.

En algún momento durante la noche, Jules había llegado a la conclusión de que Vincent los había conducido hasta allí sabiendo lo que iba a suceder. Que era el cerebro que había maquinado el maquiavélico plan de encerrarlos en ese diminuto y claustrofóbico espacio. El porqué se le escapaba. Nadie conocía los motivos de Vincent, él siempre iba un paso por delante de ellos.

—¿Qué estás pensando? —le preguntó Vincent. Jules estaba agotando la poca batería que le quedaba en el móvil para iluminar el techo con la linterna.

—Tiene que haber alguna trampilla de acceso, ¿no crees? Si logramos abrirla y subirnos al techo del ascensor, quizá allí tengamos señal y podamos telefonear para pedir ayuda. No podemos seguir aquí sentados como corderos camino del matadero.

Jules tenía razón. Si la cabeza no le doliese tanto, Vincent debería haber pensado en esa opción. Como era varios centímetros más alto que Jules, se puso de puntillas y llegó a tocar el techo con la mano. Estaba compuesto por grandes paneles cuadrados color plata montados en una estructura para crear un falso cielo raso. Fue fácil sacar uno de los paneles simplemente empujándolo hasta desencajarlo de la estructura. Una vez abierto el hueco, Vincent se encaramó y asomó la cabeza. Con la linterna de Jules examinó el techo de acero pulido hasta que, al fondo, localizó la silueta cuadrada de una trampilla.

Avanzó en dirección a la trampilla desde abajo y sacó otro panel. Empujó la trampilla con ambas manos. No se movió. Tampoco cedió cuando la golpeó con el reborde metálico del canto de su maletín. Buscó a su alrededor algo con lo que hacer palanca. No había nada adecuado.

Al final optó por la única pieza de metal a su alcance: las llaves de casa. Intentó deslizar la llave por el borde de la trampilla para romper la junta. En el fondo, sabía que sería inútil, pero se sintió obligado a intentarlo. Lo hizo varias veces, hasta que casi partió la llave por la mitad.

Cuando asumió que no funcionaría, más por desesperación que por otra cosa, se envolvió los nudillos con su pañuelo y golpeó la trampilla tratando de hacerla saltar.

No sirvió de nada. La trampilla no se movió. Debía de estar cerrada desde el otro lado para evitar que los usuarios del ascensor pudieran hacer alguna tontería, como subirse al techo, donde podían electrocutarse o caer al vacío.

Vincent se sentó, jadeando por el esfuerzo, y se desenrolló el pañuelo de la mano. Estaba manchado de rojo. Los nudillos, magullados y arañados, le sangraban.

—Esto es como Alcatraz —dijo Jules.

36

Sara Hall

Cuando volví a mi piso desde Chicago me lo encontré frío y a oscuras. Y desoladoramente vacío. Me había pasado las últimas semanas soñando con recibir el acogedor abrazo de Kevin al regresar a casa, pero él no estaba. Me había mandado un mensaje de texto cuando yo ya estaba en el aeropuerto O'Hare esperando a embarcar, diciéndome que tenía que tomar un vuelo a San Francisco para una reunión urgente con un cliente. «Lo siento», se disculpó, añadiendo un emoji de una cara triste. Yo le respondí con otro emoji de un corazón roto.

«¡Te lo compensaré el viernes! ¡Te lo prometo!», respondió.

Me metí en el baño y me di una larga ducha caliente, contenta de estar de vuelta en casa. Me puse el pijama y me preparé un sándwich caliente de queso, que me zampé sentada en el sofá con las piernas cruzadas mientras veía un estúpido *reality show.*

Antes de acostarme, deshice la maleta y lo guardé todo, excepto la caja con mis tesoros infantiles que me había dado mi madre.

Abrí el armario del pasillo para guardarlo allí. Todos los estantes estaban a rebosar de sábanas, toallas y mantas dobladas, excepto el de más abajo, en el que se acumulaban cosas diversas. Saqué un par de botellas de vino y un paquete de papel higiénico. Pero la caja no cabía, quedaba todavía algo al fondo que ocupaba demasiado espacio.

Lo saqué y de inmediato me di cuenta de que era la caja que, hacía varios meses, Cathy me había pedido que le guardase. En su momento la metí en el armario y después me olvidé por completo de ella.

Corté la cinta de embalar y saqué el plástico con burbujas que protegía el contenido. Encima de todo estaba el disco de Fleetwood Mac que Lucy me había regalado. Debajo, una pila de cuadernos de dibujo. Hojeé el primero y aparecieron bocetos dibujados en las calles de Nueva York. En uno se veía a un músico callejero tocando el saxo en la boca de una estación de metro. Lucy había plasmado el bullicio de la gente moviéndose a su alrededor y dibujado a un hombre que se había detenido para escucharlo. En otra página el protagonista era un skater deslizándose por un parque, y en otra un anciano que vendía perritos calientes con un carrito.

Debajo de la pila de cuadernos de dibujo apareció un diario con tapas moradas de terciopelo. En la primera página había una nota escrita a mano: «Lucy, espero que este diario te acompañe en tu paso por la universidad, donde ojalá todo te vaya bien y tengas muchos éxitos. Te quiere, mamá».

Me sorprendió ver que lo que el cuaderno contenía eran dibujos a tinta en lugar de las anotaciones personales que una esperaría encontrar en un diario personal. En lugar de describir pensamientos, Lucy había hecho dibujos, en ocasiones con algún breve pie o algún pequeño texto en una burbuja tipo cómic. Parecía la novela gráfica de la vida de Lucy.

Había un montón de entradas, que iban desde los años universitarios hasta la época en Stanhope. Encontré un boceto de Vincent y Lucy sentados junto a la ventana de una cafetería, bebiendo café. Debajo había escrito: «Dando consejos a mi mentor», y a continuación la fecha, que correspondía a sus inicios en la empresa. En otra página encontré un boceto de mí junto al leopardo de las nieves y la palabra: «¿Confianza?».

En algunas páginas había diferentes dibujos, realizados a lo largo de varios meses. En otras ocasiones, Lucy dedicaba una página completa a un solo acontecimiento. Cada entrada, por pequeña que fuese, estaba fechada. La última ocupaba dos páginas encaradas. Era la única que no estaba dibujada con tinta negra. Para esta había utilizado un bolígrafo rojo. Y estaba fechada dos días antes de su muerte.

Se había dibujado a sí misma encogida de miedo en una esquina del ascensor. Estaba rodeada por unos demonios ataviados con traje y corbata, con unas puntiagudas colas que emergían de las americanas, unos rostros retorcidos y llenos de odio, y garras que trataban de atraparla. Sentí un escalofrío. Había un bocadillo de diálogo que salía de su boca. En el interior había escrito: «SOS».

La página contigua contenía un texto escrito con la misma tinta roja. Era ininteligible, estaba redactado en el lenguaje privado de Lucy.

Estaba ya lista para acostarme, sin poder dejar de pensar en ese último dibujo y en el extraño escrito, cuando de pronto caí en la cuenta. Cogí el diario y lo sostuve frente al espejo. Las incomprensibles palabras de Lucy cobraron perfecto sentido. Había adoptado la técnica de escritura especular de Leonardo da Vinci.

Leí el texto en el espejo. Cuando acabé, me precipité hacia el lavabo y vomité hasta que me escoció la garganta.

Tuvimos una reunión con el equipo ejecutivo de la fusión. Eric les pasó unas cifras que eran del todo erróneas. Iban a tomar la decisión equivocada y a poner en riesgo ochenta millones de dólares en virtud de unas proyecciones que no estaban bien calculadas. Tenía que hacérselo saber. Vincent no estaba. De haber estado presente, habría notado mi incomodidad. Sam estaba sentado en la otra punta de la mesa. Yo intentaba captar su mirada, pero él me ignoraba. No me quedó otro remedio que intervenir. Intenté ser diplomática. Aunque no es lo que mejor se me da. Comenté algo tipo: «Lo siento, Eric, pero esas cifras no están bien calculadas. Las cifras correctas dan unas pérdidas potenciales de once millones de dólares». Todos se volvieron hacia mí. Eric me lanzó una mirada que me aterrorizó. Nadie me había mirado nunca con tanto odio.

Más tarde, después de comer, cuando yo salía del lavabo, él me agarró por detrás y me obligó a entrar de nuevo. Todo sucedió muy rápido. «Escúchame bien, retrasada hija de puta —dijo—. No vuelvas a ponerme en evidencia en público nunca más.» Asentí. Estaba tan asustada que no podía hablar. Eric me metió la mano por debajo de la blusa y me retorció un pezón tan fuerte que me dolió. «Tienes que aprender a mantener la boca cerrada.» Y se largó. Me temblaban tanto las piernas que acabé sentada en el suelo. Alguien entró en el lavabo. Hice ver que se me había caído algo y salí.

Más tarde, me llevé a Sylvie aparte para contarle lo sucedido. Me dijo que siguiera las reglas no escritas, «Te aguantas». Me explicó que cuando era una modelo adolescente, un fotógrafo la había toqueteado mientras le arreglaba el bañador y ella lo toleró. Me aseguró que nadie podía enfrentarse a Eric Miles, que tenía que olvidarme del asunto y mirar hacia adelante.

La noche siguiente me quedé hasta tarde para asistir a una reunión de última hora. Acabó hacia las nueve. Después volví a mi escritorio para terminar el trabajo que tenía pendiente. Al cabo de un par de horas, empecé a ver borroso. No era capaz de leer bien en la pantalla del ordenador. Supuse que estaba agotada y recogí mis cosas para marcharme. La oficina empezó a dar vueltas mientras caminaba hacia el ascensor. Estaba mareada y me fallaban las piernas. Llegó el ascensor.

Entré tambaleándome. Las puertas se cerraron a mi espada. La gente que bajaba en el ascensor empezó a empujarme de un lado a otro. No paraban de decir «Retrasada hija de puta». Quería decirles que parasen, pero no podía articular palabra. Tenía la garganta paralizada. Sentí el tacto de manos toqueteándome. Tirándome del pelo. Deslizándose bajo mi sujetador. Manos por todas partes. Tocándome de maneras en que yo no quería ser tocada. Me acurruqué en el suelo y cerré los ojos hasta que todo se fundió a negro.

No recuerdo nada más, excepto abrir los ojos en el momento en que se abrían las puertas. Salí al vestíbulo dando tumbos, como si estuviera borracha. Me sentía muy avergonzada por no haber opuesto resistencia. No le conté nada al guardia de seguridad.

Lo único que quería era regresar a casa y frotarme el cuerpo con agua muy caliente. Después de la ducha, busqué en el armario ropa limpia. Todo me parecía sucio. Desagradable y sucio como yo. Intenté contactar con Sara. No hubo respuesta. Al final opté por llamar a Sylvie y empecé a soltarle divagaciones incoherentes por el teléfono. Creo que estaba llorando. Me dijo que iba a venir a mi piso. La dejé entrar y le conté lo sucedido. Me dijo que probablemente eran agentes financieros demasiado borrachos para saber qué estaban haciendo. Me advirtió que no se lo contase a nadie, porque en Stanhope no gustaban los empleados que presentaban quejas. Me sugirió que me quedara en casa. Ella me cubriría en el trabajo. Me ofreció unas pastillas y me dijo que me harían sentir mejor. Detesto las pastillas, pero estaba tan desesperada por dejar de sentirme como me sentía, que me las tomé. No me han servido de nada. Lo único que deseo es acurrucarme y morir.

37

El ascensor

Ya llevaban casi un día entero atrapados. Jules se había referido al ascensor como una tumba. Cuando más tiempo seguían allí metidos, más razón le daban. Empezaban a preguntarse si iban a lograr salir.

No había ninguna posible ruta de escape. Vincent había comprobado que la trampilla del techo estaba cerrada y sellada. Las puertas de acero daban al muro de cemento de la caja. Las pistas del escape room no parecían servir para nada. Ninguno de ellos tenía ni la más remota idea de qué podía significar la última, que seguía resplandeciendo en la pantalla. Se habían pasado horas pidiendo ayuda, gritando, vociferando, suplicando. Sin resultado alguno.

Su gran esperanza era que el lunes por la mañana el edificio se llenaría de gente que volvía al trabajo. Seguro que alguien oiría sus gritos pidiendo auxilio. Pero para eso todavía faltaban casi cuarenta horas.

—De momento lo único que podemos hacer es dormir —propuso Vincent. Pero era más fácil decirlo que hacerlo en ese suelo duro y con ese calor infernal.

Envidiaban a Sam, que dormía profundamente un sueño inducido por la oxicodona, con puntuales momentos de somnolienta vigilia. Cuando eso sucedía, Vincent le daba otro tranquilizante para que se volviera a dormir. Los demás estaban estirados en el suelo uno junto al otro, tratando de conciliar el sueño, arrullados por el goteo de la condensación del techo.

Vincent reflexionaba sobre lo que debían hacer para sobrevivir hasta el lunes. Tenía una única botella de agua y un par de barritas energéticas en la cartera. Si racionaba el agua minuciosamente, bastaría para que los cuatro llegaran vivos al lunes por la mañana.

El calor, que había sido una de las principales preocupaciones de Vincent, ahora le parecía menos relevante. Habían dado con una forma de controlarlo abriendo de vez en cuando las puertas del ascensor para que entrara aire fresco de la caja.

Su principal preocupación en esos momentos era mantener controlados a Jules y Sylvie. Notaba que se les estaba agotando la paciencia. Se sintió aliviado cuando ambos se quedaron dormidos, porque así pudo bajar la guardia al menos durante un rato.

Desde la esquina en la que estaba estirado Jules llegaban apagados ronquidos. Sylvie estaba echada con las piernas dobladas y respiraba sin hacer mucho ruido. Vincent notaba el tacto de la piel de las piernas de Sylvie aplastadas contra las suyas. Su sofisticado perfume era un bienvenido alivio frente al ambiente cargado del concurrido ascensor. Vincent se durmió acompañado por la piel de Sylvie y el dulce olor que emanaba de su cuerpo.

Jules se despertó en la oscuridad con una única idea en mente. Necesitaba beber. Y no agua, aunque tenía la boca seca, sino algo más fuerte. Whisky. O vodka. O tal vez un ron con cola. Joder, se bebería un jarabe para la tos si tuviera suficiente alcohol.

Sabía que debería estar pensando en algún modo de salir de allí. Se le daba bien la electrónica, de manera que, si se concentraba, podría dar con alguna idea para activar el panel de control o tirar un cable para conseguir señal telefónica. Pero era incapaz de concentrarse sin un trago.

Se indignó consigo mismo por no haber cogido más botellitas de la limusina que lo había llevado hasta aquí. Durante las pasadas semanas había tenido un montón de oportunidades de echar un trago, pero se había mantenido fuerte. Las comidas con clientes eran ideales para pedir un gran reserva. Un whisky añejo era el inicio perfecto de una cena. Una cita con un cliente en un bar de vodka ruso... Pero se había mantenido firme para cumplir su promesa de seguir sobrio.

Pensó que si había sido capaz de resistir la tentación de una botella de whisky añejo de cincuenta años, sin lugar a dudas podría meterse en una limusina sin dejarse seducir por el sofisticado contenido del minibar. Mientras el vehículo avanzaba entre el denso tráfico, sus ojos se desviaban una y otra vez hacia el armarito de las bebidas colocado en la puerta. ¿Qué habrían metido ahí dentro? Se dijo que le daba igual, que no iba a beber más. Pero tras otro inacabable semáforo en rojo, pensó que por qué no echar un vistazo. Por pura curiosidad.

Abrió el minibar y descubrió al menos dos docenas de botellitas de licor colocadas en ordenadas hileras. Pensó que quizá valía la pena comprobar qué marca de vodka tenían. Pero resultó que no había vodka. Ahí se habría acabado todo, de no ser porque Jules descubrió entonces el surtido de whiskies de marcas que no conocía. Era un fanático de los whiskies, aunque rara vez los bebía, porque el olor se le quedaba impregnado como si se lo hubiera echado por encima.

Se tomó su tiempo para hacer la selección. Optó por un malta escocés y se bebió el contenido de la botellita de un largo trago. La calidez se extendió por sus entrañas mientras la limusina avanzaba entre el atasco de la parte alta de Manhattan. De inmediato se sintió más relajado, el estrés y la presión empezaron a aflojar. Cuatro cruces después, ya necesitaba desesperadamente otro trago. Se contuvo. Tenía una reunión. Los clientes notarían el olor en su aliento.

Escribió un correo electrónico y releyó un informe. Los ojos se le iban una y otra vez hacia el minibar. Se convenció de que una botellita más ni se notaría. También se la bebió de un trago y metió las dos consumidas en el maletín. Las guardaría como recuerdos del último trago de alcohol que iba a probar en su vida. Estaba ya valorando la posibilidad de beberse una tercera botellita cuando el conductor detuvo el vehículo ante el vestíbulo de un edificio.

—Señor, hemos llegado —anunció.

Sentado en la oscuridad del ascensor, Jules lamentó no haber cogido esa tercera botellita. Por Dios, casi podía paladear el delicado líquido ambarino sobre la lengua. Haría cualquier cosa por un trago. Podría olvidar el estómago vacío y el cuerpo dolorido. Haría inaudibles los patéticos gimoteos de dolor de Sam. Apartaría de su cabeza todos los recuerdos que le merodeaban en la solitaria oscuridad del ascensor.

No quería pensar en su madre fallecida, ni en su exesposa, que solo hablaba con él a través de abogados que cobraban ochocientos dólares la hora, ni en su padre, que había abandonado a la familia, ni en la larga lista de amantes que había tenido desde su ruptura matrimonial. Ni en toda la gente a la que había hecho daño a lo largo de los años.

38

Sara Hall

Me pasé toda la noche con náuseas, mientras digería lo que le había sucedido a Lucy. La habían agredido; había sufrido un asalto sexual en el ascensor de la oficina. Era obvio que la habían drogado. A partir de ese momento, no tuvo ninguna posibilidad de escapar. En cuanto entró en el ascensor, quedó indefensa. Estaba desorientada, atrapada y aterrorizada.

Seguro que Eric Miles estaba detrás de todo lo sucedido. Era su venganza después de que Lucy le hubiera hecho quedar como el idiota que era. Conocía lo bastante bien a Eric como para saber que era un cobarde rastrero. Debía de haber pagado —o amenazado— a otros para que llevaran a cabo la agresión. Lo más probable es que él ni siquiera estuviera presente.

Haber encontrado el diario de Lucy me ponía en una situación delicada. Sacar a la luz la agresión que había sufrido supondría acabar con mi carrera en Stanhope. Mi salario no solo me permitía ganarme la vida, sino que también servía para pagar la carísima residencia de mi madre. Aún tenía pendiente de pago la factura del hospital de mi padre y los gastos del funeral. No me podía arriesgar a perder mi fuente de ingresos.

Lucy estaba muerta. Había sucedido hacía tiempo. Y el pasado no se podía cambiar.

Pero, por otro lado, lo sucedido me enfurecía. Lucy merecía justicia. ¿Cómo podía dejar que Eric Miles se fuera de rositas después de haber hecho lo que había hecho?

Llamé a Kevin. Necesitaba su consejo. Calculé que a estas horas su vuelo ya habría aterrizado en San Francisco, pero me saltó el contestador. No le dejé mensaje. Además, caí en la cuenta de que no le podía hacer ese tipo de consulta por teléfono. Como buen abogado, Kevin era muy precavido. Se negaría a hablar por teléfono de un asunto tan delicado. No me quedaría otro remedio que esperar a su regreso el viernes. Cinco días de espera.

Llegué al vestíbulo de nuestras oficinas poco antes de las siete de la mañana, con un café para llevar de la furgoneta gourmet que había a media manzana. Me dirigí hacia el ascensor, y por pura casualidad, me encontré a Jules, Sam y Sylvie con sus respectivos cafés en la mano, también esperando para subir.

Solíamos llegar a las siete y media para abrir los correos de la noche anterior y preparar el material necesario para la primera ronda de llamadas internacionales con nuestras oficinas en Europa, que empezaban a las ocho. Se abrieron las puertas del ascensor. Entramos todos. Parecíamos anuncios andantes de ambiciosos ejecutivos de la empresa. Impecablemente peinados, con trajes planchados y zapatos relucientes, y con todos los accesorios y la arrogancia propios de nuestra profesión.

—Sara, hacía días que no te veíamos el pelo. ¿Qué tal por Chicago? —preguntó Sam mientras tecleaba en el móvil.

—Ha fallecido su padre —terció Jules antes de que yo pudiera responder—. Por eso estaba en Chicago.

—Oh, mierda, lo había olvidado —exclamó Sam—. Una lástima. Mis condolencias, Sara.

Observé que Sylvie y Jules, uno junto al otro, mantenían la mirada baja, contemplándose las manos con cierta incomodidad. Me pregunté cuánto tiempo llevaban acostándose. Alcé la vista y Sam me guiñó un ojo, dándome a entender que compartíamos el secreto.

—Sylvie, ¿en qué has andado metida últimamente? —pregunté. Sam esbozó una sonrisita. Caí en la cuenta de que, después de lo que acababa de ver, la pregunta sonaba provocativa.

—He estado en Londres —respondió—. De hecho, vuelvo mañana. Pero esta tarde Vincent y yo presentamos un cliente a la empresa.

—Pensaba que estaba fuera —dije.

—No, hoy está aquí —replicó Sylvie—. Vuela a Frankfurt esta noche. ¿Por qué te interesa tanto saber dónde está?

A Sylvie le encantaba recordarme de mil maneras diferentes que yo estaba en lo más bajo de la cadena alimentaria en relación con los miembros del equipo con más antigüedad. Ella podía entrar en el despacho de Vincent cuando le daba la gana; yo tenía que concertar una cita con su secretaria. Ella y Vincent se movían en círculos sociales similares, acudían a las mismas fiestas. Sylvie lo trataba con cierta familiaridad. Para mí, en cambio, Vincent solo era el jefe. Siempre me mostraba respetuosa ante él. No chismorreábamos ni nos íbamos de copas. Yo no tenía ni idea de quiénes eran sus amigos y nunca, jamás en la vida, me lo había encontrado en una fiesta o en un restaurante. No me movía en el mismo ambiente que él.

—¿Tienes que comentarle algo? —insistió Sylvie.

—Nada en concreto —contesté con rapidez. Con demasiada rapidez. Noté en su mirada que había despertado su curiosidad.

Para mí habría sido mucho mejor que Vincent no estuviera, porque eso me permitiría hablar primero con Kevin. Pero mi novio no volvía hasta finales de la semana. Para entonces, Vincent ya estaría en Europa. Y sus viajes europeos a veces se prolongaban durante varias semanas.

De manera que, sin darle más vueltas, decidí que hablaría con Vincent de lo que acababa de descubrir antes de que se marchase. Él había sido el mayor aliado de Lucy. Se quedaría tan horrorizado como yo. Y sabría cómo actuar.

Coincidí con Vincent en varias reuniones a lo largo del día. Me dio el pésame por la muerte de mi padre y me preguntó qué tal se había adaptado mi madre a su nueva residencia, pero no tuve ocasión de hablarle en privado del delicado asunto del diario de Lucy.

Le mandé un par de mensajes a su secretaria para preguntarle si me podía conseguir unos minutos con él entre reuniones. En ambas ocasiones me respondió que no tenía ni un solo hueco en la agenda. Tendría que esperar a que regresara de Europa.

A las seis de la tarde apareció en la pantalla de mi ordenador un mensaje de Vincent. «Me han dicho que quieres hablar conmigo. Ahora dispongo de unos minutos. ¿Te va bien?»

«Sí. Ahora voy», respondí.

Cuando entré en su despacho, estaba leyendo un documento. Se quitó las gafas y con ellas en la mano me indicó con un gesto que me sentara. Cerré la puerta. No quería que nadie pudiera oír la conversación.

—Sara, te veo distraída —empezó Vincent—. Ya sé que las últimas semanas no habrán sido fáciles. ¿Necesitas unos días libres? Perdí a mi padre hace unos años. Fue muy duro.

—No quiero más días libres. Estaba deseando volver al trabajo.

—De acuerdo. —Vincent suspiró, como si no estuviese muy convencido—. Dime, ¿qué te preocupa?

—Quería hablarte de una cosa. —Respiré hondo y exhalé el aire poco a poco. Las palabras que había ensayado en mi cabeza una docena de veces empezaron a salir de mi boca de un modo precipitado y confuso.

—La madre de Lucy Marshall, Cathy, murió hace seis meses —dije—. La atropelló un conductor que se dio a la fuga.

—No lo sabía —comentó tras un silencio—. Lo siento.

—Visité a Cathy antes de su muerte. Resulta que Lucy llevaba un diario. En él hay una entrada, escrita dos días antes de su muerte, en la que da a entender que la agredieron sexualmente en el ascensor de la oficina.

Frunció el ceño.

—¿Dice quién lo hizo? —preguntó.

—No lo sabía con exactitud. Por lo que cuenta, he deducido que la habían drogado. Sin embargo, sospecho que Eric Miles estaba implicado. Ese mismo día la había amenazado. Ella lo había puesto en evidencia durante una reunión. Él dio cifras incorrectas y ella lo corrigió delante de todos.

—¿Y cómo sabes que eso es verdad? —inquirió Vincent.

—Está explicado en el diario de Lucy.

—¿Lo tienes? Me gustaría verlo.

—No lo tengo. Pero... lo he visto —respondí, dando evasivas. Era una mentira absurda. Ahora, después de decirle que no lo tenía, ya no podía proponerle ir a buscarlo a casa y traérselo para que lo viera.

—Sin ver el diario no puedo considerar las acusaciones como algo más que una habladuría, ¿no te parece? —Vincent no levantó la voz, pero percibí que estaba enojado. Me sonrojé. No sabía qué decir—. No puedes lanzar una acusación como esta sin aportar pruebas —añadió.

No me podía creer que Vincent estuviera protegiendo precisamente a Eric Miles. Cualquiera que hubiera trabajado con él sabía que era un capullo redomado, sobre todo Vincent, que era un experto en descubrir el verdadero carácter de las personas.

La reacción se debía a las conexiones de Eric con la cúpula de la empresa. Vincent tenía tablas de sobra como para saber que atacar a Eric Miles podía poner en riesgo su carrera.

Se inclinó hacia delante. Su mirada era implacable.

—Sara, sin pruebas y sin alguien que lo corrobore, no puedo hacer nada.

—Después de lo sucedido, Lucy se lo contó a Sylvie —añadí—. Sylvie fue al piso de Lucy para tranquilizarla. Le dio sus pastillas. Pregúntale. Ella te lo confirmará.

Vincent pulsó el botón del intercomunicador para hablar con su secretaria.

—Dile a Sylvie que venga a mi despacho. Ahora mismo.

Noté que se me aceleraba el corazón bajo la gélida mirada de Vincent. Esperamos en silencio la llegada de Sylvie, que entró con su habitual aplomo. Llevaba un traje color crema, el cabello recogido y una blusa de seda rosa con el cuello abierto para dejar a la vista un collar de perlas. Se sentó en la silla vacía a mi lado y cruzó las piernas con gesto desenvuelto.

—¿Recuerdas los días previos a la muerte de Lucy Marshall? —le preguntó Vincent.

—De eso hace ya tiempo —respondió, evasiva.

—Unos días antes de su fallecimiento, ¿te contó Lucy que una noche, ya bastante tarde, sufrió una agresión sexual en el ascensor de la oficina, perpetrada por Eric Miles u otros hombres desconocidos?

—¿Lucy? —exclamó Sylvie, incrédula—. ¿Agredida en la oficina? Es ridículo. ¿Dónde demonios has oído esto? —Se volvió hacia mí. Su mirada era acusadora.

—Para que quede claro y no haya ningún malentendido. ¿Estás diciendo que Lucy jamás te contó que había sufrido una agresión? —inquirió Vincent.

—De haber sido así, te lo habría dicho a ti, o a la policía —insistió Sylvie.

«Mentirosa», pensé.

—¿Estuviste en el piso de Lucy el día anterior a su muerte? ¿Le proporcionaste sedantes o algún otro tipo de medicación?

—No he estado en mi vida en el piso de Lucy. No sé ni dónde vivía. No éramos amigas. Y tú lo sabes perfectamente. ¿Y por qué le iba a dar a Lucy medicación sin una receta? ¿Quién hace eso? —Lo miró perpleja—. Vincent, si quieres que te diga la verdad, me ofende un poco que siquiera me lo preguntes.

—Gracias, Sylvie. Puedes marcharte —la despidió Vincent. Esperó en silencio a que ella saliera del despacho.

—Sara, ¿se puede saber a qué viene todo esto? —Su tono de voz era gélido—. ¿Por qué te inventas semejante historia? Degrada la memoria de Lucy y daña la reputación de Eric Miles. Por no mencionar que también salpica a Sylvie, porque implícitamente la estás acusando de encubrir un crimen.

—No me he inventado nada —musité.

—Sylvie acaba de asegurarme que no es verdad. Que Lucy nunca le pidió ayuda. Dice no haber oído hablar del supuesto incidente —se quejó Vincent—. Lo que cuentas no ha sucedido. Es pura ficción.

—No lo es —insistí—. Sucedió dos días antes de la muerte de Lucy... Y está de algún modo relacionado con ella.

—Sara, todo esto me suena a maniobra tuya —me advirtió—. Para minar la credibilidad de Sylvie y vengarte de Eric no sé por qué, ¿quizá por excluirte de la operación Bishop? Nunca imaginé que pudieras llegar a ser tan manipuladora. No quiero volver a oír hablar de este asunto.

Tragué saliva mientras los ojos se me llenaban de lágrimas de rabia. Las acusaciones de Vincent me resultaron profundamente humillantes.

—Se ha acabado la reunión —añadió para que me marchara.

Me levanté, temblando, Y me dirigí con pasos inseguros hacia la puerta.

—Sara, te voy a hacer el mayor favor de tu carrera. Voy a olvidar esta conversación. Si te gusta trabajar en Stanhope, te sugiero que en el futuro te andes con mucho cuidado a la hora de lanzar este tipo de acusaciones infundadas. —Y tras estas palabras, salí de su despacho.

Cuando llegué a casa esa noche, repasé el resto de las pertenencias de Lucy en busca de alguna prueba que me permitiera convencer a Vincent de que lo que le había contado era verdad. Quizá Lucy había hablado con alguien más después de la agresión, alguien aparte de Sylvie que pudiera corroborar la historia. Estaba segura de que la respuesta estaba entre los papeles que me envió Cathy. Estaba decidida a demostrarle que le había dicho la verdad y que Sylvie mentía como una bellaca.

Repasé todos los cuadernos de dibujo de Lucy. En la parte final del más grande había una serie de impresionantes bocetos de Coney Island que ocupaban varias páginas. Las fui pasando, esperando poder contemplar más escenas callejeras dibujadas por ella cuando de pronto algo me hizo contener un grito, igual que le había sucedido a Cathy. Ese era el dibujo que le había provocado el sofoco mientras estábamos empaquetando en el piso de Lucy. No me lo dejó ver entonces. Ojalá lo hubiera hecho. Habría podido evitar un montón de situaciones terribles. Quién sabe qué habría podido hacer de haber visto ese dibujo entonces. Tal vez Cathy todavía estaría viva.

Por estilo y por temática, el dibujo era del todo diferente al resto de los bocetos. Los otros capturaban la vida en la ciudad y sus cambiantes estados de ánimo. El esbozo que tenía delante estaba dibujado en blanco y negro y retrataba la vida en la empresa. Los trazos eran violentos y rabiosos. Parecía una viñeta de una novela gráfica muy perturbadora.

Se veía la sala de juntas que solíamos utilizar y a la que la gente se refería como «la sala de reuniones de Vincent».

La reconocí porque Lucy había reproducido con precisión el perfil de la ciudad que se veía desde las ventanas. Había dibujado a cuatro personas sentadas alrededor de la mesa. Eran diáfanas caricaturas de Vincent, Sam, Sylvie y Jules. La mesa no era la rectangular que había en esa sala. Esta era redonda y Lucy había escrito en el centro «El Círculo S. A.» Yo no tenía ni idea de qué quería decir.

Sam, con su bello rostro de ángulos rectos, estaba apoyado en el respaldo de la silla con esa expresión concentrada que ponía en las reuniones para demostrar que estaba atento a lo que se decía. El cabello negro de Jules le caía sobre los ojos oscuros y enigmáticos. Y, por supuesto, ahí estaba Sylvie. El perfil del rostro perfectamente simétrico. El cabello recogido en un moño y su largo cuerpo en la postura erguida de una modelo. La mirada inteligente en sus ojos parecía burlarse del resto.

Vincent era el único que aparecía de espaldas. Deduje que era él por la forma del cogote y los hombros anchos.

Cuando miré el dibujo más de cerca, me di cuenta de que en realidad la cara de Vincent sí aparecía en el dibujo. Estaba reflejada en la ventana. Solo que, en lugar de esbozar el rostro de Vincent, Lucy había dibujado el del diablo.

39

El ascensor

Vincent se despertó varias horas después, con la sensación de que algo iba mal. Estaba tan agotado y desorientado que le llevó unos segundos recordar que estaba en el ascensor. Le había despertado un ruido de arañazos que había logrado penetrar en su profundo sueño.

Cuando se acabó de situar, Vincent se dio cuenta de que el ruido provenía de alguien que estaba intentando abrir el cierre de su maletín.

—Jules, ¿qué haces?

El interpelado dudó un momento y respondió:

—Busco agua.

—¿Rompiendo la cerradura de mi maletín?

—Llevamos aquí veinticuatro horas. Tengo sed.

—Todos tenemos sed. No puedes coger el agua por tu cuenta —le abroncó Vincent.

—Estabas dormido y no quería despertarte. —Hablaba a la defensiva.

—Pero lo que estás intentando abrir a las bravas sigue siendo mi maletín.

—Las situaciones desesperadas requieren decisiones desesperadas —contestó Jules, recurriendo al tópico.

Sylvie se había despertado y se estaba incorporando para sentarse.

Vincent ya había evaluado las reservas de agua y comida de que disponían. Tenía menos de medio litro de agua en el botellín. Apenas era suficiente para una persona, mucho menos para cuatro. Y también tenía guardadas un par de barritas energéticas, pero sin comida podían sobrevivir hasta una semana. En cambio, sin agua a duras penas sobrevivirían más de dos días. Tres como mucho.

—Vamos a dejar una cosa clara. Yo soy el responsable del agua y la comida. Si quieres algo, me lo tendrás que pedir.

A Jules se le enrojeció la cara de rabia. Estaba harto de tener que pedirle permiso a Vincent por cada pequeña decisión. Eso no era la oficina. No tenía ningún derecho a hablarle así. Por lo que había visto hasta ahora, su jefe no había hecho una mierda por sacarlos de allí.

Vincent abrió la cartera y sacó el botellín. Con ayuda del resplandor del monitor, que seguía mostrando la última pista irresuelta, vertió con mucho cuidado agua en el tapón. Se lo ofreció primero a Sylvie. Tres tapones llenos de agua, uno detrás de otro. Jules fue el siguiente. Cuando terminó, Vincent acercó el tapón lleno de agua a los labios de Sam, que mantenía entreabiertos mientras dormía.

—¿Qué haces? —preguntó con brusquedad Jules.

—¿Qué te parece que hago? Le estoy dando a Sam su parte.

—Pero está dormido —se quejó Jules—. No se va a enterar si no se la das.

—Además, ya le habías dado un poco antes —se sumó a las quejas Sylvie—. Los demás deberíamos recibir la misma cantidad.

—Sam necesita más que nosotros —dijo Vincent—. Tiene mucha fiebre.

—Ese es su problema —sentenció Jules.

—Haremos lo siguiente —la voz de Vincent sonaba cansada—: le daré a Sam mi parte. ¿De acuerdo?

—Tú verás. —Jules se encogió de hombros—. Mientras no le des la mía, me importa un carajo lo que hagas.

Vincent se contuvo para no soltarles que en realidad el agua era suya y la estaba compartiendo con todos. No se veía con ánimos de meterse en un enrevesado debate sobre la propiedad de la única reserva de agua de que disponían. Cerró el botellín con fuerza, lo guardó en el maletín y se lo puso bajo la cabeza a modo de almohada. No podía volver a dejarlo desatendido.

Jules regresó a su rincón y se durmió.

Sylvie se estiró y simuló quedarse dormida. Pasado un rato, cuando el cambio en su respiración le hizo estar segura de que Jules dormía, se deslizó contoneándose hacia Vincent, hasta que sintió el calor de su cuerpo. Buscó el roce de su piel. Un fugaz contacto de coqueteo.

—Vincent, ¿puedo beber otro sorbo?

—Ahora no. Tenemos que racionar el agua que nos queda.

—Por favor. —Se le acercó más, hasta que los pezones bajo la fina tela de la camisola tocaron el pecho desnudo de él.

Estaban tan pegados que su sudor se entremezclaba. El cuerpo de Vincent estaba tenso, y ahora su respiración era audible. Sylvie sonrió satisfecha. Sabía que había logrado excitarlo. Se inclinó sobre él y le susurró algo al oído, en voz muy baja para que nadie pudiera oírlo. La boca de Sylvie fue deslizándose hacia abajo y le pasó la lengua por la nuca. Eso desató una descarga de lujuria en Vincent. Estiró el brazo para agarrar a Sylvie, pero ella ya se había apartado y estaba fuera de su alcance.

Actuando contra el sentido común, Vincent sacó el botellín y se la ofreció.

—Dos sorbos —le dijo. Sylvie bebió tres.

Sam, con la cabeza apoyada en la americana doblada, observaba el jugueteo de Sylvie con Vincent. Estaba adormilado, pero pese a su estado aletargado, quedó maravillado del oportunismo de su compañera. Era una maniobra típica de esa mujer.

Sam se fijó en las miradas de reojo que Vincent le lanzaba a Sylvie, que estaba sentada en el suelo cerca de él. Ella se apoyó en la pared con la falda levantada y las piernas un poco separadas. Le caían gotas de sudor por el cuello, que después se deslizaban por el canalillo entre sus pechos.

—Ojalá supiéramos por qué estamos aquí y qué tenemos que hacer para salir —murmuró Sylvie. Se abanicó con el móvil, que proyectaba rayos de luz por las paredes del ascensor.

Sam se había vuelto a quedar dormido cuando Sylvie se estiró lo más cerca que pudo de Vincent. A los pocos minutos, ambos se durmieron abrazados.

40

Sara Hall

Me pasé la noche caminando de un lado a otro del apartamento, mirando por la ventana de la sala el cielo iluminado
por las luces de la ciudad, como si su contemplación pudiera
darme las respuestas. Que Lucy hubiera dibujado a Vincent
como el diablo me dejó desconcertada y asustada. Siempre
había creído que lo idolatraba. Jamás imaginé que lo considerase otra cosa que su ángel guardián. Vincent la había
contratado, formado y protegido. ¿Por qué iba ella a dibu-
jarlo como la personificación del mal? ¿Qué había hecho él
para aterrarla de ese modo?

Esa noche apenas pegué ojo. Cuando por fin lo hice, me
sumí en un sueño intranquilo. No paré de moverme en la
cama, y las sábanas acabaron revueltas y empapadas de sudor. Me desperté de golpe, con el corazón acelerado y el recuerdo vago de una pesadilla en la que me escondía debajo
de una mesa de la oficina mientras Vincent me perseguía con
un cuchillo. La oficina estaba vacía y a oscuras. Era noche
cerrada. Y la cara de Vincent era demoniaca, tal como la
había dibujado Lucy.

Había olvidado poner el despertador y me levanté tarde.
Me duché y me vestí a toda prisa. No tenía tiempo de reto-
carme el pelo, así que me hice una coleta. Al coger el bolso
y las llaves, vi los cuadernos de dibujo de Lucy desperdigados sobre la mesa de centro. Los recogí y los guardé en el

estante bajo del armario. No quería verlos más. Pensé que ojalá no los hubiera visto.

Aparecí en el trabajo con un café bien cargado en la mano. Era lo único que me veía capaz de digerir. No tenía hambre. La puerta del despacho de Vincent estaba cerrada. Se había marchado a Europa. Fue un alivio saber que no me lo iba a cruzar durante un tiempo.

Mientras me dirigía a mi escritorio, oí que estaba sonando el teléfono. Descolgué a toda prisa, antes de que se cortara la llamada, todavía con el bolso colgado del hombro.

—Hola, Sara. —Era la voz de Vincent. Tragué saliva y me senté, sintiendo una punzada de angustia en el estómago.

Resultó ser una llamada corta. Puramente profesional y sin mención alguna a la conversación del día anterior. Vincent me pasó una lista de los informes previos que necesitaba para una reunión que iba a mantener en Frankfurt.

Me ponía nerviosa la perspectiva de toparme con Sylvie después de la discusión con ella en el despacho de Vincent. Pero cuando apareció al poco rato, no se molestó en saludarme y se pasó el día tratándome con su desdén habitual: todo había vuelto a la normalidad.

Hablarle a Vincent del diario de Lucy había sido un monumental error de cálculo. Pensé que reaccionaría con indignación, no con lo que parecía un intento de correr un tupido velo sobre el asunto. Sin el apoyo de Vincent no podía enfrentarme a Eric Miles, porque me aplastaría como a una cucaracha. Tampoco podía acudir a la policía. No tenía modo alguno de corroborar lo sucedido, no había ninguna prueba. Lucy estaba muerta y Sylvie no parecía dispuesta a contar nada.

Busqué un argumento racional para digerir la decisión de no mover más el tema convenciéndome de que, en los días que precedieron a su muerte, Lucy debía de estar en un estado psicótico. Por lo tanto, lo que anotó en su diario era una ficción que ella misma había creado en su cabeza, tal como confirmaba el tajante testimonio de Sylvie ante Vincent. No podía arriesgar mi carrera embarcándome en una cruzada personal sobre algo que quizá le había sucedido o quizá no a una amiga que llevaba mucho tiempo muerta.

Trabajé hasta tarde toda la semana, para así poder salir antes el viernes y estar en casa para recibir a Kevin, que por fin regresaba. Compré filetes y preparé una ensalada para cenar. Incluso hice un tiramisú de postre. Su avión despegó con retraso del aeropuerto de San Francisco por culpa de las tormentas. Cuando aterrizó en Nueva York ya eran las nueve y media de la noche. Me envió un mensaje de texto diciéndome que estaba agotado y que se iba directo a su casa.

Decir que me indigné sería quedarse corto. Llevábamos semanas sin vernos. Me puse paranoica y empecé a sospechar que había conocido a alguien durante ese viaje y pretendía romper conmigo el fin de semana.

Por la mañana, me mandó otro mensaje disculpándose por el agotamiento que le había impedido venir a verme. Me dijo que había reservado mesa para cenar en el Mikado. Era un restaurante de fusión franco-japonesa que había recibido reseñas muy elogiosas y tenía una lista de espera de dos meses. Kevin había movido cielo y tierra para conseguir una mesa.

No me dio la impresión de que el Mikado fuera el escenario más adecuado para una ruptura. El ambiente tenía la capacidad de transformar a la persona más cínica en un romántico. Había un estanque interior con peces koi, lámparas de papel japonesas sobre las mesas y servilletas dobladas con formas de origami. Yo llevaba un vestido azul oscuro que dejaba un brazo al aire y un colgante esférico que Kevin me había regalado por mi cumpleaños.

Después de una cena a base de sushi con toques afrancesados y otras delicias del menú degustación, tomamos un taxi hasta Central Park, donde Kevin insistió en que subiéramos a un coche de caballos. Le había confesado tiempo atrás que eso formaba parte de mi lista de cosas cursis que hacer en Nueva York antes de morir.

—Esta noche vamos a dar un repaso a tu lista de cosas que hacer antes de morir —me dijo con aire misterioso mientras me ayudaba a subir al coche de caballos.

Le dio al conductor doscientos dólares y le pidió que diera vueltas por el parque hasta recorrerlo entero. Solo nos paramos en una ocasión, cuando un repartidor se detuvo junto al coche de caballos y le entregó a Kevin un fastuoso ramo de rosas de largos tallos. Era obvio que las había encargado previamente. Era una docena de rosas rojas y blancas.

El ramo era tan grande que, cuando lo sostuve en las manos, apenas podía ver la cajita que Kevin sostenía ante mí. Levantó la tapa y de pronto sentí un vaivén, como si todo se moviera a mi alrededor. Colocado sobre la tela aterciopelada del interior de la caja había un espectacular anillo de diamantes con una esmeralda. Desconcertada, le miré. Él asintió levemente con la cabeza. Todavía no nos habíamos decidido a vivir juntos y ya me pedía que me casase con él.

—¿Te gusta? —me preguntó.

—¿Si me gusta? ¡Me encanta!

Kevin me puso el anillo en el dedo y me preguntó si quería casarme con él. Pasé los siguientes días envuelta en un atolondrado aturdimiento de pura y absoluta felicidad.

La siguiente semana hicimos entusiastas llamadas a mi madre y a la familia de Kevin para contarles el notición. Decidimos que a los amigos ya se lo comunicaríamos cuando hiciéramos el anuncio oficial. Pero que todavía no lo hiciéramos no me impidió comprar una pila de revistas dedicadas a las bodas. Me enamoré de un vestido de novia que dejaba los hombros al descubierto. Hice un primer borrador de mi lista de invitados y leí varios artículos sobre las últimas tendencias en tartas nupciales.

Planeamos un viaje a New Hampshire para que conociera a su familia. Había conocido hacía poco a su madre y dos de sus hermanas cuando vinieron a Nueva York para ver un espectáculo, pero me faltaba el resto de la familia. Con cierta vacilación, Kevin sugirió que celebrásemos la boda en el jardín de su madre el próximo otoño, cuando las hojas de los árboles alcanzaban el máximo esplendor de sus tonalidades ocres y doradas. Yo acepté sin vacilar.

El siguiente fin de semana lo pasé en el piso de Kevin. Estábamos invitados a una cena en casa de un socio de su despacho de abogados. Kevin me presentó como su prometida. Era la primera vez que utilizaba esa palabra. A la mañana siguiente nos despertamos tarde y fuimos a correr junto al Hudson. Mientras trotábamos, hablamos sobre en qué barrio deberíamos comprar nuestro primer piso como pareja.

—Tengo el contacto de un buen agente inmobiliario —me dijo—. Cuando vuelva, empezaremos a buscar.

—¿Cuándo vuelvas? —Frené en seco—. ¿Qué quieres decir?

—Mañana tengo que volver a California.

—¿No puedes cancelar al viaje?

—Ojalá pudiera —se quejó—. No quería arruinarte el fin de semana y por eso no te lo he dicho antes. Van a ser tres semanas. Pero te prometo que intentaré hacer una escapada para verte, aunque sea solo por un par de noches.

—Más te vale.

41

El ascensor

Las luces del ascensor los despertaron casi al instante. Se taparon los ojos de forma instintiva. Llevaban tanto tiempo a oscuras que con el repentino resplandor parecía que les ardían las retinas.

Sylvie se sintió avergonzada al comprobar que la mullida almohada sobre la que tenía apoyada la cabeza era el pecho de Vincent. Tenía mechones de cabello enredados entre los dedos de él.

—Espero que esto signifique que vamos a salir de aquí de una vez por todas —masculló Sylvie, apartándose de Vincent. Se dio cuenta de que Jules ya se había percatado del grado de intimidad alcanzado entre ambos mientras dormían. Jules la miró con una sonrisa de superioridad, como diciendo: «Te ha faltado tiempo para lanzarte a sus brazos».

Bajo el resplandor de la luz de los fluorescentes no pudieron evitar ver sus reflejos en los espejos de las paredes. Los rostros grisáceos y hundidos, los ojos inyectados en sangre. La ropa mal colocada y arrugada, sucia de polvo y sudor. Sylvie se volvió a poner la blusa a toda velocidad para cubrir las horribles cicatrices de las quemaduras del accidente de coche que le costó la vida a Carl.

Los destrozos se hicieron evidentes. Las placas del techo desplazadas, la ropa amontonada en el suelo, donde también estaban desparramados los cargadores de baterías de los portátiles. Los espejos de las paredes tenían grietas en forma de telaraña y manchas de sangre. Jules se pasó la mano por la mandíbula, en el punto en el que Vincent le había arreado un puñetazo. La barba incipiente estaba manchada de la sangre de su nariz. La herida superficial en el cuello ya había cicatrizado. También había manchas rojas por el suelo.

Sylvie tenía el cabello enredado y el maquillaje corrido. Se vio horripilante bajo la inclemente luz. Parecía una bailarina de estriptis entrada en años. Retiró el maquillaje lo mejor que pudo con una toallita húmeda que llevaba en el bolso hasta que le quedó la cara limpia.

Se examinó más de cerca en el espejo. El corte que se había hecho en la cara cuando el ascensor se desplomó estaba justo debajo de donde empezaba el cabello. Se sintió aliviada. No le dejaría una cicatriz visible. No quería más cicatrices. Ya tenía suficientes.

El improvisado cabestrillo de Sam, fabricado con tiras de la camisa blanca de Vincent, se había amarilleado por el sudor. Llevaba la camisa desabotonada y por fuera del pantalón. Sin levantarse, se irguió para abotonársela poco a poco con una única mano disponible y después se la metió por el pantalón. También él quería mostrar su mejor aspecto cuando los rescatasen.

Vincent lucía una incipiente barba de un tono rubio oscuro. Tenía los ojos inyectados en sangre por la falta de sueño. Iba con el pecho desnudo y los tatuajes a la vista, que le hacían parecer más un matón callejero que un financiero. A menudo pensaba que eran dos oficios intercambiables. A diferencia de los otros, él no se adecentó. Pensó que ya lo haría cuando estuviera seguro de que los iban a sacar de allí.

El rescate parecía inminente. Que las luces se hubieran encendido era una señal obvia de que había técnicos trabajando en la reparación. Pasó el tiempo. El ascensor no se movió. Las puertas siguieron cerradas. La decepción se apoderó de ellos.

Volvieron a sentarse todos, sin nada que mirar bajo la cegadora luz, salvo unos a otros. Parecían contemplarse mutuamente las almas desnudas. De todas las emociones que adivinaban en el rostro de los demás, era el miedo la que más les asustaba.

Vincent consultó el reloj. Pronto les tocaría la siguiente ración de agua. Procuraría alargar el tiempo lo más posible. Tenía que conseguir que, de ser necesario, el botellín les durase dos días.

—No parece que vaya a aparecer nadie. —Sam tenía los ojos vidriosos por la fiebre—. ¿Cuánto tiempo podremos aguantar?

—Tres días sin agua —respondió Vincent—. Cuatro con suerte. La falta de comida es menos problemática.

Con la recuperación de la luz, todo había vuelto al orden habitual. Vincent estaba al mando. Acataban su autoridad. Después de todo, era el único que conocía la combinación del código que daba acceso a la comida y al agua guardadas en su maletín.

Cuando, un rato después, sacó el agua y las barritas energéticas, Sylvie miró el botellín medio vacío y dijo:

—Si esta es toda el agua que nos queda, tenemos un serio problema.

—Debería bastar para mantenernos con vida hasta el martes por la mañana como muy tarde —replicó Vincent—. Seguro que nos rescatan antes.

—¿Y si no es así?

—El martes por la noche estaremos gravemente deshidratados —sentenció Vincent, en un tono tan cínico que casi parecía estar hablando de otras personas—. Los riñones empezarán a fallarnos y el corazón generará arritmias. Algunos de nosotros podríamos estar ya muertos el miércoles a primera hora.

—Faltan treinta y seis horas para la mañana del lunes —musitó Sam—. Estoy seguro de que el lunes nos rescatarán. Podremos aguantar hasta el lunes, ¿verdad, Vincent?

El interpelado murmuró una afirmación, pero le preocupaba Sam. Tenía mucha fiebre y allí no había medicación para bajársela o antibióticos para tratar la infección. Bajo la superficie de la piel sudada de Sam, las bacterias se expandían por su cuerpo. Se estaba muriendo delante de sus ojos.

Vincent abrió una de las barritas energéticas y la dividió en cuatro partes. Les fue entregando cada pedazo como si se tratase no de una minúscula porción de comida, sino de un manjar. Calculó que cada trozo podía proporcionar unas setenta calorías. Lo suficiente para mantener a raya el hambre.

Con sumo cuidado, llenó el tapón de agua, con pulso firme para evitar que se derramara. No podían permitirse desperdiciar ni una gota. Se fueron acercando uno a uno y abrían la boca para que él les echara directamente el agua, como si recibieran la comunión.

Después de beberse su ración, Vincent cerró el botellín con fuerza y lo volvió a meter en la cartera, que cerró. Había empezado la cuenta atrás por la supervivencia.

—Lo más notorio de esta situación es que hayamos sido capaces de soportarnos durante tanto tiempo —comentó Jules, en una nueva tentativa de humor sin ninguna gracia.

—No es en absoluto notorio —replicó Vincent, apoyándose contra la pared con los brazos cruzados—. Estoy seguro de que durante los últimos siete años hemos pasado más tiempo juntos que con nuestras respectivas familias. Y diría que nos hemos soportado bastante bien.

—Bueno, hemos tenido nuestros altibajos, ¿no es así, Sylvie? —añadió Jules, y le guiñó un ojo con sarcasmo. Sylvie hizo caso omiso del gesto.

Jules se levantó para estirar las piernas. Sam lo imitó y se puso en pie poco a poco, con movimientos inseguros. Vio la frase en la pantalla y se acercó arrastrando los pies para leerla.

—Deja que tus planes sean oscuros e impenetrables como la noche y cuando te muevas, cae como un rayo —leyó en voz alta.

—Es la última pista —le explicó Sylvie—. Pero no hemos logrado resolver el acertijo.

—Es Sun Tzu —dijo Sam, volviéndose para mirarlos—. No es una pista —añadió, con voz temblorosa—. Es una declaración de guerra.

42

Sara Hall

Fue varias semanas después cuando empecé a notar ligeros cambios en el trabajo, casi imperceptibles. Me excluyeron de reuniones a las que normalmente asistía. Al principio no me preocupó. En todo caso, agradecí librarme de ellas. Lo atribuí a un gesto de consideración de Vincent para rebajarme la carga de trabajo tras el fallecimiento de mi padre.

Cuando la situación se prolongó durante semanas, me empezó a preocupar que se tratase de una medida permanente. No se me convocaba ni a reuniones con clientes, ni a reuniones internas, ni a comidas de trabajo en las que antes mi presencia era incuestionable. Vincent, Sylvie, Sam y Jules se reunían en una sala acristalada en la otra punta de la oficina y no en la que hasta entonces solíamos utilizar. Bajaban las persianas para que nadie los viera desde el exterior. Yo nunca estaba convocada.

Empecé a reaccionar de un modo neurótico ante cada mirada que me dirigían. Ante cada reunión a la que no se me convocaba. Ante cada conversación susurrada en una esquina de la oficina que se acallaba de inmediato cuando yo me acercaba. Ante cada llamada telefónica respondida en susurros o que provocaba que quien la recibía se alejase con el móvil si yo estaba cerca.

Las habituales conversaciones ingeniosas que manteníamos desde nuestros escritorios pasaron a ser poco naturales y desmañadas. Todo el mundo elegía las palabras con sumo cuidado cuando hablaban de asuntos del trabajo, cuando antes todos comentábamos lo que estábamos haciendo sin ningún tipo de reparo.

Algo había cambiado. No era tangible, pero lo notaba en múltiples detalles. Dejé de tener acceso a determinados documentos, e incluso había archivos informáticos en los que me era imposible entrar.

Cuando avisé al servicio técnico de la empresa, el informático que acudió me aseguró que eso me lo solucionaba en un par de minutos. Me hizo sentir una inepta por no saber manejar un archivo compartido. Después de hacer las comprobaciones pertinentes, cambió de tono.

—Me temo que hay un problema de infraestructura. —Sonó como si leyese una declaración preparada. Supe que se me estaba toreando.

Mi ordenador siguió haciendo cosas raras. En una ocasión, cuando intenté cerrar todas las aplicaciones en activo, me encontré con que no podía hacerlo con una de ellas si no disponía de una contraseña del administrador. Y al buscar el nombre de la aplicación en internet descubrí que era un tipo de spyware corporativo. La empresa estaba espiando cada tecla que pulsaba.

Entretanto, Sylvie criticaba todo lo que hacía. Ahora eran ataques más agresivos y personales que los pequeños comentarios sarcásticos del pasado. Cuando detectaba una sola errata en el borrador de un informe de cincuenta páginas que le había entregado, soltaba a voz en grito, para que todo el mundo pudiera oírlo: «¡Sara, tienes que vigilar la ortografía!».

Sylvie y Jules insistían en revisar cada pequeña tarea que me encomendaban, como si fuera una novata que necesitaba supervisión permanente. Me irritaba mi repentina falta de independencia y la evidente desconfianza que les generaba.

Cuando repasaban mi trabajo, lo despedazaban sin piedad. Informes que unas semanas atrás se habrían considerado excelentes, ahora eran rechazados contundentemente. Las críticas eran despiadadas y casi siempre infundadas. Pero minaban la confianza en mí misma.

—Vaya, es una manera interesante de enfocarlo —dijo Sam con tono condescendiente, después de inclinarse sobre mi ordenador para repasar una hoja de cálculo—. Lástima que todas tus estimaciones estén equivocadas.

—Sam, creé este modelo financiero hace dos meses, y entonces me dijiste que todas las estimaciones eran correctas —repliqué—. ¿Qué ha cambiado desde entonces?

—Supongo que no hará falta que te explique que las finanzas no son algo estático. No podemos seguir permanentemente aferrados a las viejas estrategias y modelos solo porque nos da pereza repensar los planteamientos. —Su respuesta fue como un bofetón en la cara.

Me contuve y no le solté que sabía perfectamente que él seguía usando modelos financieros de cuando empezó a trabajar en la empresa hacía tres años. Opté por callarme. No quería iniciar una guerra sin cuartel.

Me pasaban el trabajo con unos plazos de entrega ridículamente cortos, sin que hubiera ninguna razón lógica para no habérmelo encargado antes si tanta prisa corría. Era imposible cumplir con esas fechas de entrega tan apretadas. El resultado era que entregaba los trabajos tarde de forma sistemática y no paraba de recibir correos de Vincent, Sam o cualquier otro miembro del equipo preguntándome por qué no había pasado ya el informe o análisis que estaban esperando.

La situación continuó igual. Ya no podía seguir engañándome por más tiempo: mi posición en Stanhope pendía de un hilo. Me hubiera gustado hablarlo con Kevin, pero seguía en California sin una fecha clara de regreso, bregando con las consecuencias legales del monumental pirateo de datos confidenciales a uno de sus clientes. El gobierno había abierto una investigación y el precio de las acciones de la empresa había caído en picado. Y claro está, con ese panorama Kevin apenas tenía tiempo para hablar conmigo por teléfono, y mucho menos para venir a verme.

Cuando lográbamos charlar un rato, se lo oía estresado y agotado. Me decía que me echaba de menos y dejaba caer que si podía cogería un vuelo para hacerme una visita. Pero eso no llegó a suceder. Siempre se interponía algo que fastidiaba el plan. Me telefoneó unos días antes de la última fecha prevista para su regreso y me dijo que tendría que quedarse al menos quince días más. La siguiente semana, le dije a Kevin que yo cogería un vuelo para visitarlo. Me respondió que tenía que trabajar todo el fin de semana y que sería un desperdicio de tiempo y dinero volar de costa a costa para poder pasar una o dos horas juntos.

Sonaba evasivo. Mi paranoia se desbocó. Tenía la sensación de que mi vida se desmoronaba. La euforia del compromiso se había evaporado. Todavía no había tenido ocasión de hablar con Kevin sobre la inquietante entrada del diario de Lucy ni de lo que me estaba sucediendo a mí en el trabajo. Necesitaba desesperadamente su consejo. Y, sobre todo, me inquietaba que ya no me quisiera.

«Sara, ven a verme mañana a las cuatro.» El correo electrónico de Vincent me llegó al poco de volver a casa del trabajo. Su tono seco me hizo entrar en pánico. Apenas pegué ojo y al día siguiente llegué a la oficina medio dormida y con un nudo en el estómago.

—Cierra la puerta —me ordenó Vincent cuando entré en su despacho a la hora acordada—. Me ha llegado información de que últimamente hay muchos errores graves en tus informes. —Sacó una carpeta y me puso delante varios documentos, como si fuese un abogado presentando pruebas ante un tribunal.

Me sonrojé ante su reprimenda. En todo el tiempo que llevaba en la empresa, jamás nadie me había llamado la atención. Todo el mundo se había mostrado muy contento con mi trabajo. Miré los documentos que me mostraba. Dos de los errores eran poco relevantes y los otros dos ni siquiera eran errores.

—Vincent, no sé por qué te han hecho llegar estos documentos en concreto, pero te puedo asegurar que...

—No necesito que me asegures nada —me cortó—. Lo único que necesito es que tu trabajo esté al nivel que esperamos del personal que trabaja en esta empresa. He sido paciente con tu ausencia debida a motivos familiares y con el efecto que esa situación ha tenido en tu productividad durante las semanas posteriores a tu reincorporación. Pero la paciencia ya se me ha agotado y espero que te pongas las pilas —explotó—. Nos jugamos demasiado como para permitir que andes distraída o que cometas errores, aunque sean pequeños. Estamos hablando de operaciones de billones de dólares. ¿Lo entiendes?

—Sí, pero me gustaría comentar que...

—No quiero excusas ni explicaciones —volvió a cortarme—. O presentas informes impecables o no seguirás trabajando en la empresa. Así de simple.

—Entendido.

—No tengo más remedio que someterte a un período de prueba. Espero que te motive para ponerte las pilas.

Sus palabras me dejaron lívida.

—Sí, por supuesto —respondí como una estúpida.

Salí del despacho medio mareada. Sentí sus ojos sobre mí hasta que cerré la puerta. Noté que alguien me observaba. La secretaria de Vincent bajó la cabeza apresuradamente y simuló estar muy ocupada con su trabajo.

No sé cómo logré llegar a mi escritorio sin desmoronarme. Noté la mirada de Sylvie sobre mí. Me negué a darle la satisfacción de verme llorar. Aguanté el tipo hasta que volví a casa por la noche y allí me desplomé sobre la cama, demasiado agotada siquiera para llorar.

Me horrorizaba ir al trabajo cada mañana. La oficina me resultaba fría y hostil, y los otros miembros del equipo apenas me dirigían la palabra. Me sentía marginada. Su animadversión parecía contagiarse a otras personas. Gente del trabajo con la que me llevaba bien, de pronto se apartaban de mí como si fuera ántrax. Era como volver a los tiempos del instituto.

Por las noches volvía a casa llorando. Me presionaban con fechas de entrega imposibles y me machacaban con sus críticas. Empecé a padecer dolores de estómago y me costaba conciliar el sueño. Opté por tomar somníferos, pero el resultado era que al día siguiente estaba grogui en el trabajo y eso alimentaba el círculo vicioso.

Siguieron minando mi confianza durante semanas, hasta que llegué a dudar de la calidad de lo que hacía. Todo estaba mal, o por debajo de las expectativas. A menudo ambas cosas. Por primera vez desde que era niña, volví a morderme las uñas con tanta ansiedad que tenía que mantenerlas cortas. No tenía apetito. Perdí peso y me quedé tan delgada que la ropa me colgaba.

Los trabajos que se me encomendaban eran cada vez más imposibles. Un viernes por la tarde se me pidió un informe de ochenta páginas que debía entregar a primera hora del lunes, un tipo de encargo para el que lo habitual era disponer de una semana. Trabajé todo el fin de semana, sin apenas dormir, y logré entregarlo a tiempo.

—¿Este es tu informe? —preguntó Vincent al día siguiente de entregarlo, lanzándomelo sobre la mesa de su despacho.

Cogí el documento y lo hojeé. En las primeras páginas

todo estaba correcto. Sin embargo, cuando llegué a las tablas estadísticas, los números estaban todos mal. La parte de las conclusiones contenía evidentes errores ortográficos y gramaticales. Parecía el trabajo de un novato y además particularmente inepto.

—Es mi informe —admití—. Pero...

—Ya me lo imaginaba.

—Hay cosas cambiadas —me defendí—. Aquí, por ejemplo. —Le di la vuelta al documento para que Vincent pudiera ver el gráfico a toda página que le señalaba—. No es el que yo he entregado. Las cifras están mal. Y si miras esto —continué, señalando otra página—, hay cosas que...

—¿Has perdido por completo la dignidad?

—¿Qué?

—Entregas un informe chapucero, lleno de errores, y después intentas justificarte diciendo que no lo has hecho tú. Sara, asume tus errores. Es lo mínimo que se te puede pedir.

—No son errores míos. Alguien ha manipulado el documento.

—¿En serio? Alguien lo ha «manipulado». —Vincent me miró con severidad—. ¿Cómo es posible? —No me atrevía a mirarlo. Mi argumento sonaba ridículo. ¿Quién iba a hacer una cosa así? No lo sabía, pero de lo que sí estaba segura era de que ese no era el informe que yo había entregado.

—Sara, vuelve a tu escritorio y tráeme tu portátil —me ordenó—. Quiero ver el documento original que entregaste, tal como está en tu ordenador.

—Por supuesto.

En dos minutos estaba de vuelta en su despacho, con el portátil abierto. Busqué en la bandeja de salida de mis correos electrónicos y, muy segura de mí misma, abrí el mensaje que le había enviado el día anterior.

Cuando se abrió el archivo adjunto, rebusqué a toda velocidad en el documento para poder demostrarle que el original no contenía ningún error. Antes de mandarlo, lo había releído y comprobado los números hasta estar segura de que no se me había colado ningún error. Pero ahora, al repasar mi versión, descubrí que aparecían los mismos fallos que me había señalado Vincent.

—No lo entiendo —musité al borde de las lágrimas. Volví a concentrarme en el ordenador y, desesperada, comprobar de nuevo el correo y los documentos que tenía archivados.

—Vaya, ya lo entiendo —dijo Vincent—. Has presentado un informe mal hecho y cuando te han pillado, has optado por mentir. Suerte que Sam lo repasó antes de presentárselo al cliente, porque de no ser así tendríamos entre manos un bochornoso fiasco.

—Pero yo lo comprobé —insistí—. Cuando lo envié, estaba todo perfecto.

—De perfecto no tiene nada —masculló Vincent señalando el documento abierto en la pantalla del ordenador—. Esperamos un determinado nivel de los empleados. De modo que me veo obligado a hacerte una advertencia oficial. Sara, si cometes otro error, te despediremos.

—Alguien ha accedido al documento en mi ordenador —susurré.

—Me merecerías más respeto si aceptases tus errores —continuó Vincent, disgustado—. Pero, en lugar de eso, insistes en mentir una y otra vez.

—¿Todo esto es por lo que te conté de Lucy?

Ante la pregunta, se quedó paralizado. Noté que le hervía la sangre.

—Puedes irte —me ordenó con voz gélida.

Kevin tenía previsto regresar a final de semana. No sabía si me reconocería. Llevaba fuera más de mes y medio y yo había adelgazado unos tres kilos. Ya no iba al gimnasio y rara vez salía a correr. Estaba tan nerviosa que me temblaban las manos. Ponía tanto empeño en salir adelante que estaba siempre agotada. A menudo llegaba tarde al trabajo. Me costaba horrores levantarme por las mañanas. Llevaba el pelo desarreglado, el pintalabios mal aplicado. Cuando me contemplaba en el espejo, apenas me reconocía.

—Sara —me llamó la recepcionista cuando entré en la oficina con una hora de retraso—. Vincent te quiere ver en la sala de reuniones de la entrada.

Me alisé la falda y me abotoné la americana. Pensé que ojalá hubiera tenido tiempo de lavarme el pelo y maquillarme con más atención. Lo había hecho deprisa y corriendo, porque me había vuelto a quedar dormida. Llevaba la falda arrugada. No me había dado tiempo de plancharla. Iba hecha un desastre.

Abrí la puerta y me encontré a Vincent acompañado de la directora de recursos humanos. Al fondo de la sala, un tipo corpulento permanecía sentado en una silla. La expresión de su rostro era impenetrable. Recuerdo haber pensado que parecía muy incómodo en el traje que vestía.

—Llegas tarde —me recriminó Vincent.

—Lo siento. No encontraba taxi —mentí—. ¿Para qué me necesitas?

—Sara —intervino la directora de recursos humanos—. Como bien sabes después de las varias conversaciones que has tenido con Vincent, se ha observado un serio deterioro en la calidad de tu trabajo. —Me miró de arriba abajo y añadió sin contemplaciones—: Y en tu pulcritud en el vestir.

Me sonrojé ante el hiriente comentario. Sentí un escalofrío de miedo. No podía responder para defenderme. No me salían las palabras. Estaba en estado de shock. Era obvio hacia dónde se encaminaba todo.

—Vincent ha hecho todo lo posible para ayudarte a recuperar el nivel mínimo exigible. Por desgracia, pese a las advertencias que te ha hecho, el empeoramiento ha continuado hasta llegar a un nivel inaceptable.

—En consecuencia —intervino Vincent—, Stanhope va a proceder a la extinción de tu contrato de manera inmediata. Nick, aquí presente —señaló al tipo musculoso del fondo—, te acompañará a tu escritorio, de donde no podrás llevarte nada que no sea estrictamente personal, y después te guiará fuera de la oficina. Sara, es una lástima que hayamos llegado a este punto, pero te hemos dado un montón de oportunidades para reconducir la situación y tú las has desaprovechado una tras otra.

Mientras hablaba, un zumbido invadió mis oídos. Me temblaban las piernas. Tuve que agarrarme los muslos con las manos para evitar que el temblor fuera visible.

—¿Qué pasa con mi salario? —planteé cuando me di cuenta de que había acabado de hablar—. ¿Y con las cartas de recomendación?

La directora de recursos humanos me entregó un documento.

—La empresa te abonará dos meses como indemnización por despido y veinte mil dólares adicionales si firmas este documento. Incluye una cláusula de confidencialidad. Aceptas la versión que daremos nosotros de lo ocurrido, en especial que hemos prescindido de tus servicios debido a tu pobre rendimiento. Y también aceptas no hacer ningún tipo de reclamación a la empresa.

—¿Y si no lo firmo?

—Es decisión tuya —respondió Vincent—. Sin embargo, no vamos a volver a hacerte esta oferta. Si no firmas, te pagaremos solo lo que exige la ley. Creo que son dos semanas de sueldo. Ni un dólar más. O lo tomas o lo dejas. Dispones de dos minutos para leer el documento y firmarlo, o lo retiraremos de la mesa. —Consultó su reloj.

—¿Y la carta de recomendación? —pregunté—. Es mi primer trabajo después de acabar los estudios. Voy a necesitar una carta de recomendación.

Vincent suspiró:

—Por principios, no puedo dar buenas referencias de una empleada a la que hemos despedido por su trabajo chapucero y su escasa ética laboral.

—Sin carta de recomendación no conseguiré otro trabajo —exclamé aterrorizada.

—Sara, firma el documento y tendrás dinero suficiente para salir adelante hasta que encuentres otro empleo. Tus dos minutos se están acabando.

Firmé el documento. No tenía otra opción. Una vez hecho, la directora de recursos humanos me entregó una copia y un sobre con un cheque que ya tenían preparado.

—Nick te acompañará hasta la salida —añadió, y ella y Vincent se marcharon sin mirarme.

Había sido testigo de despidos de empleados. Jamás imaginé que protagonizaría uno. Me sonrojé mientras acompañaba a Nick por el pasillo hasta los escritorios del equipo.

Nick cogió una caja que habían dejado en mi cubículo para agilizar mi salida. La empresa era muy diligente. La plantó sobre la mesa con un golpe seco que me provocó un escalofrío.

—Puedes meter tus efectos personales en la caja. Tendré que revisarlos uno a uno antes de que te marches —explicó en voz alta. La gente volvió la cabeza para mirarme. Me encogí. Por casualidad o de forma premeditada, ni Jules, ni Sam, ni Sylvie estaban presentes en ese momento. No creo que hubiera sido capaz de soportar la humillación de pasar por eso con ellos mirando.

Cogí un par de zapatos del cajón inferior y un pañuelo de seda, un chal y una americana de un armarito junto al escritorio. Nick lo colocó todo en la caja, excepto la americana. La puso sobre la mesa y comprobó que no hubiera nada en los bolsillos antes de meterla. Me sentí como una criminal.

Le tendí una Moleskine con los cantos de las hojas dorados y el logo de la empresa estampado en la tapa. Era uno de los regalos incluidos en el paquete de bienvenida con el que nos habían obsequiado el primer día del cursillo preparatorio.

Nick la ojeó para asegurarse de que no contenía nada relacionado con la empresa. Deposité en la caja un estuche de maquillaje. Nick abrió la cremallera y desparramó el contenido sobre la mesa. Comprobó cada uno de los objetos, incluido un tampón, antes de volver a meterlos en la caja. Caí en la cuenta de que estaba comprobando que no hubiera ningún lápiz de memoria que pudiera contener información confidencial de la empresa. Por último, guardé un par de fotografías enmarcadas de Kevin y de mis padres.

—Ya he terminado —anuncié en voz baja.

—No, no has terminado —me corrigió—. Tienes que entregarme tu tarjeta de acceso, el ordenador y el móvil de la empresa.

—Por supuesto —respondí con voz temblorosa—. ¿Puedo hacer una copia de seguridad del ordenador y del móvil? Solo me llevará unos minutos. Tengo fotos y direcciones personales.

—No. No se te permite el acceso a ningún dispositivo electrónico de la empresa.

—Hay fotos de mi padre poco antes de morir —dije. Se me hizo un nudo en la garganta. No pude contener las lágrimas. Me oí resollando quedamente. Había intentado con todas mis fuerzas mantener la entereza, pero descubrir de pronto que iba a perder esas fotos me desmoronó—. No las tengo guardadas en ningún otro sitio. Por favor —le rogué—. Deja al menos que me reenvíe las fotos de mi padre en un correo.

—No va a ser posible. —Subió el tono hasta mostrarse agresivo. Se volvieron más cabezas. Me sonrojé—. No puedes manipular ningún dispositivo electrónico. Lo máximo que puedo hacer es preguntar a recursos humanos si pueden hacer venir a un técnico informático para que te mande las fotos. Pero no te puedo prometer nada.

Asentí, incapaz de articular palabra.

—Muy bien. Ahora coge la caja y acompáñame a recepción —añadió.

Agarré la caja y caminé hasta la recepción como una prisionera a la que un guardia escolta hasta la celda. Bajé la cabeza para que nadie viera la humillación dibujada en mi rostro. Todo el mundo me miraba sin ningún tipo de reparo mientras seguía a Nick por el pasillo. Oía los cuchicheos de los que iba dejando atrás.

Ya en la entrada, la recepcionista, que estaba hablando por teléfono, dejó la frase a medias cuando me vio aparecer.

Llegó el ascensor y entramos. Todo el mundo sabía qué significaba ver a alguien allí plantado, con lágrimas en los ojos, una caja de cartón en las manos y un guardia de seguridad al lado. Aunque el guardia en cuestión fuera trajeado. Hubo un silencio sepulcral mientras el ascensor descendía. Notaba a mis espaldas todos los ojos clavados en mí.

Cuando llegamos al vestíbulo, Nick salió detrás de mí y me siguió hasta las puertas giratorias que conducían a la calle. Incluso ya fuera del edificio, no se apartó de mí hasta que llegué al bordillo de la acera.

—Gracias por tu cooperación —me dijo. Dio una palmada, como para indicar que ya se había acabado el suplicio—. No intentes volver a entrar en el edificio —me advirtió—, porque si lo haces, pediremos una orden de alejamiento. ¿Te queda claro?

—Sí.

—Bien. Por ahí viene un taxi. Te sugiero que lo pares.

—No —respondí—. Prefiero caminar un rato.

43

El ascensor

Sam se apartó a trompicones de la pantalla. Todavía notaba los efectos de la somnolencia inducida por la oxicodona, de la que había despertado al encenderse las luces del ascensor. No sabía muy bien qué pasaba, pero después de leer la frase en la pantalla, tuvo claro que habían caído en una trampa que alguien les había tendido con meticulosa precisión.

—Sabía que acabaría volviéndose en nuestra contra —gritó frenético.

—¿Qué se nos ha vuelto en contra? —Vincent, olvidándose del brazo dislocado de Sam, tiró de él para que lo mirara—. ¿Por qué esta declaración de guerra?

—Por Lucy —respondió Sam, como si fuese obvio—. Esta era una de las citas favoritas de Lucy Marshall. Estaba obsesionada con Sun Tzu.

Vincent estaba furioso consigo mismo por no haber caído antes en la cuenta. Cierto que le dolía mucho la cabeza, pero aun así debería haber visto la relación desde el primer momento.

—Esto no es un escape room. Nos han atraído hasta aquí para que paguemos por lo que le sucedió a Lucy.

Sam se acuclilló y bajó la cabeza. Desde la muerte de Lucy había estado tomando cocaína, sedantes y todo un arsenal de pastillas para difuminar la memoria. Conseguía bloquear los recuerdos, pero no el sentimiento de culpa.

Jules y Sylvie hicieron un leve gesto negativo con la cabeza para indicarle a Sam que cerrase el pico. Pero él estaba demasiado débil y cansado como para seguirles la corriente. Esta era su oportunidad para enmendar un error. Para hacer lo que habría hecho su padre en esa situación.

Sam los miró con expresión pétrea y mirada decidida. Había llegado el momento de contar la verdad. De romper la promesa que habían hecho mientras se dirigían al velatorio de Lucy en el bar irlandés después del funeral organizado por la empresa.

Todo había sido idea de Eric. Detectó que Jules era el eslabón más débil. Se lo llevó aparte y le dijo que había visto el salario de Lucy; su tío formaba parte de la junta de dirección y, a través de él, Eric tenía acceso a todo.

—¿Puedes creerte que Lucy cobra el doble que tú? —Eric le mostró en el móvil un pantallazo de la nómina de Lucy a modo de prueba. Como esperaba, Jules montó en cólera.

Después de eso, habría sido capaz de cualquier cosa para vengarse de la joven. Bueno, de casi cualquier cosa.

—¿Quién se cree Vincent que es? Pagarte a ti menos que a esa perdedora. No sé qué le ve a ese bicho raro. —Eric siguió hurgando en los sentimientos más sombríos de Jules—. Es vergonzoso tener en nómina a alguien tan feo como ella. Stanhope es un banco de inversión, no un centro de acogida para tarados.

Luego se inclinó hacia delante y le susurró a Jules una propuesta al oído. Después hizo lo mismo con Sylvie, ofreciéndole unos alicientes distintos. Manipular a los que tenía a su alrededor era la gran habilidad de Eric. Llevaba haciéndolo desde los tiempos del instituto, donde compraba trabajos y resúmenes de libros a los estudiantes más dotados para no tener que estudiar.

—¡Vosotros dos considerabais a Lucy un daño colateral! —La voz de Sam alcanzó un tono histérico que retumbó en las paredes del ascensor, mientras miraba fijamente a Sylvie y Jules—. Que era prescindible. Que nos saldríamos con la nuestra. Por eso estamos aquí. Siempre he sabido que pagaríamos un precio terrible por lo sucedido.

Sylvie y Jules le lanzaron miradas como puñales. Aquel día, de camino al velatorio de Lucy, todos acordaron no decirle ni una palabra a Vincent. No permitirían que tuviese la más mínima sospecha de lo que había sucedido, porque todos tenían mucho que perder. Si se enteraba de la verdad, Vincent cargaría contra ellos sin piedad.

Mantuvieron el secreto durante años. Borraron de su memoria lo sucedido, igual que habían borrado a Lucy. Ella no era más que un incidente irrelevante. Lo olvidaron todo hasta que Sam ató cabos. Lucy tenía un calendario repleto de citas de Sun Tzu en su cubículo. Era allí donde habían visto la cita.

—¿Qué tiene que ver Lucy con que estemos aquí atrapados? —Vincent escrutó sus rostros en busca de respuestas.

—Todo —respondió Sam.

—Nada —dijo Sylvie al mismo tiempo.

—Sam ha perdido el juicio —intervino Jules, alzando las manos en un gesto de frustración—. Está medicado. Tiene fiebre. Está delirando, él…

—Quiero oír lo que tiene que decir Sam —le interrumpió Vincent—. Nadie ha respondido a mi pregunta. ¿Qué tiene que ver Lucy con que estemos aquí atrapados? ¿Qué sucedió? —La pregunta de Vincent fue recibida con un incómodo silencio.

—Que murió —contestó Jules.

«Típica respuesta de listillo», pensó Vincent. Pero el comentario arrogante de Jules fue un error de cálculo. Le dio a Vincent la excusa que necesitaba para actuar. Atacó como una cobra. Agarró la corbata de Jules y lo atrajo hacia él antes de empujarlo con fuerza hasta que se golpeó contra la pared y cayó al suelo.

—¿Qué le hicisteis a Lucy?

—No fue culpa mía —se defendió Jules con una estridente vocecita infantil—. Te lo juro, Vincent. Fue todo cosa de Eric Miles. Se creía el dueño de Stanhope.

—Eric era un gilipollas —masculló Vincent—. Dime algo que no sepa. Lo que no entiendo es qué tiene que ver que Eric sea un capullo con la muerte de Lucy.

Jules y Sylvie intercambiaron una rápida mirada. Vincent captó el gesto. Se metió las manos en los bolsillos para contenerse. Era evidente que llevaban años ocultándole algo.

—Eric odiaba a Lucy —empezó Sam—. Lo ofendió porque cometió la temeridad de ponerlo en evidencia como el idiota que es delante de todo el mundo.

Los otros podían permitirse mostrarse evasivos, pero Sam sabía que tenía una herida muy grave. Sentía una imperiosa necesidad de confesarle a Vincent lo que debería haberle contado hacía años. De manera que decidió romper el pacto que habían sellado.

—Asistí a una reunión con la junta de dirección en tu lugar, porque tú estabas de viaje. Le pedí a Lucy que me acompañase, por si nos bombardeaban con preguntas financieras. Eric Miles, que en aquel entonces supongo que recuerdas que trabajaba con nosotros en la operación del petróleo y el gas, fue el primero en dirigirse a la junta. Cuando le hicieron preguntas muy concretas, él empezó a soltarles proyecciones de beneficios completamente falsas. No tenía los datos, de modo que optó por inventárselos sobre la marcha. Se los sacó de la manga.

—Continúa —le instó Vincent. No le sorprendía lo que estaba escuchando. Eric era un caradura profesional. Si había llegado hasta donde estaba era solo por su apellido. De no ser por eso, lo habrían despedido el primer día. De hecho, ni siquiera lo habrían contratado.

—Yo no dije nada. Pensé que ya lo aclararía después. No

quería poner en evidencia a Eric delante de todo el mundo. Pero Lucy estaba indignada. Intenté advertirle con un gesto que no dijera nada. Pero supongo que recuerdas muy bien sus nulas dotes sociales. Corrigió a Eric. En plena reunión. Delante de la junta de dirección. No es que ella pretendiese destrozarlo, pero lo mostró ante todos como lo que era. Un mentiroso y un...

—Un idiota —concluyó Vincent.

—Lucy no se dio cuenta de que se acababa de buscar un enemigo implacable. Y fiel a su costumbre, Eric buscó el modo de vengarse de ella.

Jules y Sylvie permanecían inmóviles, aguardando a que Sam contase el resto de la historia.

—¿Cómo se vengó Eric de Lucy? —preguntó Vincent sin levantar la voz.

Siempre supo que Eric era un auténtico psicópata. No en el sentido de Wall Street, un financiero cabronazo, capaz de machacar a quien fuera con tal de firmar una operación. Un psicópata en el sentido clásico: Eric era capaz de hacer daño por el mero placer de hacerlo.

Sam no respondió. Le temblaban las manos al recordar lo que le contaron. Le impactó. No lo suficiente como para denunciarlo, pero sí lo bastante como para ahogar su complejo de culpa con la ayuda de las drogas. Siempre lamentó haberlo ocultado; Vincent habría destrozado a Eric de haberlo sabido. Por entonces Vincent estaba en la cumbre de su carrera y su crueldad era legendaria.

—Vamos. —Vincent golpeó la pared con el puño. El ascensor se balanceó—. Cuéntame exactamente lo que pasó. Quiero oír hasta el último detalle.

—Una noche, Eric invitó a copas a dos de los internos más estúpidos y desesperados. Los emborrachó. Como cubas. Había metido en la botella de agua que Lucy siempre tenía en su escritorio la droga que usan los violadores.

—¿Eric violó a Lucy? —preguntó Vincent, desolado.

—No exactamente —respondió Sam—. Eric es un cobarde. Jamás hacía el trabajo sucio. Hizo que los internos borrachos se metieran en el ascensor con Lucy cuando ella salía, ya muy tarde. Eric los alentó mientras los cargaba de chupitos de vodka. Por lo visto les dijo: «No está permitida la penetración, no se trata de una violación en grupo. Simplemente divertíos, chavales».

—Y entonces ¿qué le hicieron exactamente?

—La toquetearon —intervino Jules—. La verdad es que tampoco fue para tanto. Uno de ellos se frotó la entrepierna contra la cara de Lucy. El otro la besó y le metió mano. Simularon follársela, pero sin quitarse en ningún momento la ropa. Vincent, no fue una violación, fue una broma pesada.

—Estoy seguro de que a Lucy le pareció divertidísima —dijo Vincent sin levantar la voz—, porque dos días después se suicidó.

Jules estaba a punto de decir algo en su defensa, pero optó por callarse. La rabia que irradiaba Vincent permitía intuir que la próxima vez no se daría por satisfecho con aplastarlo contra la pared. Recordó cómo le había amenazado poniéndole el trozo de cristal contra el cuello. No quería averiguar de qué podía ser capaz si perdía de verdad el control.

—Sylvie, no es la primera vez que oigo una versión de esta historia. —Su tono era severo—. Hace años, alguien me dijo que tú sabías que Eric había abusado de Lucy y que no hiciste nada al respecto. ¿Lo recuerdas?

Sylvie se movió incómoda. Clavó la mirada en sus pies con estudiada concentración.

—Me mentiste —continuó Vincent—. Encubriste lo que hizo Eric.

—Si lo denunciaba, yo hubiera sido su siguiente víctima —se defendió ella, aunque no resultó muy convincente. Eric era un abusón de manual, solo se atrevía con los débiles y los indefensos. Y Sylvie no era de las que se dejaban amedrentar.

—Quiero la verdad —recalcó Vincent—. Sara Hall dijo que Lucy te pidió ayuda. ¿Es cierto?

—Me telefoneó —admitió Sylvie—. De madrugada. Se había quedado dormida y se había despertado confundida. No recordaba bien lo sucedido, estaba asustada. En realidad, histérica. Me pidió que fuera a su piso, y yo fui. Lo que decía no sonaba muy coherente. Dijo que creía que la habían violado.

—¿Y tú no hiciste nada por ayudarla? ¿No llamaste a la policía?

—Por supuesto que no —respondió Sylvie—. Sabía lo que había pasado en realidad.

—¿Cómo lo sabías? —Habló tan bajo que tuvieron que esforzarse para oírlo.

—Porque... —Se calló, consciente del daño que ya le había hecho lo que acababa de reconocer.

—Continúa —la azuzó Vincent—. ¿Cómo sabías lo que le había pasado a Lucy en el ascensor?

—Porque Jules estaba allí. Él me contó lo que había sucedido. No hubo violación —insistió Sylvie—. Escucha, Eric hizo promesas sobre promociones, pero evidentemente no las cumplió. Fuimos idiotas por hacerle caso. Yo acepté meter la droga en el agua de Lucy. Jules entró en el ascensor para asegurarse de que las cosas no se iban de madre. No queríamos que le hicieran daño, y por eso Jules estaba en el ascensor.

—No se fue de madre —añadió Jules—. Me aseguré de que no sucediera. Fue como una novatada. Un susto de poca importancia. Eso es todo. Es historia pasada.

—No —replicó Vincent—. No es historia pasada. Si fuera historia pasada, no estaríamos aquí encerrados.

44

Sara Hall

Durante semanas, tras el regreso de Kevin de Silicon Valley, fingí que nada había cambiado. Que mi carrera no se había ido al garete. Que no me habían despedido.

Las noches que Kevin dormía en mi piso, me levantaba a las cinco de la mañana y me iba al gimnasio que ya no me podía permitir y hacía unos ejercicios que no tenía ningunas ganas de hacer. Volvía a casa cuando Kevin estaba desayunando, me duchaba y me ponía un traje mientras le comentaba la primera historia inventada sobre el trabajo que se me pasaba por la cabeza. «Me parece que Vincent me va a mandar otra vez a Hong Kong en un par de semanas», y cosas por el estilo.

Cuando quedaba con él después del trabajo para tomar una copa o cenar, salpimentaba mi conversación con ficticias anécdotas jugosas del trabajo. Lo que en realidad había hecho durante el día era quedarme en casa, vestida con una sudadera, viendo la televisión e intentando olvidar no solo que estaba sin trabajo, sino que, a tenor de las respuestas recibidas hasta el momento tras mover mi currículum, mis posibilidades de encontrar uno nuevo eran nulas.

Me sentía tan desolada y humillada por mi último día en Stanhope que era incapaz de contárselo a Kevin. Era el equivalente moderno a ser inmovilizada en un cepo medieval y que la gente del pueblo te lanzara tomates a la cara. Había perdido la autoestima, a mis amigos, mi buen nombre, mi carrera y mi sustento económico. Pretender que no había pasado parecía la vía de escape más sencilla.

A decir verdad, el motivo de mis embustes iba más allá de ocultar la humillación sufrida. Si opté por mentirle a Kevin era porque, en el fondo, sabía que él estaba enamorado de la mujer que había sido, no de la que era ahora. Con quien él quería casarse era con una agente financiera con una prometedora carrera en una de las empresas más prestigiosas del ramo. Yo era el complemento perfecto a su propio éxito. No tendría ningún interés en seguir comprometido con la Sara Hall despedida por incompetente y sin una sola carta de recomendación para encontrar un nuevo trabajo. O con la Sara Hall cuya cuenta corriente mermaba día a día. La Sara Hall que, si no encontraba un trabajo pronto, estaría en bancarrota en seis meses. La Sara Hall que, por mucho empeño que pusiera en ello, era incapaz de conseguir un trabajo.

El éxito formaba parte del ADN de Kevin. Su madre era jueza, su hermano y sus hermanas habían triunfado en sus campos, su padre había sido socio en un despacho de abogados hasta el día de su muerte. Todo el mundo en la órbita de Kevin tenía éxito. El fracaso era un concepto desterrado. Estaba segura de que si se enteraba de que me habían despedido, eso anularía la pasión que sentía por mí y nos destrozaría como pareja.

Por eso, cuando regresó de California opté por simular que nada había cambiado en mi vida. Mantuve mi piso, pese a que no podía permitirme seguir pagando ese alquiler, para que no se enterase de que me habían despedido. Me engañaba como una tonta con la idea de que enseguida encontraría otro empleo. Entonces le contaría que había decidido irme a otra empresa. Tenía la esperanza de arreglarlo todo de modo que jamás se enterase de la verdad.

Aunque eso era pura fantasía, porque era imposible conseguir un trabajo sin cartas de recomendación. Nadie me hacía caso. Los cazatalentos no respondían a mis llamadas en cuanto se enteraban de que había salido de Stanhope sin un nuevo trabajo bajo el brazo, porque eso era un indicativo infalible de que me habían despedido. Los de selección de personal me anulaban las entrevistas que me habían programado cuando reconocía que la única carta de recomendación que tenía era de un antiguo profesor de la universidad.

—Pero llevas años trabajando. ¿Dónde están tus cartas de recomendación?

—Mi antiguo jefe está en Shangai y no he podido localizarlo —le dije, sin poder mirarlos a los ojos. Era como soltar que el perro se había comido mis deberes.

Intenté varias veces contactar con Vincent por teléfono y por correo electrónico para pedirle —en realidad, para implorarle— que me escribiera una carta de recomendación. Seguro que había algo positivo que pudiera decir sobre mi trabajo después de tantos años en la empresa. No me contestó. Bloqueó mis mensajes y jamás respondió a mis llamadas.

Pasé varias noches seguidas esperando frente a las oficinas de Stanhope, hasta que por fin vi salir a Jules por las puertas giratorias.

—Hola —le saludé, acercándome a él—. ¿Qué tal te va? Me miró sorprendido.

—No deberías estar aquí —contestó, mientras intentaba parar un taxi—. A Vincent no le va a gustar.

—Jules, necesito una carta de recomendación. Sin eso, nadie me va a contratar.

— Sara, no cuentes con ello —repuso mientras subía al taxi y cerraba la puerta.

Dos días después, un mensajero me entregó una notificación de cese y desistimiento de los abogados de Stanhope, que amenazaban con pedir una orden de alejamiento si volvía a contactar con alguien de la empresa.

Entre el alquiler del piso, los pagos de la residencia de mi madre y las facturas médicas todavía pendientes de mi padre, mis ahorros descendían a una velocidad de vértigo. Iba en caída libre hacia la bancarrota.

El gran error que cometí fue olvidar que, pese a vivir en una ciudad de ocho millones de habitantes, había como mucho tres grados de separación entre Kevin y mis antiguos colegas.

Una noche, cuando llevaba ya varias semanas con esta farsa, había quedado con Kevin para tomar una copa en un bar llamado Clancy's. Cuando el taxi giró por la esquina, ya lo divisé esperando delante del bar. Era una noche gélida y el resplandor amarillento de las farolas se reflejaba en la acera mojada por la lluvia.

El taxista detuvo el vehículo y abrí la puerta para salir. Con los tacones que llevaba, era fácil perder el equilibrio en la resbaladiza acera. Tenía que mirar dónde pisaba al bajar, de modo que no vi la expresión del rostro de Kevin hasta que me erguí del todo y me lo encontré frente a mí, con el taxi todavía detenido a mis espaldas.

—Lo siento, cariño. Esta noche la reunión con Vincent no se acababa nunca —dije con la fluidez de una experta mentirosa.

Llevaba uno de mis mejores trajes y actuaba como si viniera directamente del trabajo. En realidad, me había pasado la tarde entrevistándome con responsables de contratación de empresas de segunda fila, todos los cuales me rechazaban en cuanto les decía que no podía entregarles una carta de recomendación de mi anterior empresa.

Kevin se me quedó mirando con una expresión rara. Y me hizo la pregunta que más temía:

—¿Por qué no me contaste que te habían despedido?

No sabía qué decir. Me limité a quedarme mirándolo, con los ojos como platos y mi corazón rompiéndose en pedazos poco a poco.

—¿Por qué? —insistió. Notaba la decepción en su voz.

—No lo sé. —Era lo más sincero que le decía desde hacía semanas.

Él dijo algo. No oí las palabras, pero vi cómo movía los labios. Lo único que oía eran los latidos acelerados de mi corazón mientras mi mundo se desmoronaba. El taxista me sacó del trance con un bocinazo y, sacando la cabeza por la ventanilla, me gritó:

—¡Señora, soy taxista, no su padre. ¿Cuándo me piensa pagar?!

—Lo siento. —Me incliné hacia la ventanilla y le di el dinero. No sabía muy bien si lo que acababa de decir iba dirigido al taxista o a Kevin. Tampoco tenía mucha importancia, porque cuando me volví, Kevin había desaparecido.

No sé cuánto tiempo permanecí inmóvil en la acera, empapada por la lluvia, escuchando las risas estridentes que salían del bar donde se suponía que íbamos a tomar una copa. La oscura calle estaba iluminada por un tenue resplandor amarillento. Mi vida estaba irreversiblemente destrozada.

Lo cierto es que era inevitable que Kevin acabara por enterarse de lo sucedido. La noche que quedamos en Clancy's venía de una reunión de antiguos alumnos de su facultad de Derecho. Era la misma facultad en la que había estudiado Jules unos años antes que él. Cuando recordé esa conexión, imaginé lo que debió de pasar. Se habrían visto allí y, conociendo cómo le gustaba a Jules meter el dedo en el ojo, seguro que había ido directo hacia Kevin y le había hecho alguna pregunta del tipo: «¿Cómo le va a Sara en su búsqueda de empleo?».

Sin duda, Jules lo habría dicho con deleite, disfrutando de la reacción perpleja de Kevin. Después de esa noche, me imaginé la escena un millar de veces en un millar de versiones diferentes. Cada una más humillante que la anterior.

Kevin me mandó un mensaje la mañana después de dejarme plantada delante de Clancy's. Me decía que la boda quedaba cancelada y que quería que le devolviese el anillo. La petición estaba redactada en un pulcro lenguaje legal que daba a entender que me pondría una demanda si no lo hacía. Yo no tenía ninguna intención de quedármelo. Fui a su despacho a devolverle el anillo, pero él no se dignó a salir a recibirme. Mandó a su secretaria al vestíbulo y yo deposité el anillo en su mano de impoluta manicura.

No volví a ver a Kevin.

Ese día, después de romperse oficialmente nuestro compromiso, avisé a mi casero de que dejaba el piso y empecé a hacer las maletas. Entre las cosas que iba a llevarme estaban los cuadernos de dibujo y el diario de Lucy. Por primera vez desde el día que hice las acusaciones contra Eric Miles ante Vincent, sentí curiosidad por volver a ojearlos. Estaba convencida de que había alguna relación entre estos cuadernos y mi despido.

Repasé las páginas del diario una y otra vez. No lograba dar con el dibujo a tinta roja de Lucy siendo atacada en el ascensor, ni con la página siguiente en la que estaba la escritura especular. En un primer momento, pensé que había pasado las hojas demasiado rápido. Volví a empezar desde el principio y repasé las páginas una a una. Las del dibujo en rojo habían desaparecido. Era como si jamás hubieran estado allí.

Repasé el diario una docena de veces, y después los cuadernos de dibujo. Ni rastro del dibujo en rojo. Empecé a dudar de mi salud mental, hasta que encontré el dibujo que había hecho Lucy del equipo en la sala de reuniones con el rostro de Vincent convertido en el del diablo. En el centro de la mesa redonda, Lucy había escrito: «El Círculo S. A.». Seguía sin entender qué significaba.

Aunque la desaparición de las páginas del diario me inquietó, me agobiaba más el repentino vuelco que había dado mi vida y la estresante perspectiva de tener que volver a Chicago, sobre todo en esas penosas circunstancias. Tenía que deshacerme de la mayor parte de mis cosas prácticamente de la noche a la mañana. Reduje mi apartamento a dos docenas de cajas y vendí los muebles y el televisor para conseguir un poco de dinero extra.

Diez días después de romper con Kevin estaba de vuelta en Chicago, viviendo casi igual que antes de entrar a trabajar en Stanhope. Solo que ahora era peor, porque carecía de opciones y expectativas.

Alquilé una pequeña habitación por un período corto en un lóbrego apartamento encima de una hamburguesería. Durante el horario de cenas, todo el piso olía a fritura. Cuando acudía a entrevistas de trabajo, me tenía que echar un montón de perfume para que la ropa no apestase a grasa.

Mi compañera de piso, Fiona, había dejado los estudios universitarios; sus holgazanes amigos ocupaban la sala de manera semipermanente y se dedicaban a ver la televisión a todo volumen.

Cuando me despertaba por la mañana, toda la casa olía a tabaco y a grasa. Había docenas de latas de cerveza vacías y platos sucios con colillas desperdigados por todas partes. El lavabo apestaba como un urinario público y lucía manchurrones de meados, obra de los invitados demasiado borrachos para apuntar bien.

Tomaba somníferos para pasar las noches y, a veces, también para pasar los días más complicados. Me dejaban tan grogui que perdía la noción del tiempo y no llegaba a las entrevistas de trabajo o lo hacía tarde, o con aspecto desastrado y agotado. A menudo ambas cosas.

Buscaba trabajo de todas las maneras posibles. Respondía a anuncios, iba a las agencias de colocación e intenté sacar partido a mi red de contactos entre antiguos compañeros de universidad. Era imposible encontrar trabajo en el sector financiero sin cartas de recomendación. Nadie quería acercarse a mí. Me trataban como a una apestada.

Bajé mis expectativas. En lugar de solicitar empleo en las empresas más importantes, opté por las más modestas. Cuando eso tampoco funcionó, opté por buscar empleos de bajo nivel en empresas familiares, por un sueldo muchísimo más bajo que el que había llegado a cobrar. Me preguntaban por qué, en el momento teóricamente ascendente de mi carrera, quería pasar de una empresa de primer nivel a un chiringuito ubicado en un centro comercial de poca monta. Era una pregunta razonable. Yo les decía que era para estar cerca de mi madre. Casi me creían, hasta que descubrían que no podía entregarles ni una sola carta de recomendación de mi anterior trabajo.

Volví a reducir las expectativas. Acabé encontrando un trabajo como contable en una sórdida agencia de cobro de deudas que regentaba un codicioso prestamista de pacotilla llamado Rudi. Estaba en una zona de la ciudad llena de aparcamientos al aire libre y degradados edificios de oficinas que ofrecían alquileres baratos a empresas de dudosa reputación. Como la que ahora me tenía como empleada. Les dio completamente igual que no tuviera una carta de recomendación que mostrar, estaban encantados de poder aprovechar toda mi experiencia pagándome un salario mísero.

En dos meses ya no podría seguir pagando la mensualidad de la residencia de mi madre. Estaba reuniendo el coraje necesario para explicarle a mamá que tendría que trasladarla cuando recibí una llamada de la residencia. Mi madre había sufrido un fulminante ataque al corazón mientras estaba en el jardín. La habían encontrado tirada en el suelo. «Seguro que no tuvo ni tiempo de enterarse de lo que le sucedía», me dijeron.

Estuve a punto de hundirme por completo al tener que enterrar a mi madre tan poco tiempo después que a mi padre. De pronto estaba más sola de lo que jamás habría imaginado que fuese posible. No me quedaba nadie. Nadie a quien le importase lo más mínimo si seguía viva o me moría.

Acabado el funeral de mi madre, permanecí un buen rato ante las tumbas de mis padres con un intenso dolor en el corazón. Tal vez fuese mejor así, pensé para mí misma. A mamá y a papá les habría destrozado saber del desastre en el que se había convertido mi vida. Los gastos del funeral de mi madre se llevaron mis últimos ahorros. Estaba en la ruina y con la vida hecha pedazos.

Los meses siguientes pasaron entre brumas de depresión y pastillas. Me había distanciado de mis mejores amigas, Jill y Lisa, y también de mis amistades de la universidad. Trabajar en Stanhope era tan absorbente que era muy difícil mantener una relación fluida con nadie ajeno al entorno del trabajo. A mis amigas les dolió que yo no mostrase mucho interés por verlas y al final dejaron de llamarme. Y ahora, con la vida arruinada, el orgullo me impedía contactar con ellas.

Estaba aislada y sola. Cada día era una batalla, tanto financiera como psicológica. Salía de la cama dando tumbos para ir al trabajo y volvía por la noche a casa para irme directa a la cama. Me quedaba dormida entre el olor a patatas grasientas que freían con aceite requemado en la hamburguesería de abajo y las estridentes risotadas de los amigos de Fiona que, borrachos, montaban su fiesta al otro lado de las finas paredes de mi habitación.

Mi antigua vida se difuminaba tras una nebulosa irreal. Como el recuerdo de una película antigua que has visto hace mucho tiempo. Vagamente reconocible, pero de algún modo desincronizada; un remake alucinado, demasiado fantástico para ser real.

Había días en que casi me llegaba a creer que no había dejado Chicago para ir a trabajar a Stanhope. Días en que tenía la sensación de que mi vida en Nueva York la había vivido otra persona y que yo me había despertado de un coma profundo y me encontraba atrapada en una existencia infernal de la que no podía escapar.

A veces, cuando el efecto de la medicación se evaporaba, lograba que mi mente recuperase la concentración. Y recordaba la injusticia. La humillación pública. El modo en que fueron minando mi autoestima hasta que prácticamente desapareció. Cómo arruinaron mi futuro con Kevin.

Era en esos momentos cuando empecé a pensar en vengarme.

45

El ascensor

El sistema de ventilación del techo, que no había dejado de expulsar aire caliente ni un momento, de pronto empezó a lanzar chorros de aire gélido en el ascensor.

Vincent tenía tanto frío que se volvió a poner la camisa manchada de sangre, y encima, la americana y el abrigo de cachemir abotonado hasta arriba. Aparte de por la incipiente barba y los cortes en los nudillos, tenía el mismo aspecto que cuando había entrado en el ascensor hacía horas. Sylvie, que llevaba las piernas descubiertas, temblaba incontroladamente. Cruzó los brazos con fuerza para mantener el calor corporal.

Si los hombres se percataron de que estaba temblando, no les importó lo bastante como para ofrecerle una americana o un abrigo con el que cubrirse. Ellos se acurrucaron con sus respectivos abrigos mientras el ascensor pasaba de ser una sauna a convertirse en un páramo ártico. No tenían ganas de estar cerca los unos de los otros, pero hacía tanto frío que, poco a poco, se fueron acercando hasta apiñarse para intentar mantener el calor de sus cuerpos. Dejaron de obsesionarse con las escasas reservas de agua que tenían y se concentraron en evitar que les bajara la temperatura corporal. Sabían que la hipotermia los mataría mucho más rápido que la deshidratación.

—Sam, estás malgastando nuestra energía rememorando lo que le pasó a Lucy. Eso podemos hacerlo en otro momento. Lo que ahora tenemos que averiguar es quién nos ha encerrado aquí —tartamudeó Jules, al que le castañeteaban los dientes—. Me parece que podría ser la mejor manera de descubrir cómo salir de aquí.

—¿Es que no lo entendéis? —exclamó Sam furioso, con la cara roja—. Todo está conectado con Lucy. Ya sabía yo que no nos iríamos de rositas. Que un día u otro nos tocaría pagar por lo que hicimos.

—Ha sido Eric Miles, él nos ha atraído hasta aquí —propuso Sylvie, sin hacer caso a Sam—. Es propio de él. Lo hizo con Lucy, y ahora nos está aplicando otra versión de lo mismo. Vincent, ¿no tuvo una trifulca contigo? He oído que te culpaba de que lo hubieran echado a patadas de Stanhope y que, por extensión, culpabilizaba a todo tu equipo.

La rumorología de Stanhope sugería que a Eric lo habían echado por su comportamiento con las empleadas más jóvenes y las becarias. Era un secreto a voces que era incapaz de mantener las manos quietas y que actuaba como si las becarias fueran su harén particular.

Sin embargo, Vincent era el único de los presentes que sabía el verdadero motivo del despido de Eric. Fue porque proporcionó información falsa para ayudar a cerrar una operación, a cambio de un soborno. Corrupción de manual. Su actuación provocó que la empresa perdiera a su mayor cliente justo antes de Navidad. Stanhope podía manejar el acoso sexual ofreciendo dinero a las víctimas a cambio de un acuerdo de confidencialidad, pero el fraude era un asunto muy diferente. Era cruzar una línea roja. Y Eric lo había hecho.

—Eric no nos ha atraído hasta aquí. No es lo bastante sofisticado como para montar esto. Si quería vengarse de mí, habría contratado a un matón para que me diera una paliza

—afirmó Vincent. El ascensor se tambaleó un poco por una ráfaga de viento que recorrió la caja—. Y en cualquier caso, me dijeron que está en una clínica en Suiza para curarse la adicción al sexo. Su mujer lo amenazó con dejarlo si no se sometía a tratamiento.

—Si no es Eric, ¿quién está detrás de esto? —preguntó Sylvie—. ¿Qué quieren? Porque yo quiero salir de aquí a cualquier precio. Nunca había pasado tanto frío.

—Repasemos otra vez las pistas —sugirió Jules—. Con ellas nos están diciendo algo.

—Esto es una idiotez —masculló Vincent—. Son pistas al azar. Sin conexión entre ellas. Lo único que pretendían era hacernos creer que estábamos en un escape room.

—Entonces ¿cómo te explicas el anagrama que formaba el nombre de Sara Hall o la cita de Sun Tzu? —insistió Jules—. Es evidente que está conectado con Lucy. Solo los que trabajábamos más cerca de ella sabíamos que adoraba a Sun Tzu. Y estamos todos aquí. Excepto... —Se calló de golpe.

—¿Excepto quién? —inquirió Vincent.

—Sara Hall —contestó Jules—. Se sentaba cerca de Lucy. Formó parte de nuestro equipo cuando estaba viva.

—No puede ser ella —lo interrumpió Sylvie—. Sara Hall lleva años muerta.

46

Sara Hall

A través de la fina puerta de la habitación oía a Fiona y sus amigotes emborrachándose y armando barullo. Podría haber salido un rato para no soportar el ruido, pero estaba lloviendo y, la verdad, no tenía adónde ir.

Me quedé en la habitación, prisionera del sopor que se había apoderado de mí desde que me despidieron y me convirtieron en un deshecho.

Alguien puso música trance. El volumen estaba tan alto que mi habitación vibraba. Me dediqué a ordenarla mientras esperaba a que se largasen al club al que solían ir. Me llegaba el olor a tabaco, que se colaba por las rendijas de la puerta. No tardó ir acompañado por un inconfundible tufo a marihuana tan intenso que tapaba incluso el pestazo a hamburguesa grasienta que impregnaba todo el piso.

Sonó el timbre, llegó más gente. Me contuve y no salí a la sala de estar a pegarle cuatro gritos a Fiona por montar una fiesta una noche entre semana. No podía arriesgarme a tener otra enganchada con ella, sobre todo con una docena de amigos borrachos dispuestos a ponerse de su lado. Una bronca más sería la gota que colmaría el vaso: me diría que me largara. Y yo necesitaba esa habitación hasta que lograse poner orden en mi vida.

Para intentar tranquilizarme, empecé a ordenar el armario. Estaba doblando un suéter cuando vi la carátula del vinilo de *Sara* que Lucy me había regalado. La verdad es que no sé por qué lo había guardado. Supongo que a modo de recuerdo, para no olvidar a Lucy, porque difícilmente iba a poder escuchar el disco. Jamás había tenido tocadiscos y no tenía en mente comprar uno.

Alguien en la sala lanzó una lata de cerveza vacía contra mi puerta. A continuación se oyeron carcajadas.

—Está lloviendo —gritó alguien—. Hagamos la fiesta aquí.

«Estupendo», pensé. Como no podía escuchar la canción, saqué de la funda del disco la carátula con la letra. En el dorso había algo escrito a mano, con una letra minúscula y precisa. Me senté en la cama para estudiarlo con más detalle. Era la caligrafía de Lucy. Había anotado fórmulas, cálculos matemáticos y otras informaciones con el procedimiento de la escritura especular.

Tardé una eternidad en descifrarlo. Había ya amanecido cuando por fin concluí la tarea.

Por lo que pude deducir, las fórmulas determinaban el impacto que tendría en la cotización de las acciones de una compañía un repentino movimiento de otra. Por ejemplo, el efecto de la adquisición de acciones de una empresa de componentes automovilísticos por parte de un fabricante de automóviles para la que la primera trabaja. Si alguien era capaz de predecir de manera precisa estos efectos, podía ganar muchísimo dinero. Si desde Stanhope disponían de información privilegiada, podían aumentar de modo exponencial las ganancias. Pero también estarían violando la ley.

Hacia la mitad de la carátula, Lucy había anotado de forma meticulosa un listado de acciones que habían cambiado de manos, con los precios, los beneficios y las fechas de las transacciones. Junto a cada una, se detallaba una operación en la que estaba trabajando nuestro equipo de

Stanhope, con información que en ese momento no era pública. Era la pistola humeante, la prueba de que la operación se había llevado a cabo con información privilegiada. El delito estaba penado con un máximo de veinte años en una prisión federal.

Lucy había reunido todas las pruebas necesarias para poner una denuncia. Había sido su seguro de vida y me lo había confiado a mí. Sabía que yo conocía lo suficiente las interioridades de la empresa como como atar cabos enseguida. Apuesto a que nunca imaginó que me llevaría tanto tiempo encontrar ese documento.

Alguien se había aprovechado del talento de Lucy para ganar un montón de dinero utilizando un sofisticado sistema que, como mínimo, bordeaba el límite de la ley. Según las notas de Lucy, las operaciones se realizaban a nombre de una empresa pantalla llamada «El Círculo S. A.» Recordé que ese nombre aparecía en el dibujo del equipo en el que había puesto a Vincent la cara del diablo. Una rápida búsqueda en internet del nombre de la empresa solo me proporcionó la dirección de una oficina en las Islas Caimán.

Recordé que Cathy estaba convencida de que, tras la muerte de Lucy, alguien había robado su ordenador personal. Sin duda tenía razón. Quienquiera que lo hiciese probablemente estaba intentando borrar el rastro del Círculo. Pero no cayeron en la cuenta de que Lucy había puesto por escrito toda la información antes de morir. Poseía una memoria fotográfica y debió de ir memorizando cada documento que vio a lo largo de los años. Conociendo el pensamiento lateral de Lucy, imaginó que a nadie se le ocurriría buscar una copia manuscrita de la información oculta en el interior de la carátula de un viejo disco de vinilo. Se limitaron a buscar copias digitales en memorias USB, en el disco duro de su ordenador o incluso en la nube.

De hecho, el plan de Lucy estuvo a punto de fallar. Yo

había estado a punto de tirar el disco con otras cosas de las que me deshice cuando me mudé de vuelta a Chicago. Se salvó por un ataque de sentimentalismo.

Al final de la página había más escritura especular, que no tardé en entender que eran los datos bancarios y los códigos de acceso de la cuenta del Círculo. En el momento en que Lucy escribió esas notas, había depositados en la cuenta más de noventa y cinco millones de dólares. Los signatarios eran Jules, Sam, Sylvie y Lucy. Vincent figuraba como el principal compromisario y era el único en posesión de un código de acceso a la cuenta. De algún modo, Lucy había averiguado cuál era la clave y la había anotado al final de la página con su minúscula letra.

Ahora cobraba sentido que Lucy hubiera dibujado a Vincent como el diablo. Era el líder de una banda que se había lucrado con millonarias operaciones ilegales realizadas con información privilegiada.

47

El ascensor

Pese a las tensiones entre ellos, se apiñaron en busca de calor. La prioridad era sobrevivir. Ya no les preocupaba si disponían o no de suficiente comida y agua, o si conseguirían alertar a los trabajadores que aparecerían el lunes de que estaban encerrados en un ascensor. No estaban seguros de llegar con vida al lunes por la mañana. A falta de otro recurso, solo les quedaba apiñarse en un íntimo abrazo para mantener el calor corporal.

Resultaba irónico, pensó Jules, que se estuvieran ayudando los unos a los otros a sobrevivir cuando eso no formaba parte de los intereses de cada uno de ellos. Todos tenían una buena razón para querer ver a los demás muertos. Allí, en el ascensor, podía suceder con facilidad. Sylvie, con falda y sin un buen abrigo, podía morir de hipotermia en breve; Sam estaba más débil con cada hora que pasaba, tenía los ojos hundidos y la cara lívida. No tardaría mucho en perder la batalla por seguir con vida. Sería muy fácil taparle la nariz con una mano mientras los demás dormían. Sam estaría demasiado debilitado para oponer resistencia. Moriría asfixiado y nadie sospecharía nada.

Si Sam y Sylvie morían, ya solo quedarían dos. Vincent y él. Un único superviviente se quedaría con el premio gordo: el dinero del Círculo, reunido en la cuenta bancaria de las Islas Caimán.

Cuando formaron el Círculo no esperaban que se prolongase durante tanto tiempo. Estaban trabajando en una operación y se dieron cuenta de que podían sacar provecho de la información privilegiada que tenían sin llegar a saltarse la ley. Era una operación para una compañía minera internacional y sabían que en cuanto se hiciera pública, la cotización del paladio subiría. Crearon una empresa en las Islas Caimán para comprar a la baja acciones de compañías del sector de los metales antes de que la operación fuera pública. La jugada les reportó unos beneficios de casi tres millones de dólares.

La idea era hacerlo una única vez. Pero unos meses más tarde, se les presentó una nueva oportunidad, y en esa ocasión el beneficio se acercó a los cinco millones. Con la tercera operación, se convirtieron en adictos.

Vincent insistió en mantenerlo en absoluto secreto. Orquestó una serie de medidas que les protegieran de cualquier investigación del gobierno o de la justicia. Sabía que, si compartían el dinero a través del Círculo, el interés colectivo haría que los demás mantuvieran la boca cerrada. Se aseguró de que todos tuvieran demasiado que perder si en algún momento les rondaba por la cabeza la tentación de acudir a las autoridades.

A los demás no les gustó que Vincent incorporase a Lucy al Círculo. Significaba que había que repartir los beneficios entre cinco. Ninguno se fiaba de ella. Era impredecible. Rara. Vincent no hizo caso de sus quejas, lo único en lo que cedió fue en garantizar que ella sería el último miembro. No se aceptaría a nadie más.

—Lucy es un genio —los tranquilizó Vincent—. Nos hará ganar una fortuna.

Jules tuvo la impresión que la joven aceptó más por pura curiosidad intelectual que por codicia. Nunca le pareció que le interesase mucho el dinero. Las fórmulas que ideaba eran geniales, y sus algoritmos les hicieron ganar millones. Cuando más dinero ganaban, más imprudentes se volvían. Hacían uso de información privilegiada, evadían impuestos. Cada vez acumulaban más ilegalidades. Si los descubrían, se pasarían el resto de sus vidas en una prisión federal.

—Es un crimen sin víctimas —les dijo Vincent—, pero técnicamente estamos violando la ley. Tenemos que ser discretos y, sobre todo, debemos ser pacientes.

Vincent les dijo que tendrían que esperar una década antes de acceder al dinero, para asegurarse de que estaban fuera del radar de la justicia.

Entonces Lucy murió. Empezaron a perder dinero. No habían sido conscientes de la cantidad de trabajo que dedicaba la joven a afinar los algoritmos que les permitían tomar brillantes decisiones de inversión. Cuando la bolsa se desplomó, sufrieron pérdidas notables. A medida que el balance financiero del Círculo bajaba hasta caer por debajo de los cincuenta millones, las relaciones entre ellos se tensaron. Quisieron minimizar las pérdidas vendiendo acciones. Vincent se negó. Dijo que era demasiado pronto. Que era peligroso y podía alertar a las autoridades.

Les inquietaba que Vincent llegara a averiguar el papel que habían jugado en la muerte de Lucy y los castigara negándose a darles su parte de los activos del Círculo. Vincent tenía debilidad por esa chica. Sentía simpatía por los bichos raros y bajo su apariencia civilizada ocultaba una vena despiadada que lo convertía en alguien capaz de casi cualquier cosa cuando se le cruzaban los cables.

Las recientes turbulencias en Stanhope significaban que en breve podían quedarse todos sin trabajo. Ese temor generó una nueva insistencia en acabar con el Círculo para repartir de una vez por todas los beneficios acumulados. A Jules, su divorcio casi lo había llevado a la bancarrota. Irónicamente, el matrimonio de Sam había generado el mismo efecto, gracias a la insaciable actitud derrochadora de Kim. En cuanto a Sylvie, estaba harta de tener que luchar por mantener su empleo en Stanhope. Estaba más que dispuesta a pasar el resto de su vida con Marc y una renta libre de impuestos procedente de su parte de los beneficios del Círculo.

Vincent insistía en que lo más seguro era no tocar la cuenta durante algunos años más. Era más cauteloso que los demás y estaba menos necesitado de dinero fresco que ellos. Pero lo más importante era que solo él tenía el código de acceso necesario para poder cancelar la cuenta y distribuir los beneficios. Eso contribuía a fortalecer su control sobre los demás.

—¿Cómo murió Lucy en realidad? —preguntó Vincent sin previo aviso. Le había estado dando vueltas al asunto desde que Sam rompió el pacto de silencio y empezó su dispersa confesión—. Ya sé que hay ciertas preguntas que es mejor no hacerse, pero nunca me tragué que Lucy se suicidara.

Sam temblaba de frío o de nervios, o tal vez de ambas cosas. Notaba la lengua pesada y rígida detrás de los dientes, que le castañeaban. Cuando por fin habló, lo hizo con rapidez, como si agradeciese la oportunidad de poder por fin quitarse un peso de encima.

—Al día siguiente del incidente en el ascensor, pese a que Sylvie le había dicho que se quedase en casa, Lucy se presentó en la oficina —contó Sam—. Me llevó aparte. Estaba consternada. En realidad, un poco trastornada. Me dijo que la noche anterior le había sucedido algo terrible. Algo que le había hecho darse cuenta de que se había convertido en una persona horrible y que había llegado el momento de enmendarlo.

»Dijo que teníamos que confesar lo del Círculo. Le respondí que de ninguna manera. Ella insistió en que solo era cuestión de tiempo que el FBI lo destapara. Que si confesábamos, el castigo sería mucho más leve que si nos pillaban.

—¿La matasteis vosotros tres? —le interrumpió Vincent—. Así, sin más. —Chasqueó los dedos para enfatizar la idea—. ¿Porque estaba histérica después de haber sido agredida sexualmente en un ascensor y lanzó una amenaza que era obvio que no iba a cumplir?

—No. Los tres no. Fue Sam quien la mató —puntualizó Sylvie.

—Lucy conocía lo suficiente el Círculo como para destruirnos económicamente y llevarnos a prisión —se defendió de inmediato Sam—. Intenté razonar con ella. Te juro que lo hice. Le aseguré que habíamos borrado cualquier rastro y que nadie nos pillaría a menos que uno de nosotros se fuera de la lengua. Le recordé que ella también estaba implicada, que también acabaría en la cárcel, pero respondió que le daba igual. Era imposible hacerla entrar en razón.

—Probablemente estaba en shock por lo que le había ocurrido. No pensaba de manera racional —dijo Vincent.

—Yo también lo pensé —replicó Sam—. La convencí de que se fuera a casa y lo pensara bien antes de hacer nada. Esa noche fui a su piso para hablar con ella.

—¿Y qué sucedió?

—Me amenazó con denunciarnos. A ti, a mí, al Círculo. Estaba más alterada que antes. Dijo que el dinero que habíamos ganado estaba manchado de sangre y que nos vería en el infierno, que era donde merecíamos estar. Y si no era posible en el infierno, en una prisión federal. Hablaba en serio, Vincent. Iba a ir a la policía, a la Comisión de Bolsa y Valores, al FBI.

—Dios mío, Sam —murmuró Vincent.

—No me dejó otra alternativa —siguió—. Le eché Rohipnol en la bebida para anular su voluntad. La droga hizo efecto en cuestión de minutos. Parecía un robot. Le dicté la carta de suicidio y ella la escribió. Después le dije que se diera un baño. Pensé que se quedaría dormida y se ahogaría.

Parecería un suicidio. La droga que elegí se metaboliza muy rápido. Para cuando hicieran la autopsia, ya no encontrarían ningún rastro.

—Solo que no fue eso lo que sucedió —dijo Vincent.

—No —reconoció Sam—. Se quedó sentada como una zombi. Me di cuenta de que no había calculado bien. Una cápsula no era suficiente para noquearla. Pasé al plan B y eché una mano para que la cosa siguiera su curso. Me puse mis guantes de piel. Hasta entonces, había mantenido constantemente las manos en los bolsillos de la americana. —Vio una expresión escéptica en la cara de Vincent—. Escucha, cuando entré en el piso no sabía cómo iba a acabar aquello. Pero en ese momento me di cuenta de que no había otra solución. Tenía que tomar cartas en el asunto. Enchufé la tableta de Lucy en el lavabo. El cable estaba bastante gastado. Se la puse en las manos mientras ella seguía sentada en la bañera. Sabía que, tarde o temprano, la dejaría caer y se electrocutaría.

—Y la dejaste así... —murmuró Vincent.

—Limpié el vaso para eliminar cualquier resto de la droga que le había dado, lo rompí y tiré los trozos de cristal a la basura. Rompí otro par de vasos y desordené un poco los armarios. Pensé que así parecería que había tenido algo parecido a un ataque de locura antes de morir. Después salí por la escalera de incendios de la fachada lateral del edificio. Cuando estaba a mitad de camino hacia la calle y me volví a mirar, vi que las luces del piso se habían apagado. Habían saltado los plomos. Así supe que Lucy había muerto.

Vincent lo miró con repugnancia.

—Estúpido gilipollas —escupió—. ¿No caíste en la cuenta de que al matar a Lucy ponías en peligro el Círculo? Lucy era nuestra gallina de los huevos de oro. Apenas hemos ganado cantidades relevantes desde su muerte. Somos mucho menos productivos que cuando ella estaba viva. Deberías haber hablado conmigo. Yo la habría hecho entrar en razón. A mí siempre me hacía caso.

—Estabas en Londres. No lograba localizarte y, en cualquier caso, no habríamos podido hablar de eso por teléfono. Lo hice para salvarnos el culo, el de todos. Quería proteger el dinero del Círculo. No tuve alternativa. Me limité a limpiar la mierda que habían dejado Jules y Sylvie. No habría tenido que llegar a ese punto de no ser porque ellos dos ayudaron a Eric Miles a atormentarla. Deberías culparlos a ellos y no a mí —gimoteó.

—No nos cargues a nosotros el asesinato de Lucy —protestó Sylvie—. Nosotros no matamos a nadie. Tienes suerte de que no sospecharan que se trató de un asesinato.

—Oh, sí que hubo alguien que lo sospechó —replicó Sam, como si hablara consigo mismo—. La madre de Lucy encontró unos documentos cuando estaba guardando sus cosas en cajas para mudarse a Baltimore y se olió que había algo raro. Llamó a la oficina para hablar con Vincent, pero estaba una vez más en el extranjero y su secretaria me pasó la llamada. Cathy me explicó que había encontrado unos papeles que tenían algo que ver con una empresa llamada El Círculo. Su tono era suspicaz, me estaba tanteando. —Sam hizo una pausa para permitir que los demás digirieran lo que estaba explicando—. Creí que estábamos a salvo, porque me había llevado el ordenador portátil de Lucy, pero por lo visto había escondido la información en algún otro sitio. Así que tuve que hacer algo al respecto. Cathy podría haber ido a la policía.

—¿También mataste a la madre de Lucy? —exclamó Jules.

—¿Qué otra opción tenía? —replicó Sam, tratando de que entendiesen su modo de proceder—. Me cité con ella y le di una explicación enrevesada sobre las anotaciones que había encontrado. Me pareció que sonaba verosímil, pero vi que ella no se lo tragaba. Contraté a un tipo. Marty, un exbróker al que despidieron después de fastidiar una operación por ir hasta las cejas de cocaína. Vincent, tú lo conoces, te habías enfrentado a él en alguna operación y le habías ganado la partida. El tío estaba hundido. Dos exesposas, unas pensiones alimentarias salvajes y sin trabajo. Le ofrecí diez mil por entrar en casa de la madre de Lucy y encontrar esos papeles. Entró dos veces, pero no encontró nada. Al final, opté por pagarle cuarenta mil por atropellarla. Le dije que hiciera que pareciese un accidente. Cumplió el encargo y se largó a Tailandia para desaparecer del mapa un tiempo. Un viaje con todos los gastos pagados, por mí. Murió en un burdel de Bangkok de una sobredosis o de un ataque al corazón. Nunca se aclaró.

Vincent se pasó la palma de la mano por la cara, como si intentase borrar de su cabeza esas revelaciones.

—Jamás deberíamos haber llegado a estos extremos —murmuró—. El Círculo era nuestro seguro de jubilación. No tenía que morir nadie.

48

Sara Hall

Descubrir la información de Lucy sobre El Círculo me sacó de mi aturdimiento. Era lo que necesitaba para escapar de la nebulosa creada por la medicación, para dejar atrás la languidez y el autodesprecio que habían provocado mi rendición ante la vida.

La información de Lucy me daba la oportunidad de destruir las vidas de quienes habían destruido la mía. Valoré las diversas opciones con calma. Si filtraba la información a las autoridades, investigarían a Vincent y los demás. Con las pruebas que tenía en mi poder, perderían sus trabajos e irían a la cárcel. Eso, si sus caros abogados no los libraban de las acusaciones o si no oían rumores de lo que se les venía encima y se largaban del país antes de ser arrestados. Pero había otra opción. Una que me gustaba mucho más.

Esa misma noche dejé de tomar somníferos. A la mañana siguiente me desperté temprano y por primera vez desde hacía meses me metí en un gimnasio de la zona y volví a hacer ejercicio. Corrí en la cinta durante treinta minutos y pasé el resto del tiempo haciendo pesas. Mientras me machacaba el cuerpo, iba planeando mi venganza. No volvería a tener una actitud pasiva, no aceptaría por más tiempo el destino que ellos me habían impuesto. Iba a recuperar mi vida. Y lo haría a mi manera.

Matarse es más difícil de lo que parece, sobre todo cuando no se tiene intención de morir. Pero para que mi plan funcionase, Sara Hall debía estar muerta y enterrada.

Desaparecí una noche que Fiona había salido con sus amigos. Dejé una nota explicando que me iba unos días a visitar a mi familia y un cheque para pagar el alquiler del mes siguiente. No quería darle ningún motivo para intentar localizarme.

Me llevé unos cuantos objetos con valor sentimental que nadie echaría de menos y una pequeña parte de mi ropa y zapatos. Lo que cabía en una mochila. Aparte de esto, dejé todo lo que poseía en este mundo.

Unos días antes había comprado un viejo coche que pagué en metálico en un negocio muy cutre de venta de vehículos de segunda mano. Después de soltarle quinientos dólares extras, el vendedor hizo la vista gorda y me permitió no cambiar los documentos de propiedad.

La noche que me marché, conduje durante horas. Me detuve en un restaurante de Des Moines abierto las veinticuatro horas para tomar café y unas tortitas. Cuando acabé, saqué la tarjeta SIM del móvil, la aplasté con el zapato y la tiré por un desagüe. Volví al coche y conduje toda la noche en dirección sur.

Durante los siguientes días, opté por detenerme en ciudades grandes en lugar de en pequeños pueblos para perderme en el anonimato de las multitudes. Lo pagaba todo con dinero en efectivo. No utilicé ninguna tarjeta de crédito ni me arriesgué a sacar dinero de mi exigua cuenta bancaria. Los muertos no retiran dinero del banco. Las noches las pasaba en un saco de dormir en el asiento trasero del cacharro que había comprado.

Una semana después de marcharme entré en un cibercafé y le mandé a Fiona un correo desde una cuenta que abrí a nombre de una tía mía inventada, en el que le explicaba que

Sara Hall había fallecido en un accidente de carretera. Le decía que podía donar sus cosas a alguna organización benéfica, aunque sabía que lo más probable era que se quedase lo que le gustara y vendiese el resto para comprar alcohol o drogas. Había dejado en el piso mis mejores trajes, pero el sacrificio merecía la pena si ayudaba a borrar mi rastro.

Le envié un correo similar a mi jefe, Rudi, el codicioso prestamista de pacotilla. Me llegó al alma cuando respondió al mensaje preguntando si podía mandar flores. Le di la dirección del cementerio de Woodland, en Iowa, donde enterré una urna con las cenizas de Sara Hall. En realidad, la llené con la ceniza de los cigarrillos de las interminables fiestas de Fiona, que me había llevado en una bolsa de plástico con cierre de cremallera.

No me quedaba mucho tiempo en ningún sitio, y me trasladaba cada pocas semanas. Encontré trabajos de camarera en restaurantes en los que había mucho movimiento de personal y donde me ganaba el sueldo con propinas que me daban para pagar la gasolina y la comida. Cuando tenía ganas de un poco de comodidad, alquilaba una habitación en algún motel modesto. Me pasaba una eternidad bajo la ducha, hacía la colada en la pila del lavabo y caía redonda en la cama para disfrutar de una inusual noche de sueño ininterrumpido sobre un colchón.

Un mes después de la muerte de Sara Hall me compré un portátil barato en un Walmart. Utilizando una red privada de internet, envié la documentación necesaria para cambiar la cuenta de Facebook de Sara Hall y convertirla en una página en su memoria. Me pidieron un documento que probara su fallecimiento. Les envié el recibo del cementerio donde estaban enterradas las cenizas.

Al cabo de unas horas de activarse la página en su memoria, se llenó de comentarios de viejas amigas que expresaban su pesar por la trágica muerte de Sara Hall, atropellada por un camión en Des Moines y fallecida al instante. «Para quienes la querían, será un consuelo saber que no sufrió», escribí bajo el nombre de mi ficticia tía.

Me sorprendió la cantidad de likes y sentidas condolencias que suscitó la página necrológica de Facebook por parte de empleados de Stanhope y de viejas amistades con las que había perdido el contacto. Después de leer esa página, nadie podía dudar de que Sara Hall había fallecido. Tal como había imaginado, si Facebook decía que había muerto, es que había muerto.

Mientras conducía por Utah, recibí una alerta de trabajo que había encontrado una compatibilidad con los filtros que yo había marcado. «Bar Atomic Lounge, Las Vegas. Se necesita camarera. Incorporación inmediata. Generosas propinas. Debe tener experiencia en la preparación de cócteles. Esencial sentido del humor.»

Paré para repostar y llamé al teléfono que me aparecía. El tío que contestó prácticamente me aseguró que el trabajo era mío si me presentaba para el turno de esa misma noche, que empezaba a las diez. Por lo que me explicó, una de las camareras se había largado sin previo aviso. Le dije que allí estaría.

Conduje cinco horas seguidas para llegar a tiempo. Mientras avanzaba con mi cacharro entre el denso tráfico de la avenida principal, cegada por el resplandor de los neones sobre el azul oscuro del cielo del desierto, tuve la certeza de que había encontrado el lugar perfecto para desaparecer.

Aparqué a dos manzanas del bar. El interior era rojo y negro, con luz muy tenue. Había gente contorneándose en una pista de baile. Las luces estroboscópicas la mostraban en flashes que duraban un segundo. Entre las sombras, en los laterales, había reservados con asientos de falso cuero. Sonaba dance electrónico. Muy alta. Hipnótica. Notaba cómo el ritmo de la percusión reverberaba mientras avanzaba hacia la barra, donde un tipo con el cabello teñido de rubio muy claro y un piercing en el labio servía copas.

—¿Eres la chica nueva? —me preguntó mientras manejaba el grifo de cerveza. Apenas lo oía entre la ensordecedora música.

—¿Cómo lo sabes? —le dije a gritos.

—Mira a tu alrededor,

Me volví hacia la pista de baile y me fijé con más atención en la gente que se movía bajo los frenéticos cambios de luz. Me percaté de que todos llevaban algún tipo de vestimenta de cuero ceñida. Algunos empuñaban látigos o sostenían cadenas. Yo, con mis tejanos y mi blusa, desentonaba.

—Los viernes celebramos la noche sado —me explicó, señalando a una pareja esposada que se acercaba a la barra—. Tenemos noches para *swingers*, parejas y despedidas de soltero. Cualquier cosa que se te ocurra. Pero para nosotros esta es la noche más potente de la semana. Lo cual es una gran noticia para ti, muchachita, porque las propinas son despampanantes. —Me repasó de arriba abajo y añadió—: Aunque ni la mitad que tú. Tu turno empieza en diez minutos. Ve a prepararte.

—¿No me vas a entrevistar? ¿No necesitas comprobar mis referencias?

—Cariño, sé todo lo que tengo que saber. Necesitas pasta, pero no estás tan desesperada como para echarte a la calle. Y lo más importante, tienes una talla 36 y una 95 de pecho, y vas a estar cañón en el número que tengo en mente para ti.

Le pidió a una chica con el pelo muy corto teñido de rosa que se ocupara de la barra. Él me guio por un pasillo oscuro, también pintado de rojo y negro. Había una única bombilla que funcionase, y parpadeaba todo el rato, como si estuviera a punto de fundirse. Abrió una puerta al final del pasillo y entré en un almacén con él, inquieta por haberme metido a solas en una habitación recóndita con un absoluto desconocido.

En una esquina había un colgador con ropa y un espejo resquebrajado con un fluorescente encima. Debajo del espejo había una mesa tambaleante con productos de maquillaje desperdigados.

—Pruébate esto —me dijo, y me tendió un vestido de cuero negro cuya falda apenas cubría la entrepierna, medias de rejilla y una máscara roja y negra, que no tardé en descubrir que era idéntica a las que llevaban el resto de las camareras esa noche. El vestido me quedaba muy ceñido y mostraba más escote de la cuenta. No tenía muy claro si ponérmelo o no y tuve que contener el impulso de largarme de allí de inmediato. No podía permitirme ese lujo, apenas tenía dinero suficiente para pagar una noche en un motel y un desayuno.

—Este vestido es una máquina de conseguir propinas —murmuró el barman cuando salí del almacén. Poco después de indicarme qué mesas tenía que servir, me di cuenta de que, en efecto, lo era. Las propinas eran fenomenales. Cuando salí del bar al amanecer, me guardé en el bolso un fajo de billetes por valor de setecientos ochenta dólares.

Encontré una litera para dormir en un hostal de mala muerte, compartiendo habitación con otras siete chicas que habían llegado a Las Vegas para trabajar en bares y casinos y necesitaban un sitio barato donde echar una cabezada entre turnos.

Trabajé de noche durante tres meses. Atendí mesas ataviada con disfraces que iban del de dominatriz de cuero negro del primer día al modelito de vaquera, pasando por el de sirvienta francesa, con toda la espalda al descubierto salvo por un gran lazo blanco que me tapaba el culo y que me ponía las noches dedicadas al fetichismo.

Detestaba el trabajo; los toqueteos, los comentarios lascivos. Pero tragué con él porque era un medio para conseguir un objetivo. Las propinas eran estratosféricas comparadas con las de mis anteriores trabajos como camarera. Y necesitaba el dinero para pasar a la siguiente fase del plan, de modo que tragué sapos, aparté a manotazos los dedos de mi culo y rechacé educadamente peticiones explícitas de favores sexuales.

Llegué a reconocer a la clientela habitual, incluidos dos tipos fornidos con tatuajes en el cogote que llevaban a cabo algún tipo de negocio en un reservado del fondo del bar. Estaba bastante segura de que, fuera lo que fuese lo que hacían, no era del todo legal. Ambos lucían barba y llevaban camisetas y tejanos negros de motero. Me daban miedo. Sus miradas eran asesinas, como si ya lo hubieran visto todo y nada les importase una mierda. Uno de los camareros confirmó mis sospechas al decirme que tuviera cuidado con ellos. Eran, me susurró, lugartenientes de una pandilla de motoristas que controlaba el negocio de la droga en toda la ciudad.

Una noche me tocó servirles unos kamikazes en su reservado habitual. Estaban hablando de algo relacionado con su negocio. No pretendía escuchar. Estaba demasiado agobiada pensando cómo sacar un tema del que llevaba semanas queriendo hablar con ellos.

—Necesito un nuevo documento de identidad —solté abruptamente, tratando de sonar despreocupada. Con un ligero temblor en las manos, recogí los vasos de cerveza vacíos. Me había llevado semanas reunir el coraje para dirigirme a ellos, pero pese a mi intención de parecer desenvuelta y experimentada en esos asuntos, soné nerviosa y titubeante—. Quiero decir, ¿vosotros no sabréis por casualidad dónde encontrar a alguien que me pueda hacer unos buenos papeles? Ya sabéis de qué hablo, carnet de conducir, tarjeta de la seguridad social, este tipo de cosas.

Antes de que pudiera marcharme, el tipo que tenía a mi derecha me agarró del brazo y me obligó a sentarme a su lado.

—¿Qué te hace pensar que sabemos dónde encontrarlo? ¿Has estado escuchándonos a escondidas? —Me miró, esperando una respuesta. Tragué saliva y negué con la cabeza—. Bien, porque en esta ciudad es una auténtica estupidez oír cosas que uno no debería oír.

—Y también peligroso —apostilló su colega.

—Lo siento, os prometo que no he estado escuchando —le aseguré, frotándome la muñeca—. Yo solo… necesito una nueva identidad. Para escapar de mi ex. Pensaba que quizá podíais ayudarme a encontrar a alguien que pudiera falsificarme los papeles. He preguntado por ahí, pero nadie sabe a quién acudir.

Intercambiaron una mirada que no supe interpretar.

—Llevas ya algún tiempo trabajando aquí, ¿verdad? —preguntó el que tenía más cerca. Asentí—. Eso me había parecido. No olvido fácilmente un par de piernas bonitas —dijo con una sonrisa prepotente—. Y de las caras tampoco. Nunca olvido una cara.

Su colega se inclinó sobre la mesa.

—Es cierto. Mi amigo es muy bueno con las caras. ¿Entiendes lo que te digo? Si intentas jugárnosla, si vas a la poli…

—Estoy buscando una nueva identidad —le interrumpí—. Lo último que quiero es tener a la poli olfateando mi caso.

Ladeó la cabeza, sopesando qué había de cierto en lo que les acababa de contar.

—De acuerdo —accedió por fin—. Tienes que ir a un sitio llamado Tatuajes Mick. Pregunta por Darryl. Él se ocupará de lo tuyo.

Les di las gracias y emprendí una rápida retirada. Al día siguiente me presenté en el local del tatuador en cuanto abrió. Estaba en un barrio degradado de la zona más antigua de

Las Vegas, entre un garito de estriptis y una capilla para bodas abierta las veinticuatro horas.

Cuando entré solo había un tipo, sentado junto a la caja registradora con los pies sobre el mostrador, jugando a algún juego con su móvil. Le dije que buscaba a Darryl y, sin mirarme, me señaló con un gesto la trastienda.

Entré por una puerta entreabierta en una pequeña habitación. Había una nevera que emitía un molesto zumbido y un enorme acuario con peces tropicales. Sentado en una silla desvencijada, con los pies apoyados en la pared, había un tipo enorme de aspecto feroz que contemplaba el acuario. Estaba cubierto de tatuajes de pies a cabeza y tenía la cara llena de cicatrices.

—¿Eres Darryl? —pregunté. Él sonrió a modo de respuesta, dejando al descubierto una hilera de dientes de oro—. Necesito una nueva identidad. Tarjeta de la seguridad social, pasaporte... El lote completo.

Sin parpadear, respondió:

—Puedo ofrecerte un permiso de conducir de Nevada, un falso certificado de nacimiento, una tarjeta identificativa del instituto en el que supuestamente estudiaste..., todo lo necesario para conseguir una tarjeta de la seguridad social legal —me dijo—. Pero primero tendrás que hacer algunas indagaciones.

—¿Indagaciones? ¿De qué tipo?

—Bueno, en primer lugar, tienes que inventarte un nombre —me explicó, mirándome como si yo fuese idiota—. Uno que no sea ni demasiado común ni demasiado raro. Ve a la biblioteca. Repasa anuarios de institutos, redes sociales, árboles genealógicos. El secreto de una buena identidad es que ya exista. —Echó un poco de comida para peces en el acuario—. Localiza a alguien con una historia, que haya dejado rastro en las redes sociales. Si alguien se pone a rebuscar en tu pasado, querrás que encuentre un montón de material sobre ti en las redes. Viejas fotos del instituto con tu nombre debajo, fotos de la universidad... Cuando tengas todo eso, vuelve y te prepararé los documentos que necesitas. En cuanto hayas reforzado un poco tu nueva identidad, podrás pedir una tarjeta de la seguridad social y un pasaporte auténticos.

—¿Cuánto me va a costar? —pregunté.

—Me has caído bien, has ido directa al grano —respondió Darryl después de pensarlo un momento—. Te lo haré por quince mil. Pero primero tienes que hacer los deberes. Y si de verdad vas en serio con lo de la nueva identidad, tendrás que hacerte algún trabajito.

—¿Trabajito?

—Sí, ya sabes, cirugía plástica. Hoy en día el reconocimiento facial es implacable. Por suerte para ti, conozco a un tío que te lo puede hacer. —Metió la mano en un cajón y sacó la tarjeta de un cirujano plástico craneofacial.

Cuando fui a verlo y le dije que quería un cambio radical de aspecto, me sugirió implantes en el mentón, aumento de labios para hacerlos más carnosos e inyecciones de ácido hialurónico para alterar la silueta de la cara.

—Y ya que estamos, te puedo arreglar la nariz —me sugirió. Nunca pensé que a mi nariz le pasase nada, pero después de que me escaneara la cara y me mostrara los cambios sugeridos en un modelo 3D, tuve que admitir que con lo que me proponía era perfecto. Ni yo misma me hubiera reconocido al mirarme en un espejo.

—De acuerdo, pues de perdidos al río —murmuré. Me dirigió una sonrisa de cegadores dientes blancos, aunque me pareció que no había entendido mi comentario.

Pasé los días de recuperación de la operación en la biblioteca local, buscando nombres en los archivos y anuarios, y cualquier cosa que me pudiera servir para crearme la identidad creíble que me había pedido Darryl.

Decidí llamarme Stephanie Anderson. En mis búsquedas,

había encontrado miles de mujeres con ese nombre. Bastantes de ellas tenían exactamente mi edad. Elegí a una Stephanie Anderson de Indianápolis y memoricé tal cantidad de detalles de su biografía que podría haber parecido que la estaba acosando.

Encontré la fecha de nacimiento, los nombres de sus padres e incluso el instituto y la universidad en los que estudió, y también el año de su graduación. Volví a Tatuajes Mick tres semanas después, cuando la inflamación de la cara ya había bajado y podía sacarme fotos de carnet con mi nuevo rostro. Darryl seguía donde lo había dejado, contemplando a los peces tropicales que nadaban en círculo.

—Mucho mejor así —aprobó, mirando por encima de la pecera para comprobar mi nueva apariencia. También me había cortado el pelo y me lo había teñido de castaño oscuro, y me había perfilado las cejas, lo cual, para mi sorpresa, cambiaba la cara casi tanto como la cirugía.

Le tendí una hoja con los detalles de mi nueva identidad. La cogió y repasó la información haciendo gestos aprobatorios.

—Te veo en dos semanas —me despidió.

Cuando volví para recoger mis documentos, Darryl estaba en la tienda, tatuándole una cobra en la barriga a un universitario con una barba rala minuciosamente cortada. El chaval tenía la cara roja porque intentaba no gritar. Su novia estaba sentada a su lado, ojeando el móvil.

Le di a Darryl el dinero en un sobre, y comprobó que la cantidad era la acordada antes de guardarlo en un cajón junto a las tintas de tatuar. Después sacó un sobre marrón más grande del cajón inferior.

Contenía una nueva tarjeta de la seguridad social, un certificado de nacimiento y otros documentos identificativos, todos a nombre de Stephanie Anderson.

—Encantado de conocerte, Steph —saludó, y volvió a inclinarse sobre el chico para seguir trabajando en la cobra.

Sabía que lo mejor era que me marchara de Las Vegas sin dejar ningún rastro, así que, con mi nueva identidad y mis escasas posesiones en una bolsa de lona, me dirigí a la estación de autobuses.

49

Sara Hall

Mientras desarrollaba mi plan, me preguntaba qué haría Lucy en mi lugar. Era una maestra de la estrategia. Habría tenido pensados los diez pasos posteriores a cada movimiento. Así era como jugaba al ajedrez y así era como yo iba a jugar mi versión del juego.

Di con una empresa de ascensores de Houston que buscaba personal para cubrir varios puestos. Conseguí concertar una entrevista, pero tenía que ser en persona, lo cual significaba que me tocaba chuparme un viaje de doce horas en autocares Greyhound, con tres transbordos. Llegamos a la estación del centro de Houston poco después del amanecer. Encontré una habitación en un desvencijado hostal de los alrededores, me duché y di una cabezada en la estrecha cama individual del cuarto, que no era mucho más grande que la celda de una prisión y con toda probabilidad era incluso más espartana.

Por la tarde, después de pasar dos entrevistas, me contrataron como ayudante de servicio en la Compañía de Ascensores Cortane. Mi salario inicial era de treinta y siete mil trescientos cincuenta dólares anuales.

Estaba encantada. En cuanto empecé a trabajar, alquilé un lóbrego piso de una sola habitación cerca de la oficina, para redondear la historia de Stephanie Anderson. Estaba harta de soportar a compañeras de piso y, además, no quería tener a nadie husmeando en lo que hacía en mi tiempo libre.

En Cortane trabajaba duro y no creaba problemas. Era la empleada que más rápido aprendía de todas las que habían tenido, o al menos eso fue lo que me dijo mi supervisor, admirado de lo deprisa que dominé lo básico. Él no conocía los verdaderos motivos de mi diligencia. Cuando le pedí si, en mi tiempo libre, podía acompañar a los operarios que instalaban y reparaban los ascensores para ver cómo era el trabajo *in situ*, pensó que estaba supermotivada. Le expliqué que me parecía que eso me facilitaría el trabajo con nuestros clientes.

Me pasé gran parte del año haciendo montones de preguntas a los técnicos, estudiando la mecánica de los ascensores y leyendo todo lo que caía en mis manos sobre el tema. Estudié todo lo relacionado con diseño, electrónica e instalación de ascensores. Me apunté a cursos de programación informática y electrónica en el centro de estudios de la ciudad. Me encantaba la programación informática. Era la primera cosa que hacía en mucho tiempo que suponía un reto intelectual. Aprendí rápido a manejar C, C++ y Java, y en cuestión de meses ya estaba creando un programa que me permitiría hackear el sistema de un ascensor y controlarlo desde una aplicación en mi móvil.

Entre curso y curso, me apunté a clases de arte dramático. Aprendí a alterar el modo de caminar y los gestos para construirme una nueva personalidad. También me enseñaron a cambiar la voz, y adopté un tono más grave y una nueva entonación que, con el tiempo, pasó a formar parte de mí como una segunda piel. Incluso asimilé un ligero acento texano.

Un año después de mudarme a Houston, volví a Las Vegas un fin de semana. Encontré a Darryl trabajando en un tatuaje de iniciales solapadas en los brazos de una pareja que acababa de casarse en la capilla abierta veinticuatro horas que había al lado. Estaban demasiado borrachos como para sentir algún dolor. Ojeé las gastadas páginas de una revista del corazón mientras esperaba a que Darryl acabase su obra.

Cuando terminó, pasamos a la trastienda. Le pagué cinco mil dólares por un falso título de licenciatura a nombre de Stephanie Anderson y otros cinco mil por una falsa carta de recomendación de un exabogado que había pasado una temporada en prisión por tráfico de drogas. El acuerdo era que el abogado contestaría a cualquier llamada de empresas interesadas en contratarme y elogiaría de manera entusiasta mis capacidades profesionales.

Tenía una voz profunda que sonaba impresionante al teléfono y una habilidad inconmensurable para hablar con autoridad sobre temas de los que no tenía ni idea. En resumen, era un abogado de manual. Cuando me reuní con él en persona para explicarle el tipo de preguntas que le podían hacer, descubrí que no tenía para nada la pinta que me había imaginado. Llevaba el pelo cano recogido en una coleta y tenía la cara chupada de tanta marihuana y ácido. Me explicó que ahora, tras un susto con un cáncer, se mantenía sobrio y se había hecho vegano holístico, fuera lo que fuese eso.

Volví a Houston y dejé el trabajo en Cortane con la lacrimógena excusa de que tenía que volver a casa para cuidar de mi madre moribunda. Me despidieron con una fiesta en mi último día, con un pastel de color rosa con un mensaje encima escrito con chocolate.

De nuevo me desplacé en autocar y atravesé el Medio Oeste con destino a Nueva York. No quería que mi nombre apareciese en el listado de pasajeros de ningún vuelo.

Conseguir un trabajo en Stanhope fue bastante fácil. Monté un falso currículum con una detallada historia laboral que se remontaba hasta dos décadas atrás. Añadí a mi nueva cara unas lentillas azules y unas gafas de montura dorada e invertí en un nuevo vestuario insulso que me convirtió en una auxiliar administrativa un tanto desaliñada.

A Stanhope le costaba mantener al personal administrativo porque pagaban unos sueldos penosos, a diferencia de lo que sucedía con los ejecutivos, que ganaban pequeñas fortunas. Eso jugó a mi favor. Bastaron para que me dieran el trabajo la carta de recomendación del abogado de Las Vegas —que explicaba que había sido su ayudante en una pequeña consultora de la costa Oeste— y la falsa licenciatura que me había preparado Darryl. La única entrevista que pasé fue con una secretaria que había trabajado en mi departamento. Cuando salí de la sala, supe que mi disfraz era perfecto. Ni por un momento sospechó quién era yo.

Trabajé en Stanhope como auxiliar administrativa durante ocho meses. Preparé documentos, hice fotocopias y realicé centenares de tareas insignificantes. Entré y salí de salas de reuniones y les entregué documentos a Vincent y a los otros miembros del Círculo sin que jamás se percatasen de quién era yo.

Estaban tan ensimismados como siempre. Eso era una gran ventaja. Miraban en mi dirección, pero no me veían. Cultivé una imagen anodina a modo de camuflaje, para pasar desapercibida en su narcisista día a día en la oficina. Por nada del mundo Vincent, Jules y Sam iban a perder el tiempo observando con atención a una secretaria desaliñada como yo. Y aunque lo hubieran hecho, mi aspecto en esos momentos no guardaba ni el más remoto parecido con la Sara Hall que ellos habían conocido.

La absoluta falta de reconocimiento que se reflejaba en sus arrogantes rostros me divertía. Si hubieran sabido quién era —y qué estaba planeando— ninguno de ellos habría bajado la guardia con tanta facilidad.

Algunas mañanas subía en el ascensor con el equipo e inhalaba el fuerte olor a loción de afeitar que invadía el espacio como una nube ácida. Me quemaba los pulmones y apuntalaba mi determinación. Era casi como en los viejos tiempos, hombro con hombro en un ascensor, colgados a cientos de metros del suelo. Si algo iba mal, compartiríamos el mismo destino. La muerte, después de todo, era el ecualizador definitivo.

Si en algún momento se fijaban en mí, era solo para mirarme con altiva lástima. Una mueca de desagrado que era una advertencia para que mantuviese mi vulgaridad a cierta distancia de su aura de privilegiados. Actuaban como si la mediocridad fuera una enfermedad infecciosa. A mí no me afectaba. Me permitía observar de cerca, estudiar cada detalle de sus rutinas sin despertar la menor sospecha.

No había cambiado nada. Eran criaturas de hábitos fijos. Llegaban unos minutos antes de las siete y media de la mañana con sus cafés para llevar con el nombre anotado con marcador negro en el vaso por los baristas que servían a la impaciente multitud de primera hora en Wall Street.

Con la mano libre, los hombres que subían en el ascensor tecleaban en el móvil un mensaje para la chica con la que habían pasado la noche o para la esposa. A menudo, para ambas. O echaban un vistazo en alguna app de citas para encontrar una cita para esa noche, y de vez en cuando hacían una pausa para comprobar las cotizaciones de la bolsa de Londres cuando allí ya era mediodía.

Sylvie tecleaba un mensaje a su ligue parisino, Marc, mientras se preparaba para el momento en que sonara la campana en la bolsa. Tenía un olfato privilegiado para predecir los movimientos del mercado, pero nunca había sido tan astuta en su elección de hombres. A mí me parecía pasmoso que jamás se percatara de mi presencia detrás de ella, prácticamente mirando por encima de su hombro. Pero lo cierto es que Sylvie no tenía ojos para nadie que no fuera ella misma.

Todos ellos eran como soldados del capitalismo, embutidos en sus trajes de dos mil dólares hechos a medida. Siempre impecablemente acicalados. No parecían capaces de sudar, mancharse o cagar. Pero nadie puede ganar tantísimo dinero sin embrutecer el alma. Tenían las manos suaves, limpias y sin callosidades, pero solo porque jamás tocaban la sangre que derramaban.

A lo largo de esos meses, curioseé en las pantallas de sus móviles cada vez que podía —normalmente cuando estaba detrás de ellos en el ascensor— y anotaba mentalmente cada detalle, por banal que pareciese, de sus vidas. Llegué a saber cuánto dinero tenían en las cuentas bancarias, el estado de sus inversiones, además de una infinidad de detalles en apariencia anodinos: restaurantes preferidos, su próximo destino de vacaciones, preferencias en bebidas alcohólicas, sexo y comida. El nombre de su limpiadora, del servicio de lavandería y los códigos de la alarma antirrobo. Busqué sus trapos sucios, husmeando e indagando hasta dar con sus puntos flacos. Lo memoricé todo. Con el tiempo, acabé construyendo una panorámica completa de cada aspecto de sus vidas.

Encontré incluso información suficiente sobre las operaciones en las que estaban trabajando como para filtrar a un competidor las ofertas que iban a presentar. Stanhope perdió dos operaciones clave en el plazo de seis meses. La cifra de lo que dejaron de ganar ascendía a casi sesenta millones de dólares. No pude resistir la tentación de boicotearles, a pesar de que probablemente era una estupidez arriesgarme de ese modo a que se descubriera mi tapadera. Pero me encantaba ver las caras de pánico de Vincent, Jules, Sam y Sylvie cuando de pronto las cosas empezaron a ir mal en sus vidas perfectas.

Cada día me abría paso entre ellos con un modoso y educado «Disculpe». Ellos daban por hecho que me sentía abrumada por su éxito y que era muy tímida, porque bajaba la mirada con actitud servicial cuando me los cruzaba en el pasillo. Nunca en su vida se habían equivocado tanto con respecto a algo. Bajaba la mirada para ocultar la tremenda rabia que no lograba disimular del todo.

Para ellos, yo no valía más que la mujer de la limpieza que fregaba las gotas de orina que quedaban en el suelo del lavabo después de sus meadas. Me consolaba con la idea de que no tardarían mucho en descubrir quién era yo y de qué era capaz. La clave estaba en tener paciencia. Y yo era muy, pero que muy paciente.

No sospecharon nada cuando una tarde, al final de una reunión muy larga y tediosa, pasé por la mesa tendiéndoles una tableta para que estamparan su firma electrónica. Me había pasado varias noches en vela manipulando una app del dispositivo para conseguir que la cámara hiciese escaneados perfectos de sus respectivos iris.

No mucho después, pedí unas vacaciones y viajé a Suiza, Hong Kong, Singapur, Antigua, Liechtenstein y las Islas del Canal en un espacio de doce días. En cada uno de estos países abrí cuentas bancarias a nombre de Stephanie Anderson.

Cuando regresé, ya solo quedaba orquestar y tender la trampa. Me colé a hurtadillas en un edificio que había seleccionado con sumo cuidado y manipulé un ascensor, para lo cual me metí en el hueco y dejé un transmisor en el techo que me permitiera controlarlo de manera remota. Aproveché para apretar al máximo las tuercas de la trampilla superior, impidiendo cualquier posibilidad de salir por allí.

También me cuidé de que no pudieran utilizar los móviles. Nadie podría hacer ni recibir llamadas o mensajes. Para que mi plan funcionase, necesitaba mantenerlos incomunicados durante veinticuatro horas.

Con todo ya preparado, les envié un mensaje con una falsa convocatoria a una reunión utilizando el correo electrónico general del departamento de recursos humanos de Stanhope. Había trabajado para esa área y conocía las claves de acceso a la cuenta. Me limité a iniciar una sesión en el ordenador de una colega que había salido a comer. Envié los mensajes a Sylvie y los demás a media tarde del viernes para que no tuvieran tiempo de hacer demasiadas preguntas. En el dirigido a Vincent añadí una línea indicando que la asistencia era obligatoria y que era responsabilidad suya que no faltase nadie.

Aparecieron todos, como estaba convencida que sucedería. Siempre lo hacían, en cuanto Stanhope chasqueaba los dedos. Con despidos en el horizonte, supuse que nadie tendría las agallas de saltarse una reunión, aunque se hubiera convocado a horas intempestivas.

Una vez que entraron todos en el ascensor, empecé a manipularlo por control remoto utilizando mi aplicación desde un móvil. Podía manejar a mi antojo los movimientos, el termostato y la luz.

Imaginé cómo me sentiría si fuera yo quien estuviera encerrada ahí dentro; las sensaciones, el estrés y el miedo a medida que pasaba el tiempo y nadie acudía al rescate. Además, en su caso esas sensaciones se amplificarían, porque estaba segura de que no tardarían en surgir tensiones entre ellos. Cuando pensaba en lo que había tenido que soportar Lucy en otro ascensor aquella noche, se incrementaban mis ganas de seguir adelante.

Se me ocurrió lo del escape room para mantenerlos descolocados y ganar tiempo. Los mantendría entretenidos mientras yo ejecutaba la parte crucial de mi plan. Inventar las pistas que les proporcionaría fue lo más divertido. Pistas estúpidas y sin sentido que los mantendrían desconcertados y harían que se peleasen entre ellos.

Las cartas con las bonificaciones serían el golpe de gracia. Stanhope seguía un proceso de seguridad férreo en lo referente a los bonus. Logré que me destinaran al equipo de administración encargado de imprimir las cartas con las cantidades asignadas y meterlas en sobres que después se guardaban bajo llave.

Me fue fácil ver las cantidades que iba a recibir cada miembro del equipo de Vincent y a continuación redactar una carta con el bonus de cada uno. Mientras Vincent y su secretaria estaban en la planta de arriba en una reunión, entré en su despacho para dejarle el correo en el escritorio, como una eficiente secretaria, y aproveché la ocasión para deslizar el sobre que había preparado en el bolsillo exterior de su cartera. Me reí para mis adentros mientras lo hacía. Si había algo infalible para convertir a esos cuatro en enemigos, era que descubrieran lo que iban a recibir los otros como bonificación. Divididos serían más débiles. Y eso jugaría a mi favor mientras llevaba a cabo mi plan.

La medianoche del viernes, mientras ellos seguían encerrados en el ascensor, yo pasé por el detector de metales del aeropuerto de LaGuardia y tomé un avión. Seguía utilizando el móvil como control remoto para atormentarlos, pero también para llevar a cabo la parte más hermosa de mi plan.

En cuanto a esos cuatro, los localizarían el lunes por la mañana, vivitos y coleando. No me preocupaban demasiado. ¿En qué líos podían meterse cuatro agentes financieros en un ascensor cerrado?

50

El ascensor

Vincent estaba sentado, todavía medio dormido. Percibió la presencia de una sombra que se cernía sobre ellos, que seguían apiñados para darse calor. Se le aceleró el corazón. Todavía tenía la mirada borrosa por el sueño cuando abrió los ojos para observar a la difusa silueta, que pronto tomó una apariencia familiar.

Era Jules, plantado ante ellos. La expresión ausente de sus ojos le provocó un escalofrío.

—¿Qué pasa, Jules? —El aliento de Vincent se transformaba en vapor al salir de la boca.

—Tú has organizado todo esto.

—¿De qué coño estás hablando? —Comenzó a incorporarse. Mientras lo hacía, Jules le plantó el pie en el pecho. Vincent perdió el equilibrio y cayó torpemente al suelo.

—No es buena idea —le advirtió Jules. Hizo un leve gesto negativo con la cabeza.

Fue en ese momento cuando Vincent se fijó en su brazo extendido. Tenía una pistola en la mano. La empuñaba con decisión. No titubeaba. Le estaba apuntando al pecho.

—¿Cómo...? —empezó a preguntar. Se había pasado horas buscando la Glock, pese al intenso dolor de cabeza. Le preocupaba no haberla encontrado.

—Recuperé mi pistola cuando tú estabas fuera de combate —dijo Jules—. No me mires así, al fin y al cabo es mía.

Vincent sintió el tranquilizador peso del cargador en su bolsillo. Como anticipando sus pensamientos, Jules movió la pistola para que pudiera ver que había colocado un cargador. Tiró de la corredera con un sonoro chasquido que reverberó en el ascensor.

—¿Te creías que solo llevaba un cargador? Tenía otro en la mochila. Esta pistola está cargada y lista para disparar, y no tengo ningún escrúpulo en utilizarla.

El ruido de los dos hombres hablando despertó a Sam y Sylvie. Ella miró a Jules y de inmediato entendió la situación, como unos instantes antes había hecho Vincent. Sam siguió estirado en el suelo, demasiado débil como para intentar ponerse en pie o hacer otra cosa que observar la escena sin poder hacer nada.

—Jules, ¿qué haces? —La voz de Sylvie sonaba rasposa por la falta de agua.

—He deducido —respondió— que ha sido Vincent quien nos ha traído aquí engañados. Recibimos un vago mensaje de recursos humanos, pero fue Vincent quien nos escribió para insistir en que era obligatorio presentarse.

—Creí que el correo de recursos humanos era auténtico —aseguró Vincent, indignado—. De verdad que creí que querían llevar a cabo una actividad en equipo para ayudar a la empresa a decidir los despidos y tal vez elegir al sustituto de Eric Miles. No tenía ni idea de que iba a pasar esto —admitió, contemplando a su alrededor el ascensor con manchas de sangre, espejos rotos, techo desmontado y placas de ese techo y cristales rotos por el suelo.

—Entonces ¿por qué te guardaste comida y agua en la cartera? ¿Por qué has venido con el abrigo más grueso? —lo acusó Jules—. No. Sabías lo que pasaría. Tú pusiste las pistas, sobre Sara Hall y sobre Lucy, y esa cita de Sun Tzu, para despistarnos. Lo hiciste pasar por un juego para que no nos diéramos cuenta de tu verdadero objetivo al traernos aquí: matarnos a todos.

—Mi objetivo —respondió Vincent— es y ha sido siempre conseguir que salgamos todos de aquí vivos. Y para conseguirlo tenemos que trabajar en equipo, hemos de confiar los unos en los otros. Jules, baja la pistola.

—Tiene razón —apostilló Sylvie—. Bájala. Tenemos que trabajar en equipo. Si no, moriremos congelados antes de que llegue la mañana del lunes.

—No todos —replicó Jules—. Vincent no morirá. No mientras lleve puesto ese abrigo. Con él podrías sobrevivir al invierno siberiano. ¿Sabes qué? Quítatelo. Quiero tu abrigo.

Vincent se lo desabotonó poco a poco y se lo quitó. Se lo lanzó a Jules con tanta torpeza que cayó al suelo. Lo hizo de forma deliberada. Quería distraerlo para poder desarmarlo. Pero Jules intuyó la jugada. Dejó el abrigo en el suelo, pese a que se estaba congelando porque el frío traspasaba su abrigo, de tela mucho más fina.

—Es el abrigo que siempre uso en invierno —le aseguró Vincent—. Y suelo llevar agua y comida en la cartera. Es por el azúcar. Soy prediabético. Ha sido una suerte para todos que lo llevara, aunque fuese una pequeña cantidad. Y, Jules, deberías recordar —añadió con tono sarcástico— que no me lo he guardado para mí, sino que lo he compartido.

—Tiene razón —dijo Sylvie.

—¿Eres incapaz de ver lo que tienes delante de las narices? —masculló Jules entre dientes—. Vincent nos quiere muertos. De frío, por deshidratación, como sea. Él saldrá de aquí y se quedará todo el dinero del Círculo, no tendrá que compartirlo con nadie.

—Hay un punto débil en tu argumento —señaló Vincent—. El dinero no me serviría de nada si estoy muerto. Si de verdad os hubiera atraído hasta aquí, habría sido lo bastante listo como para asegurarme de que yo no me metía en el ascensor. Porque, tal como están ahora las cosas, no veo ningún modo de que ninguno de nosotros salgamos de aquí.

—Entonces ¿quién nos ha atraído hasta aquí y nos ha estado mostrando pistas con detalles que solo los miembros del equipo conocemos? —preguntó Jules—. ¿Lucy Marshall? ¿Sara Hall? Las dos están muertas. Hice un seguimiento de los dos becarios que estuvieron con Lucy en el ascensor. Uno murió de una sobredosis de ketamina y al otro lo transfirieron a nuestras oficinas en Sídney. En cuanto a Eric Miles, tú mismo has dicho que está internado en una clínica en Suiza. Con lo cual, solo quedamos nosotros cuatro. Sé que no he sido yo, y Sam no tiene cerebro para montar todo esto. Así que solo quedáis Sylvie y tú.

—No he sido yo —aseguró Sylvie.

—Lo sé —aceptó Jules—. Sé que no has sido tú, porque tengo la prueba irrefutable de que ha sido él. —Les mostró el móvil de Vincent. En la pantalla aparecía un correo abierto, pero estaba a demasiada distancia para que Vincent y Sylvie pudieran leerlo—. Te lo he quitado mientras dormías. He visto el pin de acceso cientos de veces a lo largo de los años.

Jules le lanzó el móvil a Sylvie. Ella lo cogió y leyó el mensaje. Alzó la cabeza y le lanzó a Vincent una mirada acusadora.

—¿Reservaste un vuelo a Gran Caimán para el próximo viernes?

—Exacto —intervino Jules, levantando la pistola para apuntarle a la cabeza—. ¡Qué coincidencia! Vincent reserva un vuelo al lugar donde tenemos la cuenta bancaria del Círculo, justo la tarde del día en que se van a anunciar los recortes en la empresa. No creo que haga falta ser muy listo para conectar ambas cosas. Lo más probable es que haya negociado una generosa cantidad para él y después urdiera un plan para quedarse con todo el dinero de la cuenta del Círculo y desaparecer del mapa.

—Me iba de vacaciones. ¡Es el Caribe! La gente va allí de vacaciones.

—¡Y una mierda! —explotó Jules. Se le enrojeció la cara de ira—. Tenías planeado quedarte con todo.

—No piensas con claridad —atajó Vincent con rapidez para tratar de calmarlo—. Tenemos un montón de dinero en esa cuenta. Con mi parte tengo de sobra para el resto de mi vida.

—Te has vuelto codicioso —masculló Jules—. Ibas a perder el trabajo y necesitabas el dinero.

—No necesito el dinero —replicó Vincent—. No me drogo como Sam. No bebo como tú. No tengo esposa ni exesposa. No tengo hijos. No tengo que pagar pensiones alimentarias. Todos habéis visto mi bonus. Es de siete dígitos. De todos nosotros, soy el que menos necesita el dinero —aseguró—. Jules, estás proyectando sobre mí tu propia codicia. ¡Tal vez seas tú el que ha montado todo esto!

Jules golpeó a Vincent en la cara con la Glock con tanta fuerza que la cabeza chocó contra la pared y se hizo un tajo en la sien.

Desconcertada, Sylvie saltó, intentó abrir las puertas del ascensor y gritó pidiendo ayuda por la minúscula abertura que logró crear. Los gritos eran ensordecedores. Jules se abalanzó sobre ella, la agarró y la abofeteó brutalmente en la cara con el dorso de la mano. Sylvie se desequilibró y se golpeó la cabeza contra el panel de control, que se encendió.

—Tu problema, Sylvie, es que nunca sabes cuándo tienes que cerrar el pico —dijo Jules—. Has sido el mejor polvo de mi vida, pero ni siquiera yo soy capaz de aguantarte mucho tiempo.

—Déjala en paz —farfulló Sam. Jules volvió la cabeza hacia él. Vincent aprovechó el momento para darle una patada en las piernas a Jules desde el suelo. Este se desplomó con tanta fuerza que el ascensor dio una sacudida. Asustado, Jules apretó el gatillo. La pistola se disparó mientras él caía al suelo. El tiro rebotó por las paredes del ascensor. Vincent se abalanzó sobre Jules y trató de recuperar la Glock. Logró que la soltara y le arreó varios puñetazos.

—¿Sabéis? —intervino Sylvie con tono gélido—. Hace mucho que no disparo una de estas. —Vincent y Jules dejaron de pelearse y la miraron. Había cogido la pistola y la sopesaba en sus manos—. Dicen que disparar un arma es como montar en bici. ¿Lo probamos, caballeros?

—Dámela —le exigió Vincent.

—Jules ha dicho algo importante —prosiguió Sylvie, negando con la cabeza—. Siempre ha tenido mucha labia; debería haber sido abogado. Por eso duramos tanto. Acabé rompiendo con él cuando se emborrachó y me pegó. ¿Lo recuerdas, Jules? Debería pegarte un tiro ahora mismo, por ese ojo morado. No pude ir a trabajar durante una semana; tuve que inventarme que tenía una gripe de caballo.

—Fue un accidente. Te pedí disculpas. Te compré unos pendientes.

—Los diamantes no curan los ojos morados —masculló Sylvie sin levantar la voz—. Pero tengo que reconocértelo, antes has planteado una cosa interesante.

—¿El qué?

—Si aquí mueren tres personas, la cuarta se lo quedará todo. El dinero del Círculo. El trabajo en Stanhope. Tal vez incluso la promoción al puesto de Eric Miles. Si vosotros tres desaparecéis...

A Sylvie le temblaban las manos por el frío. No llevaba medias y la americana apenas abrigaba. Arrastró el abrigo de Vincent con el zapato. Se inclinó y lo recogió sin dejar de apuntarles.

Mientras, con mucho cuidado, se ponía el abrigo, no se

fijó en que Jules estaba cogiendo un trozo de cristal del espejo roto. Sylvie no se esperaba que la atacara, pero él no fue lo bastante rápido como para adelantarse al instintivo acto reflejo de ella. Apretó el gatillo y disparó dos veces. Dos detonaciones atronadoras. Uno dio en la diana, el otro rebotó por las paredes del ascensor, causando daños allí donde impactaba.

Jules puso unos ojos como platos, escupió sangre al toser y se desplomó. Un reguero de sangre empezó a salir de su boca. A Sylvie le sorprendió el intenso dolor que empezó a sentir en el abdomen. Se miró y descubrió que sangraba, y que la sangre desbordaba la mano con la que trató de taponar la herida y goteaba sobre el suelo de alabastro. Cayó de rodillas y se quedó mirando perpleja el charco rojizo que se iba formando a su alrededor. Vincent también se desplomó y se dobló sobre sí mismo, apretándose el pecho con la mano. La camisa blanca se tornó carmesí mientras respiraba cada vez con más dificultad.

Sam cogió la pistola. Se arrastró hasta una esquina del ascensor y apuntó a todos lados para mantener a los demás a distancia. Deliraba y no tenía muy claro de qué peligro se estaba protegiendo. Lo único que sabía es que tenía que hacer lo que fuera para sobrevivir.

Cuando se abrieron las puertas del ascensor, Sam, muy excitado, se puso en pie y levantó la Glock. Por fin iba a poder salir de allí. Todavía le retumbaba en los oídos el estruendo de los disparos en aquel espacio cerrado de pequeñas dimensiones. Ensordecido, no oyó a los agentes de policía que le decían que tirase el arma. Avanzó hacia la puerta del ascensor en trance, obsesionado solo con salir de allí y con una sonrisa en el rostro.

Los disparos de la policía lo propulsaron hacia el fondo

del ascensor. Su cuerpo se deslizó por el espejo roto mientras seguía recibiendo impactos de bala. Tenía los ojos abiertos, con una mirada de desconcierto.

Cuando llegaron las ambulancias, Vincent tenía el pulso tan débil que apenas pudieron encontrárselo. Pero seguía vivo. Fue el único que salió del ascensor en una camilla y no en una bolsa para cadáveres.

51

Sara Hall

El puerto de George Town está a rebosar de taxis acuáticos que trasladan hasta el muelle a los turistas recién llegados en los resplandecientes cruceros anclados en mar abierto como ballenas blancas gigantes. Me detengo para contemplar a los viajeros que se hacen selfis frente a los edificios descoloridos que rodean el puerto. Después pongo rumbo a la oficina central del Cayman Capital Bank.

Visto americana color crema y pantalones formales negros. Me he recogido el pelo rubio en un moño. He hecho todo lo posible por parecerme a Sylvie. Llevo unas lentillas verdes que incorporan el dibujo exacto de sus iris. Me he teñido el pelo con su tonalidad de rubio tostado. He perdido un montón de peso y me he pasado semanas ensayando su elegante modo de caminar con sus tacones de cinco centímetros. No puedo evitar sobresaltarme cuando me veo reflejada en un escaparate. He logrado imitar a la perfección su altivo contorneo. «Lo vas a conseguir», me digo a mí misma con una sonrisa.

El banco está en un antiguo edificio colonial, descolorido por el sol y la sal del mar. Han abierto hace diez minutos y ya se está formando cola en los cajeros. Me abro paso hacia el mostrador para vips con la expresión arrogante de Sylvie dibujada en mi cara perfectamente maquillada.

—Necesito ver al señor Russell —le digo al empleado. Le explico la situación tan rápido que apenas puede seguir mis argumentos.

—Por favor, pase por aquí —me pide con gran deferencia.

El director, el señor Russell, me estrecha la mano con gesto amigable en cuanto entro en su despacho. Me señala una silla de anticuario sobre una alfombra persa rosa pálido. Le explico que quiero cancelar la cuenta y llevarme el contenido de la caja de seguridad.

—Por supuesto.

Habla con el tono neutro habitual en un banquero, pero la curiosidad de su mirada lo delata. Ya ha visto el balance cero en la cuenta.

Anoche saqué todo el dinero de la cuenta del Círculo y lo transferí a otra. No tenía que preocuparme de que los demás titulares de la cuenta recibieran un aviso del banco vía SMS o correo electrónico, o una llamada de verificación por parte del director, porque estaban todos encerrados en el ascensor, sin acceso a ningún tipo de red telefónica. Por eso los encerré a los cuatro allí, para quitarlos de en medio mientras yo vaciaba la cuenta del Círculo y transfería el dinero a la mía.

Me pasé la noche disfrutando de una cerveza y una hamburguesa en la habitación de mi hotel, con una serie policiaca en el televisor, y jugando con los controles del ascensor desde mi móvil para hacer aparecer otra «pista» en la pantalla del monitor y mantener así a mis antiguos colegas ocupados mientras les vaciaba la cuenta.

A la hora del desayuno ya había distribuido el dinero en otras dos cuentas. Al anochecer estarían transferidas a otras varias cuentas en otros tantos bancos de distintos países. Es mi particular jugada de trilera.

El señor Russell me acerca una pila de documentos y me

señala con el índice dónde tengo que firmar. Aprender a falsificar la elegante firma de Sylvie ha sido pan comido. La reproduzco sin ningún esfuerzo. Cuando terminamos, su secretaria me escolta hasta la caja de seguridad en el sótano del banco.

Para poder entrar en la caja fuerte donde se guardan las cajas de seguridad tengo que someter el iris a un escáner colocado en la pared. Colocó el ojo derecho en el aparato, dándole por última vez las gracias a mi viejo amigo Darryl, que me recomendó a un tipo en Amsterdam capaz de fabricar unas lentillas a partir de los escáneres de iris que tomé en la oficina.

La secretaria del señor Russell me trae la caja a una pequeña sala privada, la desbloquea y se retira a una respetuosa distancia. Cuando por fin la abro, dejo escapar un suspiro tan sonoro que mi acompañante vuelve involuntariamente la cabeza.

La caja contiene un buen número de lingotes de oro y una pila de bonos del tesoro. Lleno hasta arriba mi enorme bolso, y lo que no me cabe allí, lo guardo en una bolsa de mano. Cuando salgo del banco y entro en el taxi que me está esperando, llevo encima más de un millón de dólares en oro y otro millón en bonos del tesoro.

Mi hotel es un establecimiento pequeño, de gama media, en el centro de la ciudad. No tiene vistas al mar, pero sí una piscina en forma de riñón llena de turistas británicos y americanos requemados que se pelean por las tumbonas. Son ruidosos y parecen estar en un permanente estado de embriaguez.

Voy directa a la habitación, corro las cortinas y cierro la puerta con el cartel de «No molestar» colgado del pomo. El hotel es de esos que se otorga en la web cuatro estrellas, pero que apenas se merece dos. Mi habitación tiene una decoración color melocotón pasada de moda y huele a tabaco. Las toallas están raídas y el jabón viene en envases de plástico blancos.

Coloco los lingotes de oro sobre papel de periódico y los pinto con aerosol rojo y azul. Cuando se secan, los meto en una caja vacía de bloques magnéticos para niños, que tiene un tamaño y un peso similares a los lingotes. Envuelvo la caja con un vistoso papel de regalo y adjunto una tarjeta de cumpleaños. «Querido Jonny —escribo—. Siento no poder estar en tu fiesta, pero espero que te lo pases en grande haciendo construcciones con tus nuevos bloques.» Enrollo los bonos del tesoro, les pongo una goma y me los guardo en un bolsillo interior del bolso.

Me ducho, me quito las lentillas, me tiño el pelo y paso del rubio a un castaño nada llamativo. Cuando acabo, me visto con tejanos y una blusa de hilo. Llevo unas gafas de sol enormes y un gran sombrero de paja para que el personal del hotel no note mi drástico cambio de imagen.

Meto el regalo envuelto en la maleta, debajo de un montón de ropa, y la cierro con la combinación de seguridad. Me miro al espejo antes de salir de la habitación. Parezco una turista más de los miles que se pasean por las calles de George Town. Otra jugada de trilera.

En el pasillo, tiro los aerosoles de pintura y la caja de tinte en una bolsa de basura colgada del carrito de la limpiadora y me dirijo con la maleta a la salida.

—Esperamos que haya tenido una estancia agradable —me dice la recepcionista cuando le entrego la tarjeta de la habitación.

—Estupenda —le respondo con una sonrisa.

El crucero zarpa en una hora. La tripulación se muestra efusiva mientras examinan mi billete. Voy rumbo a Miami, con escalas en varias islas del Caribe. Pero no visito ninguna de ellas, sino que me quedo en el camarote con la excusa de que tengo una infección intestinal. La tripulación está encantada con mi decisión de no salir del camarote; lo último que quieren es que se desate una epidemia de gastroenteritis en el barco. Ocupo el tiempo trabajando con el ordenador para poner en orden mis finanzas. No es nada sencillo. Cincuenta y ocho millones de dólares es un montón de dinero para invertir.

La primera noche en el barco me tomo un descanso, cojo el móvil y utilizo la aplicación para bajar la temperatura del ascensor por debajo de cero. Lo hago simplemente para espolearlos un poco. No quiero que se sientan demasiado cómodos mientras esperan a que los rescaten.

Cuando llegamos a St. John le comunico al sobrecargo que voy a desembarcar a primera hora de la mañana y tomaré un avión de vuelta a casa debido a mis problemas de salud. Su amabilidad apenas logra disimular el alivio de quitarse de encima a una pasajera enferma. Me reserva una plaza en la lancha que lleva a los pasajeros de primera a puerto y cuyos ocupantes tienen prioridad en el control de pasaportes.

Ataviada con un vestido de tirantes carmesí, me coloco en la popa mientras la lancha avanza hacia tierra a toda velocidad. Me salpican gotas de agua sobre la piel y el viento me ondula el cabello. A medida que nos acercamos al muelle, siento una creciente emoción. «Ya queda poco», me digo a mí misma. Ya casi estoy de vuelta en casa.

Mi chófer, Anthony, me ofrece un periódico, pero lo rechazo. Todavía no me apetece volver a la realidad. Le respondo que prefiero contemplar el paisaje. Se aleja del muelle conmigo confortablemente sentada en el asiento trasero, contemplando a la multitud de pasajeros del crucero que se dirigen a los autocares para una visita de media jornada, hasta que el barco zarpe de nuevo por la tarde. Anthony toma una carretera llena de baches que lleva a la otra punta de la isla y van apareciendo ante mis ojos preciosas vistas de palmeras con el reluciente azul del mar al fondo.

Giramos, nos metemos por un estrecho camino de tierra y continuamos hasta llegar a una verja de acero, que abre con un mando de control remoto, de modo que no tiene que apearse para hacerlo. Avanzamos hacia una enorme casa de poca altura y aspecto ultramoderno, con tejado de pizarra y paredes de cristal orientada hacia el mar.

Mi ama de llaves, Jasmine, me recibe con un caluroso saludo y un vaso de té helado. Anthony le entrega la maleta y ella la arrastra hasta mi enorme dormitorio, dominado por una cama extragrande con sábanas blancas de bambú y un dosel de algodón que se mece ligeramente por la brisa que entra a través de la puerta abierta de la terraza.

La casa se extiende hasta una plataforma de madera que conduce a mi playa privada. La prístina arena blanca y el agua azul celeste se extienden bajo la sombra de los cocoteros. Tal como he pedido, allí me espera una botella de champán en una cubitera con hielo.

Me sirvo una copa y me paseó con los pies desnudos por la orilla. Siento la calidez de la arena y las olas me lamen los dedos hasta hacerme cosquillas. Alzo la copa hacia el horizonte en un brindis mudo, dándole las gracias a Lucy por el papel que ha desempeñado para que yo esté ahora aquí.

Me quito el vestido y me quedo en biquini. Dejo el vestido y la copa en la arena y me meto en el mar. El agua es tan transparente que puedo ver un colorido banco de peces moviéndose juguetonamente hasta que mi sombra los asusta y huyen en todas direcciones.

Buceo hasta que me quedo sin aliento y salgo a la superficie. A lo lejos se ven yates y un hidroavión en vuelo rasante. Busco más peces o tortugas marinas, que a veces, si hay suerte, se pueden ver en la cala. Me vuelvo para contemplar la casa y veo que Jasmine está poniendo la mesa en la terraza. Me saluda con la mano y yo le respondo con el mismo gesto.

Me quedo flotando de espaldas durante un rato, pensando en todo lo que he tenido que pasar para llegar hasta aquí; la soledad y la apabullante sensación de impotencia cuando me sentí bloqueada ante obstáculos en apariencia insalvables. Todas las veces en que creí que no había salida. Y sin embargo, aquí estoy. Toda una vida de preocupaciones y estrés se evapora en el aire cuando miro los rayos del sol centelleando en el cielo azul celeste.

Cuando salgo del mar, con el agua deslizándose por mi piel y el cabello recogido hacia atrás, me siento como si hubiera renacido. Mi madre solía decirme que la mejor venganza es vivir bien. No puedo estar más de acuerdo.

Agradecimientos

Quiero dar las gracias a Ali Watts y Johannes Jakob por ayudarme a dar forma a esta novela con su perspicacia, sus consejos y su incansable apoyo. Gracias también a Adam Laszczuk por otra de sus preciosas cubiertas. Mi agradecimiento especial a Louise Ryan, Nerrilee Weir, Chloe Davies, Alysha Farry, Heidi Camilleri y otras muchas personas de Penguin Random House que han trabajado sin descanso entre bambalinas para la publicación de esta novela. A Sarah Fairhall, gracias por apostar por una novelista inédita. Estoy agradecida al apoyo de mi agente cinematográfico Jerry Kalajian y al Intelectual Property Group; escribir es un oficio solitario y los ánimos y elogios de Jerry llegaron en un momento crucial. A mi familia, gracias por ser mi grupo de animadores privado y por haber soportado mi enloquecido e intenso plan de escritura.